《歧路灯》钞本研究

朱姗 • 著

中国社会科学出版社

图书在版编目（CIP）数据

《歧路灯》钞本研究/朱姗著.—北京：中国社会科学出版社，2022.6

ISBN 978 - 7 - 5203 - 9978 - 4

Ⅰ.①歧…　Ⅱ.①朱…　Ⅲ.①《歧路灯》—小说研究　Ⅳ.①I207.419

中国版本图书馆 CIP 数据核字（2022）第 049132 号

出 版 人　赵剑英
责任编辑　史慕鸿
责任校对　李　剑
责任印制　戴　宽

出　　　版　中国社会科学出版社
社　　　址　北京鼓楼西大街甲 158 号
邮　　　编　100720
网　　　址　http://www.csspw.cn
发 行 部　010 - 84083685
门 市 部　010 - 84029450
经　　　销　新华书店及其他书店

印　　　刷　北京君升印刷有限公司
装　　　订　廊坊市广阳区广增装订厂
版　　　次　2022 年 6 月第 1 版
印　　　次　2022 年 6 月第 1 次印刷

开　　　本　710×1000　1/16
印　　　张　26.75
字　　　数　413 千字
定　　　价　138.00 元

第九回

譚賢良觀君北面　婁孝廉俗友南歸

却說譚孝移在京守候宜等各省人文彙齊方討禮部示下這
一日正在讀畫軒中看書用硃筆點畫句讀猛然抬頭只見婁
潛齋進的房來真正是他鄉遇故知況且是心契意合的朋友
果然是親從天降連鄧祥德喜也都喜一個茱叙禮坐下兩家
家人磕了頭孝移便道脈閣邸拟見潛老高發喜不自勝已從
提塘那邊寄回一封遥賀書信的未知連盃潛齋道累年多承
指示僥倖寸進知己之感銘刻難忘但弟十月郎起身赴京所
賜尊翰寶未捧讀孝移道為何上京這般太早潛齋道此中有

第壹回

念先澤千里伸孝思　虞後裔一掌寓慈情

話說人生在世不過是成立覆敗兩端而成立覆敗之由全在
幼年時候分路大抵成立之人姿稟必敦厚氣質必安詳幼
家教職謹往來的親戚結拜的學徒都是此正紳人家徇謹子
弟譬如樹之根柢本來深厚再加此滋灌培植後來自會發祥
賜武若是覆敗之人聰明早是浮薄的氣質先是輕飄的禍祥
父師之訓便是以水澆石一毫兒也不入遇見正經老成前輩
便是生丁針起一刻也忍受不來遇着一般狐朋狗黨好緣往
來將來弄的一敗塗地毫無救醫所以古人留下兩句諺說成

北京大学图书馆藏吕寸田评钞本（"吕寸田评本"）书影

北京大学图书馆藏张廷绶题识钞本（"张廷绶题识本"）书影

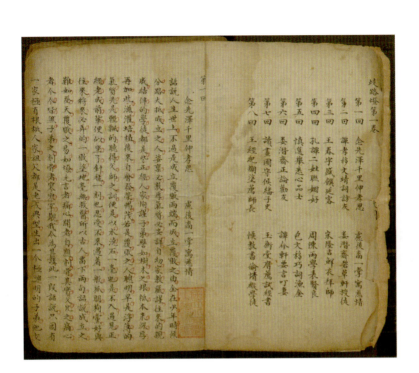

中国国家图书馆藏崔耘青旧藏钞本（"崔耘青旧藏本"）书影

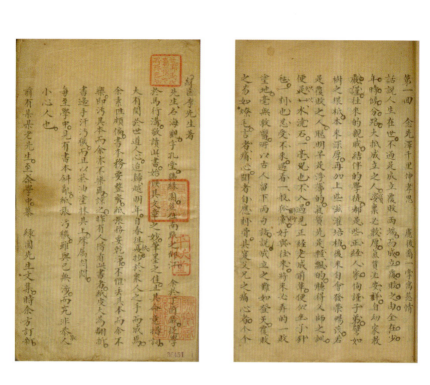

清华大学图书馆藏马廉旧藏钞本（"马廉旧藏本"）书影

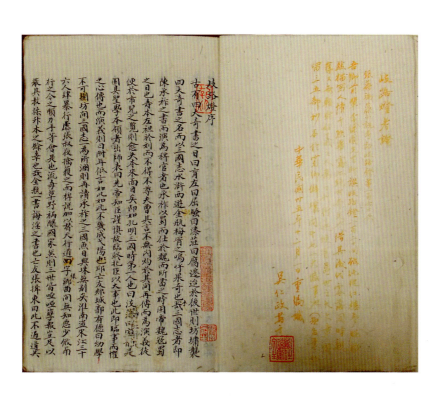

浙江省图书馆藏钞本（"浙图本"）书影

本书作者（右一）赴河南省调研文献资料

目　　录

序　言

刘勇强

　　1980年中州书画社出版的栾星校注本《歧路灯》，在这部小说的传播史上，无疑具有里程碑的意义。它的出版，一时带动了《歧路灯》研究的热潮。从此，《歧路灯》也就成了古代小说史及世情小说不能绕行的重要作品。

　　栾星校注本虽然功德无量，却也有所不足。实际上，栾先生在《校勘说明》中即对他的校勘工作作过具体的说明。他说，由于各钞本互有出入，既有删省，也有抄录人臆增臆改的，他在审度情节时，"酌予去留"；同时，由于各钞本"讹误层出"，他作了"爬梳"、"正之"；对一些所谓将前人行间批语误入正文者，也有所"酌予去留"。栾先生还坦承："对个别冗赘描写作了删削。对情节上的不连缀处，曾少施针线。此非校书正谊。"考虑到《歧路灯》问世后的一百余年间，只以钞本传播，且抄手水平有限，而校注本又主要是面向大众的，栾先生的上述处理，是可以理解的和必要的。不过，从研究的角度说，这样的校勘又有不尽理想之处。因为钞本的先后、系统与作者的创作过程及文字繁简、正讹乃至去取，有着密切的关系，普及本自不必尽出校勘说明，但研究者却不能不正视钞本的种种差异，并给出合理的解释。毕竟，怎样的文本形态才更接近作品的本来面目，不只是为了满足一种好奇心，而是关乎小说认识与评价的问题，是进一步研究此书的基础性工作。

　　不言而喻，将收藏于各大图书馆的诸多钞本作精心的考察、比对，是一件极为繁杂艰难的工作。朱姗君知难而进，亲赴各地图书馆，认真调研了十余种《歧路灯》的存世钞本，细心校阅，综合分析，在前人基础上，全面深化了《歧路灯》版本的研究。概而言之，主要有以下几点值得称道。

第一，朱姗发掘了一系列新的文献，如吕寸田评本、张廷绶题识本、崔耘青旧藏本、马廉旧藏本等六种钞本，为此前《歧路灯》研究者所未知，本书首次纳入《歧路灯》的版本研究范围。这些未曾被学界关注过的文献披露，本身就有重要的学术价值。如吕寸田与李绿园交游密切，吕寸田评本的发现，对了解《歧路灯》的创作和流传的意义，自不待言。而这些新文献连同亦经朱姗目验的其他钞本，构成了本书立论的坚实基础。比如"张廷绶题识"的发现，不仅可以明确此一钞本的底本、抄写者和抄写时间，也可以为学界关于李绿园、《歧路灯》研究的若干推测提供佐证，而这只是朱姗新发现文献的价值之一。书中类似的发现还有不少，读者自可复按。

第二，朱姗依据新的文献，对《歧路灯》版本重加梳理、再作判断，提出了甲、乙两个系统的见解，进而分析甲、乙钞本系统间的整体性差异，如乙本系统对情节文字的增补、对诗作的增补与调整、对文字的简化、对人物设置的调整与变动等，从而指出了两个系统的区别所在。我很赞同朱姗这样的观点：

> 在长期传抄过程中，《歧路灯》的文本具有不确定性，其序跋、题识、题署可能受到传抄者的增删，其回数、回目可能随情节增衍而变化，以上诸种因素，都不能取代文本校勘。构建《歧路灯》钞本源流系统的关键，就在于对存世钞本的校勘。……只有充分利用存世钞本，进行全面的文本校勘，厘清钞本间的异文及其性质，才能找到判断《歧路灯》版本源流的关键证据，由此构建《歧路灯》的钞本源流系统。

因此，与前贤时哲的研究相比，朱姗不但在涉及的版本、探究的角度等方面有所扩展，尤精于文字的核对比较，其细密周到之处，每有过人之处，而基于这种扎实严谨研究的新见，足成一家之说。

第三，朱姗对《歧路灯》诸钞本作了认真的校勘，特别是选取"庙后街"、"格子眼"、"度厄寺"、"双庆的出走与归来"、"范姑子上堂的来龙去脉"等等有代表性的细节，对校《歧路灯》存世诸钞本异文，深入到了小说文本的生成过程，剖情析理，切中肯綮。我特别赞赏的是，朱姗并不只是就事论事的比较文字之异，而是将这种差异与作者的创作理念、作品思想艺术的高下分析结合起来，使文献研究与文学研究很好地结合起来了。兹举一例，在考察了"三场奇特的公堂审讯"在诸钞本的差异后，朱姗指出：

> 《歧路灯》虽然不是一部公案小说，但其中不乏关于公堂审理案件的描写。这些案件的审讯过程和量刑结果，或许很容易被读者草草略过。但是，通过诸钞本的比勘，不难发现这些情节经历了反复推敲、酌定和修改，其终极目标只有一个，就是为了小说结尾谭绍闻的洗心革面、衣锦还乡，规避所有可能存在的漏洞。

也许有关修改过程的认定，还可以充分讨论，但这一指向作者创作过程与艺术目的的考证思路，从文献出发，而不止于文献，是非常可取的。

第四，朱姗还依据新文献，特别是序跋评点，对《歧路灯》的思想艺术价值作了进一步的论证。这虽不是本书的重点，但也多有可取见解。如诸家评点虽然远不能与金圣叹、张竹坡等名家评点相比，但他们有关这部小说"灯"之喻义的分析和对"见识"的重视等评论，要言不烦，确实揭示了《歧路灯》思想内涵的某些特点，对今人理解《歧路灯》，不无启发作用。

朱姗在文献、版本方面有系统的学术训练，在我接触的年轻学者中，她在这方面的学术敏感、细心与判断力都是较为突出的。早在南京大学本科学习期间，她就在名师指导下，尝试写过《〈二老堂诗话〉校笺》。同时，在《舶载书目》的研究方面，积累了初步的经验与较丰富的成果，撰成《明人集部书流传东瀛编年考》。据我所知，她在这方面的研究仍在持续，并可望有厚重的成果面世。

在硕士阶段，朱姗对《万历野获编》作了周密的考察，尤其是对沈德符的交游群体和《万历野获编》史料来源，进行了深入辨析，对与此书相关的《顾曲杂言》版本的探讨，同样显示了她在文献方面的兴趣与日益精进的功底。

到了博士阶段，朱姗在《歧路灯》研究中的用力之勤，则有本书为证。她甚至在国家图书馆组织的古籍普查活动的一个月中，就发现了一部清人文集《达亭老人遗稿》的线索，嗣后将此书点校出版。此稿所收的《消闲戏墨》是一种从未被提及而又值得关注的文言小说集。

《歧路灯》最后一回有这样的话："大凡人之读书日进而不已者，有两样：或是抑郁之极，以发愤为功程；或是畅遂之极，以怡志为进修。"朱姗大约属于后者。在很多人看来多少有些枯燥的文献搜罗、版本考证工作，在她常常是一种难得的乐趣。日常交流时，她习惯将沈德符、李绿园戏称为沈爷爷、李爷爷，仿佛与这些研究对象建立起了一种亲密的生命联系。不仅如此，为了将考证落到实处，她不但走访各地图书馆，力争目验亲见原始文献，而且多方奔走，从李绿园故里宋寨鱼齿山到《歧路灯》的诞生地新安马行沟，乃至《歧路灯》的故事发生地古都开封，她一路考察相关古迹，尽可能贴近历史人物的生活轨迹。这使我想到《歧路灯》第九十六回中的另一段话，初学者"只是一个嫩芽儿，学问是纱縠一样儿薄，骨力是冰凌一般儿脆……少不的以臆见从事。这没学问、没阅历的臆见，再不会有是处"，这虽是就科举而言的，但也可以移用于一般治学。朱姗走了一条方正纯笃的路，又积极开阔眼界，融体验于理性思维之中，故能克服薄脆，力避臆见，所作的考证，也无生涩之弊。

我说这些的意思是，正是因为有这种强烈的兴趣和不懈的努力，才使得朱姗在《歧路灯》的研究中表现出了一以贯之的严谨和不断提高的学术水平。虽然《歧路灯》诸钞本本身性质的认定不可避免地还存在一些主观性的因素，本书的观点也并不一定完全正确，比如朱姗所说的甲、乙两个系统的文本，各有繁简，其间关系可据理论证，实难遽断。但我们有理由相信，通过本书，我们对《歧路灯》的版本与成书过程，有了较之以前更为全面，也更接近事实的认识。由于《歧路灯》诸钞本多有差异，今通行本亦未尽善尽美。因此，我和一些了解朱姗工作的同行，都期待她能在努力厘清诸钞本的性质、关系，并尽可能追索接近作者创作原貌后，更上一层楼，整理出一个《歧路灯》新校本。

更值得期待的是，《歧路灯》的研究能够有新的全面发展。如前所述，在20世纪80年代，《歧路灯》一度成为研究的热点，甚至被抬到了很高的位置。不过，彼时思想观念刚刚解放，视角尚未打开，方法也有待更新，这些无疑都制约了研究的水平。其后，海内外也出版了多部研究《歧路灯》的专著，但仍未形成阵势。实际上，《歧路灯》在题材上的开拓、文化内涵上的提升、人物塑造上的创新、文体结构上的推进、夹叙夹议的运用、白话文学语言的发展、艺术趣味的实现等诸多方面，均有不俗的贡献，有必要站在新的理论思维的基础上，进行更深入的研讨。从这样的期待看，朱姗，当然也包括其他业内同好正在从事的研究，如能进一步引起大家对这部小说的关注，可能才是最为重要的。

2019年5月5日于奇子轩

绪　　论

　　即便以整部中国古代小说史为观照对象，《歧路灯》仍堪称一部较为独特的小说。自其成书后的一百五十年中，一直以钞本形式流传，"仅留三五部抄本于穷乡僻壤间"①，从未刊行，默默无闻。在其进入学界视野后的百年间，又先后两次掀起具有相当影响力的研究热潮，备受瞩目，成果迭出。就其文学成就及文学史地位而言，褒扬者认为其可与《红楼梦》《儒林外史》"鼎足而三"②，甚至"正有足以胜过《红楼梦》与《儒林外史》者在"③；贬抑者则认为其"思想平庸艺术平平"④；褒贬不一，众说纷纭。就其题材与性质而言，学者或将其归入"劝诫小说"⑤，或将其归入"世情小说"⑥，更有研究教育思想者，将全书冠以中国的"教育小说"⑦之称谓。围绕《歧路灯》产生的不同观点如此之多，一方面造成了

---

① 蒋瑞藻：《小说考证》，上海商务印书馆1920年版，第156页。

② 关贤柱：《〈歧路灯〉札记》，《〈歧路灯〉论丛》（二），中州古籍出版社1984年版，第289页。

③ 郭绍虞：《介绍〈歧路灯〉》，《〈歧路灯〉论丛》（一），中州书画社1982年版，第2页。

④ 蓝翎：《"埋没"说质疑——读〈歧路灯〉札记之一》，《〈歧路灯〉论丛》（一），第88页。

⑤ 孙楷第：《中国通俗小说书目：外二种》，中华书局2012年版，第150页。

⑥ 向楷：《世情小说史》，浙江古籍出版社1998年版，第297页。

⑦ 持此说者，如翟纲绪《中国古代第一部教育小说——〈歧路灯〉》，《大同高等专科学校学报》（社科版）1995年第3期；徐云知《教育小说〈歧路灯〉在中国小说史上的地位》，《中国青年政治学院学报》2004年第4期；刘莉《清代教育小说鸟瞰》，《山西师大学报》（社会科学版）2006年第2期，等等。

《歧路灯》研究史上百家争鸣的局面，另一方面，也赋予了这部小说丰富的研究空间。

一　新文献的发现与百年《歧路灯》研究历程

1918 年 10 月，上海《东方杂志》第 15 卷第 10 期刊载了蒋瑞藻《小说考证》卷八第一百六十至一百七十二则的内容。在"《歧路灯》第一百六十六"一则中，蒋瑞藻援引某"缺名笔记"，首次向读者介绍了清代长篇章回小说《歧路灯》。1920 年 2 月，《小说考证》于上海商务印书馆结集出版，本则内容亦被收入。现引录如下：

> 吾乡前辈李绿园先生所撰《歧路灯》一百二十回，虽纯从《红楼梦》脱胎，然描写人情，千态毕露，亦绝世奇文也。惜其后代零落，同时亲旧，又无轻财好义之人，为之刊行，遂使有益世道之大文章，仅留三五部抄本于穷乡僻壤间，此亦一大憾事也。（《缺名笔记》）。①

这是民国以来首部著录《歧路灯》的通俗小说专科目录。若以此作为《歧路灯》进入近现代学术研究领域的时间点，那么，学界对《歧路灯》的关注迄今已有百年。百年《歧路灯》研究史，展现了一部小说如何进入学者视野、引起百家争鸣的曲折历程，亦可为现今的《歧路灯》研究，乃至中国古代小说研究提供宝贵经验。

回顾百年间的《歧路灯》研究历程，这部小说既曾引起冯友兰、冯沅君、朱自清、郭绍虞等一批知名学者的关注，也曾经历过长期无人问津的研究空白阶段。当代学者习惯依据研究热度，对《歧路灯》研究史进行分期考察，例如"三个阶段"、"四个时

---

① 蒋瑞藻：《小说考证》，第 156 页。

期"①，等等。《歧路灯》研究阶段划分问题的背后，是学界为构建《歧路灯》研究史框架而探寻历史节点的努力。尽管诸种划分法的起讫点略有不同，但是，以20世纪20年代、80年代形成的两次研究热潮作为划分《歧路灯》研究阶段的标志，已基本成为学界共识。值得注意的是，百年《歧路灯》研究史上的两次研究热潮，其缘起都可以追溯到文献领域的突破——20世纪20年代，正是洛阳清义堂石印本（1924）和朴社排印本《歧路灯》（1927）先后问世，引起一批知名学者的关注，将《歧路灯》引入学术研究领域；20世纪80年代，也正是栾星点校本《歧路灯》的出版，引起学界对《歧路灯》的广泛关注。《歧路灯》的研究历来与新文献的发掘、既有文献的整理相互倚重。

近年来，《歧路灯》研究领域陆续出现了一批研究成果，围绕《歧路灯》的全面研究逐渐展开，《歧路灯》研究进入了一个新时期。称其为"新"，不仅体现在成果数量的逐年增加，还体现在研究领域和思路方法的不断拓展。在成果数量上，包括杜贵晨《李绿园与〈歧路灯〉》②、吴秀玉《李绿园与其〈歧路灯〉研究》③、吴聪娣《〈歧路灯〉研究——从〈歧路灯〉看清代社会》④、李延年《〈歧路灯〉研究》⑤、刘畅《〈歧路

---

① 例如，[韩]李昌铉《〈歧路灯〉研究八十年》分为20世纪20—30年代、60—70年代、80年代三个阶段［《西北师大学报》（社会科学版）1999年第5期］；杨海中《〈歧路灯〉研究九十年》分为1980年之前、其后十年、近二十年三个阶段，分别以"初出深闺，学界惊艳"、"撩开面纱，楚楚有韵"、"得识全豹，成就不凡"概括其阶段特点（《黄河科技大学学报》2011年第2期）；刘畅《20世纪以来〈歧路灯〉研究回眸》分为20世纪20—30年代、60—70年代、80年代、80年代末至21世纪初四个时期，分别以"研究工作的发轫"、"原始资料的梳理"、"研究进入高潮"和"潜流涌动的深入研究"概括［《河南大学学报》（社会科学版）2004年第5期］；孙振杰《〈歧路灯〉的传播研究》分为20世纪20—30年代、40—50年代、80年代、90年代至今四个时期，分别以"发轫期"、"沉潜期"、"高潮期"、"深化拓展期"概括（硕士学位论文，华东师范大学，2009年）。

② 杜贵晨：《李绿园与〈歧路灯〉》，辽宁教育出版社1992年版。

③ 吴秀玉：《李绿园与其〈歧路灯〉研究》，台北：师大书苑有限公司1996年版。

④ [新加坡]吴聪娣：《〈歧路灯〉研究——从〈歧路灯〉看清代社会》，新加坡：春艺图书贸易公司1998年版。

⑤ 李延年：《〈歧路灯〉研究》，中州古籍出版社2002年版。

灯〉与中原民俗文化研究》①、徐云知《李绿园的创作观念及其〈歧路灯〉研究》② 等几部专著先后出版，每年还有多部学位论文和学术论文问世。此外，韩国、新加坡等海外学者的部分研究成果也逐渐受到学界的关注和较高评价。在研究领域上，关于《歧路灯》的叙事特点、人物形象、教育主旨等文学领域的研究成果在 20 世纪 80 年代的基础上持续深入，同时，还陆续出现了一批语言学、民俗学、思想史、经济史、法律史等领域的研究成果，而尤以语言学研究最为突出。③ 在思路方法上，在西方文学理论的影响下，基于结构主义、女性主义等理论体系的研究成果亦占据一定比重。研究领域的扩展和研究方法的革新，赋予了《歧路灯》更为丰富的研究空间。

但是，正如当代学者所意识到的："从 20 世纪 20 年代以来，除了在 20 年代与 80 年代曾有过两次《歧路灯》研究的高潮，在 90 年代以后先后出现五部研究专著外，与《红楼梦》《金瓶梅》《儒林外史》等古代小说的研究相比，《歧路灯》的研究还是沉寂的、孤独的，对其下工夫作一番深入研究的学者比较少，对于《歧路灯》这样一部有着独特个性的长篇巨著来说，这是不太正常的。"④ 其中，相较于文学成就、思想教育、政治经济、社会风俗、语言方言领域的成果而言，《歧路灯》在文献方面尚缺乏深入而系统的研究，文献研究逐渐成为《歧路灯》研究中较为薄弱的一环。

二 《歧路灯》文献研究的历史与现状

学界对《歧路灯》文献的关注，可追溯到 20 世纪 20 年代冯友兰、

---

① 刘畅：《〈歧路灯〉与中原民俗文化研究》，齐鲁书社 2009 年版。
② 徐云知：《李绿园的创作观念及其〈歧路灯〉研究》，中国社会科学出版社 2010 年版。
③ 相关成果包括张生汉《〈歧路灯〉语词汇释》（河南大学出版社 1999 年版）、谢燕琳《〈歧路灯〉称谓研究》（甘肃人民出版社 2007 年版）、崔晓飞《〈歧路灯〉语言研究：基于社会语言学的视角》（光明日报出版社 2015 年版）等研究专著，以及多篇学位论文和研究论文。
④ 刘畅：《20 世纪以来〈歧路灯〉研究回眸》，《河南大学学报》（社会科学版）2004 年第 5 期。

徐玉诺、董作宾等一批知名学者。1924 年，洛阳清义堂石印本《歧路灯》问世，标志着《歧路灯》钞本时代的结束。然而，由于此本"未及校勘，仅依原本，未免以讹传讹"①，因此在版本和校勘方面着力有限。1927 年，朴社排印本《歧路灯》出版，此本经冯友兰、冯沅君点校，是《歧路灯》流传史上第一个经过学者校勘的印本。其间，冯友兰为《歧路灯》数次致函徐玉诺询问李海观生平及《歧路灯》稿本下落。徐玉诺先后撰写《〈歧路灯〉及李绿园先生遗事》②《墙角消夏琐记》③，对李海观生平及《歧路灯》版本进行调查、考证。同一时期，冯友兰撰写《歧路灯》序言、董作宾撰写《李绿园传略》，对李海观生平及《歧路灯》的流传情况皆有论及。以上论著成为《歧路灯》文献研究，乃至《歧路灯》研究的奠基之作。

1980 年，栾星点校本《歧路灯》出版（本书简称"栾校本"），为研究和阅读提供了通行校本，居功甚伟。栾星点校本《歧路灯》建立在其所搜集的九部钞本和二种民国印本的校勘基础之上。在点校本所附《校勘说明——代跋》中，栾星首次向学界介绍了这十一种《歧路灯》版本的概况。其后，栾星撰写了《〈歧路灯〉及其流传》④《李绿园家世订补》⑤《李绿园家世生平再补》⑥ 等文，并编纂了《李绿园传》《李绿园诗文辑佚》《歧路灯旧闻钞》⑦ 等资料，进一步推进了《歧路灯》文献研究进程。在 20 世纪 80 年代初的《歧路灯》研究热潮中，文献研究成果还包括胡世厚《〈歧路灯〉的流传与研究概述》⑧、刘济献《徐玉诺与〈歧路灯〉》⑨、郑逸梅《〈歧路灯〉小考证》⑩，等等。然而，由于栾校本所据

---

① 张青莲：《〈歧路灯〉书后》，[清] 李海观《歧路灯》，1924 年洛阳清义堂石印本卷首。
② 徐玉诺：《〈歧路灯〉及李绿园先生遗事》，《〈歧路灯〉论丛》（二），第 271—275 页。
③ 徐玉诺：《墙角消夏琐记》（一、二），《〈歧路灯〉论丛》（二），第 276—281 页。
④ 栾星：《〈歧路灯〉及其流传》，《〈歧路灯〉论丛》（一），第 183—191 页。
⑤ 栾星：《李绿园家世订补》，《〈歧路灯〉论丛》（二），第 297—303 页。
⑥ 栾星：《李绿园家世生平再补》，《明清小说研究》1986 年第 1 期。
⑦ 被收入栾星编著《歧路灯研究资料》，中州书画社 1982 年版。
⑧ 胡世厚：《〈歧路灯〉的流传与研究概述》，《文献》1983 年第 2 期。
⑨ 刘济献：《徐玉诺与〈歧路灯〉》，《〈歧路灯〉论丛》（二），第 282—286 页。
⑩ 郑逸梅：《〈歧路灯〉小考证》，《〈歧路灯〉论丛》（一），第 192—193 页。

钞本损毁过半，又无新钞本可资借鉴，20 世纪 80 年代末至 90 年代，当学界将关注点大量投射在《歧路灯》时，版本研究却一度停滞。

20 世纪 90 年代以降，与逐渐走向多元化的《歧路灯》研究进程形成反差的，是文献研究的缓慢进展，与文学、民俗学、语言学等领域的研究成果相比，称其"薄弱"并不为过。近二十年来，《歧路灯》版本研究成果主要集中在以下几个方面。

（一）新见《歧路灯》钞本的发现和利用。栾星所使用的九部钞本，确定存世的只有"乾隆庚子过录本"（河南省图书馆藏《歧路灯》钞本）、安定筱斋钞本、晚清钞本甲、晚清钞本丙四部。所幸的是，一些新的存世钞本逐渐被学界发现和利用，例如国家图书馆藏钞本、上海图书馆藏钞本等。这些钞本为《歧路灯》文献研究提供了重要材料，拓宽了《歧路灯》文献研究的空间。

（二）《歧路灯》版本系统的构建。关于《歧路灯》的版本系统，20 世纪 80 年代，栾星提出的"新安传出本"系统、"宝丰传出本"系统二分法成为学界通行观念。20 世纪 90 年代以来，先后有吴秀玉《李绿园与其〈歧路灯〉研究》①、徐云知《〈歧路灯〉版本考》② 等成果，沿袭并丰富了栾星对版本系统的划分法。近年来，栾星"新安传出本"、"宝丰传出本"二分法所存在的问题，已引起一部分学者重视。例如，王冰《〈歧路灯〉版本考论》指出："按有无《家训谆言》对《歧路灯》版本进行分类的做法，不符合版本演变的实际情况。"③ 并提出"国图本系统"、"上图本系统"二分法，成为继栾星之后提出的第二种《歧路灯》版本系统划分观点。

（三）关于《歧路灯》流传问题的探讨。例如，刘畅《〈歧路灯〉传

---

① 吴秀玉：《李绿园与其〈歧路灯〉研究》第三章《〈歧路灯〉的流传出版》，第 135—143 页。

② 徐云知：《〈歧路灯〉版本考》，《学术交流》2004 年第 1 期。

③ 王冰：《〈歧路灯〉版本考论》，《求索》2012 年第 7 期。

播与接受之难探因》① 《从〈歧路灯〉的传播接受看明清中原出版业的发展》② 二文探讨了《歧路灯》在清代社会的流传。孙振杰《〈歧路灯〉的传播研究》③ 专论《歧路灯》在近现代的传播与接受。王以兴《〈歧路灯〉弟子过录本的时间辨误及其他》④ 对栾星关于"乾隆庚子过录本"的判断提出己见，等等。

（四）对栾校本校勘讹误的订正。20 世纪 90 年代以来，逐渐有学者撰文，或依据文史常识及汉语语言规范，或通过校勘上海图书馆藏《歧路灯》钞本（部分成果还参校了河南省图书馆藏《歧路灯》钞本），对栾校本中存在的问题进行订正。例如，余辉《〈歧路灯〉校注的问题》⑤、王恩建《〈歧路灯〉栾校补正二则》⑥、苏杰《〈歧路灯〉文言词语考异》⑦ 《〈歧路灯〉校点与明清社会生活》⑧ 《略论〈歧路灯〉文本流传过程中的窜改》⑨ 《〈歧路灯〉校勘评议》⑩、崔晓飞《〈歧路灯〉栾星校注本献疑》⑪、王冰《〈歧路灯〉词语校勘补遗》⑫、刘洪强《栾星本〈歧路

①　刘畅：《〈歧路灯〉传播与接受之难探因》，《重庆社会科学》2007 年第 2 期。

②　刘畅：《从〈歧路灯〉的传播接受看明清中原出版业的发展》，《中州学刊》2011 年第 5 期。

③　孙振杰：《〈歧路灯〉的传播研究》，硕士学位论文，华东师范大学，2009 年。

④　王以兴：《〈歧路灯〉弟子过录本的时间辨误及其他》，《山西师大学报》（社会科学版）2015 年第 1 期。

⑤　余辉：《〈歧路灯〉校注的问题》，《河南图书馆学刊》1994 年第 3 期。

⑥　王恩建：《〈歧路灯〉栾校补正二则》，《齐齐哈尔大学学报》（哲学社会科学版）2006 年第 5 期。

⑦　苏杰：《〈歧路灯〉文言词语考异》，《兰州学刊》2010 年第 3 期。

⑧　苏杰：《〈歧路灯〉校点与明清社会生活》，《明清小说研究》2010 年第 2 期。

⑨　苏杰：《略论〈歧路灯〉文本流传过程中的窜改》，《薪火学刊》第 2 卷，复旦大学出版社 2015 年版，第 237—247 页。

⑩　苏杰：《〈歧路灯〉校勘评议》，《薪火学刊》第 4 卷，复旦大学出版社 2017 年版，第 211—231 页。

⑪　崔晓飞：《〈歧路灯〉栾星校注本献疑》，张清廉主编《首届〈歧路灯〉海峡两岸学术研讨会论文集》，中州古籍出版社 2013 年版，第 279—285 页。

⑫　王冰：《〈歧路灯〉词语校勘补遗》，《平顶山学院学报》2011 年第 3 期。

灯〉校勘疏漏举隅》①，以及拙作《栾星校注本〈歧路灯〉校勘疏漏补遗》②，等等。

笔者认为，在目前《歧路灯》钞本文献的研究中，尚存在以下问题。其一，既有的研究成果对《歧路灯》的存世钞本搜集未尽，对于《歧路灯》的存世钞本亟待展开全面考察。由于《歧路灯》自问世以来，长期以钞本形式流传，存世钞本是序跋、评点等文学史料的重要载体，本身就具有较高的文学史料价值。更为重要的是，《歧路灯》的存世钞本是今人推求《歧路灯》原本风貌、归纳《歧路灯》钞本间文字演变规律的唯一证据。每一部流传至今的《歧路灯》钞本都或多或少地反映了特定流传阶段中、特定传抄条件下的文本风貌，吉光片羽，弥足珍贵。目前，对于学界已知钞本的研究有待深入，而一些具有较高文献价值的存世钞本尚未被发现和利用，对这些新见钞本的研究亟待开展。

其二，对于《歧路灯》存世钞本缺乏全面、细致校勘。在既有的研究成果中，对《歧路灯》钞本系统的考察大多围绕小说题署、序跋、回数、回目等小说文本外在因素。然而，在小说长期传抄行世的过程中，这些因素往往具有不确定性。因此，《歧路灯》版本研究的关键，就在于对存世钞本的搜辑和校勘。只有全面校勘《歧路灯》的存世钞本，厘清钞本间的异文及其性质，才能够确立符合学理依据的《歧路灯》钞本系统划分依据，由此构建《歧路灯》的钞本源流系统，进而归纳钞本系统间的文字差异及文字演变规律。

其三，对于《歧路灯》的成书与早期流传中的诸多问题有待深入探索。囿于文献材料，在既有的研究中，一方面，对于《歧路灯》流传史中的一些重要问题，例如关于《歧路灯》稿本下落的推测、《歧路灯》的早期读者与评点情况、"乾隆庚子过录"活动的考察，等等，研究者或语焉不详，或争议较多；另一方面，诸如吕寸田评点、张廷绶题识等重要史

---

① 刘洪强：《栾星本〈歧路灯〉校勘疏漏举隅》，《宁波大学学报》（人文科学版）2014 年第 1 期。

② 朱姗：《栾星校注本〈歧路灯〉校勘疏漏补遗》，《洛阳师范学院学报》2018 年第 12 期。

料，在此前的研究中从未被发掘和利用，理应引起重视。因此，对于《歧路灯》早期传播中的一些问题，有待结合新见史料作进一步讨论。

以上，也正是本书所致力研究的主要内容。

《歧路灯》钞本研究具有重要意义。首先，是对《歧路灯》文献研究的深入和细化。《歧路灯》存世钞本具有不同程度的版本价值、校勘价值和史料价值，在栾星所见钞本亡佚过半，且缺乏专门研究的情况下，对现存世的十余部《歧路灯》钞本进行综合考察，颇为必要。这不仅是进一步研究《歧路灯》的基础性工作，同时，版本研究本身也是《歧路灯》研究的重要环节。

其次，有助于《歧路灯》的点校和整理工作。可靠的文本不仅为一般读者提供更接近作者创作的文字风貌，更可为不同领域的专业研究提供可信底本。对于《歧路灯》的点校和整理工作而言，由于现存世的《歧路灯》钞本不同程度地存在文字上的脱、讹、衍、漏，甚至杂糅底本、篡改文字等问题，对底本的甄别、对异文的辨析是不可或缺的工作。因此，《歧路灯》钞本研究的意义还在于，通过全面校勘《歧路灯》存世钞本，界定钞本间的异文性质，厘清存世钞本的源流关系及文字演变过程，为今后整理一个更为完善的《歧路灯》新校本，底本和校本的选择，乃至诸本异文的处理，提供学理依据。

最后，对于古代小说研究而言，《歧路灯》经历了漫长而复杂的成书与传抄过程，存世钞本间的异文极有可能保存了作者晚年的一部分修订痕迹；同时，也鲜明地体现了长期传抄过程中小说文本的变化。因此，《歧路灯》钞本研究的意义还体现在，尽可能地一窥小说文本在成书和传抄过程中的情节文字演变规律，为古代小说文献研究、古代小说传播研究提供一个较为特殊的实例。同时，《歧路灯》钞本中的部分案例，亦可为古代小说钞本文献的校勘工作提供宝贵经验。

三　本书的基本观点

由于本书后文多具体考证，为便于读者把握，兹先提炼主要观点如下。

第一章《歧路灯》的存世版本。本章是对现阶段所知《歧路灯》存世版本的综合考察，包括学界已知的存世钞本八部、民国印本三种，以及笔者新发现的钞本六部。本章将首先著录诸本概况，在此基础上，围绕诸本所涉及的具体问题进行专题考证。有必要说明的是，对于已经确认亡佚的《歧路灯》钞本，由于前人著录未能详尽地反映其文字面貌，考其原貌殊为不易，对具体校勘工作的参考意义有限，暂不列入本书讨论范围。

第二章《歧路灯》的甲、乙钞本系统及划分依据。本章将首先分析学界既有的《歧路灯》版本划分法及其得失，确立划分《歧路灯》钞本源流系统的学理依据，进而基于《歧路灯》存世钞本的校勘，根据第九回《柏永龄明君臣大义　谭孝移动父子至情》及其前后的一万二千字情节存佚，将《歧路灯》存世钞本划分为甲、乙钞本系统，对《歧路灯》甲、乙钞本系统的主体形态和分支形态作初步界定，对其祖本产生时间作出"甲先乙后"的基本判断，作为后续章节的论述基础。本章还将对《歧路灯》的小说回数、《家训谆言》位置等基本问题，以及《歧路灯》钞本的复杂性及其研究意义进行讨论。

第三章《歧路灯》甲、乙钞本系统间的整体性差异。本章将基于文本校勘，从五个方面归纳《歧路灯》甲、乙钞本系统间异文的整体性规律：乙本系统对回末诗的增补与调整、乙本系统对叙述语言风格的调整、乙本系统中人物形象的变化、乙本系统对情节的增补、乙本系统对描写的简化。本章结语部分将对乙本系统的异文性质及其优劣作进一步讨论。

第四章《歧路灯》甲、乙钞本系统内部诸钞本关系。本章将考察范围细化至甲、乙钞本系统内部，以甲本系统主体形态、甲本系统的分支形态、乙本系统主体形态、乙本系统的分支形态为序，逐一论述《歧路灯》

甲、乙钞本系统内部诸钞本的底本源流、文字特点及校勘价值。同时，本章还将对甲、乙钞本系统中具有"中间态特征"的分支形态钞本（张廷缓题识本、国图本、马廉旧藏本）作进一步探析。

第五章从异文再论《歧路灯》诸钞本关系。囿于文献材料，现阶段的《歧路灯》钞本研究中仍存在诸多难以解决的问题。所幸的是，在《歧路灯》存世钞本之间，存在一部分具有较高辨识度的异文，其成因及性质相对明晰。本章将选取"庙后街"、"格子眼"等六个具有代表性的细节问题，从微观入手，为判断诸钞本关系提供一些切实的、原始性的材料，由此为本书对《歧路灯》钞本系统的划分结论提供微观层面的佐证。

第六章《歧路灯》钞本中的评点。在既有的研究中，《歧路灯》的评点尚未受到学界关注。本章将基于对《歧路灯》存世钞本，特别是吕寸田评本、马廉旧藏本等几部新见钞本所载评点的考察，从文学分析、文献校勘、传播考察三个层面，首次对《歧路灯》评点的研究价值及小说史意义进行探讨。

本书所引用的《歧路灯》文本情况如下：在具体的版本比勘中，会逐一注明所据钞本。在没有注明的情况下，引用甲本系统文字时，以吕寸田评本为底本，辅以甲本系统的分支形态国图本的校勘；一般情况下，不对甲本系统其他钞本单独出校勘记。引用甲本系统分支形态钞本（张廷缓题识本、国图本）时，以国图本为底本，由于张廷缓题识本可确定抄成时间较晚，不单独对其出校勘记。引用乙本系统文字时，以上图本为底本，辅以乙本系统的分支形态马廉旧藏本的校勘；一般情况下，不对乙本系统其他钞本单独出校勘记。为尽可能体现底本的原始面貌，对底本中的明显讹误不作修改，径以校勘记形式予以订正。此外，由于《歧路灯》存世钞本间回数出入较大，为便于读者查考，本书在涉及引文回数时，若非特别注明，将统一以现今通行校本——栾星校注本《歧路灯》（中州书画社 1980 年版）为准。下文不另出注。

第一章 《歧路灯》的存世版本

自清乾隆四十二年（1777）成书，到民国十三年（1924）洛阳清义堂石印本问世，清代长篇章回小说《歧路灯》在长达一个半世纪的时间内，一直以钞本形式流传。因此，《歧路灯》既不像《红楼梦》《聊斋志异》等作品，既有举足轻重的存世钞本，又有可资借鉴和依据的通行刻本，使版本研究可以兼顾刻本系统和钞本系统；又不像《水浒传》《西游记》等作品，版本研究聚焦在刻本系统的比对，钞本研究相对处于从属地位。与这些作品不同之处在于，《歧路灯》在有清一朝从未被刊刻，至于民国时期的排印本、石印本，由于其产生时间较晚，且大多未经过底本辨析和遴选，校勘意义不大。因此，《歧路灯》版本研究的核心，一言以蔽之，在于对《歧路灯》存世钞本的考察与校勘。

《歧路灯》钞本情况纷繁复杂。20 世纪 60 年代，栾星在点校《歧路灯》时，曾搜集《歧路灯》钞本九部，分别为：（1）"乾隆庚子过录本"（河南省图书馆藏钞本，本书简称"豫图本"）。（2）叶县钞本甲。（3）叶县钞本乙。（4）安定筱斋钞本。（5）晚清钞本甲。（6）晚清钞本乙。（7）晚清钞本丙。（8）陈云路家藏钞本。（9）冯友兰钞本。其中，叶县钞本甲、叶县钞本乙、陈云路家藏钞本、冯友兰钞本现已不存。[①] 20 世纪 90 年代，台湾学者吴秀玉赴河南省图书馆查访，证实馆藏晚清钞本乙已

---

① 栾星《校勘说明——代跋》："我的校勘工作，在'文化大革命'前已基本结束，所借公私藏本，曾归还一部。其未归还者，及我个人所收抄本及印本，均在'文化大革命'初期化为纸浆。"［清］李绿园著，栾星校注：《歧路灯》（下册），中州书画社 1980 年版，第 1018 页。

遗失。① 栾星所见钞本九部，目前存世者，当为豫图本、安定筱斋钞本、晚清钞本甲、晚清钞本丙四部。

20 世纪 90 年代以来，又有四部《歧路灯》存世钞本逐渐被学界发现、利用，包括：（1）国家图书馆藏钞本，见录于《中国古籍善本书目·子部》②《中国古籍善本总目·集部》③。（2）上海图书馆藏钞本，见录于《中国古籍善本书目·子部》（页 776）、《中国古籍善本总目·集部》（页 1835）。（3）河南省文化艺术研究院艺术档案中心（原河南省艺术研究所资料室）藏钞本，2001 年，张萌《〈歧路灯〉的戏曲研究价值及版本新考》一文予以介绍。④（4）绿野堂钞本，2014 年，王冰《新发现绿野堂〈歧路灯〉抄本刍议》一文予以介绍。⑤

笔者在研读《歧路灯》期间，有幸新发现六部《歧路灯》存世钞本，包括：（1）北京大学图书馆藏吕寸田评钞本。2014 年，拙作《新发现的吕寸田评本〈歧路灯〉及其学术价值》⑥ 予以介绍。（2）北京大学图书馆藏张廷绶题识钞本。2015 年，拙作《新发现的〈歧路灯〉张廷绶题识及其学术价值》⑦ 予以介绍。（3）中国国家图书馆藏崔耘青旧藏钞本。（4）清华大学图书馆藏马廉旧藏钞本。（5）浙江省图书馆藏钞本。（6）保定市图书馆藏钞本。2018 年，拙作《〈歧路灯〉的成书与版本源流考证》⑧ 对以上后四部钞本予以介绍。这六部钞本为此前《歧路灯》研究者所未知，亦从未被纳入《歧路灯》的版本系统。其中，除张廷绶题识本外，

---

① 吴秀玉：《李绿园与其〈歧路灯〉研究》，第 138 页。

② 《中国古籍善本书目·子部》，上海古籍出版社 1994 年版，第 776 页。本书引用《中国古籍善本书目》皆据此本，下文不另出注。

③ 翁连溪编校：《中国古籍善本总目·集部》，线装书局 2005 年版，第 1835 页。本书引用《中国古籍善本总目》皆据此本，下文不另出注。

④ 张萌：《〈歧路灯〉的戏曲研究价值及版本新考》，《东方艺术》2001 年第 2 期。

⑤ 王冰：《新发现绿野堂〈歧路灯〉抄本刍议》，《南阳师范学院学报》（社会科学版）2014 年第 5 期。

⑥ 朱姗：《新发现的吕寸田评本〈歧路灯〉及其学术价值》，《明清小说研究》2014 年第 4 期。

⑦ 朱姗：《新发现的〈歧路灯〉张廷绶题识及其学术价值》，《文学研究》第 1 卷第 1 期。

⑧ 朱姗：《〈歧路灯〉的成书与版本源流考证》，《文学研究》第 4 卷第 2 期。

其余五部钞本尚未见于公藏书目著录。更为重要的是，除保定本之外，其余五部钞本均为全帙，在学界已知的四部存世全帙钞本（晚清钞本甲、国图本、上图本、绿野堂钞本）之外，拓宽了《歧路灯》版本研究的空间。

本章将分为三节，对《歧路灯》的存世版本进行著录和梳理。第一节，学界已知的八部《歧路灯》存世钞本。其中，笔者所目验者六部，本节将对其情况进行考察。第二节，学界已知的三种《歧路灯》民国印本。这三种民国印本，因其产生较晚，校勘意义不大，本节将对其概况作简要介绍。第三节，新发现的六部《歧路灯》存世钞本。本节将逐一著录其钞本特征，并对相关问题进行考证。

第一节　学界已知的八部《歧路灯》存世钞本

一　河南省图书馆藏钞本（"豫图本"）

1980 年，栾星《校勘后记——代跋》对此本进行介绍。栾星曾据其卷首题识，判断此本抄成于乾隆四十五年（1780），并将其命名为"乾隆庚子过录本"。

全书不分卷，卷首总目抄至一百零七回，现残存第一至四十六回，凡九册。全书首有"乾隆庚子过录题识"；次《家训谆言》八十一则；次李海观《歧路灯序》，序后题署"乾隆丁酉八月白露之节碧圃老人题于东皋麓树之阴"；次《歧路灯》目次；次正文。正文部分半叶抄九行，行约二十五字至二十六字。部分册外封有"昭章"戳记，首册首页钤有"河南省图书馆藏书"朱文长印。

栾星《校勘后记——代跋》称此本"四十回以后已漫漶难识"①。然据笔者所见，末二册（第三十五回至第四十六回）已严重絮化。近一二

---

① ［清］李绿园著，栾星校注：《歧路灯》（下册），第 1016 页。

年来，河南省图书馆已对其进行了必要修复，但末册各叶大多仅存寥寥数字，难以通读对校。

值得一提的是，栾星对此本卷首"乾隆庚子过录题识"极为重视，不仅据此题识将此本命名为"乾隆庚子过录本"，还在其点校工作中，将此本作为"第一底本"。然而，国图本卷首亦存有"乾隆庚子过录题识"，已证明河南省图书馆藏钞本并非唯一保存"乾隆庚子过录题识"的钞本。同时，在笔者新见的马廉旧藏本卷首亦保存有"乾隆庚子过录题识"，不失为又一例证。为避免钞本命名造成的概念混淆，本书暂将河南省图书馆藏钞本称为"豫图本"。

二　郑州图书馆藏钞本（"安定筱斋钞本"）

1980 年，栾星《校勘后记——代跋》对此本进行介绍。栾星据首册外封右下墨笔题写"安定筱斋主人书"，将其命名为"安定筱斋钞本"，本书沿用此命名。此本见录于《河南省市县图书馆古籍善本联合目录》[①]《河南省郑州图书馆等十一家收藏单位古籍普查登记目录》[②]。

全书残存七十一回，分别为：卷一第一至五回、卷四第十七至二十二回、卷八至十五第四十二至七十七回、卷十六至十九第八十一至一百零四回，凡十三册。第一百零四回抄至十九卷，未完，可推测全书或为二十卷，一百零八回。全书首有李海观《歧路灯序》，序后题署"乾隆四十二年七夕之次日绿园老人题于东皋麓树之阴，时年七十有一"；次正文。正文部分半叶抄十二行，行约二十六字。首回卷端题署"父城鱼齿山绿园老人著"。书中避讳"淳"字，可知是抄成于同治朝之后、较为晚出的残本。书中存有个别眉批。

---

① 王爱功、李古寅：《河南省市县图书馆古籍善本联合目录》，吉林文史出版社 2009 年版，第 154 页。按：该目录著录安定筱斋钞本"20 卷 105 回"，或有出入。
② 《河南省郑州图书馆等十一家收藏单位古籍普查登记目录》，国家图书馆出版社 2017 年版，第 67 页。

安定筱斋钞本卷十五终于第七十七回，卷十六始于第八十一回，虽然情节前后接续，但回数明显错乱，且二卷抄写字迹不同，或据两种不同底本抄配而成。

三　开封市图书馆藏钞本（"晚清钞本甲"）

1980 年，栾星《校勘后记——代跋》对此本进行介绍。栾星将其命名为"晚清抄本甲"，推测其"当抄于同治、光绪间"[1]，本书沿用此命名。此本见录于《中国古籍善本书目·子部》（页776）、《中国古籍善本总目·集部》（页1835）、《河南省市县图书馆古籍善本联合目录》（页154）、《河南省开封市图书馆古籍普查登记目录》[2]。

全书十四卷，一百零八回，按卷分册，凡十四册，各卷首有分卷目次。全书首有李海观《歧路灯序》，序后题署"乾隆四十六年七夕之次日绿园老人题于东皋麓树之阴，时年七十有一"。据李海观生卒年判断，"六"当为"二"之讹；次《歧路灯》目次；次"卷一目次"；次正文。正文部分半叶抄九行，行约二十四字至二十五字。第四十九回回目下题署"宝丰绿园李海观孔堂甫著"。卷末附《家训谆言》七十八条、《课童常理》三十条、《晋接常仪》十三条、《课士常宜并诸儒读书》十条。除《家训谆言》外，其余三种为《歧路灯》存世诸本所未见。首册外封有"文和堂"题签。书中钤有"开封市图书馆藏书"朱文方印。

晚清钞本甲抄写字迹不一，并非抄成于一人之手。据笔者所见，卷首总目"巫翠姐看孝经戏谈狠语"、第七十二回回末阑入诗作《碾平村访唐驸马郑潜曜坟第》中"孝"字皆阙，疑为个别卷次抄写者有意避讳。

---

① ［清］李绿园著，栾星校注：《歧路灯》（下册），第1016页。
② 《河南省开封市图书馆古籍普查登记目录》，国家图书馆出版社2017年版，第174页。

四　"晚清钞本丙"

1980 年，栾星《校勘后记——代跋》对此本进行介绍。栾星将其命名为"晚清抄本丙"，称其"残存八至五十二共四十五回。总回数不详"。① 吴秀玉《李绿园与其〈歧路灯〉研究》称"晚清抄本丙，由许昌传出，或称许本。由栾星本人收藏"。②

晚清钞本丙为笔者所未见。

五　中国国家图书馆藏钞本（"国图本"）

学界简称"国图本"。此本见录于《中国古籍善本书目·子部》（页 776）、《中国古籍善本总目·集部》（页 1835）。

全书二十卷，一百零五回，按卷分册，凡二十册，各卷首有分卷目次。全书首有"乾隆庚子过录题识"；次《家训谆言》八十一则；次李海观《歧路灯序》③，序后题署"乾隆四十二年七夕之次日绿园老人题于新邑之东皋书舍"；次正文。正文部分半叶抄九行，行约二十五字，不讳"淳"字。行间偶见墨笔夹改。

此本第六十一回《程嵩淑博辩止迁葬　盛希侨助丧送梨园》（栾校本第六十二回）末抄有判牍三则：其一，《告不管原差饭》；其二，《告原差不答到自己答到》；其三，《告原差受贿放人逃走》。判牍字迹与小说正文抄写者不同，当为流传过程中所抄入。据其三《告原差受贿放人逃走》："仁天坐理新邑，秦镜高悬"，新邑，当为新安别称，可知此钞本或曾流

---

① ［清］李绿园著，栾星校注：《歧路灯》（下册），第 1017 页。
② 吴秀玉：《李绿园与其〈歧路灯〉研究》，第 138 页。
③ "岐"，当作"歧"，原书序言、各卷卷首目次、韩文山题识等处皆作"岐"。

传于新安一带，或为他地读者转抄。

国图本卷末有"韩文山题识"，为《歧路灯》存世钞本所未见：

> 马行沟里印江公，迁居宝丰李先生。作一部《歧路灯》，百有五回卷二十，义取入路设明灯。约略千万盏，处处不落空。照夷险、引正经，老幼男女齐照映。会看便得明光路，涉猎仍旧黑洞洞。随人看、看不同，贴身才有功。韩文山题。

韩文山，生平无考。据河南省扶沟县固城乡固北村清嘉庆二十三年（1818）《重修玉皇上帝阁碑记》，题署"严希濂撰文，韩文山篆额，韩东山书丹……嘉庆二十三年岁次戊寅孟夏上浣吉旦立"[1]，此"韩文山"或为一同名人物，待考。

1924年、1937年，洛阳清义堂石印本、上海明善书局排印本先后问世，均在卷末收录韩文山题识。韩文山题识因此成为《歧路灯》流传最广、最为研究者所熟知的题跋。

六　上海图书馆藏钞本（"上图本"）

学界简称"上图本"。此本见录于《中国古籍善本书目·子部》（页776）、《中国古籍善本总目·集部》（页1835）。1994年，上海古籍出版社"古本小说集成"丛书收录《歧路灯》，即据此本影印。

全书十八卷，卷首总目一百零六回，末回亦抄至一百零六回，然第十回重出，实为一百零七回，二十四册，各卷首有分卷目次。全书首有民国十六年（1927）七月冯友兰《序》、董作宾《李绿园传略》、《原序》（引者按：此即李海观《歧路灯序》），《原序》末署"乾隆丁酉八月白露之节碧圃老人题于东皋麓树之阴"，然考此三序纸张、字体、行款，与后文

---

[1] 郝万章：《扶沟石刻》，中国广播电视出版社2012年版，第210—211页。

皆不同，显系后人补抄；次《歧路灯序》，然仅存首二叶，此当为上图本原存《歧路灯序》残叶；次"歧路灯目录"，题署"绿园李海观孔堂手著"；次《歧路灯》卷一目次；次正文。正文部分半叶抄九行，行字数不等，约二十七字左右，不讳"淳"字。书中多有墨笔评点，据笔者统计，全书眉批、夹批约一百六十余条。评点者字迹、墨色不一，非出自同一人之手。书中钤有"稷阴堂"朱文方印、"李□芑□图书"白文方印、"□□学堂图书"朱文方印等，然皆漫漶不清。

上图本多有脱页、页面残损导致的文字脱漏。例如，第十七回（栾校本第十八回）"我明日通请贤弟，你……"句后脱页，残损二百余字；第八十八回（栾校本第八十九回）"张正心抱着名相公，小厮跟……"句后脱页，残损数十字；末回"伞扇罩住，恭候簧初……"句后脱页，残损三百余字，等等。

七 河南省文化艺术研究院艺术档案中心
（原河南省艺术研究所资料室）藏钞本（"豫艺本"）

2001 年，张萌《〈歧路灯〉的戏曲研究价值及版本新考》[①] 一文予以介绍：

> 近日笔者在整理古籍时发现一函八卷本抄本《歧路灯》。该卷本藏于河南省艺术研究所资料室，是本所"文革"中幸存下来的，一直置于库房中。该卷本封面为薄棉纸，已非常破旧，上书"歧路灯卷乙"。内文用的是白棉纸，墨色字迹清晰，书法端庄秀丽。装帧非常原始，用纸捻儿穿系而成。内文半页 9 行，竖行为 22 个字，无边栏框格。首卷上书"歧路灯卷乙"。内文卷首是"歧路灯首卷家训谆言八十一条"。随后是序，序末署"乾隆丁酉八月白露之节碧圃老人

---

① 张萌：《〈歧路灯〉的戏曲研究价值及版本新考》，《东方艺术》2001 年第 2 期。

题于东皋麓树之阴"。无总目,于每卷前附该卷回目。计有卷乙1—5回,卷三12—18回,卷五27—33回,卷六34—40回,卷七41—46回,卷八47—51回,卷九52—55回,卷十56—60回,共46回。属残缺不全。该本为清抄本当属无疑,但具体年代还有待考证。

据笔者所见,此即为一毛装本,残存四十六回。八卷,按卷分册,凡八册,各卷首有分卷目次。全书首有"歧路灯首卷家训谆言八十一条"①;次《序》,末署"乾隆丁酉八月白露之节碧圃老人题于东皋麓树之阴";次卷一目次;次正文。正文部分半叶抄九行,行约二十二字。不讳"宁"、"淳"等字。部分册外封钤有"河南省艺术研究所图书馆专用章"朱文方印。

河南省艺术研究所资料室现已更名为河南省文化艺术研究院艺术档案中心,为论述方便,本书暂称为"豫艺本"。

八 "绿野堂抄本"

2014年5月,王冰《新发现绿野堂〈歧路灯〉抄本刍议》② 一文予以介绍:

> 洛阳民间收藏家晁会元先生近年在洛阳民间购得了一部绿野堂《歧路灯》抄本,共四函20卷,105回。该抄本每页9行,每行24字,抄写认真,保存完好,每卷封面均冠以"绿野堂《歧路灯》",并按"乾元利贞"顺序分装。
>
> 绿野堂抄本与此前见到的《歧路灯》抄本相比,一个突出的特

---

① "岐"当作"歧",原书外封、卷首皆作"岐"。
② 王冰:《新发现绿野堂〈歧路灯〉抄本刍议》,《南阳师范学院学报》(社会科学版)2014年第5期。

点是在卷首"序"后有如下一段文字:"撰书者李先生讳海观,字孔堂,号绿园,祖居新安马行沟,迁居南阳府宝丰县,知贵州印江县事。告休后设教于本家,号绿园老人,其堂名绿野,所著诗卷《绿野诗草》。同道者称李孔堂先生,其友辈呼为李孔老云。"这段文字,是其他各抄本都没有的,所揭示的李海观"绿野"堂号及其诗集《绿野诗草》,具有重要的文献价值。

此本为笔者所未见。绿野堂钞本的序后题识,为《歧路灯》诸钞本所未见,具有较为重要的参考价值。

然而,该题识称李海观"所著诗卷《绿野诗草》",疑点较多。据目前学界所知,李海观诗集名"绿园"而非"绿野"。今考河南省图书馆藏李海观诗集残钞本,外封题"李绿园公诗钞",内封题"绿园公诗钞"。又考新乡市图书馆藏民国中州文征处钞本李海观诗集一册,卷端题"绿园诗稿"。另据清乾隆四十二年(1777)吕公溥为李海观诗集撰序,此序今见于河南省图书馆藏钞本《李绿园公诗钞》卷首、清苏源生《国朝中州文征》卷二十①,皆题《绿园诗序》。同时,李海观别集见录于清杨淮《中州诗钞》②、清符葆森《国朝正雅集》③ 等总集;《(嘉庆)宝丰县志》④《(道光)宝丰县志》⑤《(民国)新安县志》⑥ 等方志;《中州艺文录》⑦ 等地方艺文志。在上述著录中,凡涉及李海观字号者,皆作"绿

① 〔清〕苏源生辑:《国朝中州文征》,清道光二十五年(1845)刻本。

② 〔清〕杨淮辑,张中良、申少春校勘:《中州诗钞》卷十四"李海观传",中州古籍出版社1997年版,第341页。

③ 〔清〕符葆森:《国朝正雅集》卷五,清咸丰七年(1857)京师半亩园刻本。

④ 〔清〕陆蓉修,〔清〕武亿纂:《(嘉庆)宝丰县志》卷二十一列传,清嘉庆二年(1797)刻本。

⑤ 〔清〕李彷梧修,〔清〕耿兴宗、〔清〕鲍桂徵纂:《(道光)宝丰县志》卷十五艺文,清道光十七年(1837)刻本。

⑥ 张钫修,李希白纂:《(民国)新安县志》卷十一人物、卷十三艺文,"中国方志丛书"据1938年(民国廿七年)石印本影印,台北:成文出版社1975年版,第833、1027页。

⑦ 李敏修辑录,申畅总校补,李宗泉等主编:《中州艺文录校补》,中州古籍出版社1995年版,第507页。

园"；凡涉及李海观别集者，《（嘉庆）宝丰县志》《（道光）宝丰县志》《中州诗钞》作"《绿园诗稿》"，《（民国）新安县志》作"《绿园诗草》"，《国朝正雅集》作"《绿园诗文集》"，《中州艺文录》作"《绿园诗集》"。以上实物文献、时人撰序、方志著录中，均无"绿野诗草"之称谓。因此，在未知"绿野堂钞本"题识作者身份、年代的情况下，李海观"所著诗卷《绿野诗草》"的记载是否可靠？李海观别集名称是今人检索、查考作者著述的重要线索，也是判断该题跋，乃至该钞本产生时代及文献价值的重要依据。特献疑于此。

第二节　学界已知的三种《歧路灯》民国印本

一　1924 年洛阳清义堂石印本

学界简称"清义堂石印本"。1924 年（民国十三年）出版。此本见录于孙楷第《中国通俗小说书目》卷七《明清小说部乙》。①

今考北京大学图书馆藏本，全书二十卷，一百零五回，按卷分册，凡二十册，各卷首有分卷目次。内封从右至左，题"中华民国十三年全月出板/李绿园先生手著"、"歧路灯"②、"洛阳东街清义堂印刷"。全书首有杨懋生：《序》，末署"中华民国癸亥年九月洛阳杨懋生勉夫氏谨志"；次《〈歧路灯〉书后》，末署"甲子秋邑后学张青莲谨跋"；次"乾隆庚子过录题识"；次李海观《歧路灯序》，末署"乾隆四十二年七夕之次日绿园老人题于新邑之东皋书舍"；次卷一目次；次正文。正文部分半叶十二行，行二十六字，白口，四周双边，单黑鱼尾，上书口刻"歧路灯"，上鱼尾下刻卷次，下书口刻叶次。卷末有"韩文山题识"。书中钤有"北京大学图书馆藏书"朱文方印。

---

① 孙楷第：《中国通俗小说书目：外二种》，第 150 页。
② "歧"当作"歧"，原书如此。

又考河南省洛阳市图书馆藏本，于张青莲《〈歧路灯〉书后》次叶有"发起人"，凡李芳林等十一人；次叶有"捐赀人姓名"，凡寇辅仁等二十二人。此二叶为北京大学图书馆藏本所无。

清义堂石印本为杨懋生、张青莲等人因《歧路灯》"惜皆抄本，未经刊刻，以之历久行远，不无少憾。是岁春，爰以刷印，商诸同人，而同人诸公欣然发起，共助石印，分送存阅，以延线传"。① 得益于晚清以来日渐普及的石印技术，清义堂石印本成为《歧路灯》流传史上第一个批量印刷行世的版本。但是，由于此本产生时间较晚，加之校勘不精（孙楷第称其"书不精雅，错字亦多"②），版本价值不高，历来未受到学者重视。正如栾星所指出的："诸抄多出村塾童生或半截子读书人之手，差错层出，清义堂石印本尤甚。"③

二　1927年朴社出版经理部排印本（"朴社本"）

学界简称"朴社本"。1927年（民国十六年）八月朴社出版经理部发行，冯沅君标点，冯芝生（冯友兰）校阅。此本见录于孙楷第《中国通俗小说书目》卷七《明清小说部乙》。④

全书卷首总目二十卷，一百零五回。实际仅出版第一册，即第一回至第二十六回。冯友兰《序》称："将来若再找到更好的抄本时，我们当于再板时采用，或作校勘发表记。"全书首有民国十六年（1927）七月冯友兰《序》；次董作宾《李绿园传略》；次李海观《原序》，末署"乾隆丁酉八月白露之节碧圃老人题于东皋麓树之阴"；次《目录》；次正文。

另据"日本所藏中文古籍数据库"，日本京都大学人文科学研究所、

---

① 杨懋生《序》，［清］李海观著《歧路灯》卷首，1924年洛阳清义堂石印本。
② 栾星：《歧路灯研究资料》，第115页。
③ 栾星：《校本序》，［清］李绿园著，栾星校注《歧路灯》（上册），卷首第14页。
④ 孙楷第：《中国通俗小说书目：外二种》："朴社排印本，不全。"第150页。

京都产业大学各藏朴社排印本一部，是笔者查考范围内为数不多的《歧路灯》域外藏本。

三　1937 年上海明善书局排印本（"明善书局本"）

学界简称"明善书局本"。1982 年 3 月，卢维春《关于〈歧路灯〉的排印本》① 一文予以介绍：

> 厦门大学图书馆现藏一部《歧路灯》二册合订一本。系一九三七年上海明善书局排印本。在书背后有该书局双园环发行标志。署明："明善，（篆体于园形中心）。上海明善书局发行。地址谊自迩路嵩山路口。"是书一百〇五回。首有题记："丁丑六月浙江湖州蔡振绅谨识。"序言。蔡振绅，别号绿农，叙述该书排印经过和书中所述内容。因而推断是书为一九三七年所排印，原于丙子（一九三六年）夏由洛阳扬勉夫先生将其家藏钞本寄序者，"属为设法提倡刊刷校勘。"这部小说"原本凡二十卷，（因来稿卷一与卷二未曾分钞，故今排作十卷）"（共五十多万字）。并由扬勉夫自费"认定印八百部，汇款到沪"。"而印局实将资本误算，以致颇多赔累。然言既出，驷马难追。"可见该书只印八百部。……在书尾有韩文山题识……且有清乾隆四十二年绿园老人于东皋书舍自序。

另据《中国通俗小说总目提要》：

> 民国二十五年（丙子）夏，洛阳杨懋生再次集资，以家藏钞本

---

① 卢维春：《关于〈歧路灯〉的排印本》，载《文献》丛刊编辑部编《文献》第十一辑，书目文献出版社 1982 年版，第 266—267 页。"岐"，当作"歧"，文中"扬勉夫"当作"杨勉夫"，原文如此，下同。

寄上海书林湖州蔡振绅，认定排印八百部。书局将工料错算，致颇多赔累。次年成书，平装两册，字大行疏，颇便阅读。此为上海明善书局本。书成适逢抗日军兴，上海旋即陷敌，印本小部运回洛阳，余多散失。此本与清义堂本为同一底本，亦未搜他本旁校，卷端冠有蔡振绅序言，余与清义堂本全同。陆澹安素闻此书，仅阅朴社本。解放后，偶于地摊发现明善书局本，乃以重金购得之。出示上海某出版社，该社欲翻印，遂取朴社本对勘损益之，方言多经改窜，正待发排，"反右"运动起，遂告中止。①

据卢文及《中国通俗小说总目提要》："人民文学出版社、厦门大学各藏有明善书局本。"然据厦门大学图书馆检索系统、"厦门大学图书馆古籍库"数据库，皆未搜检到此本馆藏记录。笔者曾咨询古籍书库管理人员，亦未访得此本下落。人民文学出版社近年因筹备搬迁，古籍资料已封存，亦未得一见。至于明善书局本其余印本的存世情况，尚待进一步查考。

第三节 新发现的六部《歧路灯》存世钞本

一 北京大学图书馆藏吕寸田评钞本（"吕寸田评本"）

本书简称"吕寸田评本"。全书十四卷，一百零八回，按卷分册，凡十四册，各卷首有分卷目次。全书首有李海观《歧路灯序》，末署"乾隆四十二年七夕之次日绿园老人题于东皋麓树之阴时年七十有一"；次《歧路灯》卷一目次；次正文。正文部分半叶抄十行，行约二十字，卷末附《家训谆言》七十八条。正文"玄"字偶缺末笔，不讳"淳"字。第一

---

① 江苏省社科院明清小说研究中心、江苏省社科院文学研究所编：《中国通俗小说总目提要》，中国文联出版公司1997年版，第549页。

册正文、评点字迹与其余各册差异较大。第二册书衣折页内有"开笔大利"字样。书中多有墨笔、朱笔圈点，以及眉批、夹批若干。据笔者统计，全书评点约有一百三十处，总条目逾一百五十条。书中钤有"国立北京大学藏书"朱文方印。

此本最显著的特点，是保存有六则明确题署"吕寸田评"、"寸田评阅"的评点。现将此六则评点抄录如下：

第八回《王经纪糊涂荐师长　侯教读偷惰纵学徒》"（侯冠玉）自己到书店购了两小部课幼时文，课诵起来"句夹批："吕寸田批：误天下苍生，万恶的狠。"

第十一回《谭孝移病榻嘱儿　孔耘轩正论匡婿》（栾校本第十二回）"你久后成人长大，埋了我，每年上坟时，在我坟头上念一遍。你记着不曾？"句眉批："吕寸田评：字字泪血，不忍卒读。"

第三十八回《程嵩淑擘酒评知己　惠养民抱子纳妻言》（栾校本第三十九回）"这个理学却一发并不认得一个字"句眉批："吕寸田评：不认字的理学更难。"

同回"惠养民道：'咱哥一向极好，岂可言分？'滑氏道：'他伯也还罢了，他大母合不住人。'"句眉批："寸田评：天下古今通病。"

第三十九回《惠养民私积外胞兄　滑鱼儿巧言诳亲姊》（栾校本第四十回）"你去把架上鸡捉一只……好用心与人家教学"段眉批："寸田评阅：此休嫌穷酸，如此方是兄弟。"

第五十三回《王中毒骂夏逢若　翠姐怒激谭绍闻》"咱夫妻不如守着城南菜园……还要供给他个读书之资"段眉批："吕寸田评：是何等识见，何等心肠，想箕子受辱，微子抱器，亦不过尔尔。"

今考吕寸田，即清人吕公溥，清乾嘉时期河南诗人、剧作家，李海观好友。据清吕田撰《诰封奉政大夫江苏通州直隶州知州寸田吕公墓志铭》："叔祖寸田先生，讳公溥，字仁原，寸田其号也。又号髯痴。"又据此志，吕公溥世居河南新安横山，生于清雍正五年（1727），卒于清嘉庆十年（1805），卒年七十九岁。①

图1－1

图1－2

图1－1：［清］吕公溥撰《新安吕忠节公元孙侍御公曾孙司农公孙方伯公子公溥字仁原号寸田之亡侧室韩氏二黄墓志铭》②

图1－2：［清］吕田撰《诰封奉政大夫江苏通州直隶知州寸田吕公墓志铭》③

吕公溥出身新安吕氏，为豫西著名大族，自明末至清中期，诗名颇盛，代有闻人。吕公溥高祖吕维祺，字介孺，明万历四十一年（1613）进士，官至南京兵部尚书，李自成破洛阳城死难，谥忠节。《（民国）新安县志·艺文志》录其《明德堂文集》二十六卷、《存古约言》六卷、《四礼约言》四卷、《音韵日月灯》七十卷、《切法正指》一卷（与吕维祜合撰）、《孝经大全》二十八卷附《本义》二卷、《或问》三卷。④ 吕公溥曾祖吕兆琳，字敬芝，清顺治十八年（1661）进士，官福建道监察御史。《（民国）新安县志·艺文志》录其《镜蚩堂古文》二卷、《西乡志

① ［清］吕田《诰封奉政大夫江苏通州直隶州知州寸田吕公墓志铭》："越数月，遂以脾病殁。时嘉庆十年乙丑八月初八日巳时，距生于雍正五年丁未十一月二十六日丑时，享寿七十有九。"李献奇、郭引强编著：《洛阳新获墓志》，文物出版社1996年版，第186页。

② 李献奇、郭引强编著：《洛阳新获墓志》，第184页。

③ 李献奇、郭引强编著：《洛阳新获墓志》，第186页。

④ 吕维祺事迹及著作，见《明史》本传，张钫修，李希白纂《（民国）新安县志》卷二寺庙、卷十仕进、卷十一人物、卷十三艺文。

过录》一卷、《西乡疾呼草炙书》一卷①，《中州艺文录》另著录其《忠节公年谱》四卷、《镜集》二卷②。吕公溥祖父吕履恒，字元素，号坦庵，清康熙三十三年（1694）进士，官至都察院左副都御史，总督仓场户部侍郎。《（民国）新安县志·艺文志》录其《梦月岩诗集》二十卷、《冶古堂文集》五卷③，《中州艺文录》另著录其《宁乡县志》《嘤鸣集》《阐幽集》《名山集》四种，以及《洛神庙传奇》一部④。吕公溥父吕守曾，字待孙，号松坪，清雍正二年（1724）进士，官至山西布政使。《（民国）新安县志·艺文志》《中州艺文录》录其《松坪诗草》十四卷。⑤

　　自吕维祺至吕公溥的五代人中，新安吕氏一族共出现进士七人⑥，举人、贡生、监生数十人。清杨淮《中州诗钞》称："新安吕氏为中原望族，学术之醇、科第之盛甲于全豫，而诗学尤有薪传……一门扬风扢雅，刻羽引商者至数十人，皆有专集行世"⑦，"当是时，吕氏方盛，昆弟数十人，皆灵运惠连之选"⑧，并非言过其实。新安吕氏在科举、学术、诗文、戏剧领域人才辈出，具有重要影响力，奠定了其在河南文坛的一席之地，

---

　　①　吕兆琳事迹及著作，见张钫修，李希白纂《（民国）新安县志》卷十仕进、卷十一人物、卷十三艺文。

　　②　李敏修辑录，申畅总校补，李宗泉等主编：《中州艺文录校补》，第438—439页。

　　③　吕履恒事迹及著作，见张钫修，李希白纂《（民国）新安县志》卷十仕进、卷十一人物、卷十三艺文。

　　④　李敏修辑录，申畅总校补，李宗泉等主编：《中州艺文录校补》，第440—442页。

　　⑤　吕守曾事迹及著作，见张钫修，李希白纂《（民国）新安县志》卷十仕进、卷十一人物、卷十三艺文；李敏修辑录，申畅总校补，李宗泉等主编《中州艺文录校补》，第445页。引者按：《中州艺文录校补》称吕守曾《松坪诗草》仅存钞本，然据笔者所见，该书今有中国国家图书馆等地藏清乾隆十六年（1751）刻本十二卷、《卷首》一卷、《卷末》一卷，《清代诗文集汇编》第297册据复旦大学图书馆藏吴兴刘氏嘉业堂旧藏本影印。

　　⑥　分别为：吕维祺（吕公溥五世祖），明万历四十一年（1613）进士；吕兆琳（吕公溥曾祖），清顺治十八年（1661）进士；吕履恒（吕公溥祖父），清康熙三十三年（1694）进士。吕谦恒（吕履恒弟），清康熙四十八年（1709）进士；吕守曾（吕公溥父），清雍正二年（1724）进士；吕耀曾（吕谦恒子），清康熙四十五年（1706）进士；吕公滋（吕公溥堂弟），清乾隆三十七年（1772）进士。

　　⑦　［清］杨淮辑，张中良、申少春校勘：《中州诗钞》卷十九"吕燕昭传"，第458页。

　　⑧　［清］杨淮辑，张中良、申少春校勘：《中州诗钞》卷十三"吕仰曾传"，第337页。

近年来也颇为文史研究者所关注。①

在新安诸吕中，吕公溥被誉为"吕氏后劲"②。吕公溥终身不仕，"穷于所遇"、"屡荐不售"③，"辟别墅名曰掌园……种花木，锄芳草，逍遥其中"④。在家族风气影响下，吕公溥精于诗文、书法、篆刻，雅好藏书。在诗文旨趣上，吕公溥被袁枚誉为"诗中雄伯"⑤，其"古体音节铿锵，近体纵逸雅健，融贯三唐"⑥，"好为诗、古文，尤工风骚，挥翰数千言立就，高谈雄辩，率常屈其座人"⑦。在书法和篆刻造诣上，吕公溥"晚年酷爱右军《兰亭帖》……终日挥毫，不为疲也"⑧，"日令童子磨墨数升，操笔挥洒，神气飞舞。大中丞某爱其书法，令人侍其侧年余，凡所书，虽片纸必取以去"⑨，"特工篆刻，刀法逼近文三桥"⑩。同时，吕公溥雅好藏书，《中州诗钞》称其"寸田以累世书香，缥缃满一楼，日坐其间，披阅吟诵，每卷朱墨灿然"⑪。但吕公溥殁后，其藏书大多失散："寸田没后，家计萧条……其书半归淮家，每见寸田手迹读之，不胜有今昔之感云。"⑫ 此外，值得一提的是，吕公溥本人还是中州重要的剧作家，其所作《弥勒笑》在河南戏剧史上具有举足轻重的地位。⑬

吕公溥著作，《（民国）新安县志·艺文志》著录《寸田诗草》八

---

① 参见王永宽《明末至清代新安吕氏家族世系与支派考略》，《中州学刊》2012 年第 1 期；杜培响《明清之际新安吕氏家族及文学研究》，博士学位论文，福建师范大学，2012 年；高险峰《明清时期新安吕氏家族研究》，硕士学位论文，河南科技大学，2012 年；郭微《甲于全豫——明清新安吕氏家族研究》，硕士学位论文，华中师范大学，2014 年。

② ［清］杨淮辑，张中良、申少春校勘：《中州诗钞》卷十五"吕公溥传"，第 373 页。

③ ［清］吕田：《诰封奉政大夫江苏通州直隶州知州寸田吕公墓志铭》。

④ ［清］杨淮辑，张中良、申少春校勘：《中州诗钞》卷十五"吕公溥传"，第 373 页。

⑤ ［清］袁枚：《寸田诗草序》，［清］吕公溥《寸田诗草》卷首，清乾隆刻本。

⑥ ［清］杨淮辑，张中良、申少春校勘：《中州诗钞》卷十五"吕公溥传"，第 373 页。

⑦ ［清］吕田：《诰封奉政大夫江苏通州直隶州知州寸田吕公墓志铭》。

⑧ ［清］吕田：《诰封奉政大夫江苏通州直隶州知州寸田吕公墓志铭》。

⑨ ［清］杨淮辑，张中良、申少春校勘：《中州诗钞》卷十五"吕公溥传"，第 373 页。

⑩ ［清］杨淮辑，张中良、申少春校勘：《中州诗钞》卷十五"吕公溥传"，第 373 页。

⑪ ［清］杨淮辑，张中良、申少春校勘：《中州诗钞》卷十五"吕公溥传"，第 373 页。

⑫ ［清］杨淮辑，张中良、申少春校勘：《中州诗钞》卷十五"吕公溥传"，第 373 页。

⑬ 王永宽、白本松主编：《河南文学史·古代卷》，中州古籍出版社 2002 年版，第 839—842 页。

卷、《寸田文稿》八卷、《寸田赋稿》《寸田拟招》《寸田集陶》《寸田集唐》，以及传奇剧《弥勒笑》四十二出①，《中州艺文录》另录其《宗祀祭规》一卷②。另据《（乾隆）新安县志》卷末《邑人与修姓氏》及《（乾隆）河南府志》卷首《重修姓氏》，吕公溥曾于乾隆年间参与修订以上二部方志。③又据清乾隆四十八年（1783）重修吕维祺《明德先生文集》卷首、清乾隆刻本吕公路《介亭诗草》卷首、清乾隆刻本吕公滋《硕亭诗草》卷首，吕公溥曾参与修订以上家集。此外，清苏源生《国朝中州文征》卷二十录其《绿园诗序》一篇。④清杨淮《中州诗钞》卷十五录其诗三十五题，计四十六首。⑤清符葆森《国朝正雅集》卷十四录其诗二首，称："中州吕寸田诗，工于言情。"⑥徐世昌《晚晴簃诗汇》卷八十七录其诗一首，称："吕氏自司农、光禄二公以诗名，松坪、力园承之。寸田为待孙子，仰绳余绪，不懈而及于古，足为后劲。"⑦

吕公溥与李海观交游甚密。《中州诗钞》称李海观"与新安吕寸田往来，讲论诗学，故诗有渊源"⑧。据李海观《李绿园公诗钞》⑨残稿及其卷首吕公溥《绿园诗序》，以及吕公溥《寸田诗草》等文献材料，目前可确知的李、吕交往时段主要有：

其一，李海观初至新安时。今考《李绿园公诗钞》卷首吕公溥序页面残损，然中有"幼时曾来新"、"掌园诸昆订莫逆，时余髫"字句，惜

---

① 张钫修，李希白纂：《（民国）新安县志》卷十三艺文，第1028—1029、1035页。

② 李敏修辑录，申畅总校补，李宗泉等主编：《中州艺文录校补》，第448页。

③ ［清］邱峨纂修《（乾隆）新安县志》卷末《邑人与修姓氏》有"监生吕公溥仁原"，清乾隆三十一年（1766）刻本。［清］施诚修，裴希纯纂《（乾隆）河南府志》卷首《重修姓氏》有"监生吕公溥"，清乾隆四十四年（1779）刻本。

④ ［清］苏源生：《国朝中州文征》，清道光二十五年（1845）刻本。

⑤ ［清］杨淮辑，张中良、申少春校勘：《中州诗钞》卷十五，第373—380页。

⑥ ［清］符葆森：《国朝正雅集》，清咸丰七年（1857）京师半亩园刻本。

⑦ 徐世昌编，闻石点校：《晚清簃诗汇》，中华书局1990年版，第3609页。

⑧ ［清］杨淮辑，张中良、申少春校勘：《中州诗钞》卷十四"李海观传"，第341页。然考李、吕二人年齿，李海观比吕公溥年长二十岁，称其"与新安吕寸田往来，讲论诗学，故诗有渊源"，并非毫无疑点。参见拙作《"李海观'诗有渊源'"之成因探析》，《河南科技大学学报》（社会科学版）2016年第4期。

⑨ 本书引用李海观诗，皆据河南省图书馆藏《李绿园公诗钞》钞本，下不另出注。

无法通读。又考李海观《戊戌春正月坐横山惜阴斋与中牟胡蒉船吕廿二寸田话山水》一诗自注："余初至横山，寸田尚幼稚。"今考李、吕二人年齿，李海观生于康熙四十六年丁亥（1707），吕公溥生于雍正五年丁未（1727），由吕公溥生年判断，"寸田尚幼稚"的时段当在雍正年间。由于李海观年长吕公溥二十岁，所以出现了青年李海观初至横山时，"寸田尚幼稚"的现象。

其二，乾隆二十七年（1762）。据吕公溥《绿园诗序》，是年二人"晤于大梁旅舍，匆匆别"。

其三，乾隆四十二年至四十四年（1777—1779）。乾隆四十二年，吕公溥游泰山归豫，恰逢李海观至新安教书，由此直至乾隆四十四年前后李海观南返宝丰，是李、吕二人交往的密切时期。乾隆四十二年，吕公溥与李海观先后于马行沟、横山相会，吕公溥《绿园诗序》："厥族邀之课子侄，适余游泰山归，往候之，相见泊如也。六月，来横山，出向所为诗示余，复与剧谈数晨夕，相乐无间云"。今考河南省图书馆藏李海观《李绿园公诗钞》残本，卷首有乾隆四十二年七月吕公溥撰序，卷中几乎每首作品都末附吕公溥评点。乾隆四十三年（1778），李海观作《戊戌春正月坐横山惜阴斋与中牟胡蒉船吕廿二寸田话山水》一诗，称"髯痴（自注：寸田别号髯痴）今逾五十二，何得仍呼我小友"。同年九月，李海观参与横山"戊戌九老诗会"，"九老"之一便有吕公溥叔父吕仰曾①，吕公溥撰有《戊戌九老会诗》记此盛会，称"吾家阿叔七十二，绿园同庚胶漆投"②。在吕公溥《寸田诗钞》中，尚有《赠李孔堂二首》（"吾乡风教至今醇"、"云岭虚悬待叩钟"）。此外，李海观还与吕公溥共同参与校订了吕公溥堂弟吕公滋的《硕亭诗草》。③ 可见李海观虽年长吕公溥二十岁，二人却是交游甚密的忘年之友。

在既有的研究中，学界对吕公溥的关注点主要有二。其一，吕公溥本

---

① 吕仰曾，字宗企，号向山，乾隆间岁贡。著有《立亭诗草》等，详见张钫修、李希白纂《（民国）新安县志》卷十一人物、卷十二艺文。

② ［清］吕公溥：《寸田诗草》卷三，清乾隆刻本。

③ ［清］吕公滋：《硕亭诗草》卷首《校订姓氏》，清乾隆刻本。

人的文学成就。例如，王永宽《清代河南戏曲作家吕履恒、吕公溥年表》①及其主编《河南文学史·古代卷》的相关章节②，樊兰、崔志博《论清中叶戏曲的"花雅"融合——以〈弥勒笑〉对〈梦中缘〉的改编为考察中心》③，皆集中在吕公溥生平及其传奇剧《弥勒笑》的研究。其二，吕公溥与李海观的诗学交游，作为对李海观生平、交游的旁证。例如，1929 年民国学者徐玉诺搜集"《歧路灯》脱稿前后时人对于作者之评语"，抄录乾嘉时期学者对《歧路灯》的评论二条，其一即为吕寸田《赠李孔堂》诗。④栾星《李绿园传》中"交游"、"年谱"两节，皆提及吕公溥为李海观诗集撰序。⑤徐云知《李绿园交游考》亦涉及李、吕二人诗作往来，以及吕公溥为李海观诗集撰序两个方面。⑥长期以来，学界对李海观、吕公溥交游情况的认识停留在"讲论诗学"的层面，由于与《歧路灯》的成书与流传没有直接关系，甚少受到《歧路灯》研究者的重视。

吕寸田评本最重要的史料意义，在于提供了吕公溥作为李海观好友，评点《歧路灯》的直接证据，具体体现在以下三个方面。

第一，从《歧路灯》流传史角度，证明了吕公溥作为《歧路灯》早期读者、评点者的身份。在吕寸田评本发现之前，学界普遍认为：《歧路灯》的最早评点者为吕燕昭。此说基于栾星对"乾隆庚子过录题识"中"吕中一评《歧路灯》有曰：'以左丘司马之笔法，写布帛菽粟之文章。'允为的评"一句的考证。据栾星《李绿园传》："吕燕昭字仲笃，又字中一"，"吕燕昭即吕中一，是《歧路灯》和《绿园诗钞》最早的读者之

①　王永宽：《清代河南戏曲作家吕履恒、吕公溥年表》，中国戏曲志河南卷编辑委员会编《河南戏曲史志资料辑丛》第九辑。

②　王永宽、白本松主编：《河南文学史·古代卷》第八编《清初至清中叶河南文学》第四章《清代河南戏曲作家》第二节"吕履恒、吕公溥"，第 836—842 页。

③　樊兰、崔志博：《论清中叶戏曲的"花雅"融合——以〈弥勒笑〉对〈梦中缘〉的改编为考察中心》，《中国戏曲学院学报》2013 年第 4 期。

④　徐玉诺：《墙角消夏琐记》（其一），《〈歧路灯〉论丛》（二），第 277 页。

⑤　栾星：《歧路灯研究资料》，第 60 页。

⑥　徐云知：《李绿园的创作观念及其〈歧路灯〉研究》附录二《李绿园交游考》，第 268—271 页。

一，今传世钞本《歧路灯》尚保留有他的批语"①。此说影响很大，至今仍为《歧路灯》相关研究论著所沿袭，例如侯忠义《世情讽喻小说》称"吕燕昭是今知最早评阅《歧路灯》的人"②；徐云知《李绿园交游考》称"吕中一，名燕昭，字仲笃，又字中一，新安人。乾隆三十六年举人，仕至江宁府知府。为吕公溥的侄子"③。

"《歧路灯》的最早评点者为吕燕昭"一说的问题首先在于："乾隆庚子过录题识"中提及的"吕中一"并非吕燕昭。今考《（民国）新安县志·艺文志》著录吕燕昭《福堂诗集》四卷，称"燕昭字仲笃，乾隆辛卯举人"④；《中州艺文录》卷二十四著录吕燕昭《福堂文集》《福堂诗草》，称"燕昭，字仲笃。新安县人。肃高子。乾隆三十六年举人，历官江苏江宁府知府"⑤；《中州文献总录》著录吕燕昭《新修江宁府志》《福堂文集》《福堂诗集》，称"吕燕昭，字仲笃，号玉照，新安人"⑥；皆未见吕燕昭字中一之说。

据笔者考证，吕中一当为吕公溥族侄吕申。清杨淮《中州诗钞》录吕申诗二首，称："吕申，字中乙。新安贡生。绩学不售。著《约堂诗草》一卷，项家达为之序。"⑦《中州艺文录》卷二十四著录吕申《以约堂诗草》，称："申，字中一。新安县人。衍高子。乾隆时岁贡。"⑧《中州文献总录》称："吕申，字中乙，新安人。衍高子。乾隆时岁贡，绩学不售。"⑨古籍中"一"、"乙"常混用，吕中一即为吕申。

吕申（字中一）与吕燕昭（字仲笃）并非同一人。今考清乾隆刻本吕公滋《硕亭诗草》卷首《参阅姓氏》，既有"侄申中一"，又有"侄燕

① 栾星：《歧路灯研究资料》，第36、29页。

② 侯忠义：《世情讽喻小说》（下），辽宁教育出版社2013年版，第85页。

③ 徐云知：《李绿园的创作观念及其〈歧路灯〉研究》附录二《李绿园交游考》，第273页。

④ 张钫修，李希白纂：《（民国）新安县志》卷十三艺文，第1031页。

⑤ 李敏修辑录，申畅总校补，李宗泉等主编：《中州艺文录校补》，第449页。

⑥ 吕友仁主编：《中州文献总录》，中州古籍出版社2001年版，第1423页。

⑦ ［清］杨淮辑，张中良、申少春校勘：《中州诗钞》卷二十四"吕申传"，第572页。

⑧ 李敏修辑录，申畅总校补，李宗泉等主编：《中州艺文录校补》，第449页。

⑨ 吕友仁主编：《中州文献总录》，第1470页。

昭仲笃"，不失为可信证据。①"乾隆庚子过录题识"中所谓"吕中一"
即为吕申，而非吕燕昭。据笔者考证，吕申、吕燕昭五世祖皆为吕维祺。
吕申父吕衍高，衍高父吕缵曾，缵曾父吕赉恒，吕赉恒为吕兆琳次子，后
出继吕兆琳兄长吕兆璜，兆璜、兆琳父吕维祺。吕燕昭父吕肃高，肃高父
吕耀曾，耀曾父吕谦恒，吕谦恒为吕兆琳三子。吕公溥父吕守曾，守曾父
吕履恒，吕履恒为吕兆琳长子。吕申和吕燕昭均为吕公溥子侄辈。吕公溥
《寸田诗草》卷二、卷四、卷八分别有《二十五侄燕标以淯川教谕擢县令
归自都门旋将别去聊志以诗并为二十三侄燕昭勖焉》《送如山六侄由德
州李文峦署中北上应试礼闱兼问仲笃二十三侄二首》《白莲初放适仲笃侄
北上戏咏一绝以壮其行》三诗，诗题所称"二十三侄燕昭"、"仲笃二十
三侄"即为吕燕昭。吕申《邀二十二叔二十三叔二十四叔看剑四宜楼》②
诗题所称"二十二叔"即为吕公溥。在这一意义上，吕公溥评点将《歧
路灯》评点历史上溯了一代人。吕公溥既是《歧路灯》的早期读者，也
是《歧路灯》的早期评点者。

　　第二，从评点者身份角度，在古代小说评点史上，与作品同时代的共
时性评点较为难得，而来自作者好友的评点则更为可贵。吕公溥作为李海
观好友，与李海观交游甚密，其评点本身就是古代小说评点史中的宝贵案
例。更为重要的是，吕公溥确证可考的身份、在正统文学及俗文学领域的
较高造诣，使其相对于《歧路灯》后世流传中的众多无名评点者，显然
更为重要。

　　第三，从评点时间角度，据吕公溥墓志《诰封奉政大夫江苏通州直
隶州知州寸田吕公墓志铭》，可知吕公溥卒于清嘉庆十年（1805）。吕公
溥对《歧路灯》的评点必然早于此年。进一步说，吕公溥为《李绿园公
诗钞》撰序时间为乾隆四十二年七月，《歧路灯》存世钞本卷首作者自序
的题署时间皆集中在乾隆四十二年七月、八月，可知这是李海观整理毕生
作品的重要时段，同时，也恰恰是李、吕二人交游最为密切的时期。有理

---

① ［清］吕公滋：《硕亭诗草》卷首《校订姓氏》，清乾隆刻本。
② ［清］杨淮辑，张中良、申少春校勘：《中州诗钞》卷二十四，第572—573页。

由推测，正是在这一时期的交往中，吕公溥得以接触到《歧路灯》的文本。从吕公溥评点《李绿园公诗钞》，李海观、吕公溥等人共同评点吕公滋《硕亭诗草》等现象推测，在李海观与新安诸吕的交游圈中，存在相互评点作品的文化风气。吕公溥对《歧路灯》的评点，也很可能受到这一风气影响。在《歧路灯》历经"盖阅三十岁以迄于今而始成书"（李海观《歧路灯序》）的最后阶段，吕公溥作为李海观好友，其评点是反映《歧路灯》流传与接受的珍贵史料，对今人了解《歧路灯》的早期传播具有重要意义。

二 北京大学图书馆藏张廷绶题识钞本（"张廷绶题识本"）

本书简称"张廷绶题识本"。全书不分卷，卷首总目抄至一百零七回，然正文第五十八回后径接第六十回，正文实抄至一百零八回，《北京大学图书馆藏古籍善本书目》①《北京大学图书馆古典小说戏曲目录》②皆著录为百回本，误。凡二十册。全书首有清人张廷绶题识；次《家训谆言》八十条；次李海观《歧路灯序》，末署"乾隆四十二年七夕之次日绿园老人题于新邑之东皋书舍"；次《歧路灯目录》；次正文。正文部分半叶抄九行，行约二十字，正文讳"淳"字。末册末页有"商字上头加客字，本乡莫讲浚财源"小字，盖出自《歧路灯》第六十九回《厅檐下兵丁气短　杯酒间门客畅谈》回末诗，今检该回回末佚此二句，当为装订讹误。书中钤有"北京大学藏书"朱文方印。

此本最值得关注之处，在于保存了清人张廷绶的题识，为《歧路灯》存世诸本所未见。现录题识全文如下（原文不分段，标点为笔者所加）：

① 北京大学图书馆编《北京大学图书馆藏古籍善本书目》著录"《歧路灯》一百回，钞本"，北京大学出版社1999年版，第313页。

② 侯忠义、张其苏、徐伏莲编《北京大学图书馆古典小说戏曲目录》著录"《秘本歧路灯》一百回，钞本，十二册"，北京大学图书馆1992年版，第117页。

此宝（封）［丰］李绿园先生所手著也。先生讳海观，世居邑之鱼山侧。簪缨继世，代有闻人。先生以名孝廉出宰印江，性情高迈峭直，不合流俗。未期年，解组归来，优游林下，以著书自娱者垂三十年。《歧路灯》一书于是乎成。殆先生殁，哲嗣观察公蘧、广文公葛，筮仕远方，将稿本携之任所，故得觏者绝少。

予姑丈名于溁，为观察公子，于道光辛卯（引者按：道光十一年，1831）年始出原本，示先君子，其后流传渐广。同里杨君澄波，邑巨室也，司铎长葛，时欲寿之枣梨，公诸同好。先君子力为怂恿，后家业凌替，因而中止。非是书之大不幸乎！

夫人之生子，莫不愿其聪明。然为聪明所误，若谭绍闻者，如先生所云，非良心不泯、族人提拔，势不至家败人亡不止。吁！可不惧哉！倘案有是书，俾朝夕观览，即匪类相引诱，而心有所惕，或不至随波逐流。故此书实救才士之良药，渡幼学之宝筏也。

颍川张明经晋庵，家有其书，银子豫妹倩见而好焉，手自钞录数册，并假毛生舜卿代钞数册，遂成全璧，什袭藏之。予于辛酉岁（引者按：咸丰十一年，1861）课诸甥读，暇时批阅数过，谨志其颠末如此。

先生别有《东郭记》传奇四卷，将叔季人情、炎凉世态描写尽致。予与枫江姻叔同馆于尉邑刘氏，仅一见之故，传世者愈罕云。

蓬池张廷绶器兹甫书于问天精舍。

张廷绶，生平事迹不详。据题识末署"蓬池张廷绶器兹甫"，可知张廷绶字器兹，蓬池（今河南尉氏）人，生活时代约在咸丰朝前后。今考河南地区方志，以及《中州艺文录》《中州诗钞》《中州文献总录》等相关史料，均未见张廷绶别集或诗作，亦未见张廷绶传记或科举铨选记录。因此，或许正如张廷绶自称"课诸甥读"，张廷绶极有可能是咸丰朝前后河南尉氏的一位科举失意、以教书为业的读书人，未曾在史料中留下记载，是情理之中的。

尽管张廷绶本人生平事迹可考者寥寥，但是，张廷绶题识具有重要的文献史料价值。首先，张廷绶题识明确了其传抄底本、抄写者和抄写时间，对于考察该钞本的文献价值至关重要。在传抄底本方面，张廷绶自称"颍川张明经晋庵，家有其书，银子豫妹倩见而好焉，手自钞录数册，并假毛生舜卿代钞数册，遂成全璧"。"颍川张明经晋庵"生平无考，但可据此推知，张廷绶题识本的传抄底本为一颍川传写本，经由张晋庵旧藏。在抄写者方面，此本由"银子豫妹倩"、"毛生舜卿"二人抄出。银、毛二人生平无考，二人既是《歧路灯》的传抄者，又是《歧路灯》的早期读者。在抄写时间上，张廷绶"于辛酉岁课诸甥读，暇时批阅数过"，"辛酉岁"当指咸丰十一年（1861），可知此本抄写时间不晚于此年。综上所述，张廷绶题识本是传抄于咸丰年间的、较为晚出的《歧路灯》钞本。在《歧路灯》存世诸本中，除安定筱斋钞本保存了身份不详的"安定筱斋主人"名号外，其余诸本的抄写者、抄写时间均难以明确界定。张廷绶题识本具有明确的抄写时间、抄写底本和抄写者，较为难得。

其次，也更为重要的是，张廷绶在题识中揭示了自己的特殊身份，主要体现在两个层面。其一，张廷绶称"予姑丈名于溧，为观察公子"，可知张廷绶姑丈，即为李绿园孙、监生李于溧。李于溧，字云庄，李海观孙、李蘧子，太学生。今考清道光十七年（1837）重修《宝丰县志》卷首《重修宝丰县志姓氏》有"邑监生李于溧"，知其曾于道光年间参与重修县志。其二，张廷绶称"予与枫江姻叔同馆于尉邑刘氏"，其所称"枫江姻叔"，即李海观孙、监生李于浔。据《李氏族谱》："于浔，字枫江，监生。娶吕氏、庞氏，子二，庞氏出。"又据李海观孙李于潢《方雅堂诗集》卷三《将之山阴口号别家雨甸、云庄、枫江兄弟》诗[①]，"雨甸、云庄、枫江"即为李海观孙李于涞、李于溧、李于浔。张廷绶作为李于溧妻侄，称李于浔为"姻叔"亦在情理之中。由此可见，张廷绶与李海观孙李于溧有姑侄关系，与李海观孙李于浔为同事关系，足见其与李海观后裔的密切往来，及其对宝丰李氏的熟悉程度。张廷绶见证了《歧路灯》在咸丰朝前后的流传，其题识可为现今《歧路灯》研究中若干推测、争

①　［清］李于潢：《方雅堂诗集》卷三，清道光十七年（1837）刻本。

议提供可信佐证，具有重要的文学史料价值。

（一）"《歧路灯》稿本亡于杨淮"说佐证

《歧路灯》稿本下落历来颇受学界关注。关于宝丰李氏后裔藏书的流散，目前学界存在两种重要推测。其一，20 世纪 20 年代，诗人、学者徐玉诺认为"……又先生长孙于黄有女配张虎头次子仲虎，晚年无子，所有重要书籍都藏张家；或者不能找不到一些记载。看将来罢"①。张虎头，即河南书画家张丙煐。徐玉诺构建了宝丰李氏书籍流散"李海观—李于潢—张丙煐"的传承关系，将关注点聚焦于张丙煐。其二，20 世纪 80 年代，栾星认为"嘉庆二十一年李蘧死后，李氏开始败落，至道光年间先辈书稿渐散失外流"，并作出以下推测：

> 杨淮为道光间河南藏书家之一，尤注意搜聚清代河南闻人诗文集，且近在桑梓，绿园诗文手稿流入淮手，全有可能。由杨淮在绿园小传中对《歧路灯》所作评语，也可看出他曾详细读过这部书。只是"待梓"，是他说了一句空话，他并未刊行它。杨淮之后，手稿何去，已再查不到踪迹。手稿之亡，或即亡失在杨淮手里。②

栾星将宝丰李氏藏书流散线索引至河南学者杨淮，其"《歧路灯》稿本亡于杨淮"的推测长期以来在学界通行。然而，此说主要依据杨淮《中州诗钞》卷十四"李海观传"称："（李海观）又著《歧路灯》一书……醒世之书也。稿流传归淮家，待梓。"③ 此外并无时人记述可资考证。

张廷绶题识的重要价值之一，是详细记述了杨淮计划刊行《歧路灯》的过程，为"《歧路灯》稿本下落"问题提供了可信佐证，在填补了史料空白的同时，提供了以下重要细节。

---

① 徐玉诺：《〈歧路灯〉及李绿园先生遗事》，《〈歧路灯〉论丛》（二），第 274 页。"黄"当作"潢"，原文如此。

② 栾星：《〈歧路灯〉及其流传》，载《〈歧路灯〉论丛》（一），第 188 页。

③ ［清］杨淮辑，张中良、申少春校勘：《中州诗钞》卷十四"李海观传"，第 341 页。

其一，李蘐去世后，《歧路灯》稿本曾保存于李海观孙、李蘐子李于滦之手。事实上，徐玉诺称李于潢为李海观长孙，实误（已被栾星指出①）。另据笔者考证，张丙煃《观两斋诗钞》卷末署"男翊庄/国/敬/严校订"，今考《咸同广陵史稿外编·张翊国自叙扬州事》，"至十三日，听得南京失守，江宁县家七叔同我胞弟张翊敬，堂弟方洛、方义同时血战死节之信，愤不欲生"②；又考张丙煃《晚翠轩笔记》称"次子翊敬过颍桥逆旅，于壁间录诗数首"③，知张丙煃四子分别为张翊国、张翊敬、张翊庄、张翊严。张丙煃《国儿于五月中旬别余津门……除夕随余返里以诗志喜》诗"家园足离乱，弱稚各奔逃"句自注："时黄河没后，年荒民乱……长媳李归宁宝丰，次子翊敬侨居汴省"④，其所称长媳宝丰李氏，当即为李于潢女。由此可知，李于潢女为张丙煃长媳，所配为长子张翊国，而非次子张翊敬。更为重要的是，李于潢本人为庶子，李蘐死后，《歧路灯》稿本并非存于李于潢之手，亦未曾随李蘐之死而流散，而是（至少在一段时间内）完好保存于李于潢兄长李于滦手中。李于滦曾于道光十一年（1831）将《歧路灯》稿本出示张廷缪父亲，是这一事实的铁证。

其二，杨淮计划刊行《歧路灯》的时间段为"司铎长葛"时期（或其后）。一方面，张廷缪题识称"同里杨君澄波"，即河南宝丰著名藏书家、《中州诗钞》的编纂者杨淮。杨淮"司铎长葛"的具体时间失考，然据杨淮自称"淮幼服庭训，少通韵语，及长，忝膺司铎之任，身列末僚，报称无方"⑤，后代学者考证"（杨淮）及冠，即入庠补廪，曾任长葛儒学训导，道光十九年，复任密县儒学训导"⑥，"（杨淮）及长，经过会

①　栾星：《李绿园家世生平再补》，《明清小说研究》1986 年第 1 期。

②　罗尔纲等：《咸同广陵史稿》，扬州人民出版社据清刻本影印 1960 年版。

③　[清]张丙煃：《晚翠轩笔记》，清咸丰三年（1853）刻本。

④　[清]张丙煃：《观两斋诗钞》卷上，清咸丰三年（1853）刻本。

⑤　[清]杨淮：《国朝中州诗钞序》，[清]杨淮辑，张中良、申少春校勘《中州诗钞》，卷首第 11 页。

⑥　宝丰县史志编纂委员会编：《宝丰县志》，方志出版社 1996 年版，第 768 页。

试，入庠补廪。不久，便出任长葛训导，后于道光十九年又出任密县训导"①。可知杨淮初任长葛学官，复任密县学官，任长葛学官应早于道光十九年（1839）。另一方面，杨淮《中州诗钞》称"（《歧路灯》）稿流传归淮家，待梓"。据杨淮《中州诗钞·凡例》："是集起于道光乙未季冬，成于道光癸卯仲夏"②，及杨淮自序"淮枕藉饮馈其间，八阅寒暑，去糟粕，存精华，厘为三十二卷"③，可知《中州诗钞》编纂工作始于清道光十五年（1835）前后，成书于道光二十三年（1843）。因此可推测杨淮计划刊行《歧路灯》稿本的重要时间段：道光十五年（或更早，但不早于道光十一年），而不晚于道光十九年出任密县学官。此时《歧路灯》稿本仍完好存世，但尚未付梓。

其三，杨淮放弃刊行《歧路灯》的根本原因在于家道中落，此后《歧路灯》稿本下落待考。栾星认为，"只是'待梓'，是他说了一句空话，他并未刊行它"。从张廷绶题识可知，杨淮刊刻《歧路灯》的计划由于"后家业凌替，因而中止"。清人李方《中州诗钞书后》诗称"宝丰杨君澄波氏，词源倒泻巫峡水。家藏玉海三万轴，交遍两河知名士。不惜千金购遗书，诗草束与牛腰比"④。"不惜千金购遗书"，似乎可从一个侧面揭示杨淮"家业凌替"的原因。随着杨淮家道中落，《歧路灯》稿本亦不知所踪。张廷绶的姑丈李于滦是《歧路灯》稿本的保管者，张廷绶的父亲曾大力怂恿支持杨淮刊行《歧路灯》，二人对于此事原委当知之甚详。事实上，张廷绶作为李于滦妻侄，自己尚未亲见《歧路灯》稿本，如果杨淮家业凌替后《歧路灯》稿本尚且存世，那么张廷绶不应毫不知晓、只字未提。

张廷绶题识为"《歧路灯》稿本亡于杨淮"说提供了可信佐证。尽管栾星所推测的细节与张廷绶的记述有不符之处，但总体而言，《歧路灯》稿本之下落与杨淮有很大关系，这一点已基本可以证实。20 世纪 20 年

---

① ［清］杨淮辑，张中良、申少春校勘：《中州诗钞》前言，卷首第 2 页。
② ［清］杨淮辑，张中良、申少春校勘：《中州诗钞》，卷首第 15 页。
③ ［清］杨淮辑，张中良、申少春校勘：《中州诗钞》，卷首第 11 页。
④ ［清］杨淮辑，张中良、申少春校勘：《中州诗钞》，第 654 页。

代，徐玉诺曾前往河南寻访杨氏后裔，称"诺与杨家无瓜葛，且其家现已无人，只留三世孀妇，与世绝缘；无法搜求。年来杨庄频遭兵火，玉碎瓦中，正不可料"①。《歧路灯》稿本存佚，至今仍不可预期。

（二）"李海观作《东郭传奇》"说佐证

李海观著作，见《（嘉庆）宝丰县志》著录《绿园诗稿》②；《（道光）宝丰县志》著录《绿园诗稿》《说黔》共四卷、《拾菌录》十二卷、《歧路灯》二十卷③；《（民国）新安县志》著录《歧路灯》十二册、《绿园诗草》四卷④；《中州艺文录》著录《拾捃录》十六卷、《歧路灯》二十六卷、《绿园文集》、《绿园诗集》⑤；清杨淮《中州诗钞》卷十四"李海观传"著录《拾捃录》《绿园诗稿》《绿园文集》《歧路灯》四种⑥；清符葆森《国朝正雅集》卷五著录《拾捃录》《绿园诗文集》二种⑦。

在以上著录之外，学界长期存在"李海观作《东郭传奇》"的推测。20世纪20年代，徐玉诺曾亲往河南一带探访李氏后裔，在寄给冯友兰的书信《〈歧路灯〉及李绿园先生遗事》中，徐玉诺提及：

> 幸喜此次（与）［于］李先生家得读四谈抄本（《谈大学》《谈中庸》《谈文》《谈诗》；豫西一带塾师喜为传抄演唱）《东郭传奇》残版（去年去信曾说起《东郭传奇》，疑非出李先生手；此时已确信为李先生所作。唯先生不谙填词，调极简单；但词白尖俏挖苦，可与傅青主骄其妻妾曲比美）。⑧

---

① 徐玉诺：《〈歧路灯〉及李绿园先生遗事》，《〈歧路灯〉论丛》（二），第274页。

② ［清］陆蓉修，［清］武亿纂：《（嘉庆）宝丰县志》卷二十一列传，清嘉庆二年（1797）刻本。

③ ［清］李彷梧修，［清］耿兴宗、［清］鲍桂徵纂：《（道光）宝丰县志》卷十五艺文，清道光十七年（1837）刻本。

④ 张钫修，李希白纂：《（民国）新安县志》卷十三艺文，第1026—1027页。

⑤ 李敏修辑录，申畅总校补，李宗泉等主编：《中州艺文录校补》，第505—507页。

⑥ ［清］杨淮辑，张中良、申少春校勘：《中州诗钞》卷十四"李海观传"，第341页。

⑦ ［清］符葆森：《国朝正雅集》卷五，清咸丰七年（1857）京师半亩园刻本。

⑧ 徐玉诺：《〈歧路灯〉及李绿园先生遗事》，《〈歧路灯〉论丛》（二），第271页。

由于史志、艺文志失载，《东郭传奇》长期以来不为学界所知，徐玉诺本人亦曾"疑非出李先生手"。加之徐玉诺得到《东郭传奇》残版后，此书下落不明，栾星在撰写《李绿园传》时，对此书亦未曾听闻。① 直到20世纪80年代，栾星方从李海观后裔李春林处得知《东郭传奇》的存在：

> 八二年我到宝丰访问，才由李春林口中得知绿园著作尚有《东郭传》及《破山斧》两种。惟所写何事，什么体裁，皆说不清了。后接到他的来信，《东郭传》已询得一点眉目，是由鲁山县张官营刘寨一位年逾八十的退休教师张孝裕那里探听来的。张幼年见过它，名《东郭传奇》，是个戏曲脚本，演《孟子》第八篇故事。……继而查到玉诺致冯友兰函，两相印证，知张的记忆无误。②

徐玉诺、栾星的见闻，使《东郭传奇》得以进入《歧路灯》研究者的视野，为后人研究李海观著作提供了重要线索。然而，两位学者所见所闻虽可大致"两相印证"，却仍不无疑点：首先，在地域上，鲁山教师张孝裕幼年所见，是否即为宝丰李氏所藏《东郭传奇》？其次，在时间上，张幼年所见《东郭传奇》与徐玉诺"由春林的爷爷李炆手中拿走了这两部书"孰为先后？特别是明清时期戏曲以《东郭记》《东郭传奇》等等为名者较多③，民国初年仍有以《东郭传奇》为名敷衍"齐人有一妻一妾"故事者④，徐玉诺所闻"可与傅青主骄其妻妾曲比美"者，其内容是否即为

---

① 栾星《李绿园家世生平再补》："绿园别撰《东郭传奇》，或以其为俗曲之故，郡邑书目不载。我在写《李绿园传》时犹未闻。"《明清小说研究》1986年第1期。

② 栾星：《李绿园家世生平再补》，《明清小说研究》1986年第1期。

③ 蒋瑞藻《小说考证拾遗》"《东郭记》"条考证甚详，商务印书馆1922年版，第23—29页。

④ 如题名飞鸿子《东郭传奇》敷衍"齐人有一妻一妾"故事，1914年9—10月刊载于《好白相》第六期、第七期。左鹏军《晚清民国传奇杂剧考索》第一章《新见晚清民国传奇杂剧考辨》录其本末，人民文学出版社2005年版，第37—38页。

"齐人有一妻一妾"？由于"李海观作《东郭传奇》"说的所有证据均建立在民国以来学者口耳相传的基础上，加之徐玉诺所得"《东郭传奇》残版"下落不明，因此《东郭传奇》的卷帙、风貌历来非常模糊。

所幸的是，张廷绶题识可为"李海观作《东郭传奇》"一说提供有力证据。张廷绶本人曾亲见《东郭记》，并确切记录其卷帙为四卷本。张廷绶称"予与枫江姻叔同馆于尉邑刘氏，仅一见之故"。"尉邑刘氏"今不可考，据李海观孙李于潢《方雅堂诗集》卷三《尉氏晓发寄怀张时山（敬典）刘洛客妹婿（锡耆）及舍弟枫江》诗，疑"尉邑刘氏"或与诗题中"刘洛客妹婿锡耆"有关。笔者推测，张廷绶得见《东郭记》的契机，或为尉邑刘氏所藏、张廷绶得与李于浔同观，或为李于浔携至尉氏县、出示张廷绶等人；此中缘由已殊难考证。但无论如何，《东郭记》的流播情况并不如《歧路灯》之广，是毫无疑问的。张廷绶称其"仅一见之故"、"传世者愈罕"，说明此时《东郭记》已为世所罕见。对于李海观三代之后的后裔尚且如此，《东郭记》的传本之少、流传范围之狭小，已可窥得一斑。

张廷绶题识在相关史料失载的情况下，为"李海观作《东郭传奇》"说提供了重要证据。李海观曾有《东郭记》四卷传世，可被视为可信事实。令人遗憾的是，张廷绶未曾详细记录《东郭记》的具体情节内容，仅称"将叔季人情、炎凉世态描写尽致"。然今考"齐人有一妻一妾"故事，意在讽刺齐人"求富贵利达"而恬不知耻的丑态（如傅山《骄其妻妾曲》意在讥讽时人"对人前把面皮抓，背地里把良心坏"[1]），似与张廷绶"叔季人情、炎凉世态"之描述不甚相符，因无进一步佐证，姑且存疑。

综上所述，张廷绶题识具有重要的史料价值。首先，在题识者身份上，张廷绶本人为李海观孙李于滦妻侄、李于浔同事，其父与李于滦、杨淮等人关系密切，张廷绶所撰题识具有较高可信度。其次，在题识时间上，张廷绶题识填补了咸丰朝前后《歧路灯》流传史料的空白。最后，

---

① ［清］傅山：《骄其妻妾曲·尾声》，转引自蒋瑞藻《小说考证拾遗》，第29页。

在题识内容上，张廷绶题识为民国初年以来几代学者致力于探寻的问题，例如"《歧路灯》稿本亡于杨淮"、"李海观作《东郭传奇》"等推测提供了可信佐证。

在题识中，张廷绶明确了《歧路灯》的普适教育意义，将全书提升到"救才士之良药，渡幼学之宝筏"的高度，这无疑是对全书教育意义和写作意图的精准把握，与杨淮《中州诗钞》称《歧路灯》为"醒世之书"的评价较为一致。然而，囿于篇幅，张廷绶题识并未在文学层面上过多论及《歧路灯》的文学特点，堪称憾事。

三 中国国家图书馆藏崔耘青旧藏钞本（"崔耘青旧藏本"）

本书简称"崔耘青旧藏本"。全书十四卷，一百零八回，按卷分册，凡十四册，各卷首有分卷目次。全书首有李海观《歧路灯序》，末署"乾隆四十二年七夕之次日绿园老人题于东皋麓树之阴时年七十有一"；次《歧路灯》卷一目次；次正文。正文部分半叶抄十二行，行约二十八至三十字不等，卷末附《家训谆言》七十八条。正文讳"宁"字，不讳"淳"字。书中有朱笔圈点、夹改及评语，据笔者统计，书中评点三十四则，另有对正文的增补、订正条目若干。书中钤有"国立北京图书馆珍藏"朱文长印。

此本为前北平通俗图书馆（中山图书馆）馆长崔麟台（字耘青，1880—1951）旧藏，后归中国国家图书馆。函套内有签条，题"华西大学团赠。陈敬傅、崔耘青、赵世暹赠"。首册外封钤有"崔耘青收藏金石书画"朱文方印，首册末页钤有戳记"1952 六月六日"，下注"崔耘青赠（旧存）"。首册外封另有墨笔题识："此系作者底稿，并无印本，共十四册"，中国国家图书馆馆藏检索系统称其为崔耘青手跋，然题识称此本为"作者底稿"，或可商榷。

由于此前学界已将中国国家图书馆所藏另一部《歧路灯》钞本（二十卷、一百零五回）称为"国图本"，为避免混淆、便于讨论，本书暂将此本命名为"崔耘青旧藏本"。

四 清华大学图书馆藏马廉旧藏钞本（"马廉旧藏本"）

本书简称"马廉旧藏本"。全书十六卷，目次、正文抄至一百零五回，然第十回回数重出，实为一百零六回，按卷分册，凡十六册，各卷首有分卷目次。全书首有卷一目次；次"乾隆庚子过录题识"；次《家训谆言》八十一则；次李海观《歧路灯序》，末署"乾隆丁酉八月白露之节碧囿老人题于东皋麓树之阴"；次正文。正文部分半叶抄十一行，行约二十五字，正文不讳"淳"字。末三册抄写字迹相对潦草，且无眉批、夹批，当非抄成于同一人之手。书中多有墨笔评点，据笔者统计，全书眉批一百五十余条，另有夹批校记若干，批校者不详。

此本为马廉（1893—1935）旧藏，后归清华大学图书馆。卷首钤有"鄞马氏廉隅卿所珍玩书"朱文方印、"平妖堂"朱文长印、"隅卿藏珍本小说戏曲"朱文方印，以及"国立清华大学图书馆藏"朱文方印。此外，书中各卷目次页钤有"神明三尺"朱文方印，印主待考。马廉所经眼《歧路灯》不止一部，如北京大学图书馆藏吕寸田评钞本《歧路灯》，全书虽无马廉钤印，然其典藏号属马廉旧藏编号，或曾为马廉经手；另据马廉《隅卿杂钞》著录朴社排印本："《歧路灯》，清宝丰李海观字孔堂号绿园晚号碧囿老人撰，二十卷一百五回，其自序为乾隆四十二年丁酉。此书向无刊本，近由朴社标点印行……"[1] 清华大学图书馆藏本是现阶段所知的唯一保存马廉钤印的钞本，弥足珍贵。

马廉旧藏本保存了若干未见于《歧路灯》存世钞本的文献材料，本书现将其罗列如下。

1. 阑入诗作四首：存第四十回《谭节妇全操殉母　惠圣人婴心分家》（栾校本第四十一回，"谭"，当作"韩"，原书如此。）回末诗后，分别

---

[1] 马廉著，刘倩编：《马隅卿小说戏曲论集》，中华书局2006年版，第296页。

为：《黄河》七言律诗一首、《一枝杏花出墙来》同题七言诗三首。此四首诗作抄写笔迹、行款与正文一致，现抄录如下。

黄河

河水发源自火敦，后人何为导昆仑。长虹托地九波折，竹箭开天一线痕。万里雄涛窥碧落，千年德水接乾坤。东南直上浑无际，那许掀髯剧与论。

一枝杏花出墙来

谁家短壁杏花临，把酒难关滄宕春。不必全枝窥完体，半胎已醉玉楼人。

满院杏花编树开，天工吩咐有情胎。无那不锁芳魂荡，墙墉放过春色来。

和风一杏催全妆，半点红颜出粉墙。细蕊微窥园外阁，柔条煞映座间塘。沾衣（双行夹注：古诗"沾衣欲湿杏花雨"）客梦争春馆（双行夹注：杨[一]州太守张宴于太平园，有杏花数十株，每开时，一株令一妓倚其傍，因题其馆曰"争春馆"），插髻（双行夹注：有妓女名杏花，赵清献公戏谓之曰"髻上杏花真有幸"）蝶魂碎锦坊（双行夹注：裴晋公午桥庄有文杏百株，故名"碎锦坊"）。假得游蜂群协趋，隔院垣少参花心忙。（按：末句衍一字，原文如此）①

马廉旧藏本并非唯一存有阑入诗作的《歧路灯》钞本。20 世纪 60 年代，栾星曾将晚清钞本甲第七十二回回末的《碾平村访唐驸马郑潜曜坟第》一诗视为李海观佚诗，收入《李绿园诗文辑佚》。② 在马廉旧藏本中，四首诗作抄写笔迹与正文一致，在笔者目力所及的检索范围中，尚未得见

---

① 校记：［一］"杨"，似应作"扬"，原书如此。

② 栾星《李绿园诗文辑佚》据晚清钞本甲，诗题作"碾手村"，误。今考该诗亦见于吕寸田评本第七十二回回末、崔耘青旧藏本第七十一回回末，诗题均作"碾平村"，当据正。

其出处。以上诗作的作者、时代尚待进一步考证。

2. "敦素齐跋"：存第五十二回《王中毒骂夏逢若 翠姐怒激谭绍闻》回末，全文如下：

> 王中对妻语，实出自肺腑。因夏鼎引诱得少主人入了匪类，早睡思梦想，欲剥其皮而啖其肉。今又见他渐入内室，又坏了自来家法，更觉得老主人死有余恨，情不自禁，故出语重些，被主母及少主逐出，犹千回百折，为主人计深长、谋安全。一腔心血，耿耿孤中[一]。李孔老作师以褒之，拟诸三人，有以也。敦素齐跋。①

在《歧路灯》的流传中，留下具体姓名的评点者、题识者寥寥无几，如吕寸田评点、张廷绶题识、韩文山识语等。敦素齐跋仅见于马廉旧藏本，历来不为学界所知。敦素齐，生平无考。跋语中"李孔老作师以褒之"一句，尤不可解。疑"师"为"诗"之讹，盖指回末诗"殷世箕微共比干"将忠仆王中誉为箕子、微子、比干。亦不排除"作"为"座"之讹，则"李孔老座师"的称谓，或可为敦素齐的身份提供新的线索。

值得一提的是，马廉旧藏本以夹批形式保留了部分校勘记，其笔迹与正文不一致，当出自后世读者的校勘。究其内容，是以某部甲系钞本（关于《歧路灯》的甲、乙钞本系统，详见本书第二至三章论述）对校马廉旧藏本。例如，卷首李海观《歧路灯序》末，有小字"一本作：乾隆四十二年七夕之次日绿园老人题于东皋书舍"，又如第六回"一定众人公议……只得说道"、同回"说道'明晨看乘'……即此拜别罢"等文字，皆为后人补入。尽管很难判断这些校勘记产生的具体年代，但可以肯定的是，在《歧路灯》流传史上，很早就有读者注意到《歧路灯》存世钞本间的文字差异，并着手对部分文字进行了初步校勘。但令人遗憾的是，马廉旧藏本的校勘记仅限于前几册，所校之处亦较为粗略。对《歧路灯》的全面、系统校勘，还有待于当代学界的共同努力。

---

① 校记：[一]"中"，疑当作"忠"，原文如此。

五 浙江省图书馆藏钞本（"浙图本"）

本书简称"浙图本"。毛装本。全书二十卷，一百零八回，按卷分册，凡二十册，各卷首有分卷目次。全书首有李海观《歧路灯序》，末署"乾隆四十二年七夕之次日绿园老人题于东皋麓树之阴时年七十有一"；次《歧路灯》卷一目次；次正文。正文首卷卷端题"父城鱼齿山绿园老人著"，半叶抄十二行，行抄二十八至四十二字不等，卷末附《家训谆言》七十八条。正文讳"宁"字、"淳"字。

浙图本首册扉页有 1946 年吴仁政抄录蒋瑞藻《小说考证》：

> 录蒋瑞藻《小说考证·岐路灯第一百六十六》①：吾乡前辈李绿园先生所撰《歧路灯》一百二十回，虽纯从《红楼梦》脱胎，然描写人情，千态毕露，亦绝世奇文也。惜其后代零落，同时亲旧，又无轻财好义之人为之刊行，遂使有益世（按：此处脱"道"字）之大文章，仅留三五部抄本于穷乡僻壤间，此亦一大憾事也。缺名笔记。中华民国卅五年十二月一日重编识。吴仁政书于（末钤"谈诗说剑室"朱文方印）。

吴仁政，生平待考。浙图本卷首吴仁政抄《小说考证》末钤"谈诗说剑室"朱文方印，此印亦出现在册一、册六、册八、册九至二十。此外，全书册一至二十外封钤有"吴匡时印"白文方印，或与吴仁政有关。除上述二枚钤印之外，李海观《歧路灯序》首页、册四、册七钤有"以仁存心"朱文方印；李海观《歧路灯序》首页、册二至二十钤有"霞川不知生"阴阳文合璧方印；李海观《歧路灯序》末页、册五钤有"冯孝"朱文方印；李海观《歧路灯序》末页钤有"霞川村人氏"朱文方印；册

---

① "岐"当作"歧"，原文如此，下同。

一钤有"千秋长寿"朱文方印，册二钤有"生平如此"朱文椭圆印，册三钤有"林醉荷香"朱文椭圆印、"泰伯儿孙"朱文方印、"大德大吉"朱文小方印，册四钤有"浅漏春光"白文方印，册五钤有"生平如此"朱文椭圆印，册七钤有"林醉荷香"朱文椭圆印，册二十卷末钤有"千秋长寿"朱文方印，上述钤印印主待考。此外，首册封底有"松泉阁书店售书签"一枚，各册首钤有"浙江省立图书馆藏书印"朱文长印。

浙图本首册偶有黄笔夹改，究其内容，主要是评点者针对正文情节、人物对白进行的改动。这些改动，在笔者目前所见《歧路灯》诸本中，尚未见版本依据，或出自评点者的个人阅读兴趣。试举数例如下：

第一回：

> 及至到了祥符，日已西坠，城门半掩。说与门军，是萧墙街谭宅赶进城内，门军将半扇依旧推开，飞也似进城去。

夹改为：

> 到了祥符，早已红日西坠，城门已掩。即对城楼上门军说道："我们是萧墙街谭宅，赶进城内的。"门军听得是（肖）［萧］墙街谭宅，知道是本城士绅，即忙将城门推开，说道："谭爷回来，我们不知。"孝移点头道谢，一行人等进城去讫。

第四回：

> 孝移道："叫德喜儿随我到家，再取几味东西来，晌午就在厢房待客。"原来谭孝移待客规矩……

夹改为：

> 孝移道："叫德喜儿随我到家，再取几味东西来，晌午就在厢房

待客。"邓祥即将德喜叫来，随孝移去讫。原来谭孝移待客规矩……

在阅读者个人兴趣之外，浙图本的夹改还体现了不同地域的读者对方言的理解差异。例如，第三回将"干达"一词夹改为"义父"：

> ……生下这孩子，贱内便叫与他认个干达。本街有个宋裁缝，就认在他跟前。他干达起的名子，叫宋隆吉。

夹改为：

> ……生下这孩子时，贱内便叫与他认个义父。本街有个宋裁缝，就认在他跟前为子。这是他义父起的名子，叫宋隆吉。

同回：

> ……就叫他干大宋裁缝作了两三天。

夹改为：

> ……就叫他义父宋裁缝作了两三天。

无独有偶，第四回将"通"夹改为"受教"：

> 嵩淑道："请个先生，不惟教通了学生，连东翁也要通。"

夹改为：

> 嵩淑道："请个先生，不惟教通了学生，连东翁也要受教。"

上述改动对情节发展、人物形象并无实质影响。究其目的，除了尽量消弭语言的地域性差异之外，主要在于增补细节，使细节刻画更为细致。值得玩味的是，《歧路灯》作者自谓"笔意绵密"（李海观《歧路灯序》），在后世读者中，历来以描写"布帛菽粟、家常琐语"而著称。浙图本的评点者将原本绵密的文笔改动得更为细致。评点者参与文本改动，在《歧路灯》存世钞本中尚属未见，是浙图本的独特现象。

六　保定市图书馆藏钞本（"保定本"）

本书简称"保定本"。全书残存八卷，四十五回，分别为：卷二第五至十回，卷三第十一至十六回，卷五第二十三至二十八回，卷六第二十九至三十三回，卷七第三十四至三十九回，卷八第四十至四十四回，卷九第四十五至四十九回，卷十第五十至五十五回。按卷分册，凡八册。正文部分半叶抄十行，行约二十五至三十五字不等，册二、三、七与其余书册字迹明显不同，当非抄成于同一人之手。书中钤有"保定市图书馆藏书章"朱文方印。

结　语

在《光合砖》一诗中，李海观曾兴致勃勃地称赞汉砖"不贵人间枣木传"，殊不知，这也在一个半世纪之内，成为《歧路灯》命运的写照。

在《歧路灯》问世二百四十年后的今天，今人或许可以稍作揣测：在李海观看来，也许《歧路灯》的命运是不幸的——李海观本人对家族文献极为重视，《歧路灯》第九十五回至第九十六回浓墨重彩地描写了盛希侨兄弟筹备刊印家族前辈著作的始末，称"祖宗之留贻……子孙视之，即为金玉珠宝"。尽管如此，一向以"布帛菽粟、家常琐语"的细致描写为特点的《歧路灯》，对于刊刻文集的具体过程却处理得极为含糊，只以"详起来千言难尽，略起来一行可了"草草带过，这未尝不是作者缺乏相关经历、经验的直接体现。刊行家集和先人遗作，或许是李海观的未尽心愿，也成为李海观对后世子孙的莫大期许。但是，由于各种原因，李海观的后裔们没有实现这个愿望——有清一朝，《歧路灯》始终未被刊印。

然而，从小说文献研究角度，《歧路灯》又是幸运的，它并没有因战乱兵燹、时光流逝而湮没在历史之中，从吕公溥到杨淮，从李敏修到蒋瑞藻，从孙楷第到马廉，它从未淡出过学者们的视野，并且在辗转传抄中难能可贵地保存了全帙，时至今日，读者仍可一睹全书风貌。

尽管如此，《歧路灯》的存世钞本在卷帙、回目、情节、文字上均存在很大差异，在反映出一个极为复杂的传抄过程的同时，使《歧路灯》的原本风貌愈加难以捉摸。因此，对存世钞本的全面校勘，成为《歧路灯》版本研究的重心和主要内容。本书将自下一章起作详细论述。

第二章 《歧路灯》的甲、乙钞本系统及划分依据

作为一部长期以钞本形式流传的小说，《歧路灯》钞本的情况纷繁复杂。这不仅体现在每一部钞本自身的版本特点，还体现在钞本与钞本之间错综交织的渊源关系。在这一意义上，厘清《歧路灯》的钞本源流系统至关重要，其意义不仅在于作为《歧路灯》钞本校勘和研究的基础，还在于通过对比钞本系统间的文字差异，尽可能地一窥小说文本在长期传抄过程中的演变规律，为古代小说文献研究提供一个独特案例。

但是，由于《歧路灯》存世钞本的具体抄写时间普遍难以界定，且小说文本在传抄过程中往往具有不确定性，序跋、回数的脱讹增衍是常见现象。因此，划分《歧路灯》钞本源流系统，一个首要问题在于论证划分标准及其学理依据。本章将首先回顾既有的《歧路灯》钞本系统划分标准、结论及得失，进而阐述本书对《歧路灯》钞本系统的划分依据和结论。

有必要说明的是，在研究对象上，在印本方面，《歧路灯》的三种民国印本（1924年清义堂石印本、1927年朴社排印本、1938年明善书局排印本）产生时间较晚，底本来源不详，加之朴社本仅出版第一册，清义堂石印本及明善书局本校勘不精、多有错讹，校勘意义不大。在钞本方面，栾星所见的九部钞本中，五部已经佚失。对于已经亡佚的钞本，一些至关重要的版本特征，在前人记述中或语焉不详，或付诸阙如，考其原貌殊为不易，不宜贸然定论。因此，本书的研究对象将以《歧路灯》的存

世钞本为主体。本章对于《歧路灯》版本系统的考察，究其实质，即为对《歧路灯》存世钞本的源流系统的专题研究。

第一节　学界既有的《歧路灯》版本划分法

囿于文献材料，尽管《歧路灯》早在 20 世纪 20 年代既已进入学界视野，但对《歧路灯》版本的专门研究则开展相对较晚。1918 年，蒋瑞藻《小说考证》据某"缺名笔记"首次著录了一百二十回本《歧路灯》，这一回数在目前存世的《歧路灯》中尚未出现，疑其因未见原书而有所误记。20 世纪 20 年代，冯友兰为校勘朴社本而大力搜寻《歧路灯》钞本，仅得二部。20 世纪 80 年代，栾校本《歧路灯》问世，栾星对《歧路灯》成书与版本源流的推测成为学界通行观点。近年来，逐渐有学者利用栾星所未见的新钞本，对《歧路灯》的版本系统提出新说。目前，关于《歧路灯》的版本系统，学界主要存在两种观点：其一，20 世纪 80 年代，栾星提出的"新安传出本"、"宝丰传出本"二分法；其二，近年来，王冰提出的"国图本系统"、"上图本系统"二分法。

一　栾星："新安传出本"、"宝丰传出本"二分法

1980 年，栾星撰写《〈歧路灯〉及其流传》，首次对《歧路灯》的成书过程作出以下描述：

乾隆四十二年（丁酉）《歧路灯》于新安完稿，当即为人争写。由新安传出，渐及于豫西地区。乾隆四十四年（己亥）绿园辞去教职，由新安南返，把稿本带回了宝丰。复由宝丰抄传，渐及于豫中及豫西南地区。这是《歧路灯》传布的两条线索。可谓不胫而走，这样长篇巨帙，其在河南农村流传之广，抄本之多，还没有其他什么书

可与之相比。①

同年，在栾校本《校勘说明——代跋》一文中，栾星对《歧路灯》的版本系统作出了更为细致的描述：

> 《歧路灯》是绿园于乾隆四十二年在新安脱稿的，当即由新安抄传，渐及于豫西各地。乾隆四十四年绿园南返，将原稿带回宝丰，继由宝丰抄传，渐及于豫中各地。据我的考察，传世抄本大体为这两个转写系统。大凡由新安转写出来的本子，卷前多附有《家训谆言》，或乾隆庚子过录题识……由宝丰转写出来的本子，卷前不附《家训谆言》，卷端或题"父城鱼齿山绿园老人撰"……这是新安转写出的本子所没有的。宝丰转写出来的本子多保留百零八回回目，新安转写出来的本子逐渐并回减目，多有删省。然到后日，流传既广，两种本子有合流的情况，遂出现第三种本子。②

至此，栾星依据传抄地域，将《歧路灯》的存世钞本划分为"新安传出本"、"宝丰传出本"两个系统，同时，还指出了两系统之间存在"合流"（"第三种本子"）的情况。

但是，关于这两个钞本系统，栾星既没有给出明确的划分依据，又没有指出具体哪些钞本属于"新安传出本"，哪些钞本属于"宝丰传出本"。根据其描述，其划分标准可大致归纳为：

"新安传出本"：其一，卷前多附有《家训谆言》，或乾隆庚子过录题识；其二，逐渐"并回减目"、"多有删省"。

"宝丰传出本"：其一，卷前不附《家训谆言》，卷端或题"父城鱼齿山绿园老人撰"；其二，多保留百零八回回目。

---

① 栾星：《〈歧路灯〉及其流传》，《〈歧路灯〉论丛》（一），第186—187页。

② 栾星：《校勘说明——代跋》，［清］李绿园著，栾星校注《歧路灯》（下册），第1018页。

20 世纪 90 年代，吴秀玉据此描述，提出"新安传出本"包括以下三部钞本：乾隆庚子过录本、晚清钞本甲、晚清钞本乙（佚）。"宝丰传出本"包括以下五部钞本：叶县钞本甲（佚）、叶县钞本乙（佚）、安定筱斋钞本、晚清钞本丙、陈云路家藏抄本（佚）。①

栾星"新安传出本"、"宝丰传出本"二分法建立在其所寓目的九部钞本、二种民国印本的基础之上，一经提出，流传甚广，影响很大。目前学界描述《歧路灯》版本系统多承继此说，如吴秀玉《李绿园与其〈歧路灯〉研究》、徐云知《〈歧路灯〉版本考》、侯忠义《世情讽喻小说》、崔晓飞《〈歧路灯〉语言研究：基于社会语言学的视角》，等等。

二　王冰："国图本系统"、"上图本系统"二分法

2010 年，"首届海峡两岸《歧路灯》学术研讨会"召开。在 2013 年出版的《首届〈歧路灯〉海峡两岸学术研讨会论文集》中，王冰《〈歧路灯〉版本与校勘略论》首次提出"国图本系统"、"上图本系统"二分法。2012 年，王冰《〈歧路灯〉版本考论》论证："国图抄本保存完整，上图抄本基本完好，它们是目前存世的两种最重要的抄本，分别代表了两个不同的版本系统。"② 2014 年，王冰《新发现绿野堂〈歧路灯〉抄本刍议》将绿野堂钞本纳入国图本系统。③ 2015 年，王冰《再论〈歧路灯〉的版本》一文，重申了"国图本系统"、"上图本系统"二分法，结论为："国图本系统"包括国图本、安定筱斋钞本、晚清钞本甲、晚清钞本丙、绿野堂钞本、清义堂石印本、明善书局本；"上图本系统"包括上图本、乾隆庚子过录本（引者注：即本书所称"豫图本"）、河南省艺术研究院藏本（引者注：本书简称"豫艺本"）、卢本（佚）、朴社本。对于笔者

---

①　吴秀玉：《李绿园与其〈歧路灯〉研究》，第 136—139 页。

②　王冰：《〈歧路灯〉版本考论》，《求索》2012 年第 7 期。

③　王冰：《新发现绿野堂〈歧路灯〉抄本刍议》，《南阳师范学院学报》（社会科学版）2014 年第 5 期。

此前撰文介绍新发现的吕寸田评本、张廷绶题识本及其不同于国图本的文字现象和版本系统特征，王文将二钞本归入"国图本系统"："目前传世的《歧路灯》版本仍以分为国图抄本系统和上图抄本系统两大类为宜，不存在过渡形态的版本或合流本。"① 这是栾星之后，学界存在的第二种《歧路灯》版本系统划分方式。

表 2-1　　　　学界既有的《歧路灯》版本系统划分结论

《歧路灯》版本		栾星—吴秀玉："新安传出本"、"宝丰传出本"	王冰："国图本系统"、"上图本系统"
钞本	豫图本（残）（乾隆庚子过录本）	新安传出本系统	上图本系统
	晚清钞本甲		国图本系统
	晚清钞本乙（佚）		
	叶县抄本甲（佚）	宝丰传出本系统	
	叶县抄本乙（佚）		
	安定筱斋钞本（残）		国图本系统
	晚清抄本丙（残）		国图本系统
	陈云路家藏本（佚）		
	国图本	未见	国图本系统
	绿野堂钞本		
	上图本		上图本系统
	卢本（佚）		
印本	清义堂石印本		国图本系统
	朴社本		上图本系统
	明善书局本		国图本系统

① 王冰：《再论〈歧路灯〉的版本》，《平顶山学院学报》2015 年第 6 期。

三　学界既有的《歧路灯》版本划分结论之思考

从栾星的"新安传出本"、"宝丰传出本"二分法，到王冰的"国图本系统"、"上图本系统"二分法，两种划分结论的差别非常明显，反映出学者们不断对《歧路灯》的钞本源流系统进行归纳和辨析的过程。

但是，纵观目前学界既有的《歧路灯》版本系统划分依据及其结论，其中存在一些问题，值得思考。

第一，在研究对象上，目前学界所利用的十二部钞本中，五部已经佚失，三部残损过半。对于已经佚失的钞本，考其原貌殊为不易，不宜贸然定论。对于残损过半的钞本，一些版本特征随之不存，参考价值有限。更为重要的是，几部目前存世的全帙钞本（如吕寸田评本、马廉旧藏本等）尚未被纳入讨论范畴，这些钞本对于考索《歧路灯》的版本源流具有至关重要的意义，亟待被纳入《歧路灯》的版本系统。

第二，在划分标准上，既有研究成果或着眼于《家训谆言》、作者题署等外在因素，或强调回数及回目文字的对比。这对于一部卷帙浩繁、钞本繁多的小说而言，无疑是远远不够的。

栾星"新安传出本"、"宝丰传出本"二分法着眼于有无《家训谆言》、有无"父城鱼齿山绿园老人撰"题款等外在特征。首先，《家训谆言》与小说文本没有直接联系，即便同样附有《家训谆言》的版本，其所附《家训谆言》的位置、条目也有很大出入。例如，晚清钞本甲《家训谆言》缀于卷末，凡七十八则，豫图本《家训谆言》附于卷首"乾隆庚子过录题识"后，凡八十一则，二部钞本虽然都附有《家训谆言》，但文字差异极大，显非同一祖本所抄出。《家训谆言》的存佚不能作为归纳晚清钞本甲和豫图本的依据。①

---

① 对此，王冰《〈歧路灯〉版本考论》已指出："按有无《家训谆言》对《歧路灯》版本进行分类的做法，不符合版本演变的实际情况。"

其次，"父城"虽为宝丰旧称，但对于作者本人来说，题款具有相对的固定性，不受钞本传出地影响。在目前存世的钞本中，安定筱斋钞本题"父城鱼齿山绿园老人著"、晚清钞本甲题"宝丰绿园李海观孔堂甫著"、上图本题"绿园李海观孔堂手著"，题署各异，对于判断版本系统而言，参考意义不大。

最后，古代小说的回数受制因素很多，既有可能因内容删减而减少，也可能因内容的增补而增加，更有可能因抄写者文化水准、抄写水平而脱漏，即便在同一版本系统内，也可能因传抄者合并章回而造成回数差异，不宜以"并回减目，多有删省"作为判断版本系统的主要依据。

王冰"国图本系统"、"上图本系统"二分法根据："我们把《歧路灯》的版本分成上述两个大类，是经过认真比较其卷首内容、作者李绿园署名方式、回数、回目文字等得出的结论。"① 然而，卷首内容、署名方式、回数、回目文字或可为判断钞本系统提供参照，却不能作为划分钞本系统的主要依据。

首先，卷首内容、作者署名方式与小说文本的关联并不密切。在长期传抄过程中，一方面，卷首的序跋、题识等内容极有可能因诸种原因而脱漏，例如，豫艺本、保定本首册佚失，其卷首原貌难以详考；另一方面，在后人的传抄过程中，又往往会增补卷首内容，造成卷首和正文底本来源不一致的情况，例如，上图本卷首残损，原书自序仅残存首二叶，由后人另在卷首补抄作者自序，参考价值有限。此外还应考虑到，某些传写者、读者可能见到不止一种底本，例如，马廉旧藏本的评点者于作者序后乾隆四十二年八月的题署处，以小字标出所见题署为乾隆四十二年七月的"别本"。因此，卷首内容、作者署名方式不宜作为判断《歧路灯》版本系统的主要依据。

其次，回数差异对构建《歧路灯》版本源流系统的参考意义有限。王冰认为上图抄本、乾隆钞本和朴社排印本"在回目上比国图抄本等多

---

① 王冰：《〈歧路灯〉版本与校勘略论》，张清廉主编《首届〈歧路灯〉海峡两岸学术研讨会论文集》，第332页。

出两回，以上图抄本回目为例，即增加了第九回'柏永龄明君臣大义，谭孝移动父子至情'、第七十八回'淡如菊席间遭晦气，巫翠姐帘内彻笑声'。"① 但是，如果比对上述两回的具体情节文字，所谓的"多出两回"，第九回属于文字情节上的增加，部分钞本在正文上多出数千字的内容，而第七十八回则仅仅是回目的脱漏，诸钞本在正文情节内容上基本一致。表面上看似相同的"多出回数"现象，其校勘意义完全不同，不可等同视之。

事实上，《歧路灯》存世钞本间卷帙、回数差异较大。在卷帙上，张廷绶题识本、乾隆庚子过录本不分卷，吕寸田评本与晚清钞本甲十四卷，马廉旧藏本十六卷，上图本十八卷，国图本二十卷，安定筱斋钞本第十九卷后残缺，可推测全书或为二十卷，豫艺本抄至卷十，此后残缺。此外还应注意到，卷帙划分或与传抄者抄写习惯相关，如吕寸田评本、马廉旧藏本、上图本、豫艺本均按卷分册，具有一定的随意性。在回数上，存世钞本间大多存在不同程度的章回合并现象，如吕寸田评本、崔耘青旧藏本、晚清钞本甲、浙图本《入匪场小商殒命　坐监牢幼学含冤》《遭人命焦丹送信　央乡官夏鼎画谋》二回，于他本中合并为《入匪场幼商殒命　央乡官赌棍画谋》一回；吕寸田评本、崔耘青旧藏本、浙图本、晚清钞本甲《淡如菊仗官取羞　张类村昵私调谑》《谭府小厮背主恩　冯家代书述官法》二回，于马廉旧藏本、国图本合为《谭绍闻家贫奴辞主　娄潜斋鉴明假难真》一回。此外，诸本偶有章回回数错乱现象，如马廉旧藏本和上图本重出第十回，豫艺本正文回数重出第十二回，安定筱斋钞本正文第七十七回后在回数上径接第八十一回，张廷绶题识本正文第五十八回后在回数上径接第六十回，以上仅为回数错讹，正文内容并未缺失，不排除传抄致讹的可能性。因此，回数差异不能作为构建《歧路灯》钞本源流系统的主要依据。

最后，回目文字差异不宜作为划分《歧路灯》版本系统的主要依据。王冰指出："通过比较朴社本、上图抄本和乾隆抄本的回目文字，我们发

---

① 王冰：《〈歧路灯〉版本考论》，《求索》2012 年第 7 期。

现上图抄本与朴社本有 4 处不同，乾隆抄本与朴社本有 21 处不同。"[1] 姑且不论朴社本作为民国排印本，其产生时间早晚、底本为何、校勘价值几何、上图本与朴社本对校的意义何在——问题在于，就古代小说的传抄而言，回目文字的差异普遍存在，就《歧路灯》而言，几乎没有二部钞本的回目文字完全一致。更为重要的是，回目文字的差异并不能反映小说正文的情节文字差异。例如，《歧路灯》第一百零七回回目在诸钞本间有《朝廷锡功官极贵　家室循礼后自昌》《一品官九重受命　两姓好千里来会》二种，第一百零八回回目在诸钞本间有《薛姑娘合卺成礼　谭太史衣锦荣归》《薛全淑洞房花烛　谭篢初金榜题名》二种，差别不可谓不大，但诸钞本此二回情节文字几乎没有显著差异。与此形成对照的是，第八回回目于诸钞本均作《王经纪糊涂荐师长　侯教读偷惰纵学徒》，该回却在不同钞本间出现多达一千四百余字的异文，即便在全书范围内，都是较为可观的。因此，回目文字的差异或可作为小说异文的一部分，却不应据此判断《歧路灯》的钞本源流系统。

综上所述，在既有的研究成果中，对于《歧路灯》版本系统的划分大多着眼于小说文本外部依据。事实上，在长期传抄中，《歧路灯》文本缺乏固定性，诸钞本在卷首内容、回数、回目文字上差异极大，以上诸种因素，或可为考察特定钞本的版本特征提供旁证，却不应作为划分《歧路灯》钞本源流系统的主要依据。《歧路灯》钞本源流系统的构建，理应确立更具学理依据的标准。

第二节　《歧路灯》钞本源流系统的划分依据及本书结论

在长期传抄过程中，《歧路灯》的文本具有不确定性，其序跋、题识、题署可能受到传抄者的增删，其回数、回目可能随情节增衍而变化，以上诸种因素，都不能取代文本校勘。构建《歧路灯》钞本源流系统的

---

[1] 王冰：《〈歧路灯〉版本考论》，《求索》2012 年第 7 期。

关键，就在于对存世钞本的校勘。

在既有的《歧路灯》研究成果中，钞本校勘历来薄弱。徐玉诺曾据某部"卢本"校勘冯友兰钞本第二十九回至第三十四回内容，校勘记凡十二则，惜卢本、冯友兰钞本今皆佚失。① 栾星对于诸钞本异文"对情节上的不连缀处，曾少施针线"②，其《校勘记》仅成十回，惜未完成。张萌《〈歧路灯〉的戏曲研究价值及版本新考》曾大略列举豫艺本与栾校本的异同，包括："1. 艺研所抄本没有总目。2. 无过录题识"，"新发现艺研所的抄本中人物称呼就要亲切得多，一般都不称姓"。③ 王冰《新发现绿野堂〈歧路灯〉抄本刍议》曾从"故事情节的增删"、"语言上的差异"两个角度，对比绿野堂钞本和上图本的部分文字差异，认为前者"更富文采，增加了可读性"。④ 以上局部章节的比勘、个别钞本的比对，固然有助于读者勾勒对特定钞本的大致印象，但对于《歧路灯》钞本研究而言，仍是远远不够的。只有充分利用存世钞本，进行全面的文本校勘，厘清钞本间的异文及其性质，才能找到判断《歧路灯》版本源流的关键证据，由此构建《歧路灯》的钞本源流系统。

笔者在研读《歧路灯》期间，在学界已知的《歧路灯》存世钞本之外，新发现吕寸田评本、张廷绶题识本、马廉旧藏本、崔耘青旧藏本、浙图本、保定本六部钞本。除保定本外，其余五部均为全帙。这六部钞本此前不为学界所知，也从未被纳入《歧路灯》的版本系统。这些新发现的钞本为《歧路灯》版本研究提供了新的依据。通过对这六部新发现的钞本，以及学界已知的国图本、上图本、晚清钞本甲、豫图本、安定簌斋钞本、豫艺本共十二部存世钞本的目验和校勘，笔者认为，有必要在文本校勘的基础上，重新构建《歧路灯》的钞本源流系统。

---

① 徐玉诺校勘记十二则被收入栾星编著《歧路灯研究资料》，第112—114页。

② 栾星：《校勘说明——代跋》，[清]李绿园著，栾星校注《歧路灯》（下册），第1019页。

③ 张萌：《〈歧路灯〉的戏曲研究价值及版本新考》，《东方艺术》2001年第2期。

④ 王冰：《新发现绿野堂〈歧路灯〉抄本刍议》，《南阳师范学院学报》（社会科学版）2014年第5期。

在《歧路灯》的存世钞本之间存在数量庞大的异文。事实上，几乎没有任何两部现存世的《歧路灯》钞本具有完全相同的文字。但是，诸钞本间位置最集中、篇幅最显著的异文，当推第九回《柏永龄明君臣大义　谭孝移动父子至情》的存佚。具体而言，上图本、豫图本、马廉旧藏本第九回作《柏永龄明君臣大义　谭孝移动父子至情》，全回约三千八百字。这一回的内容不见于吕寸田评本、崔耘青旧藏本、浙图本、晚清钞本甲、张廷绶题识本、国图本（豫艺本、安定筱斋钞本、保定本第九回所在卷帙佚失、文字无考）。后者第八回《王经纪糊涂荐师长　侯教读偷惰纵学徒》后径接《谭忠弼觐君北面　娄潜斋偕友南归》，此即为马廉旧藏本、上图本、豫图本的第十回内容。因此，第九回《柏永龄明君臣大义　谭孝移动父子至情》作为《歧路灯》存世诸钞本间最为显著的异文，最适宜作为划分钞本系统的校勘依据。

值得注意的是，第九回《柏永龄明君臣大义　谭孝移动父子至情》的存佚，造成诸钞本第八回至第十一回间一系列的情节变动，以下文字仅见于上图本、豫图本、马廉旧藏本：

（1）第八回"时文有益，五经不紧要了"句后有"即是娄先生……这话且休说"一段，一千四百一十余字。

（2）第十回开篇"却说谭孝移午睡……娄师爷来也"一段叙述，约二百六十字。本段文字于他本另作"却说谭孝移在京守候，直等各省人文汇齐，方讨礼部示下。这一日正在读画轩中看书，用朱笔点画句读，猛然抬头"四十五字。

（3）同回"孝移道：'昨阅邸抄，向来海疆不靖，近日倭寇骚动的狠'"句后有"朝中有挑拨人员……以待次月发榜，南宫高发"一段，约三千一十字。本段文字于他本另作"沿海一带州县，如嘉兴、海盐、桐乡，俱被荼毒……单等南宫榜发，坐待潜斋高飞"七百八十余字。

（4）同回"可惜了一个联捷进士"句后有"一二日，河南回籍举子也有约娄潜斋偕归的……分头而行"一段，二千七百三十余字。本段文字于他本另作"因此并治归装，打点觅车而归……看下回分解"六百字。

（5）第十一回"孝移道：'可惜了，是一个有造之器'"句后有"又问道：端福的五经读熟不曾……俱是左邱明的《左传》、司马迁的《史记》脱化下来"一段，四百七十余字。

（6）同回"又看侯冠玉情态，更瞧透了十二分，心中闷闷"句后有"回到家中，见了王中问道……胃间作痛，昏倒在地，王氏急急搀起，这"一段，九百八十余字。

以上六处情节文字，加之第九回《柏永龄明君臣大义　谭孝移动父子至情》全回三千八百余字，总计一万二千字左右，在《歧路灯》全书范围内，篇幅都是较为可观的。这些文字仅见于马廉旧藏本、上图本、豫图本，而不见于吕寸田评本、崔耘青旧藏本、浙图本、晚清钞本甲、张廷绶题识本、国图本，是《歧路灯》存世钞本间最显著的异文。以是否有第九回《柏永龄明君臣大义　谭孝移动父子至情》及其前后的一万二千字情节作为判断依据，可初步将《歧路灯》存世钞本划分为以下两种类型：

甲种类型：无第九回及其前后的一万二千字情节。包括吕寸田评本、崔耘青旧藏本、浙图本、晚清钞本甲、张廷绶题识本、国图本。以上钞本间不存在彼此直接传抄的关系。

乙种类型：有第九回及其前后的一万二千字情节。包括上图本、马廉旧藏本、豫图本。以上钞本间不存在彼此直接传抄的关系。

为了论述方便，本书将甲种类型钞本命名为"甲本系统"，乙种类型钞本命名为"乙本系统"。此外，安定筱斋钞本、保定本残损过半，其第八回至第十一回所在卷帙均不存，但据笔者所见，其所存卷帙与甲本系统文字大体一致，因此将其归入甲本系统。豫艺本卷二（第八回至第十一回）亦不存，据笔者目验其所存卷帙，与乙本系统文字较为相似，因此将其归入乙本系统。

在《歧路灯》甲本系统中，吕寸田评本、崔耘青旧藏本、浙图本、晚清钞本甲四部钞本在文字校勘上具有明显相似性，本书将其定义为《歧路灯》甲本系统的主体形态。对此，本书将在第四章第一节作详细论证。张廷绶题识本、国图本在文字校勘上，不同程度地保存了一部分不同于甲本系统主体形态钞本，而与乙本系统（或乙本系统中的马廉旧藏本）

相同的情节文字，在甲本系统主体形态钞本之外，相对呈现出介于甲、乙钞本系统间的"中间态特征"。其中，相较于国图本，张廷绶题识本在底本来源上与甲本系统主体形态钞本更为密切。本书将张廷绶题识本、国图本定义为甲本系统的二种分支形态。对此，本书将在第四章第二节作详细论证。

在《歧路灯》乙本系统中，上图本、豫图本、豫艺本三部钞本在情节文字上具有明显相似性，本书将其定义为乙本系统的主体形态。对此，本书将在第四章第三节作详细论证。马廉旧藏本保存了一部分不同于乙本系统主体形态钞本，而与甲本系统相同、或与甲本系统中的国图本相同的文字，在乙本系统主体形态钞本之外，相对呈现出介于甲、乙钞本系统间的"中间态特征"。本书将马廉旧藏本定义为乙本系统的分支形态。对此，本书将在第四章第四节作详细论证。

值得说明的是，张廷绶题识本、国图本、马廉旧藏本皆不同程度地保留了一部分具有"中间态特征"的情节文字。这些异文在篇幅和性质上不足以动摇本书对《歧路灯》甲、乙钞本系统的划分结果。本书提出这一定义，仅作为描述《歧路灯》甲、乙钞本系统间异文的客观现象，并非以此贬抑三部钞本的校勘价值。

为便于查阅，现将本书对《歧路灯》钞本源流系统的划分结论列为表2-2"《歧路灯》的钞本源流系统"。

表2-2 　　　　　　　　　　　《歧路灯》的钞本源流系统

	主体形态	吕寸田评本★、崔耘青旧藏本★、浙图本★、晚清钞本甲
甲本系统	分支形态	（一）张廷绶题识本★
		（二）国图本[一]
	其他：安定筱斋钞本（残）、保定本（残）★[二]	
乙本系统	主体形态	上图本、豫图本（残）、豫艺本（残）
	分支形态	马廉旧藏本★

注：标记★的钞本为本书首次纳入《歧路灯》钞本源流系统的新见钞本。

　　说明：［一］绿野堂钞本为笔者所未见，据王冰《新发现绿野堂〈歧路灯〉抄本刍议》①"卷数及分卷与国图抄本一致"、"以国图抄本为祖本"，本书暂依王文，将绿野堂抄本附于国图本之列。

　　［二］安定筱斋钞本、保定本残损过半，考其所存情节文字亦属甲本系统。姑列于此，以备查考。

　　以上是本书对《歧路灯》钞本系统的划分依据及初步结论。在本书后续章节中，将对《歧路灯》钞本源流关系作进一步论证。

第三节　"甲先乙后"：甲、乙钞本
系统祖本产生时间的判断

　　上文基于文本校勘，对《歧路灯》的钞本源流系统作了初步划分。在《歧路灯》存世钞本中，尚未发现彼此存在直接传抄关系的钞本。但溯其源头，诸钞本可以直接或间接地追溯到甲、乙钞本系统的祖本，是可以暂时定论的。那么，由此引申出的一个首要问题便是，甲、乙钞本系统的祖本，在产生时间上孰为早晚？

　　笔者认为，甲本系统祖本在产生时间上早于乙本系统祖本。判断依据如下。

一　小说文本外部依据：李海观《歧路灯序》的题署时间

　　李海观《歧路灯序》为今人了解作者写作过程和动机提供了可信依据，是《歧路灯》研究中的重要文献资料。在笔者考查范围内，除了保定本卷首残缺外，其余钞本均保存了李海观《歧路灯序》。诸钞本卷首《歧路灯序》在文字内容上差异不大，但在序末题署方式上出现四种不同情况，反映出两个不同的时间节点。具体情况见表 2-3。

---

　　①　王冰：《新发现绿野堂〈歧路灯〉抄本刍议》，《南阳师范学院学报》（社会科学版）2014 年第 5 期。

表2-3 《歧路灯》诸钞本卷首作者自序题署时间

时间节点	《歧路灯序》末题署时间	对应钞本	钞本所属系统
乾隆四十二年七月	乾隆四十二年七夕之次日绿园老人题于东皋麓树之阴时年七十有一	吕寸田评本	甲本系统
		崔耘青旧藏本	
		浙图本	
		安定筱斋钞本	
	乾隆四十六年七夕之次日绿园老人题于东皋麓树之阴时年七十有一（按：从李海观生卒年判断，"六"当为"二"之讹）	晚清钞本甲	
	乾隆四十二年七夕之次日绿园老人题于新邑之东皋书舍	张廷绶题识本	
		国图本	
乾隆四十二年八月	乾隆丁酉八月白露之节碧圃老人题于东皋麓树之阴（按："乾隆丁酉"，即乾隆四十二年）	马廉旧藏本	乙本系统
		豫图本	
		豫艺本	

注：上图本卷首残损，作者自序仅存首二叶，序后题署时间不可考。后人于卷首补抄李海观序，末署时间为乾隆四十二年八月。保定本首册佚失，作者自序题署时间不可考。

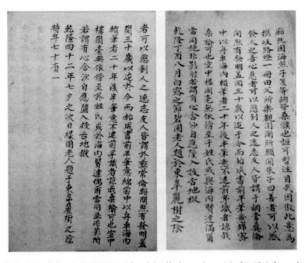

图2-1 《歧路灯序》末题署的两个时间节点（左：吕寸田评本；右：豫图本）

李海观《歧路灯序》的题署时间具有重要意义。甲本系统卷首的题署时间皆为"乾隆四十二年七夕之次日",而乙本系统的卷首题署时间则皆为"乾隆四十二年八月白露之节"。这是在甲、乙钞本系统情节文字校勘的基础上归纳出的重要规律。自然时间上的早晚,本身就可被视为判断甲、乙钞本系统在祖本产生时间上"甲先乙后"的直接证据。

二　小说文本内部依据：第九回的存佚及内容

正如前文所述,《歧路灯》第九回《柏永龄明君臣大义　谭孝移动父子至情》及其前后的一万二千字情节存佚,是划分甲、乙钞本系统的主要校勘依据。那么,以第九回为代表的情节文字,是作者较早写出、嗣后被删削,还是作者较晚写出、嗣后被增补（亦不排除早期读者续补入正文之可能）的文字呢？

栾星认为第九回文字为"有意删除",即,乙本系统早出,甲本系统由乙本系统"有意删除"而来,体现了"乙先甲后"的思路。据吴秀玉转引栾星《校勘记》：

> 乾抄本、陈本及朴社本有此一回；石印本、叶本、安本、汴本、许本均无此一回（疑为有意删除）,而将下文第十回作第九回。就故事情节看,此回与全书联系不多,但保留亦不太觉冗赘,且有助于了解当日某些知识份子及作者思想面貌,今仍保留。[1]

对此,笔者不敢认同。笔者认为,以第九回为代表的情节文字是晚出被增补进小说文本的,原因如下。

其一,从情节内容角度,《歧路灯》历来以"布帛菽粟、家常琐语"见长,乙本系统第八回至第十一回多出的文字,主要内容为谭孝移在京见

---

[1]　吴秀玉：《李绿园与其〈歧路灯〉研究》,第161页。

闻，包括租赁房屋、结识房主柏永龄、柏永龄抨击官场黑暗现状、谭孝移与娄潜斋分析官场难处等等，这些内容完全符合《歧路灯》一以贯之的风格。若如栾星推测作者在撰写后有意删削，那么，一个不可回避的问题便是，作者为何"有意删除"这几回内容，其原因和动机何在？考虑到全书其他章回都没有如此大规模的删削现象，作者的删削不可能仅针对第九回。更为重要的是，第九回谭孝移对海疆不宁的顾虑，与第一百零三回至第一百零五回间谭绍闻海疆破敌的情节颇有关联。笔者推测，不排除两处情节同一时间进入小说文本，构成前后照应关系之可能。此外还应注意到，第九回柏永龄抨击官场行贿以"方"代替"万"字，以"撇头"代替"千"字暗语的情节，不仅出现在第九回柏永龄口中，也分别出现在第八十四回、第一百零五回夏逢若、盛希瑗口中，而诸钞本第八十四回、第一百零五回都没有大段删削的痕迹。如果是作者有意删削，那么第八十四回、第一百零五回的相似情节亦应在作者的删削范围之内。因此，在不排除某些早期传抄者、读者篡改小说文本的情况下，第九回及其前后的一万二千字情节更类似作者晚年修订阶段，结合毕生"舟车海内"的见闻，对早期前半书稿的补写。

其二，从文献传抄角度，在目前所知的四部乙系钞本中，其中三部在第十回前后都存在回数错乱的现象。(1) 上图本、马廉旧藏本均出现"重出第十回"现象，即，甲本系统中的第九回《谭忠弼觐君北面　娄潜斋偕友南归》①、第十回《盲医生乱投药剂　王妗奶劝请巫婆》，在乙本系统中，由于新第九回《柏永龄明君臣大义　谭孝移动父子至情》的插入，本应顺延作第十回、第十一回，但在马廉旧藏本、上图本中，上述两回的回目都是第十回，这就造成了马廉旧藏本回目抄至一百零五回、实为一百零六回，上图本回目抄至一百零六回，实为一百零七回的现象。(2) 豫艺本卷二佚失，其第六回至第十一回文字无考。但豫艺本在回数上重出第十二回，即，其卷首总目题"十二回《谭孝移病榻嘱儿　孔耘轩正论匡婿》"、"十三回《薛婆巧言鬻婢女　王中屈心挂画眉》"，实则在正文中

---

① 此回回目于乙本系统作"谭忠弼朝天瞻圣主　娄潜斋借地慰良朋"。

皆作"第十二回";其后正文回数顺延递减一回。

图 2 - 2　《歧路灯》部分钞本重出回数及回数顺延现象。（以上图本为例）

　　如果说，在传抄过程中，由于传抄者疏漏造成的回数出入并不罕见，那么，在乙本系统三部钞本中同时出现重出回数的现象，显然有更为复杂的原因。笔者认为，这正是《柏永龄明君臣大义　谭孝移动父子至情》作为后出情节、进入小说文本的证据。由于新一回的插入，导致全书回目需要整体顺延。然而，一部分钞本未能做到整体顺延回目，在调整了新第九回、第十回回目后，由于原第十回承袭了旧有回数，造成了重出第十回的问题（如上图本、马廉旧藏本）；亦有一部分钞本在抄写后续情节时，因同样原因造成回数错乱（如豫艺本）。这不失为《柏永龄明君臣大义　谭孝移动父子至情》后出补入文本的证据之一。

　　综上所述，从小说文本内、外依据判断，《歧路灯》甲、乙钞本系统在祖本产生时间上存在"甲先乙后"的先后顺序。

三　甲、乙钞本系统祖本产生时间的研究意义

《歧路灯》甲、乙钞本系统的祖本在产生时间上存在"甲先乙后"顺序，存世的《歧路灯》钞本可以直接或间接地追溯到两个具有先后关系的祖本，这对《歧路灯》钞本研究而言，具有重要意义。

据吕公溥《绿园诗序》末署"乾隆四十二年岁次丁酉七月横山吕公溥寸田书"，李海观诗集定稿于乾隆四十二年。在《歧路灯》存世钞本中，作者自序末署的两个时间点亦集中在乾隆四十二年七月、八月，可知乾隆四十二年是作者晚年整理毕生著作、统筹书稿的重要时间段。据此推测，《歧路灯》甲、乙钞本系统祖本的产生，极有可能与作者晚年对小说文本的修订工作息息相关。

在这一意义上，尽管"七夕之次日"、"白露之节"的时间点未必实指，但是《歧路灯》甲、乙钞本系统的祖本在实质上分别对应着作者晚年修订阶段中先后两个时间节点产生的文本形态，当无疑问。其中，甲本系统祖本对应较早产生的文本风貌，在理论上相对接近作者的早期文稿，在《歧路灯》稿本至今下落不明的情况下，《歧路灯》的甲本系统钞本具有重要的研究价值。乙本系统祖本对应一个相对晚出的文本风貌，在理论上可能保存了一部分作者统筹修订阶段的改订痕迹。尽管在现阶段的研究中，存世钞本均不同程度地羼杂了一部分早期传抄者或读者造成的脱讹、篡改，但对《歧路灯》甲、乙钞本系统祖本风貌的考索，乃至对甲、乙钞本系统间文字差异的归纳，无疑可从一个特殊角度，使今人一窥在小说文本生成与传播阶段，小说情节文字的演变情况。这在古代小说文献中，都不失为一个较为独特的现象，而这也正是《歧路灯》钞本研究的重要意义之所在。

第四节　回数与《家训谆言》：对《歧路灯》 原初形态的两种推测

在本书第三章详细论证《歧路灯》甲、乙钞本系统文字的整体性差异之前，有必要对《歧路灯》文献研究中的一些基础性问题进行探讨。例如，《歧路灯》稿本回数、《家训谆言》位置等，这些问题不仅对《歧路灯》钞本文献研究至关重要，同时，也是追溯《歧路灯》原初形态的两个重要因素。

一　一百零八回的小说回数

《歧路灯》存世钞本回数差异较大。在甲本系统中，甲本系统主体形态钞本（吕寸田评本、崔耘青旧藏本、浙图本、晚清钞本甲）一百零八回，国图本一百零五回，张廷绶题识本一百零七回，安定簏斋钞本末卷佚失，或为一百零八回，保定本首尾残缺、残损过半，总回数无考。在乙本系统中，马廉旧藏本各卷首分卷目次抄至一百零五回、实为一百零六回，上图本卷首总目抄至一百零六回、实为一百零七回，豫图本卷首总目抄至一百零七回，豫艺本后残损过半，总回数无考。

《歧路灯》稿本究竟有多少回？在既有的研究中，存在两种观点。

其一，栾星认为："待将它的传播途径仔细研究之后，确认一〇八回为原貌"[1]，"我得到由叶县传出一旧抄残本及郑州市图书馆所藏一晚清抄本，作一〇八回，看来是作者本意，即据以订为一〇八回"。[2] 尽管栾星对此未作进一步论证，但栾校本《歧路灯》保留了一百零八回的回数，

---

[1] 栾星：《校勘说明——代跋》，［清］李绿园著，栾星校注《歧路灯》（下册），第1018页。

[2] 栾星：《校本序》，［清］李绿园著，栾星校注《歧路灯》（上册），卷首第14页。

对学界和读者的影响较为深远。然而，时至今日，栾星所依据的两部钞本
中，"叶县钞本"今已佚失，"郑州市图书馆藏本"（即安定筱斋钞本）
回数错乱、末卷佚失，在判断小说回数上的参考意义不大。因此，若支持
栾说，尚需更多的文献材料加以佐证。

　　其二，王冰据国图本卷首李海观门生所撰"乾隆庚子过录题识"及
卷末韩文山题识，推测国图本"卷首题记与卷末文字均出自韩文山之手，
韩文山应为李海观在新安马行沟教过的学生"[1]，进而根据韩文山题识中
"百有五回卷二十"一句，认为一百零五回本是《歧路灯》的最初风貌：
"《歧路灯》的最初规模应是 105 回。国图抄本的最后有一段文字说：'马
行沟里印江公，迁居宝丰李先生，作一部《歧路灯》，百有五回。'后来
的安定筱斋抄本、晚清抄本甲、吕寸田评本，回目之间有些分合变化，但
是不论是 106 回，还是 108 回，都源于 105 回本。"[2]

　　王文以韩文山题识作为判断《歧路灯》稿本回数的主要依据，并非
毫无疑点。首先，"乾隆庚子过录题识"和韩文山题识之间没有必然联
系，不能据此推测韩文山即为李海观门生。因为国图本并非唯一保存
"乾隆庚子过录题识"的钞本，豫图本和马廉旧藏本卷首同样存有这一
题识。虽然豫图本后半部佚失，但马廉旧藏本作为全帙钞本，卷末并无
韩文山题识。因此，在现阶段的研究中，韩文山只是"乾隆庚子过录题
识"作者的诸多可能性之一，若要论证韩文山即为"乾隆庚子过录题
识"的作者，尚需更多文献资料加以佐证。进一步说，在韩文山是否即
为李海观学生尚无实据的情况下，韩文山其人生平无考，直接导致韩文
山题识的产生年代不可考。韩文山题识产生于何时？韩文山所见是否即
为《歧路灯》稿本？如果韩文山所见本身就是《歧路灯》的后出传本，
那么其题识对《歧路灯》回数的参考意义就需要斟酌。因此，以韩文
山题识判断《歧路灯》稿本回数，尚需更多文献证据支持。

　　① 王冰：《〈歧路灯〉版本与校勘略论》，张清廉主编《首届歧路灯海峡两岸学术研讨会论
文集》，第 331 页。
　　② 王冰：《再论〈歧路灯〉的版本》，《平顶山学院学报》2015 年第 6 期。

其次，国图本的底本来源不详、抄写时间不详，国图本与韩文山题识之间的关系并不明晰。特别是国图本卷末终于"席完，簧初出署回家"一句，在小说情节明显不完整的情况下，其后径接韩文山题识。在这一意义上，国图本（或包括其所据底本）的完整程度本身就存在疑点（详见本书第四章第二节"国图本结尾献疑"考证）。韩文山题识是国图本的抄写者直接题写在卷末？还是从他处辗转抄来？皆无实证。

再次，韩文山题识首句"马行沟里印江公，迁居宝丰李先生"一句，对李海观籍贯的描述不无疑点。李海观祖籍虽可追溯至新安，然自李海观祖父李玉琳一代便已迁居宝丰①，并非自李海观一代才"迁居宝丰"。在这一意义上，"迁居宝丰"的主语应为李海观先祖，而非李海观本人。在此，不妨对比以下三则材料：其一，吕公溥《壬寅重九会歌为王拟薛作》"孔堂归卧南阳庐"句自注"李绿园归宝丰"。② 其二，杨淮《中州诗钞》"李海观传"称其"先世自新安迁宝丰"。③ 其三，张廷绶题识首句称"此宝（封）［丰］李绿园先生所手著也"。吕公溥与李海观交游甚密，杨淮、张廷绶分别与李海观孙李于潢、李于溓、李于浔有密切联系，将以上三则记述中的"先世迁宝丰"、"绿园归宝丰"与韩文山题识对读，这种差异是非常明显的。

综上所述，若以韩文山题识作为《歧路灯》稿本回数的判断依据，尚需更多可靠材料作进一步证明。

笔者认为，《歧路灯》的稿本即为一百零八回本。判断依据如下。

首先，从作者对全书的构思看，一百零八是一个"有意味"的数字，

---

① 李玉琳迁居宝丰始末，有清人刘青芝《宝丰文学李君墓表》可资考证："余尝闻新安李孝子玉琳寻母事云：康熙辛未岁大饥，玉琳兄弟方谋奉母就食四方……乾隆戊辰□月□日，宝丰李子海观将葬其父文学君，乃先以状来，乞表墓之辞于余。余读状，乃知文学君，即余向所闻寻母李孝子玉琳之子，而玉琳为海观之王父也。玉琳自南阳归，即卜居宝丰之鱼山，家焉。"（［清］刘青芝《江村山人续稿》卷二，清乾隆间刻《刘氏传家集》本，标点为笔者所加，下同。）又按：李海观孙李于潢《阅郡志见先高王父鱼齿山诗恭依元韵效谢临川述德之什并以自励》诗序称："以康熙辛未移家宝丰，卜居鱼齿山左。"（［清］李于潢：《方雅堂诗集》卷三，清道光十七年（1837）刻本）

② ［清］吕公溥：《寸田诗草》卷三，清乾隆刻本。

③ ［清］杨淮辑，张中良、申少春校勘：《中州诗钞》卷十四"李海观传"，第341页。

作为天罡、地煞数的总和，是中国古代小说中常出现的数字，在佛教中寓意人生的百八烦恼，在民间寓意圆满，是一个重要的文化符号。李海观深谙佛理、通晓民俗，不可能对数字一百零八的寓意完全没有意识。就作者构思的角度而言，一百零八回在数字上符合古代小说构思和撰写的习惯，这从前有《水浒传》的一百单八将，后有一百零八回的《二十年目睹之怪现状》等等文学现象，都可以得到旁证。

其次，从小说传抄的一般规律看，甲本系统在情节上基本一致，但回数从一百零五回到一百零八回不等，乙本系统在内容上增加了第九回《柏永龄明君臣大义　谭孝移动父子至情》，全书总回数反而减少至一百零六回或一百零七回。因此，不同于《水浒传》等章回小说在流传中由于文本情节的增删导致回数出入，《歧路灯》存世钞本间之所以存在第一百零五回至第一百零八回的差异，其根本原因在于不同程度的章回合并现象。

为便于阅读比较，本书现将《歧路灯》甲、乙钞本系统中几部重要的全帙钞本的回数出入情况列为表2-4。

表2-4

《歧路灯》钞本回数对比

甲本系统			乙本系统	
主体形态钞本（吕寸田评本、崔耘青旧藏本、浙图本、晚清钞本甲）	张廷缓题识本	国图本	马廉旧藏本	主体形态钞本（上图本、豫图本、豫艺本）
第一回　念先泽千里伸孝思　虑后裔一掌奠萱慈情 …… 第八回　王经纪糊涂养师长　[侯]教读偷情纵学徒	第一至八回	第一至八回	第一至八回	上图本、豫图本、马廉旧藏本第一至八回 豫艺本第一至五回（第六至十一回所载卷次佚失）
			上图本、豫图本、马廉旧藏本第九回义　谭孝移动父子至情　豫艺本本所在卷次佚失	柏承龄明君臣大
第九回　谭贤良觐君北面　娄孝廉借友南归	第九回	第九回	第十回	上图本、豫图本第十回　谭忠弼朝天瞻圣主　娄潜斋借地慰良朋　豫艺本回所在卷次佚失

续表

甲本系统			乙本系统	
主体形态钞本 （吕寸田评本、崔耘菁旧藏本、浙图本、晚清钞本甲）	张廷缨题识本	国图本	马廉旧藏本	主体形态钞本 （上图本、豫图本、豫艺本）
第十回 首医生乱投药剂 曹奶奶劝请观姿	第十回	第十回	第十回（重出第十回，以下回数顺延后错一回）	上图本第十回（重出第十回，以下回数顺延后错一回）豫图本第十一回 豫艺本回所在卷次佚失
第十一回 谭孝移病榻嘱儿 孔耘轩正论立嗣	第十一回	第十一回	第十一回	上图本第十一回 豫图本、豫艺本第十二回
第十二回 薛婆巧言罹娇女 王中屈心挂画眉 …… 第四九回 碧草轩公子解纷 醉仙馆新郎招辱	第十二至四九回	第十二至四九回	第十二至四九回	上图本第十二至四九回 豫图本第十三至五十回 豫艺本第十三至四九回（第十二回回数错乱）

续表

甲本系统			乙本系统	
主体形态钞本 （吕寸田评本、崔耘菁旧藏本、浙图本、晚清钞本甲）	张廷缓题识本	国图本	马廉旧藏本	主体形态钞本 （上图本、豫图本、豫艺本）
第五十回 入匪场小商殒命 坐监牢幼学含冤	第五十回 入匪场幼商殒命 央乡官赌棍画谋	第五十回 入匪场幼商殒命 央乡官赌棍画谋	第五十回 入匪场幼商殒命 央乡官赌棍画谋	上图本、豫艺本第五十回/像图本第五十一回 入匪场幼商殒命 央乡官赌棍画谋
第五一回 遭人命焦丹送信 央乡官夏鼎画谋				
第五二回 谭绍闻人梦遭严遣 董县主受赂徇私情……	第五一至七二回	第五一至七二回	第五一至七二回	上图本第五一至七二回/豫图本第五一至七二回/豫艺本存第五一至六十回（第六十回后佚失）
第七三回 炫子妹设计索赙 诳父语冷语冰人				
第七四回 张绳组王春宇正论规姊 卑菲朋	第七三回 王春宇正言匡宅相 张绳祖巧词诱书生	第七三回 王春宇正言匡宅相 张绳祖巧词诱书生	第七三回 王春宇正言匡宅相 张绳组巧词诱书生	上图本第七三回/像图本第七四回 王春宇正言匡宅相 张绳祖怒发佩论 诅片言

续表

甲本系统			乙本系统	
主体形态钞本（吕寸田评本、崔耘菁旧藏本、浙图本、晚清钞本甲）	张廷缦题识本	国图本	马廉旧藏本	主体形态钞本（上图本、豫图本、豫艺本）
第七五回 谭绍闻倒运烧丹炉 夏逢若密商铸钱局 …… 第七七回 巧门客代筹庆贺名目 老学究自叙学问根源	第七四至七六回	第七四至七六回	第七四至七六回	上图本第七四至七六回 豫图本第七五至七七回
第七八回 锦屏风办理文靖祠 庆贺礼排满萧墙街	第七七回	第七七回 锦屏风办理文靖祠 庆贺礼排满萧墙街	第七七回 锦屏风办理文靖祠 庆贺礼排满萧墙街	上图本第七七回／豫图本第七八回 锦屏风办理文靖祠 庆贺礼排满萧墙街
第七九回 淡如菊仗官取差 张类村昵私调谑	第七八回			上图本第七九回／豫图本第八回 淡如菊仗官取差 巫翠姐调谑内间遭晦气彻笑声

续表

甲本系统			乙本系统	
主体形态钞本（吕寸田评本、崔耘青旧藏本、浙图本、晚清钞本甲）	张廷缀题识本	国图本	马廉旧藏本	主体形态钞本（上图本、豫图本、豫艺本）
第八十回　谭绍闻小厮背主恩　冯家代书述官法	第七九回	第七八回　谭绍闻家贫奴辞主　娄潜斋明鉴假难真	第八八回　谭绍闻家贫奴辞主　娄潜斋明鉴假难真	上图本第七九回　本第八十回　讼师婉言劝绍闻　奴仆背主投济宁
第八一回　夏鼎画策鬟攻树　王氏袍梅哭塞碑……　第九十回　谭观察命题合教思　溆观书申正论	第八九至九九回	第七九回至八八回	第七九回至八八回	上图本第八一至九九回　豫图本第八一至九九回
第九一回　巫翠姐看孝经戏谈狠语　谭观察拿匪类曲全生灵	第九十回	第八九回　两文武南县拿邪　五生童署领花红	第八九回　两文武南县拿邪　五生童署领花红	上图本第九十回　本第九一回　两文武南县拿邪教　五生童署领花红
第九二回　观察公放榜重族情　箫初童受书动孝思	第九一回			

续表

甲本系统			乙本系统	
主体形态钞本（吕寸田评本、崔耘青旧藏本、浙图本、晚清钞本甲）	张廷缓题识本	国图本	马廉旧藏本	主体形态钞本（上图本、豫图本、豫艺本）
第九三回 冰梅姐思嫡伤幽冥 谭绍闻共子乐序洋	第九二回	第九十回 王象荩报主献忠 卢学台为国正文体	第九十回 王象荩报主献忠 卢学台为国正文体	上图本第九一回/豫图本第九二回 王象荩报主献忠 卢学台为国 正文体
第九四回 季刺史午夜（愁）[筹] 荒政 谭参议斜阳读墓碑 …… 第一百六回 谭念修爱母偎病榻 王象荩择婿得东床	第九三回至一百五回	第九至一百三回	第九至一百回	上图本第九二至一百四回 豫图本第九三至一百五回
第一百七回 朝廷锡功官极贵 循礼后启自自宣 家室	第一百六回	第一百四回 一官九重受命 两姓好于里来会	第一百四回 一品九重受命 两（性）[姓] 好于里来会	上图本第一百四回/豫图本第一百六回 一品官九重受命 两姓好于里会

续表

甲本系统			乙本系统	
主体形态钞本（吕寸田评本、崔垲青旧藏本、浙图本、晚清钞本甲）	张廷缓题识本	国图本	马廉旧藏本	主体形态钞本（上图本、豫图本、豫艺本）
第一百八回　薛姑娘合卺成礼　谭大史衣锦荣归	第一百七回	第一百五回　薛全淑洞房花烛　谭篑初金榜题名	第一百五回　薛全淑洞房花烛　谭篑初金榜题名	上图本第一百六回／豫图本第一百七回　薛全淑洞房花烛　谭篑初金榜题名
合计：凡一百八回	合计：卷首总目抄至一百七回。正文第五十八回后径接第六十回，故正文末回实抄至一百零八回	合计：凡一百五回	合计：目次及正文抄至一百五回，然重出第十六回	合计：上图本卷首总目抄至一百六回，然重出第十一回，实为一百七回。豫图本卷首总目抄至一百七回，正文第四十六回以下佚失。豫艺本无总目，正文第六十回以下佚失，全书总回数未详

说明：

（一）表2-4以诸钞本回数比对为主，限于表格篇幅，不出校记。若所涉章回目文字出入较大者，则列出不同回目文字，以便于校对。

（二）表2-4罗列甲本系统钞本以六部全帙为主，安定校斋钞本、保定本无总目，且自身残缺过半，加之安定校斋钞本回数错乱，参考价值有限，暂不列入。

（三）张廷缓题识本正文第五十八回后径接第十八回，回数错乱，表内所列回数及回目信息据其卷首总目。

（四）豫图本残存前四十六回，表内所列正文第十八回信息据卷首总目。

（五）豫艺本第十二至第十八回正文佚失，且无卷首总目，表内所列回数及回目信息据该卷首分卷总目次。

如果不考虑《歧路灯》诸钞本在回目中普遍存在的讹字、脱字，钞本间章回回目的差异主要存在以下两种情况。

其一，回目文字差异。主要包括以下六回。

1. 第十回：

谭贤良觐君北面[一] 娄孝廉偕友南归 （甲本系统）

谭忠弼朝天瞻圣主 娄潜斋借地慰良朋 （乙本系统）

2. 第七十四回：

王春宇正论规姊 张绳祖卑辞赚朋 （甲本系统主体形态钞本）

王春宇正言匡宅相 张绳祖巧词[二]诱书生 （张廷绶题识本、国图本、马廉旧藏本）

王春宇乘怒发侃论 张绳祖邀客沮片言 （上图本、豫图本）

3. 第八十回：

谭府小厮背主恩 冯家代书述官法 （甲本系统主体形态钞本、张廷绶题识本）

谭绍闻家贫奴辞主 娄潜斋鉴明假难真 （国图本、马廉旧藏本）

讼师婉言劝绍闻 奴仆背主投济宁 （上图本、豫图本）

4. 第九十三回：

冰梅姐思嫡伤幽冥 谭绍闻共子乐芹泮 （甲本系统主体形态钞本。另，张廷绶题识本脱"姐"、"谭"二字）

王象荩报主献忠谋 卢学台为国正文体 （国图本、乙本系统）

5. 第一百零七回：

朝廷锡功官极贵 家室循礼后自昌 （甲本系统主体形态钞本、张廷绶题识本）

一品官九重受命 两姓好千里来会 （国图本、乙本系统）

6. 第一百零八回：

薛姑娘合卺成礼 谭太史衣锦荣归 （甲本系统主体形态钞本、张廷绶题识本）

薛全淑洞房花烛　谭篑初金榜题名　（国图本、乙本系统)①

以上回目文字差异，有些偏重于同一回中的不同情节，如"娄孝廉偕友南归"和"娄潜斋借地慰良朋"；有些仅仅是措辞上的不同，如"薛姑娘合卺成礼"和"薛全淑洞房花烛"，后者比前者更为通俗。这些差异不构成回数上的出入，仅从回目文字也很难判断其产生时间先后，因此对于判断《歧路灯》总回数参考意义不大。

其二，章回合并造成回数出入。据笔者归纳，《歧路灯》诸钞本的章回合并现象主要集中在以下三处。

1. 第五十回至第五十一回。甲本系统主体形态钞本第五十回《入匪场小商陨命　坐监牢幼学含冤》、第五十一回《遭人命焦丹送信　央乡官夏鼎画谋》两回，于张廷绶题识本、国图本、乙本系统合并为《入匪场幼商殒命　央乡宦赌棍画谋》一回（栾校本第五十一回）。

2. 第七十八回至第七十九回。《锦屏风办理文靖祠　庆贺礼排满萧墙街》（本回回数于甲本系统主体形态钞本、豫图本作第七十八回，上图本作第七十七回，张廷绶题识本卷首总目作第七十七回、正文作第七十八回，下不另注）、《淡如菊仗官取羞　张类村昵私调谑》（本回回数于甲本系统主体形态钞本、豫图本作第七十九回，上图本作第七十八回，张廷绶题识本卷首总目作第七十八回、正文作第七十九回。上图本、豫图本回目作《淡如菊席间遭晦气　巫翠姐帘内彻笑声》。下不另注）于国图本、马廉旧藏本合并为《锦屏风办理文靖祠　庆贺礼排满萧墙街》一回。

3. 第九十一回至第九十二回。甲本系统主体形态钞本、张廷绶题识本第九十一回《巫翠姐看孝经戏谈狠语　谭观察拿匪类曲全生灵》、第九十二回《观察公放榜重族情　篑初童受书动孝思》（张廷绶题识本卷首总目作第九十回、第九十一回，正文回数作第九十一回、第九十二回，下不另注），于国图本、乙本系统合并为《两文武南县拿邪教　五生童道署领

---

① 校记：[一]"面"，张廷绶题识本、国图本作"上"。[二]"词"，马廉旧藏本作"言"。

花红》一回。

从古代小说传抄的一般规律看，由于不同水平抄写者的文化素养、传抄随意性影响，出现删省回目、合并章回的情况是较为常见的现象。相较之下，在传抄中脱漏回目的可能性，远远大于个别传抄者私自增加回目之可能。从具体情节内容看，在以上三处章回合并中，实际情况亦有所不同，下文将逐一进行分析。

（一）第五十回至第五十一回

今考甲本系统主体形态钞本第五十回（栾校本第五十一回）《入匪场小商陨命　坐监牢幼学含冤》回末：

> 这巴庚、钱可仰原不足惜。可惜者，柴守箴、闫慎两个青春学生，一步走错，无故成了人命干连，收入犴狴之内，不说终身体面难赎，只这一场惊慌，可不諕死了人！到了监内，狱卒禁牢见是两块好羊肉儿，这百般凌逼，自是难堪的。柴、闫两家内眷，终夜悲泣，那又是不用说的了。纵因小学生儿稚气童心，不惮絮叨，提耳申说一番。俚言四句云：
>
> 幼学软嫩气质，半步万不许苟。如何犯法之地，你敢胡行乱走！

又考以上四部钞本第五十一回《遭人命焦丹送信　央乡官夏鼎画谋》开篇：

> 再说十七日，谭绍闻在巴家酒馆内，被窦丛把脸上弄了一道棒痕，王中扯令上车。到了家中，掩着腮进的东楼，用被蒙头，睡了个上灯时候。王氏问了几回，只推腹中微痛。王氏命冰梅伺候汤茶，檠[一]上灯来。谭绍闻说："眼害暴发，涩而且磨，不敢见明。"冰梅吹息了烛，暗中吃些东西，打发谭绍闻睡讫。①

---

① 校记：[一]"檠"，当作"擎"。

从小说形式、内容、叙事线索角度，以上二回都具备了划分章节的条件和必要性。在形式上，"幼学软嫩气质"四句具备回末诗的特征，符合章回结束的标志。在内容上，《歧路灯》在明清章回小说于回末设置悬念的习惯作法之外，作者亦常在回末抒发议论，由此提炼全回教育意义，以达到全书"藉科诨排场间写出忠孝节烈"（李海观《歧路灯序》）的教育效果。在以上四部钞本中，第五十回回末议论包括作者对巴家酒馆聚赌事件的看法，以及重申青年学生远离赌场的教育理念，符合《歧路灯》的一贯作法。在叙事线索上，第四十九回（栾校本第五十回）叙述谭绍闻与窦又桂等人巴家聚赌、被窦父打骂后，小说在此分出了两条线索，一条线索是窦又桂自缢、窦父报官、董公理案勘验、柴守箴和闫慎被捕收监；另一条线索则是谭绍闻归家后的经历。所谓"花开两朵，各表一枝"，以上四部钞本在第五十回完成第一条线索的叙述之后，第五十一回的故事时间回溯到十七日，补叙谭绍闻自巴家酒馆归家后的经历，与第五十回构成双线叙述，在此处分回符合章回小说的撰写习惯。

据此反观张廷绶题识本、国图本、乙本系统，将上述两回合并为《入匪场幼商殒命　央乡宦赌棍画谋》一回。其具体作法则是，在没有删减情节、文字的前提下，取原第五十回《入匪场小商陨命　坐监牢幼学含冤》回目上句、原第五十一回《遭人命焦丹送信　央乡官夏鼎画谋》回目下句，构成新的回目《入匪场幼商殒命　央乡宦赌棍画谋》，从而将两回合并为一回。同时，对于"再说十七日，谭绍闻在巴家酒馆内"一句，国图本、乙本系统均删去"十七日"三字，通过对故事时间的模糊处理，减少上下文连缀的突兀感。

（二）第七十七回至第七十八回

在此二回中，《歧路灯》诸钞本的主要分歧在于：国图本、马廉旧藏本第七十八回的回目《锦屏风办理文靖祠　庆贺礼排满萧墙街》在实质上统领着他本第七十八回、第七十九回（此二回于上图本作第七十七回、第七十八回，下不另注）的内容。国图本、马廉旧藏本的具体作法是：

取消诸本第七十九回回目，在第七十八回回末径直抄写第七十九回的内容。

那么，何以造成这种回目差异？是作者原已分回，国图本、马廉旧藏本在传抄中回目脱漏？还是作者原本没有分回，其余诸本在传抄中增衍了一个新的回目呢？笔者认为，前者的可能性更大，原因如下。

首先，从小说情节内容看，第七十八回的内容主要有二，其一，谭绍闻为了庆贺母亲寿辰，与盛希侨、满相公商议撰写屏风；其二，谭宅筹备寿宴。这恰好对应了回目"锦屏风办理文靖祠 庆贺礼排满萧墙街"的上、下二句，情节内容与回目间形成了均衡对应关系。第七十九回的内容主要为谭宅寿宴描写，虽然诸本出现了"淡如菊仗官取羞 张类村昵私调谑"（吕寸田评本、崔耘青旧藏本、浙图本、晚清钞本甲、张廷缓题识本）、"淡如菊席间遭晦气 巫翠姐帘内彻笑声"（上图本、豫图本）两种回目，但针对的是本回中的三个不同情节片段：淡如菊在席间大放厥词受到盛希侨弹压（"淡如菊仗官取羞"、"淡如菊席间遭晦气"），张类村与程嵩淑席间谈笑（"张类村昵私调谑"），巫翠姐与姜氏讲戏（"巫翠姐帘内彻笑声"），回目内容均未超出叙述范围。相较之下，在国图本、马廉旧藏本中，仅凭"锦屏风办理文靖祠 庆贺礼排满萧墙街"不足以概括上述两回内容。尽管在古代章回小说中，回目并不一定要覆盖该回中的全部内容，但国图本、马廉旧藏本、安定筱斋钞本取消后一回回目后，在回目涵盖信息量上出现明显失衡。

其次，从小说叙述逻辑看，甲本系统主体形态钞本、张廷缓题识本、上图本、豫图本第七十八回（部分钞本回数作第七十九回）《锦屏风办理文靖祠 庆贺礼排满萧墙街》结尾如下（引文从上图本）：

> 这条街看的人，老幼男子、丑好女人，无人不说热闹。好似司马温公还朝，梁灏状元游街。树上儿童往下看，墙头少妇向外瞧。没一个不喜欢，没一个不夸奖。偏是姜氏也随着本街妇女，也来同看，回到家中，整整气了一天，到次日晌午，还睡着不起来。这正是：
>
> 世间苦乐总难匀，快意伤心不等伦。休说满街俱喜笑，含酸还有

向隅人。

次回开头则是：

> 到了次日早膳以后，盛希侨、王隆吉是昨日订明的陪客，自是早
> 到。夏鼎原未曾去，是不用说的。少时，钱万里、淡如菊亦至。周家
> 小舅爷继至。

第七十八回回末描写姜氏归家后的表现，到"睡着不起来"一句，姜氏线索告一段落。随后四句回末诗，在形式和内容上都标志着一个章回的终结。在第七十九回的开篇，叙述重点转向次日来宾，标志着另一条叙述线索，即，谭宅庆贺活动的开端。在此处分回符合小说叙述逻辑。

最后，从小说叙事时间看，第七十八回回末，故事时间推移至"次日晌午"，第七十九回开篇则是"到了次日早膳以后"，考虑到姜氏和众宾客构成的双重线索，这种故事时间上的错位是很正常的。但是，若如国图本、马廉旧藏本不分回，由姜氏"到次日晌午，还睡着不起来"径接"到了次日早膳以后"（国图本、马廉旧藏本无"早膳以后"四字），就会显得非常突兀，甚至会给读者造成一个错觉，即，后者的"次日"是针对姜氏"睡着不起来"而言的"次日"，在故事时间上多出一天（而这本应是同一天发生的事情），从而造成更大误解。

综上所述，从回目内容、叙述逻辑、叙事时间看，第七十九回的回目都应保留。国图本、马廉旧藏本在此脱漏回目，当为传抄导致的脱漏。事实上，在《歧路灯》流传过程中，第七十九回回目的佚失曾给部分读者带来巨大困惑。马廉旧藏本在章节过渡处文字不同诸钞本，作：

> 这条街看的人，老幼男子，丑好女人，个个都说热闹，好似司马
> 温公还朝，梁灏状元游街。树上儿童往下看，墙头妇女向外瞧。无一
> 个不喜欢，无一人不夸奖。偏是姜氏随着本街妇女，也来同看。睹如
> 此风华，已自觉实命不犹，听人皆羡慕，转不禁暗然神伤，遂回入卧

房，和衣而睡。转念云：徒事烦恼，何如我侧入其中？于是语语乎，况前此有请，心已相印，何可关情？遂向丈夫马九方怂恿备礼，与之偕往。这正是：

> 含酸独有向隅人，辗转优游意欲伸。不入其中相笑语，徒然愤愤也无神。

以上文字后径接"到了次日，盛希侨、王隆吉……"，是仅见于马廉旧藏本的文字。从表面看，马廉旧藏本与诸钞本的差异在于，将姜氏的嫉妒至极、"气了一天"，改写成回心转意，怂恿丈夫一同前往。但除此之外，还在于规避了故事时间上"整整气了一天，到次日晌午，还睡着不起来"与"到了次日早膳以后"之间的矛盾。可以想见，在底本回目脱漏的情况下，某位传抄者尽其最大努力，保持了前后文故事时间的一致性。马廉旧藏本异文的存在，本身就证明了第七十九回独立分回的必要性。

（三）第九十一回至第九十二回

今考甲本系统主体形态钞本、张廷绶题识本第九十一回《巫翠姐看孝经戏谈狠语　谭观察拿匪类曲全生灵》回末：

> 这观察回署，已经到上烛时候。坐在签押座上，取出靴筒黄皮本儿，向烛上一燃，细声叹道："赖此一炬，数十家性命全矣。"
> 谁为群痴一乞饶，渠魁歼却案全销。状元只为慈心蔼，楚北人传救蚁桥。

又考以上五部钞本第九十二回《观察公放榜重族情　箕初童受书动孝思》开篇：

> 却说谭观察回署，烧了妖党送银簿子，正欲检点数日公出未及入目的申详，梅克仁拿了许多手本，说是本城小老爷们请安。

从小说形式、叙事线索角度，以上二回都具备了划分章节的条件和必要性。在形式上，"谁为群痴一乞饶"四句作为回末诗，收束前文，赞颂谭观察仁心，构成了独立分回的条件。在内容上，至第九十一回回末，教匪作乱一事已告一段落，自第九十二回开篇，小说的叙述重心又转移到前文紧锣密鼓渲染的"观风"一事上来。小说在第九十回"命题含教思"和第九十二回"放榜重族情"之间，插入一段相对独立的谭绍衣平息教匪作乱情节，由此凸显其正面形象，为后文叙述奠定基础，以其独立成章更为合理。

相较之下，在国图本、乙本系统中，以上两回是以一回的面貌出现的。具体做法是，取前一回谭绍衣捉拿教匪一事、后一回谭兴官应试一事，捏合成新的回目《两文武南县拿邪教　五生童道署领花红》。这一作法与本节所举第一例（第五十回、第五十一回）较为类似，都是在前一回具备分回条件的情况下，将前后二回合并为一回。此种作法虽然没有造成阅读理解上的歧义，但合并后的新回目《两文武南县拿邪教　五生童道署领花红》侧重点在于谭观察捉拿教匪、谭兴官应试发榜二段情节，在回目文字上切断了第九十二回"观察公放榜重族情"与前文第九十回回目"谭绍衣命题含教思"之间的照应关系，使回目文字对谭绍衣的烘托稍显弱化。然而，在小说后半部描写谭绍闻洗心革面、谭宅家业重兴的过程中，谭绍衣对谭绍闻父子的扶持产生了巨大影响，观风考试则是其中至关重要的一个环节。这是国图本、马廉旧藏本合并章节后的劣势之所在。

由此可见，在《歧路灯》诸钞本三处章节合并中，第一、三两例的作法相同，即，在不删减情节文字的前提下，捏合新的回目，从而将两回文字合并成一回。第二例则径直取消后一个回目，以前一个回目统领两回文字。

章回合并是《歧路灯》钞本间回数出入的主要原因。在甲本系统中，甲本系统主体形态钞本均未合并章回，即为一百零八回本。国图本在上述三处都合并了章回，即为一百零五回本。张廷绶题识本仅在第五十、五十一回处合并章回，即为一百零七回本。就甲本系统而言，国图本、张廷绶题识本的情况，无疑更类似传抄过程中脱漏回目、合并章回。此外，也应考虑到不同时代的抄写者面对多源的底本，杂糅他本的可能性。

若将考虑范围扩展到乙本系统，则情况更为复杂。因为面对乙系祖本，作者（或一部分早期传抄者）亟须解决的问题在于，第九回的插入使原有回数增加了一回，有必要将既有的某两回合并成一回，从而维持一百零八回的回数。这或可为《歧路灯》个别章回的合并提供来自叙事上的内驱力。但是，这一推测并不能解释《歧路灯》诸钞本中所有章回合并现象。这首先在于，诸钞本中被合并的章回数量远超过新增加的第九回。特别是国图本，在本身没有第九回插入的情况下，却成为诸钞本间合并章回现象最严重的钞本；其次，如果作者本人需要调整回目，完全可以以更为灵活的手法进行处理（例如，增加"楔子"），而非删减回数。因此，本节所论述的三处章回合并现象，其性质更类似不同文化程度的抄写者脱漏回目、合并章回所导致。

综上所述，从作者对全书的构思、小说传抄的一般规律和小说情节内容判断，《歧路灯》的稿本形态当为一百零八回本。

《歧路灯》的一百零八回钞本长期被学界所忽略，有其客观原因。在栾星所据叶县钞本佚失后，由于安定筱斋钞本的残损，此前学界所知的《歧路灯》钞本中，一百零八回本便只有晚清钞本甲一种，确实难以构成一个钞本系统。晚清钞本甲的底本来源何在、属于哪一钞本系统、具有何种意义上的校勘价值？以上问题从未受到关注。但是，笔者新见的吕寸田评本、崔耘青旧藏本、浙图本均为一百零八回本，足以证实这一钞本系统的存在，并且丰富了一百零八回本系统的文献材料。

在这一意义上，在《歧路灯》甲本系统中，代表甲本系统主体形态的四部钞本（吕寸田评本、崔耘青旧藏本、浙图本、晚清钞本甲）保存了一百零八回本形态，与《歧路灯》的稿本风貌最为接近。

二 　《家训谆言》的位置

在《歧路灯》的传抄中，历来有将《家训谆言》随小说正文抄写的作法——在《歧路灯》存世钞本中，除上图本卷首残缺，安定筱斋钞本、保定本残损过半之外，其余诸本均附有《家训谆言》。诸钞本《家训谆言》位置不一：甲本系统主体形态钞本将《家训谆言》附于全书正文之后；张廷绶题识本、国图本、马廉旧藏本、豫图本、豫艺本将《家训谆言》位列卷首。

《家训谆言》与小说正文的位置关系具有较为重要的版本识别意义。笔者认为，部分钞本将《家训谆言》置于小说卷首的做法，与《歧路灯》早期流传过程中一次重要的过录活动有关——这就是所谓的"乾隆庚子过录"。"乾隆庚子过录"，源于栾星命名的"乾隆庚子过录题识"，此题识见录于国图本、豫图本、马廉旧藏本。20 世纪 60 年代，栾星点校《歧路灯》时，在豫图本卷首发现此题识，根据题识中"余于丁酉岁，从学于马行沟"、"越明年"等信息，推测此题识为李海观在马行沟教书时的学生所撰写，写成时间为乾隆庚子（四十五年，1780），因此将其命名为"乾隆庚子过录题识"，并将豫图本命名为"乾隆庚子过录本"。近年来，虽有学者对题识撰写时间提出新见，但并不影响本书结论，故沿用栾说（关于"乾隆庚子过录题识"的相关问题，本书将于第四章第四节作专门讨论）。

值得注意的是，正是这一次"乾隆庚子过录"活动改变了《歧路灯》的形制。由于"乾隆庚子过录题识"的撰写者认为"学者欲读《歧路灯》，先读《家训谆言》"，因此将《家训谆言》"冠之于篇首"。这一做法对于《歧路灯》的文本影响较为深远，它不仅改变了《家训谆言》的位置，还使游离于小说情节之外的《家训谆言》成为小说卷首的组成部分。在后世传抄中，甚至出现诸如豫艺本将《家训谆言》视为"歧路灯首卷"的误解。① 这或许并不符合作者构思的初衷——如果作者本有此意，完全可以以楔子或序言的形式，将《家训谆言》置之卷首，而事实上，作者在自序中对《家训谆言》只字未提。

由此不妨推测，在《歧路灯》的早期流传中，或有将《家训谆言》附于文末的做法，现存世的吕寸田评本《家训谆言》附于卷末，题为《附绿园家训谆言七十八条》；晚清钞本甲卷末不仅有《家训谆言》，还有《课童常理》《晋接常仪》《课士常宜并诸儒读书》三种文献，不失为两个颇具启发意义的例证。但是，"乾隆庚子过录"活动影响了后世一部分钞本，豫图本、国图本、马廉旧藏本卷首"乾隆庚子过录题识—《家训谆言》—作者自序—正文"的顺序，其底本产生时间应不早于"乾隆庚子过录"活动。而在后世的漫长传抄过程中，一部分序跋、题识不断被增入小说文本，另一部分序跋、题识逐渐被脱漏删减，使《家训谆言》不再绝对依附于"乾隆庚子过录题识"而存在，其与《歧路灯》文本的关系愈加复杂。例如，张廷绶题识本卷首无"乾隆庚子过录题识"，体现了"张廷绶题识—《家训谆言》—作者自序—正文"的顺序，即为一个特殊案例。

综上所述，在《歧路灯》甲本系统中，代表甲本系统主体形态的四部钞本（吕寸田评本、崔耘青旧藏本、浙图本、晚清钞本甲）卷首无"乾隆庚子过录题识"，将《家训谆言》缀于卷末，与《歧路灯》的稿本风貌最为接近。

至此，在本节对《歧路灯》原初形态的讨论中，甲本系统主体形态钞本四部钞本（吕寸田评本、崔耘青旧藏本、浙图本、晚清钞本甲）均可被证明相对更接近《歧路灯》稿本。这或可在钞本文字校勘之外，从另一个重要角度揭示甲本系统主体形态钞本的校勘意义和文献价值。对此，本书将在第四章第一节结合文字校勘作进一步论述。

---

① 豫艺本卷首无"乾隆庚子过录题识"，首有《岐路灯首卷家训谆言八十一条》（"岐"，当作"歧"，原书如此），这一称谓尚未见于他本。由于豫艺本对小说正文文字多有后出改写，其卷首对《家训谆言》的处理参考价值有限。

第五节　《歧路灯》钞本的复杂性及其研究意义

囿于古代小说的文化地位、《歧路灯》的流传范围和地域等原因，现存世的《歧路灯》文献史料并不丰富，而有限的文献材料在信息分布上亦不均衡。具体而言，反映作者生平、交游、读者接受的史料相对较多，而直接反映《歧路灯》成书和早期传抄情况的史料寥寥无几。因此，在现阶段的研究中，很难依靠外部文献史料对《歧路灯》的成书与传抄情况进行佐证，而只能依靠文本校勘提供的内部证据。

除了相关文献史料的匮乏，为《歧路灯》钞本研究带来更大困难的，是《歧路灯》自身在成书与流传过程中存在的诸种复杂情况，至少体现在以下三个环节。

第一，作者创作阶段：《歧路灯》稿本的复杂性。正如曹雪芹的"批阅十载，增删五次"成为《红楼梦》钞本间复杂异文的成因之一，《歧路灯》的写作同样经历了漫长过程。据李海观《歧路灯序》："盖阅三十岁以迄于今而始成书。前半笔意绵密，中以舟车海内，辍笔者二十年。后半笔意不逮前茅，识者谅我桑榆可也。"可见，《歧路灯》的成书至少经历了以下三个阶段：

> 早年撰写"前半"书稿——辍笔二十年——晚年补写"后半"书稿。

时至今日，研究者已经很难还原作者早年写作的具体情况。例如，作者最早何时动笔，早年写作持续的时长，等等。甚至对于作者自述中的"前半"、"后半"书稿的分界，尚且建立在推测基础之上。① 但是，从作者自

---

① 栾星曾根据文风推测作者于四十岁至五十岁之间完成前八十回书稿："就全篇来看，八十回以前，刻画细腻，笔意酣畅，当为这十年间写就。八十回以后，逐渐草率疏略，'不逮前茅'，似为老年续写。"详见栾星编著《歧路灯研究资料》，第16页。

称"盖阅三十岁以迄于今而始成书"得知，《歧路灯》的写作时间跨度约在三十年左右，当无疑问。在这一漫长的撰写过程中，《歧路灯》的"稿本"同样历经了演变。因此，不同于一般校勘工作中所指相对固定的作者"稿本"概念，《歧路灯》的"稿本"在不同阶段，势必呈现出不同的文字风貌。

第二，作者定稿阶段：《歧路灯》"定本"的复杂性。即便将李海观晚年统筹修订后的"稿本"视为《歧路灯》的"定本"，那么，这一"定本"的情况亦颇为复杂。它至少体现为两种形态——在现阶段所知的存世钞本中，甲本系统卷首作者自序题署的时间节点均为"乾隆四十二年七月"，乙本系统卷首作者自序题署的时间节点则为"乾隆四十二年八月"。若仅从时间点判断，那么甲、乙钞本系统的祖本，在理论上应分别对应作者晚年定稿阶段先、后两个时间节点产生的两种"定本"风貌。

但是，围绕《歧路灯》甲、乙钞本系统的祖本仍存在诸多疑点，远比表面上呈现的时间先后更为复杂。例如，就甲系祖本而言，乾隆四十二年七月，作者是否已完成全书的撰写？对全书的修订工作进行到何种程度？就乙系祖本而言，乾隆四十二年八月，作者是否已完成全书修订？乙系祖本的产生距离作者逝世尚有十余年时间，此十余年间作者是否又对稿本有所订正？此外还应考虑到，甲、乙钞本系统祖本题署时间，虽未必绝对对应"七夕"、"白露"二日，但二者之间的时间间隔仅不足一月，在这一极其短暂的时段内，作者出于何种考虑又进一步改写了小说文本、重题序言？……以上诸种疑问，在现有文献资料基础上，均无法被确切证明。围绕《歧路灯》"定本"的疑团如此之多，直接造成在目前的校勘工作中，只能尽可能梳理诸甲、乙钞本系统间的文字演变情况，部分因证据不足而无法得出确定结论的问题，只能暂且存疑，不宜擅加定论。

第三，读者传抄阶段：《歧路灯》传本的复杂性。对于古代小说传播而言，在长期传抄中，小说文本往往面临诸多不确定因素，《歧路灯》亦不例外。首先，存世的《歧路灯》钞本无一例外地面临抄写时间难以精确界定的问题。其中，留下具体姓名的抄写者、题识者、评点者寥寥无几，即便是可以考证具体身份的吕公溥（寸田）、吕申（中一）、张廷绶等人，也很难据此对某些钞本的抄写时间作出绝对化的判断，更遑论韩文山、敦素齐、安定筱斋主人等生平时代难以考证者。

更为重要的是，《歧路灯》传本的复杂性还源于"定本"的复杂情况。从存世钞本题署的乾隆四十二年七月、八月两种时间节点，可以推测在作者晚年修订过程中，书稿也不断被传抄出来，作者修订与读者传抄很可能同时进行。一方面，甲、乙钞本系统祖本各自层累地汇集后世传抄者造成的脱、讹、衍、漏等问题；另一方面，后世抄写者也极有可能面对不同系统的钞本择善而从，杂糅底本、补配章回，由此产生"中间态特征"的传本，使钞本情况愈加复杂。因此，《歧路灯》的传抄并非传统意义上流传有序的过程，而是多人、多时、多地传抄，形成复杂体系。这也直接造成了《歧路灯》存世钞本中，颇有一些异文现象的成因错综复杂，难以一概而论。

综上所述，《歧路灯》的创作、成书与流传情况极为复杂。《歧路灯》的钞本系统并非一个简单的"由甲到乙"的线性过程，亦不可简单描述为"乙传抄于甲"，或"乙优于甲"、"甲优于乙"，云云；而是甲、乙钞本系统祖本分别对应成书阶段不同时间节点产生的文本。在这种情况下，《歧路灯》钞本研究的目的，便不仅仅停留在划分钞本源流系统，还在于通过钞本比勘，尽可能地勾勒出甲、乙钞本系统间的文字演变规律，从而一窥在《歧路灯》的成书与流传过程中，作者（包括一部分传抄者和读者）是怎样对文本进行改动、小说情节文字发生了何种变化，从而揭示《歧路灯》在成书与流传过程中的文字演变规律，为古代小说文献研究提供一个有价值的案例。对此，本书将在第三章作进一步论证。

此外，需要说明两点：

其一，本书所谓"成书与流传"，实际上包括两个过程，即，出自作者本人的撰写、修订的"成书过程"，以及小说文稿在传抄中的"流传过程"。就现阶段的《歧路灯》钞本校勘而言，"成书"与"流传"过程造成的异文在界限上并不绝对分明。换言之，即便是目前可被证明接近《歧路灯》原本风貌的钞本，也无法排除羼入传抄者和读者改动的痕迹。因此，在目前阶段，本书在讨论《歧路灯》的成书与流传过程中，随时将一部分传抄者、读者对小说文本的篡改纳入考虑范围。

其二，本书所称"甲系祖本"、"乙系祖本"，迄今仍是概念意义上的存在。现阶段并没有一种钞本与之实际对应，且围绕这二部概念意义上的钞本，尚有诸多疑团有待解开。因此，在现阶段的研究中，只能通过版本校勘，尽可能甄别、辨析更接近"甲系祖本"、"乙系祖本"的情节文字。本书提出这两个概念的目的，在于尽可能为存世钞本间的异文演变过程界定一个起点和终点，既非特指某部存世钞本，亦非借此界定某些钞本的校勘价值。在此特进行说明。

第三章 《歧路灯》甲、乙钞本
系统间的整体性差异

在全书范围内，《歧路灯》甲、乙钞本系统之间存在数量可观的异文。这些异文大到章回存佚，小到文字细节，既有整体性的情节差异，也有细微的人物形象变化。《歧路灯》甲、乙钞本系统间的异文具有重要的研究价值，这些异文佐证了甲、乙钞本系统的划分结果，也是《歧路灯》诸本异文的集中体现。本章将对《歧路灯》甲、乙钞本系统间的异文进行校勘、归纳、总结，从而论述《歧路灯》甲、乙钞本系统间异文的整体规律。

总体而言，《歧路灯》甲、乙钞本系统间的异文主要体现在以下五个方面。其一，乙本系统对回末诗（联语）有所增补、调整，使章回小说的形式更趋完善。其二，乙本系统对语言风格有所调整，相对雅致规整。其三，乙本系统中个别人物形象发生变化。其四，乙本系统对情节多有增补，除了增补第九回及其前后的一万二千余字情节之外，还补写了多处典故和术语、动作细节、语言细节、肖像细节。其五，乙本系统对描写有所简化，对人物描写、名物描写、场景描写中的修饰性话语多有删减。本章将从以上五个方面入手，对《歧路灯》甲、乙本钞本系统间的异文进行论述，并将在结语部分对《歧路灯》乙本系统文字的优劣及得失作进一步探讨。

需要说明的是，在本章所罗列的异文现象中，有个别文字差异并非存在于甲、乙钞本系统之间，而是存在于甲本系统主体形态钞本与国图本、乙本系统之间，这是国图本作为甲本系统的分支形态钞本，其"中间态特征"的体现。同时，还有个别位于第五十一回至第八十回之间的异文，其文字差异存在于甲本系统、马廉旧藏本与上图本之间，这是由于马廉旧藏本作为乙本系统的分支形态钞本，在第五十一回至第八十回之间与上图本的分化所导致。以上二种情况不影响本章的整体结论，本书将在第四章作进一步论述。

第一节　乙本系统对回末诗的增补与调整

《歧路灯》中有一定数量的诗作。这些诗作在形式上大多为五言或七言，二句到多句不等；在位置上作为回中诗或回末诗出现；在内容上大抵语意浅俗，以说教训喻为主；在艺术成就上，典故浅白重复，甚至偶有错韵，其所充斥的教化理念损害了诗歌的美感，艺术成就普遍不高。

上述现象的成因，一方面应考虑到作者面向中下层读者的写作预期，即，"田父所乐观，闺阁所愿闻"（李海观《歧路灯序》），粗浅俚俗的语言特点或许更适合小说教育理念的普及和传播；另一方面，也受限于作者本人的才力和学识。李海观并非以文采见长的作家，其存世诗作更擅长议论（如《读史》组诗）、白描（如《鱼山看残雪》《尉氏早发》），而非以辞藻和神韵擅场。例如，作者以"小星"喻侍妾，在全书回末诗中先后出现四次（分别见第三十五回"皙皙小星傍月宫"、同回"深闺绣帏一小星"、第四十七回"万古伤心一小星"、第六十七回"小星何故纷家政"），这未尝不是作者才力捉襟见肘的体现。甚至不妨推测，作者对文史常识的掌握并非无懈可击，例如，小说第七回提及"《文苑英华》"一书，在笔者目力所及范围内，除了上图本作"文苑精华"外，诸钞本均误作"文苑菁华"。无独有偶，小说第七十九回称"陈思王曹植云：'文人相轻，自古而然'"，这一舛误也存在于笔者目力所及范围内的所有钞本中。以上讹误非一时一地的传抄可以篡改，而必然要追溯到《歧路灯》的稿本讹误。

尽管如此，《歧路灯》中的诗作仍具有较为重要的校勘意义。首先，在甲、乙钞本系统之间，乙本系统的诗作总数明显超过甲本系统，绝大部分是由回末诗的增补造成，尽管《歧路灯》并非严格恪守每一回后附回末诗的形式，但乙本系统对回末诗的增补，无疑意味着章回小说的形式更趋完善。其次，《歧路灯》钞本间一部分回中诗、回末诗位置的调整变化，或可为甲、乙钞本系统间的文字演变规律提供些许启发。下文试细述之。

一　乙本系统对回末诗（联语）的增补

在《歧路灯》的甲、乙钞本系统之间，回末诗数量在整体上呈现出从少到多的规律。据笔者统计，至少在以下十六回中，乙本系统的回末诗不见于甲本系统（或甲本系统主体形态钞本）。详见表 3 – 1。

表 3 - 1

《歧路灯》钞本回末诗比对

性质	回目	甲本系统		乙本系统
		主体形态钞本	分支形态：张廷绶题识本、国图本（引文从国图本）	
1. 甲本系统无回末诗，乙本系统增补回末诗	第十五回	无	无 按：张廷绶题识本回末有"这正是"三字，然无诗。	刻刻[一]难忘曲米街，恰逢中表又相偕。村姑嫁得夫家好，禄产骁裘袤抱满怀。 校记：[一]"刻刻"，马廉旧藏本作"时刻"。
	第十六回	无	无	赌场原是陷人坑，谁肯蚕盆自收生？总为罗又推[一]猛，学润先此滚油铛。 校记：[一]"挽"，马廉旧藏本作"晚"，当据改。
2. 甲本系统有回末联语，乙本系统增补一联，成四句诗	第六回	同床夫妇隔山住，愚人怎识智人心。	同床夫妇隔山住，愚人怎识智人心。	万斤云烟着碧岑，良朋久阔梦中寻。同床夫妇隔山住，村姬怎识管士心。
	第二十回	冲年一人匪人党，心内明白不自由。	冲年一人匪人党，心内明白不自由。	冲年一人匪人党，心内明知不自由。五鼓醒来平旦气，斩钉截铁猛回头。

续表

性质	回目	甲本系统		乙本系统
		主体形态钞本	分支形态：张廷缓题识本、国图本（引文从国图本）	
3. 甲本系统主体形态钞本无回末诗，张廷缓题识本、国图本，乙本系统增补回末诗	第十二回	无。按：浙图本回末有"三寸气在千般用，一旦无常万事休"二句。	生顺才能说殁宁？就就业业终身怕，传于世间作典型。	生顺才能说殁宁，端人有甚目难瞑？就业业终身怕，传与世间作典型。
	第十九回	无	自古妇人护侄儿，谁人敢驳武三思？纵然当路荆棘茂，看是秋园桂一枝。	自古妇人护侄儿，谁人敢驳武三思？纵然当路荆棘茂，看是秋园桂一枝。
	第二十九回	无。按：浙图本回末有"从古忠臣事暗君，摩空直欲拨层云。只今谏草留青史，私室呼嗟那得闻"一诗。	主仆君臣理一般，嗬嗬病榻镂忠肝。漫言士庶身家小，受托方知报称难。	主仆君臣理一般，嗬嗬病榻镂忠肝。漫言士庶身家小，受托方知报称难。按：马廉旧藏本无诗。
	第三十一回	无	惩凶烛猜理盆冤，折狱惟良只片言。若不叫人称父母，徇情贪赂累椿萱。	惩凶烛猜理盆冤，折狱惟良只片言。不教人称父母，徇情贪赂累椿萱。按：马廉旧藏本无诗。

续表

性质	回目	甲本系统		乙本系统
		主体形态钞本	分支形态：张廷缓题识本、国图本（引文从国图本）	
4. 甲本系统主体形态钞本有回末联语，张廷缓题识本、国图本、乙本系统增补一联，成四句诗	第三十六回	无	从来比匪定招殃，真是手探沸釜金汤。强盗心肝娼妇嘴，专寻面软少年郎。	从来比匪定招殃，直是手探沸釜汤。强盗心肝娼妇嘴，专寻面软少年郎。
	第六十四回	腹内有了烧刀子，酒胆周身不怕天。按：崔耘青旧藏本作"腹内有了烧刀子，忘却官府惯动刑"。浙图本作："街头何事敢轰然，操戈同室半文钱。腹内有了烧刀子，酒胆依然大如天。"	街头何事敢轰然，操戈同室半文钱。[一] 腹内有了烧刀子，酒胆周身不怕天。校记：[一] 张廷缓题识本脱首联十四字。	街头何事敢轰然，操戈同室半文钱。腹内有了烧刀子，酒胆周身不怕天。

续表

性质	回目	甲本系统		乙本系统
		主体形态钞本	分支形态：张廷缀题识本、国图本（引文从国图本）	
5. 诗作数量的增加	第三十三回	自古三风并十愆，到今匪艺更齐全。可惜毛羽难咸若，鹙首到冬手肉鞬。	自古三风并十愆，到今匪艺更齐全。可怜毛羽难咸若，鹙首到冬手肉鞬。人生基业在童年，结局高低判地天。养女曾闻如抱虎，抚男真是守龙眠。	自古三风并十愆，到今匪艺更齐全。可怜毛羽虽[一]咸若，鹙首到冬各手肉鞬[二]。 又诗： 人生基业在童年，结局高低判地天。养女曾闻如抱虎，抚男直是守龙眠。 校记：[一]"难"，马廉旧藏本作"虽"。[二]"鞬"，马廉旧藏本作"鞬"。 按：豫图本二诗并一诗，马廉旧藏本仅有"自古三风并十愆"四句。

续表

性质	回目	甲本系统		乙本系统
		主体形态钞本	分支形态：张廷缵题识本、国图本（引文从国图本）	
5. 诗作数量的增加	第三十五回	联姻何必定豪门，若到梅时只只气吞。馋口懒身逞娇贵，试看此日直[一]閒秀，苦心和气善温存。[二]欲知阿翁好眼力，机子一张线几根。皙皙小星倚月宫，兰馨蕙馥送仙风。分明一曲宽裳奏，惟有葛覃雅许同。校记：[一]吕寸田评本作"真"。[二]晚清钞本甲脱漏颈联十四字。	联姻何必定高门，若到梅时只气吞。馋口懒身逞娇贵，旧姑夜叹双泪痕，机子一张线几根。皙皙小星倚月宫，兰馨蕙馥送仙风。分明一曲宽裳奏，惟有葛覃雅许同。竹影斜侵月照帙，喁喁细语人倾听。召南风化依然在，深闺绣帏一小星。校记：[一]二本皆脱漏颈联十四字，原文如此。	联姻何必定豪门，若到梅时只气吞。馋口懒身逞娇贵，试看此日真閒秀，苦心和气善温存，机子一张线几根。皙皙小星倚[一]月宫，惟有葛覃雅许同。分明一曲宽裳奏，联姻莫使议村姑，四畏堂高揆丈夫。海岳题斜侵月帙，也曾写出叽声无？竹影斜侵月照帙，喁喁细语人倾听。召南风化依然在，深闺绣帏一小星。召校记：[一]"侉"，马廉旧藏本作"侉"，误。

续表

性质	回目	甲本系统		乙本系统
		主体形态钞本	分支形态：张廷绶题识本、国图本（引文从国图本）	
5. 诗作数量的增加	第四十一回	娶妇堪嗟作未亡，市棺此日出私藏。到今缕述真情事，犹觉笔端别样香。	娶妇堪嗟作未亡，市棺此日出内藏。到今缕述真情事，独觉笔端别样香。 又咏韩、滑相连：[一]贞媛悍妇即连，何故联编末薰蕕，闺帏共笑，人间一部女春秋。 校记：[一]张廷绶题识本脱"又咏韩、滑相连"六字，二诗并为一首。	娶妇堪嗟作未亡，市棺此日出私藏。到今缕述真情事，犹觉笔端别样香。 又诗：[一]贞媛悍妇本薰蕕，何故联编末即休？说与深闺喑喑共笑，人间一部女春秋。 校记：[一]马廉旧藏本脱"又诗"二字。

续表

性质	回目	甲本系统		乙本系统
		主体形态钞本	分支形态：张廷缀题识本、国图本（引文从国图本）	
5. 诗作数量的增加	第五十三回	义仆忠臣总一般，打胸自贮满腔丹。从来若个能知此，殷世箕微共比干。 又因王中对妻赵大儿说心腹事……又诗云：内助无能败有余，痴然人梦依佳偶，省却唇边鬼一车。	义仆忠臣总一般，打胸自贮满腔丹。从来若个能知此，共比干。 义仆忠臣总一般，打胸自贮满腔，殷世箕微	义仆忠臣总一般，打胸自贮满腔丹。从来若个能知[一]此，殷世微箕[二]共比干。 又诗： 万古纯臣一片心，负荷常觉罪难禁。昌黎上偶三千载，听得文王夜鼓琴。 又因王中对妻赵大儿说心腹事。痴然恋自依床，同床各枕自依床，省却唇边鬼一车。 又有诗道末中，忘其始末，中有"午夜挥"之句，令人叹绝。墙忠道孝泪"之句。 按：马廉旧藏本回末仅有"义仆忠臣总一般"一诗，后径接教养齐备。 校记：[一]"知"，马廉旧藏本作"如"。 [二]马廉旧藏本"微"、"箕"二字互乙。

续表

性质	回目	甲本系统		乙本系统
		主体形态钞本	分支形态：张廷缓题识本、国图本（引文从国图本）	
6. 对甲本系统主体形态钞本回末联写语诗的改写	第十四回	阴天也有露菁处，依旧层云密布来。	鸿钧一气走双丸，人自殊途判暴寒。若使群遵惟正路，朝廷不设法曹官。	鸿钧一气走双丸，人自殊途判曝寒。若是[一]群遭惟正路，朝廷不设法曹官。校记：[一]"是"，马廉旧藏本作"使"。
7. 对甲本系统主体形态钞本回末韵语的删削	第二十五回	这正是：牛羊牧后留萌糵，只怕明早再恃亡。有诗为证：自古曾传夜气良。鸡声唱晓渐回阳。天心徐逗滋萌糵，依旧牛山木又昌。	自古曾传夜气良，鸡声唱晓渐回阳。天心徐逗滋萌糵，依旧牛山木又昌。	自古曾传夜气良，鸡人[一]唱晓渐回阳。天心徐逗滋萌糵，依旧牛山木又昌。校记：[一]"人"，马廉旧藏本作"声"。

其中，第一组实例是甲本系统没有回末诗，乙本系统增补回末诗。回末诗的内容或讽刺王氏出身小家，或警示读者远离赌场，其主旨与该章回的教育意义基本相符。

第二组实例是甲本系统回末有二句联语，乙本系统补写一联，使其成为七言四句诗，与其余章回末附四句回末诗的作法相统一，也使全书回末诗在形式上更为规整。

第三组、第四组实例的性质与以上二组实例大体相似，但增补诗作不是出现在甲、乙钞本系统之间，而是甲本系统主体形态钞本与张廷绶题识本、国图本、乙本系统之间。

第五组实例是在甲本系统已有一首或多首回末诗的情况下，乙本系统（或包括甲本系统的分支形态张廷绶题识本、国图本）又增补一首或多首回末诗。例如，第三十五回回末诗从甲本系统主体形态钞本的二首，到张廷绶题识本、国图本的三首，再到乙本系统的四首，呈现出较为明显的递增痕迹。其中，第一首由孔慧娘称赞"孔耘轩好家教也"，第二首明为称赞王中，实则称赞冰梅之意更为明显，第三首讥讽"小户女儿牝鸡司晨"，反衬孔慧娘的家教和美德，第四首正面称赞冰梅"婉转从顺之美"，不同诗作承载了不同角度的议论功能，使小说的教化主旨体现得更为全面、透彻。通过增补回末诗，小说拓展了回末议论的角度和空间。

第六组、第七组实例较为特殊，分别是张廷绶题识本、国图本、乙本系统对甲本系统主体形态钞本回末诗的改写和删削。其手段虽不同，但在目的上却殊途同归——无论是第六例的联语，还是第七例中一联语、一诗，都被形式上更为整饬的七言四句诗所取代。这也在一定程度上证明了《歧路灯》诸钞本间回末诗不仅有数量上由少到多的差异，在形制上也存在从松散到整饬的规律。

囿于文献资料，现阶段尚不能证明《歧路灯》乙本系统增补的诗作是否全部出自作者之手。例如，第五十三回回末，上图本、豫艺本有以下二十五字未见于诸钞本："又有诗道王中，忘其始末，中有'午夜挥墙忠孝泪'之句，令人叹绝"，本句在语气上更类似阑入正文的过录评点，而非出自作者。试想，如果作者有意以回末诗称赞王中，完全可以直接创作四句诗，而不会仅创作一句，并留下"忘其始末"的说辞。此外，作者以"令人叹绝"自许的可能性亦不大。由于"午夜挥墙忠孝泪"一诗未见于现存世的《歧路灯》钞本，笔者推测，其作者大致存在两种可能：其一，出自作者，即，某位评点者曾从他本见过此诗，但由于某些原因，此诗在后世传抄中被脱漏。其二，出自某位早期读者，即，在《歧路灯》的早期流传中，或者曾有个别读者擅自增加了回末诗，或者曾有个别评点以诗作形式阑入正文，在嗣后的传抄中再次脱漏，仅在上图本、豫艺本中保存了些许痕迹。笔者判断，以后者可能性更大。无论其来源如何，上图本、豫艺本所体现的都是一个层累过录的传本风貌。由此反观乙本系统增补的回末诗，在既有的文献基础上，并不能排除其中一部分诗作出自早期读者、传抄者之可能。

尽管如此，《歧路灯》乙本系统对回末诗的增补，总体上使小说形式更趋完善。无论这些诗作是出自作者本人手笔，还是羼杂了一部分早期读者、传抄者的创作，都反映了修改者致力于使章回小说形式更为整饬而作出的努力。值得注意的是，几乎所有的回末诗增补现象都集中在前六十回，而在后半部中，诸钞本回末诗基本趋同。这很容易令人联想到《歧路灯》作者晚年修订前半部书稿、续写后半部书稿的成书过程。若在今后有新的文献材料可以确切证明乙本系统增补的全部（或部分）回末诗出自作者本人，则无疑可从一个特殊角度，证明在作者晚年的修订过程中，统筹补写回末诗曾是其修订工作的重要内容之一。

在本节最后，还有一例异文值得讨论。即，在乙本系统增补回末诗的总体趋势下，甲本系统主体形态钞本第五十八回《虎兵丁赢钱肆假怒 姚门役高座惹真羞》回末，亦保存了一首不见于张廷绶题识本、国图本、乙本系统的回末诗。本回中，张廷绶题识本、国图本、乙本系统回末诗作：

堪惜书愚入网罗，悔时只唤奈[一]如何！殷勤寄语千金子，可许匪场侧足么？①

今考甲本系统主体形态钞本，此诗后尚有以下一段文字：

> 学生一定要择地而蹈，为父兄者，宁可失之严，不可失之纵也。
> 试看古圣先贤，守身如执玉，到临死时候，还是一个"如临深渊，
> 如履薄冰"光景。难道说他还怕输了钱，被人逼赌债么？提耳谆言，
> 不惮穷形极状，一片苦心，要有福量的后生阅之，只要你心坎中添上
> 一个"怕"字，岂是叫你听谐语、令其鼓掌大笑哉！诗曰：
> 草了一回又一回，教猱何敢效《瓶梅》。幼童不许轩渠笑，原是
> 耳旁聒迅雷。

笔者认为，第五十八回回末文字与本节讨论的乙本系统增补回末诗现
象有本质不同，并非甲本系统主体形态钞本对回末诗的增补，而是张廷绶
题识本、国图本、乙本系统对早期底本文字的脱漏。那么，何以见得
"学生一定要择地而蹈"一段文字是在后世传抄中被脱漏呢？其原因不仅
在于从版本源流上，甲本系统主体形态钞本本身就是早出于国图本、乙本
系统的钞本系统，还在于本段文字的具体内容。首先，"草了一回又一
回"、"何敢效《瓶梅》"二句是作者起草书稿的自谓，出自作者当无疑
问。其次，还应注意到"学生一定要择地而蹈……只要你心坎中添上一
个'怕'字"一段议论与作者主张、语气极为相似，特别是与第三回作
者借谭孝移之口说出的"所以我心里只是一个怕字"、《家训谆言》中
"人生于大事小事，只晓得一个怕字，便不至十分堕落"等观点一致。最
后，小说中分别出现侯冠玉教谭绍闻读《金瓶梅》、侯冠玉送《金瓶梅》
给谭孝移阅读的情节，说明作者对《金瓶梅》一书并不陌生，"何敢效
《瓶梅》"并未超出作者的知识范围，同时也是作者对创作主旨的再次强
调。综上所述，第五十八回回末可被视为张廷绶题识本、国图本、乙本系

---

① 校记：[一]"奈"，国图本作"末"，误。马廉旧藏本作"未"。

统传抄导致脱漏的一个特例。

二 乙本系统对诗作位置的调整

除了增补回末诗外，《歧路灯》甲、乙钞本系统之间还存在两例调整诗作位置的现象，即，第六十一回《谭绍闻仓猝谋葬父 胡星居肆诞劝迁茔》中，甲本系统主体形态钞本的回中诗在乙本系统中移作回末诗；第六十二回《程嵩淑博辩止迁葬 盛希侨助丧送梨园》中，甲本系统主体形态钞本的回末诗在乙本系统中移作回中诗。下文将逐一进行讨论。

（一）第六十一回：回中诗移作回末诗

《歧路灯》第六十一回叙述谭绍闻聘请术士胡其所观看祖坟风水，作者以"乱听术士口胡柴"一诗讽刺谭绍闻不思进取、赌博败家，反而求诸风水的荒唐行径。在《歧路灯》存世钞本中，此诗的位置有以下两种情况。

其一，本回回中。即，叙述胡其所点穴之时，"谭绍闻也毫末不解，只是赞先生高明，有事重托而已"一句后有以下一段议论，此诗附于议论之后，作为回中诗出现。（引文从吕寸田评本）

> 有诗单笑谭绍闻不事诗书，单好嫖赌，却将不发贵、不发富，埋怨起祖宗了。妄听阴阳家言，择选吉日求之于天，选择吉穴求之于地，皇天后土都该伺候我。为甚么"亲近正人，用心读书"八个字，不求于己呢？谭绍闻太自在了：
> 乱听术士口胡柴，祖墓搜寻旧骨骸。纵想来朝金紫贵，现今赌债怎安排？

其二，本回回末。即，"看官看此回书……深于阅历者，定知此言不谬也"一段议论后，此诗作为回末诗出现。（引文从吕寸田评本）

……深于阅历者，定知此言不谬也。这正是：

乱听术士口胡柴，祖墓搜寻旧骨骸。纵使来朝金紫贵，现今赌债
怎安排？

如果不考虑诗中个别字句异文（例如，吕寸田评本后诗"纵想"作
"纵使"，上图本"纵使"作"纵想"，上图本"金"作"朱"），根据
"乱听术士口胡柴"一诗的不同位置，《歧路灯》钞本间形成了四种类型
的叙述。详见表3－2。

表3－2 《歧路灯》诸钞本第六十一回"乱听术士口胡柴"诗位置

	《歧路灯》钞本	回中议论	回中诗	回末诗
一	吕寸田评本、崔耘青旧藏本	有	有	有
二	浙图本、晚清钞本甲、张廷绶题识本	有	有	无
三	国图本、马廉旧藏本	无	有	无
四	上图本、豫艺本	无	无	有

上述现象颇值得玩味。首先，第一种类型（吕寸田评本、崔耘青旧
藏本）中，同一章回内重复出现一首诗作，冗余之弊非常明显。这极有
可能体现了早期文本中，诗作位置不固定、文字不成熟的状态，否则很难
解释后世传抄者为何会在回中已有一诗的情况下，在回末重复抄写；且传
抄者抄至回末后，反将回末诗挪至回中重复抄写的可能性亦不大。因此，
第一种类型的钞本很有可能出现时间最早、更接近作者尚未成熟的构思。

第二种至第四种类型中，虽未出现诗作重复的现象，但诸钞本的作法
并不相同。具体而言，第二种、第三种类型的钞本删去了回末诗，使该诗
作为回中诗出现；第四种类型的钞本则删去了回中诗，使该诗作为回末诗
出现。那么，在不排除早期传抄者、读者篡改的前提下，哪一种作法更有
可能接近作者的最终构思呢？笔者推测，应是第四种类型的叙述，即，将
此诗置于回末，使其作为回末诗。原因在于：在形式上，此种作法更符合

章回小说以回末诗抒发议论的习惯，也与其余章回的回末诗形式统一；在内容上，该诗主旨统领全回内容，且与回末议论较为一致，作为回末诗收束全回文字更为合理。同时，回中议论与回末议论颇有重复，删去回中议论，亦有助于上下文情节之连贯。因此，第四种类型的叙述在诸钞本中最具合理性。

对此，甚至不妨大胆推测，在作者的早期构思中，或许曾对于此诗的位置有不同考虑，例如将其设计为回中诗，并搭配以回中议论，等等。然而，作者（亦不排除早期传抄者、读者）意识到此诗的位置更适宜作为回末诗出现，因此加以改动。在这一过程中，不同时期产生的底本之间的改动痕迹又给后世抄写者造成混淆，例如第二种、第三种叙述仅有回中诗、没有回末诗，不排除其抄写者抄至回末后，意识到诗作的重复，因此有意删省之可能性。从甲本系统主体形态钞本的回中诗，到乙本系统主体形态钞本的回末诗，第六十一回诗作的位置反映出较为明晰的文字演变痕迹。

（二）第六十二回：回末诗移作回中诗

《歧路灯》第六十二回《程嵩淑博辩止迁葬　盛希侨助丧送梨园》叙述谭绍闻仓促中筹谋安葬父亲灵柩一事，其回末衍生出两条情节线索，一是盛希侨送来葬仪器皿及自家戏班，二是虎镇邦登门推荐戏班"锣鼓社"。作者以"气象峥嵘语器哗"[①] 一诗专写盛希侨之骄纵习气。在《歧路灯》存世钞本中，此诗的位置有以下两种情况。

其一，本回回中。即，盛希侨下场时、虎镇邦出场前，此诗作为回中诗出现。（引文从上图本）

> 谭绍闻再欲开言，盛希侨早已出了园门。宝剑牵马，递过鞭子，回头一拱，忽然上马而去。这正是：

---

① 校记："语"，上图本作"话"。为方便论述，本书正文引文暂且统一从吕寸田评本作"语"。

气象峥嵘话嚣哗，万人辟易怯憨瓜。那关天性原如此，单为从前是宦家。

其二，本回回末。即，附于回末诗"人生万事总消闲"之后，作为回末诗出现。（引文从吕寸田评本）

虎镇邦进的轩中，也作了一个揖，只说道："好谭相公，通是把我忘了！"这谭绍闻早把脸上颜色大变。这正是：

人生万事总消闲，浩气充盈塞两间。偏是脸前逢债主，风声鹤唳八公仙[一]。①

又诗，此是单道盛希侨：

气象峥嵘语嚣哗，万人辟易怯憨瓜。那关天性原如此，单为从前是宦家。

根据"气象峥嵘语嚣哗"一诗的不同位置，《歧路灯》钞本间形成了三种类型的叙述。详见附表3-3。

表3-3　《歧路灯》诸钞本第六十二回"气象峥嵘语嚣哗"诗位置

	《歧路灯》钞本	回中诗	回末诗
一	甲本系统主体形态钞本、张廷绶题识本	无	有
二	国图本、马廉旧藏本	无	无
三	上图本	有	无

在第一种类型的叙述中，"气象峥嵘语嚣哗"作为回末诗出现。从诗句内容看，该诗意在讽刺盛希侨抵触老先生们教诲、允诺谭绍闻送戏庆寿一事，将其置于回末，在实质上没有超出本回情节范围。但问题在于，一方面，"气象峥嵘语嚣哗"一诗仅针对盛希侨，并非总括全回，本回描写

---

① 校记：[一]"仙"，当从诸钞本作"山"。

盛希侨下场后，又转而叙述谭绍闻筹备迁葬、虎镇邦上门送戏两条线索，特别是虎镇邦上门引起谭绍闻极大恐慌，又在回末构成连缀下回的悬念。在这种情况下，若将"气象峥嵘语器哗"一诗置于回末，则势必会引起读者的混淆，吕寸田评本在回末诗处特别说明"此是单道盛希侨"加以强调，极有可能出自此种考虑。另一方面，本回另一首回末诗"人生万事总消闲"针对的是"脸前逢债主"——虎镇邦的上门，此诗上承第六十二回回末虎镇邦登场，下启第六十三回开篇谭绍闻与虎镇邦的周旋，可以增强虎镇邦出场的悬念效果。在此诗之后，实不宜插入其他内容，否则会因文意断裂、削弱虎镇邦登场的戏剧效果。因此，"气象峥嵘语器哗"一诗更恰当的位置应在回中盛希侨下场处，而非回末。

在第二种类型的叙述中，国图本、马廉旧藏本径直删去此诗，固然避免了重复，但由此造成文本信息缺失，作法亦不妥当。

因此，仅就本回回末诗而言，尽管由于豫图本、豫艺本本回皆佚失，代表《歧路灯》乙本系统主体形态钞本的便仅有上图本一种，但上图本的文字风貌在诸钞本中最为合理。从甲本系统主体形态钞本的回末诗到上图本的回中诗，第六十二回诗作的位置同样较为明显地体现了文字变化的痕迹。

不同于前一小节讨论的增补回末诗的现象，本小节所讨论的现象并非回末诗在数量上的增加，而是在位置上的调整。尽管在现阶段的研究中，尚不能证明上述二处改动一定出自作者手笔。但是，无论上述二例的修改者为谁，都足以证明在《歧路灯》甲本系统主体形态钞本到乙本系统之间，存在一个对诗句位置有意调整，从而使诗作的指向更为明晰、艺术效果更为鲜明的文字演变过程。

三　甲、乙钞本系统间的诗作（联语）增删现象

在《歧路灯》的甲、乙钞本系统之间，除了回末诗的增补、调整之

外，还存在个别回中诗、回中联语的增删现象，其成因较为复杂，实难遽断。在全书范围内，此类异文的比重不大。本书现将仅见于甲、乙钞本系统的诗作（联语）附录于此，以备查考。

（一）仅见于甲本系统主体形态钞本的回中诗（联语）

在甲本系统主体形态钞本中，有二首回中诗不见于乙本系统和国图本。其中，张廷绶题识本的情况较为特殊，或同甲本系统主体形态钞本，或同国图本及乙本系统。

1. 第四十回。"王氏又一日探得惠养民回乡去了，差人送束金十二两，将礼匣儿递于滑氏"句后，甲本系统主体形态钞本有以下一诗："这才是：妇人惯夸智谋高，不许男儿管厘毫。心里常悬心曲事，同床异梦舌如刀。"

2. 第五十七回。"明知他是猩猩酒，我不沾唇也枉然"句后，甲本系统主体形态钞本、张廷绶题识本有以下一诗："诗云：放赌窝娼只为钱，软引硬勾苦相缠。若非素日多沾滞，总遇石崇也淡然。"

（二）仅见于乙本系统的回中诗（联语）

在乙本系统中，有两句回中联语不见于甲本系统。

1. 第四十四回。"……看两人在门板上着象棋而去"句后，乙本系统有以下联语："正是：越人肥瘠由他罢，秦人各自一关中。"

2. 第四十六回。"惟有冰梅抱着兴官儿，把慧娘搀到卧房，寸步不离，问茶问汤，依依恋恋"句后，乙本系统有以下联语："正是：飞鸟依人，人自相怜。"

（三）仅见于上图本的回中诗（联语）

在上图本中，有三首回中诗（联语）不见于诸钞本。由于其所涉章回在豫图本、豫艺本中皆佚失，因此很难判断这些诗作（联语）是乙本系统主体形态钞本的共同特征，还是仅见于上图本的文字。

1. 第六十四回。"二门外一拱而别"句后，上图本有以下一诗："这正是：种豆南山下，何妨落为箕[一]。宁可不生蔓，莫近免[二]儿丝。"①

2. 第六十七回。"因此纳了一个副室杜氏，却正是贤内助梁夫人主意"句后，上图本有以下联语："欲知置簺多少价，钱是山妻纺织留。"

3. 第七十三回。"娶妻未协齐姜愿，却似株林从夏南"诗后，上图本有以下一诗："又有诗道世上干亲之丑，内中有不可言传者。诗曰：堪嗤世人喜干亲，兄妹衷肠强认真。圣训夫妇犹有别，夏男姜女是何人？"

囿于文献材料，很难逐一追溯上述现象的成因。但是，诸钞本间存在以下一则校勘实例，或可对其异文成因进行些许推测：此即小说第三十九回描写程嵩淑、张类村、孔耘轩谈及谭孝移生前往事，"说罢，三人都觉恻然"一句后，以下一句联语仅见于甲本系统，不见于乙本系统（引文从吕寸田评本）：

> 这方是古人说的[一]：一贵一贱，交情乃见。一死一生，乃见交情。②

从本回上下文意看，该联语并无不妥之处。但问题在于，早在小说第二十回中，孔耘轩出于对谭绍闻前途的担忧，邀约娄潜斋、程嵩淑等人商量解决方法，"遂约定九月初二日齐到谭宅，调理这个后生"一句后，诸钞本均有以下文字："正是：一贵一贱，交情乃见。一死一生，乃见交情。"（引文从上图本）可见，甲本系统前后文中两次出现同样的联语，存在重复冗余之弊，这或可为乙本系统删削第三十二回重复出现的联语提供一个较为充分的理由。

在以上举例之外，《歧路灯》个别钞本中尚有不见于他本的诗作。安定筱斋钞本第七十八回回末有"塞衢填巷市见哗"七言四句诗。浙图本第十二回回末有"三寸气在千般用，一旦无常万事休"联语、第二十九回回末有"从古忠臣事暗君"七言四句诗。豫艺本第五十一回回末有

---

① 校记：[一] 箕，当作"其"。[二]"免"，当作"菟"。
② 校记：[一] 国图本"是"字下脱"古人说的"四字。

"身入匪场招祸端"七言四句诗。以上文字仅见于此三部钞本，在《歧路灯》诸钞本中不具备普遍性，更类似后世读者所作、阑入小说文本的诗作（或联语），姑附于此，以备查考。

小 结

本节讨论的是《歧路灯》乙本系统对诗作（联语）的增删、调整现象。在诗作数量上，乙本系统对回末诗（联语）呈增补趋势；在诗作位置上，乙本系统对个别章回的回中诗、回末诗位置有所调整。其中，甲本系统存在文字上的不成熟，甚至重复冗余之弊，相对体现出早期文本的原初状态。乙本系统则更多体现了增补、调整的痕迹，相对体现出构思成熟的特点。对诗作、联语的考察，或可从一个特定角度，呈现《歧路灯》甲、乙钞本系统之间诗作不断丰富、章回小说形式更趋完善的文字演变过程。

第二节 乙本系统对语言风格的调整

《歧路灯》甲、乙钞本系统在叙述语言风格上存在细微差别，主要体现在乙本系统对于戏谑化描写的调整，以及对俗语、歇后语的删削。这是在回末诗（联语）的存佚之外，《歧路灯》甲、乙钞本系统间的又一整体性差异。

一 对戏谑化描写的调整

对于以教化意义为主导的《歧路灯》而言，作者的写作常面临如下矛盾，即，作为全书宗旨的教育纲领和描绘世俗情态的写作需要之间的矛盾。作者既需要大量的世态描摹，又常常刻意回避此类描写，以区别于因

"诲淫诲盗"而备受作者指摘的世情小说。这种外在道德约束与小说虚构之间的矛盾，不仅体现在《歧路灯》的创作之中，也体现在《歧路灯》的评点之中。例如，上图本末回描写兴官成婚，"便要对着全姑露些狎态魔障"一段，被评点者用墨笔尽数划去，批评"情节景况全然不好，删之可也"。可见道德教化不仅体现在作者与读者之间的单向传递，同时也存在于评点者对文本的批评过程中。又如，第二十四回茅拔茹书信中的市井江湖气息，在马廉旧藏本的评点者眼中同样不合教化规范，因此特别指出"书中如此类书札，特有意出俗情说帖之像，非作者自玷其笔墨也，要看明白"，以此提示读者不要误入歧途。

由此不难理解，在《歧路灯》甲、乙钞本系统之间，甲本系统中的个别戏谑化描写被乙本系统删削。这种删削既有可能来自作者的自我约束，也可能来自早期传写者的有意删削。其中，甲本系统第三十四回《谭绍闻赢钞夸母　孔慧娘款酌匡夫》（栾校本第三十五回）最为典型。本回叙述孔慧娘、冰梅二人与谭绍闻夜酌，以下文字仅见于吕寸田评本、崔耘青旧藏本、浙图本三种甲本系统主体形态钞本：

> 绍闻又吃了三四杯，酒催睡魔，呵欠上来，说道："我先睡罢，你两个今晚儿要一定合伙儿，好拧我一个。单拧我，我就不依，您说瞎话。"慧娘笑道："你先睡着，俺好拧。俺不哄你，你先跟兴官儿合伙儿。"放兴官儿在被内，绍闻抱住，父子俱入梦境。须臾，听的呼呼睡着了。

以上描写谭绍闻夫妻间戏谑玩笑的文字，即便在全书范围内都是极为罕见的。笔者推测，这段文字的佚失，极有可能来自作者本人的删削。因为它的生动描写，虽然风趣鲜活，却并不符合全书一以贯之的教化风格，也无助于塑造孔慧娘沉稳端庄的封建淑女形象。在作者早期的构思与写作中，或许不乏此类"闺房记趣"式的家庭生活描写，但随着全书叙述风格的固定化，此种内容逐渐被删削殆尽，导致目前所见《歧路灯》前半部对孔慧娘的描写中，其德行说教占据主导，此类轻松的对话已经荡然无存了。①

除此之外，甲本系统中一些无伤大雅的戏谑之语，在乙本系统中也被改写。例如，第四回描写谭孝移与众友人谈笑，甲本系统主体形态钞本作：

> 孝移道："娄兄所见，比弟遭遭深远。"嵩淑道："请个先生，不惟教通了学生，连东翁也要通。"大家哈哈大笑。

张廷缵题识本、国图本本段文字脱漏。
乙本系统作：

> 程嵩淑道："也说得有理。"潜斋道："张类老一生见解，岂叫人一概抹煞。"大家俱笑。

在上述两种叙述中，前者的戏谑意味是明显强于后者的，原因在于利用娄潜斋的塾师身份，在其教导对象上既"教通了"学生，又"教通了"东翁的身份反差。相较之下，乙本系统文字虽端正平稳，却失之平淡。当然，在小说后文多次出现程、孔、苏、张等人谈笑的场面描写，诸如"春色满园关不住，一枝红杏出墙来"（第八十三回）之类的玩笑不止一次出现，说明作者并不回避父执前辈们的谈笑场面，却倾向于使文本呈现出更为雅驯的风格。

与此形成对照的是小说对市井无赖们玩笑场景的描写，其中，一些稍

---

① 20世纪20年代，徐玉诺曾据某部"卢本"（今佚）校订冯友兰钞本（今佚），其校勘记十二则被收入栾星编著《歧路灯研究资料》第112—114页。其中第十二则针对本段文字，称："卢本无此文。只云：'我与兴官儿睡罢。脱衣解带，抱住兴官，父子俱入梦境。'但诸前读鲁山诸家钞本，均有如此'拧'的描写。按《歧路灯》全书，止此一段情文，竭力渲染绍闻闺房之乐，以见光明大道，正合作意。况此段文字，发于性情而止于义理；所谓'拧'，尤风流蕴藉，别开天趣。卢本不知何故独略此文。"

显低俗的玩笑不仅没有被删减，反而有所增加。在第三十四回中，张绳祖、王紫泥等人在刘守斋家商议聚赌，乙本系统主体形态钞本作：

> 王紫泥道："待我便便就来。"刘守斋笑道："你老人家还用自己亲身出恭?"大家烘然。

上述文字不见于甲本系统、马廉旧藏本。同理，第五十六回中，"貂鼠皮笑道：'我并没有皮，他撕甚么?'"是在豫图本本回佚失的情况下，仅见于上图本、豫艺本的戏谑化描写。即便在《歧路灯》全书范围内，以上二则都算得上较为粗俗的玩笑，却出现在祖本产生时间相对较晚的乙本系统之中。

综上所述，《歧路灯》乙本系统对正面人物谈笑场景的删减，以及对市井无赖低俗玩笑的增加，在实质上区分了戏谑化描写的对象——正人君子、闺秀淑女的话语更加雅驯端方，而市井无赖的玩笑却愈加不避低俗，这或许可被视为《歧路灯》甲、乙钞本系统间叙述风格演变的两种趋势。

二　对俗语及歇后语的删削

在《歧路灯》的甲本系统中，一些具有明显口语化特征的俗语、歇后语未见于乙本系统。本节现将《歧路灯》诸钞本间俗语、歇后语的差异择要列举如下。

（一）仅见于甲本系统的俗语、歇后语

1. 第四十三回：
甲本系统：

> 老贾，你走一步摸摸卵子，你也[一]太小心过火了。①

---

① 校记：[一] 国图本"子"字下脱"你也"二字。

乙本系统：

老贾，你也小心太过火了。

2. 第四十三回
甲本系统：

咱不赌，由他们胡董[一]。牛不吃水，谁能[二]强按你的角不成?①

乙本系统：

咱不赌，由他们胡董。

3. 第四十七回：
甲本系统：

只这句话，把冰梅说的真正泪如"檐下流水——没了点滴的"[一]，再不能抬起头来。②

乙本系统：

这句话，把冰梅说的真正泪如雨下，不能抬起头来。

此外，尚有第四十五回，甲本系统"把王中酒馆内听话，正合了油瓶盖"，"合了油瓶盖"，乙本系统作"正相符合"。第六十八回，甲本系

---

① 校记：[一]"胡董"，国图本作"古董"，误。[二]国图本"谁"字下脱"能"字。
② 校记：[一]国图本本句作"檐下溜水——没了点儿滴的"。

统"也土蚀烂了，如今不过是个眼气儿"，乙本系统脱漏"如今不过是个眼气儿"八字。以上两例俗语亦应纳入考虑范围。

（二）仅见于甲本系统主体形态钞本的俗语、歇后语

第八十六回：

甲本系统主体形态钞本：

> 希侨道："呸！才进了学门，就要做'线上朋友——走软索'么？上人家衙门，求嘴唇子下憨水。"

国图本、乙本系统：

> 希侨道："呸！你还胡乱教儿子罢，不必上人家衙门，求嘴唇下憨水。"

（三）仅见于甲本系统、马廉旧藏本的俗语、歇后语

1. 第五十九回

甲本系统、马廉旧藏本：

> 叫他漫漫[一]的纳进奉，万不可"一枪札[二]死杨六郎，下边没唱的戏"了。①

上图本、豫艺本：

> 叫他漫漫的纳进奉。

---

① 校记：[一]"漫漫"，国图本作"慢慢"。[二]"札"，国图本、马廉旧藏本作"扎"。

2. 第五十九回

甲本系统、马廉旧藏本：

虎镇邦[一]就一手攒住领口，说："为朋友的，要'两刃斧齐砍[二]着儿[三]'，为甚的单单只晓的[四]为盟兄弟呢?"要打耳刮子。①

上图本、豫艺本：

虎镇邦就一手攒住领口，说："你为了盟兄弟情肠"，要打耳刮子。

3. 第五十九回

甲本系统、马廉旧藏本：

这宗事看该怎的完结他? 休叫他放屁拉[一]骚的，咱以后再不惹他就是[二]。②

上图本、豫艺本：

这宗事你该怎的完结他? 再不惹他就是。

此外，第五十四回"王中你各人走了就罢"句后，甲本系统、马廉旧藏本作"一朝天子一朝臣"，上图本、豫艺本作"一个秋天一群雁，一个春天一样花"，不同于诸钞本。

---

① 校记：[一]"镇邦"，国图本作"不久"。[二]"砍"，马廉旧藏本作"斫"。[三]"儿"，国图本、马廉旧藏本作"些"。[四]"的"，国图本作"得"。
② 校记：[一]"拉"，国图本作"扯"。[二]国图本"是"字下有"了"字。

（四）仅见于上图本的俗语、歇后语

上图本中亦有增加的俗语，第七十一回："过了黄河，一路没话，不过是晓行夜宿，到济宁罢了"句后，上图本有"人有恒言：千里投官只怕到"十一字，为诸钞本所无。由于豫图本、豫艺本本回佚失，此或为乙本系统主体形态钞本所共有，或为上图本衍文，姑且存疑。

在本小节所举诸例中，既有俗语如"牛不吃水强按角"，也有歇后语如"一枪扎死杨六郎——下边没唱的戏了"，甚至还有极为俚俗的"走一步摸摸卵子"，这些富于口语化色彩的语言，使甲本系统在叙述风格上极富生动性，却在乙本系统中消失殆尽，使小说文本呈现出更为雅致规整的语言风格。这与上一节对戏谑化描写的改动趋势较为吻合，可见叙述风格的变化并非偶然出现，而是在乙本系统中普遍存在。《歧路灯》乙本系统对戏谑化描写的调整和对俗语、歇后语的删削，是小说叙述风格变化的两种细微体现。

第三节　乙本系统中人物形象的变化

《歧路灯》甲、乙钞本系统之间的个别人物形象存在差异。其中最为典型者，当推第二十九回《皮匠炫色攫利　王氏舍金护儿》中出场的皮匠女人。在不同钞本的叙述中，皮匠女人人物形象、性格、立场明显不同，不失为《歧路灯》钞本校勘中一个较为特殊的实例。

早在《歧路灯》第二十六回，已详细描写了皮匠高鹏飞夫妇租赁谭宅空屋一事。在这一铺垫之后，小说叙述重心转向"谭绍闻锦绣娶妇"，高皮匠夫妇的正式出场则推迟至第二十九回。在第二十九回中，小说一方面借皮匠女人之口，转述了高皮匠"炫色攫利"，"已是骗过了两番人，得过了二百两"的前科；另一方面，又铺垫了皮匠女人"趁男人不知，便自遂了子都之心……早被皮匠看在眼里，回家盘问老婆，女人抵死不认"的情况。在此基础上，第二十九回完整描写了谭绍闻与皮匠女人私相授受、东窗事发的经过。

从文本校勘角度，本回文字甲本系统、马廉旧藏本基本一致；乙本系统主体形态钞本（上图本、豫图本、豫艺本）基本一致；二者之间形成截然不同的两种叙述。为便于讨论，本书将分别以吕寸田评本代表甲本系统和马廉旧藏本，以上图本代表乙本系统主体形态钞本，根据"事发前"、"事发时"、"事发后"三个阶段，对比皮匠女人的形象。

第一阶段：事发前。

吕寸田评本：

> 这一日伏天午错，皮匠正在院里墙阴处承凉，门缝影影绰绰的有人过去，听的嫩[一]音是谭绍闻，出胡同口去了。约暮[二]回来时，皮匠高声对妇人道："我明日四更天要出城，上朱仙镇取裁刀，还稍几张皮子。"绍闻便立住了脚。只听得妇人笑着说道："大老爷知道你使裁刀要紧，四更天就与你闪门哩！"皮匠道："……天明就要到镇上，住到店里，也是四更天起身，临明就要进城，还误不了我赶集哩。"绍闻一一听在腹内，喜之不胜。①

上图本：

> 有一日，皮匠对老婆说道："你好好看守门户，我明日四更天便要出城，上朱仙镇取裁刀，还稍几张皮子。"那妇人笑道："大老爷知道你是使裁刀要紧，四更天就与你闪开城门。"皮匠道："……天明就要到镇上，还惧不了赶集哩。"皮匠说罢这话，出去做生意去了。适绍闻又从门外经过，妇人听咳嗽之音，站上门首，与绍闻暗通关节。

事发前，两种叙述的本质差异在于事件的主导者不同。吕寸田评本描写了一场由皮匠主导的"炫色攫利"事件。皮匠"听的嗽音是谭绍闻"、"约莫回来时"，故意"高声"泄露行程，其引诱谭绍闻的用意非常明显。

---

① 校记：[一]"嫩"，当作"嗽"。[二]"暮"，当作"莫"。

相较之下，在这一阶段中，皮匠女人对皮匠的阴谋一无所知，只是被动回应皮匠的对话，既未有意参与皮匠的阴谋，也没有主动与谭绍闻通风报信。结合前文叙述中的皮匠前科，皮匠的做法可谓故技重施。

在上图本中，则由皮匠女人策划并主导了引诱谭绍闻的事件。皮匠女人得知了丈夫行程，有意等皮匠出门后，"站上门首，与绍闻暗通关节"，其引诱谭绍闻的意图非常明显。相较之下，在这一阶段中，至少在文本的表层含义上，皮匠并没有施展阴谋的意图，只是将行程告知妻子，并不知道妻子其后的所作所为。结合前文作者叙述中皮匠女人的"子都之心"及其"我一定把势法看稳当，才敢叫大叔。大家看颜色行事"的铺垫，此种叙述亦言之成理，却与吕寸田评本的叙述形成明显矛盾。

值得一提的是，在这一阶段的叙述中，两种叙述的叙事视角也存在差异。吕寸田评本采用了限知视角，其叙述首先聚焦在皮匠夫妇，皮匠听见谭绍闻路过，故意高声说话，给谭绍闻提供可乘之机；随后视点发生流动，谭绍闻从"被观察者"变成"观察者"，因偷听了皮匠夫妇的谈话而喜不自胜。在此，院墙构成了天然的空间隔断，皮匠看不到谭绍闻的行踪，只能靠偷听咳嗽声判断路过之人是谭绍闻，否则皮匠精心准备的对话将失去意义；同理，谭绍闻也只能依靠偷听获知皮匠行程。皮匠和谭绍闻同时既是偷听者，又是被偷听者，视点流动、空间隔断与情节推进相辅相成，设计非常巧妙。在上图本的叙述中，统领全书的全知视角贯穿始终，院墙的空间间隔作用被大幅削弱。皮匠透露计划与谭绍闻得知皮匠行程不再是同时发生，而是依靠皮匠女人从中传达，有了时间上的先后之分，以此凸显皮匠女人"暗通关节"的叙述功能。

在第一阶段的两种叙述中，皮匠女人的形象差异在于：是否与谭绍闻"暗通关节"，是否主动引诱谭绍闻。

第二阶段：事发时。

吕寸田评本：

> 是夜晚间，绍闻不住的起来走动。孔慧娘问起缘故，绍闻道："天热多渴，吃冷茶水，一发作泻起来。好不闷人。我去院里坐着，

省的开门合户惊动你。"慧娘虽聪敏，也就不疑，一任丈夫便宜。未到四更，绍闻只听得震天大炮响了三声，依稀还听得鼓乐之音，便上后门。门缝里往东一张，只听皮匠家门儿响了一声，皮匠出来说："我把门朝外搭了罢。"月色如昼，只见皮匠慌慌张张走了，怕是大人出城，依旧锁门的意思。绍闻因将自己后门开了，径向皮匠家来。开了外边搭儿，进门搭了里边搭儿，直入其室，悄悄说道："你休怕，我是里头院里大叔。"媟亵之语，何必陈述。

上图本：

> 是夜四更天气，只听得震天大炮响了三声，依稀还听得鼓乐之音，绍闻起来走动，慧娘问其缘故，绍闻道："天热，吃冷茶水，一发作泻的要紧。"慧娘虽聪敏，就不疑。绍闻便向后门往东一张，月色如昼，只见皮匠慌慌张张走了，怕是大人出城，依旧锁门的意思。绍闻因将自己的后门开了，径向皮匠家里来。开了外边搭儿，进的门来。妇人在院中恭候。将门向里搭了，直入其室。媟亵之话，不必陈述。

在第二阶段（事发时）的叙述中，两种叙述的本质差异在于皮匠女人的反应。在吕寸田评本中，谭绍闻进入内室后需要说明身份，可见此时皮匠女人既不知道谭绍闻的计划，也不知道来人是谭绍闻。这一情节延续了前文叙述中皮匠女人毫不知情的设定。由于前文已有皮匠女人久有"子都之心"的铺垫，此处皮匠女人对谭绍闻的顺从配合亦言之成理。

在上图本中，皮匠女人不仅知道谭绍闻即将到来，而且主动"在院中恭候"。结合前文中皮匠女人与谭绍闻"暗通关节"的描写，皮匠女人的举动亦顺理成章。此时，皮匠女人继续充当了事件的主导者，自以为瞒过丈夫、成功地引诱了谭绍闻。

在第二阶段的两种叙述中，皮匠女人的形象差异在于：对于谭绍闻的到来是主动迎候，还是毫不知情。

第三阶段：事发后。

吕寸田评本：

皮匠道："你倒会利害，依你说，这事怎么清白呢？"妇人道："左右叫谭大叔给几两银子，有啥不清白？"皮匠道："我还要杀人哩！"妇人道："你罢么！"绍闻战战兢兢说道："高大哥！你若把我超生了，我送一百两银子。"皮匠道："一百两？赏我哩！且不说多少，放你走了，你不送来，我问你讨账么？我定是要喊哩！"绍闻急口道："我若不送来，天诛地灭，不算个人养的！"皮匠摇头道："不行，不行。"妇人道："你不叫他走，谁给你银子？"皮匠道："我生法儿叫他家人来。"……

王氏进去，看见儿子赤身蹲在墙角里，不觉失声道："哎哟！"皮匠道："低着些声音儿。"王氏方才小声问绍闻道："你来这的做甚么？"绍闻俯首无言。那妇人竟与王氏搬个坐儿，说道："奶奶坐下说话。"皮匠道："俺在你老人家马脚底下住，大叔做下这一号无才之事。我待说声张起来，俺这皮肉本不值钱，争乃干系着大叔。我待说忍了，心里委实气的慌。你老人家再思再想，俺离乡的人，好难呀！"王氏道："他大哥，你休要生气。这东西不是个人，我领回去打他。"绍闻蹙眉道："不是这话。你把那隆泰号那宗银子，悄悄拿来给与他，我就脱身而回。再一会天明，这事就不得结局。"妇人催道："奶奶回去急紧的来。"皮匠道："那宗银子多少呢？"绍闻急口才说六十两，王氏已说出一百五十两了。皮匠道："我为奶奶惹不得气，胡乱将就些下来罢。你老人家回去，天明，我也做不得人。"

上图本：

皮匠道："依你说该怎的？"妇人道："左右叫谭大叔拿出几两银子，有啥不清白？"皮匠道："多少银子哩？"绍闻道："你叫我走，我送一百银子来。"皮匠道："你一百银子赏我哩？且是叫你走了，你不送来，我该问你讨账不成？"妇人道："你不叫他走，谁给你银子？"皮匠道："我生法儿叫他家人来。"……

王氏进去，看见儿子赤身在墙角哩，不觉失声道："哎哟！"皮匠道："低着些声音儿。"那妇人竟与王氏搬个坐儿，说道："奶奶坐下说话。"皮匠道："俺在你老人家马脚底下住，大叔做下这样无才之事。俺待说声张起来，俺这皮肉本不值钱，争乃干系着大叔。"王氏道："把这东西，我领回打他。"妇人道："不是这样说。奶奶家中有银子拿来，谭大叔就脱身而回。再迟一会，天明，这事就不得结局了。奶奶回去急紧的来。"绍闻道："你把隆泰号那一百五十两银子拿来。"皮匠道："你老人家回去，天明，我也做不得人了。"

在第三阶段（事发后）的叙述中，皮匠夫妇二人的形象皆有微妙差异。在吕寸田评本中，皮匠几次以"我还要杀人哩！""我一定是要喊哩！"的夸张言辞恐吓谭绍闻，又以"你老人家再思再想，俺离乡的人，好难呀"向王氏施加压力。结合此本中前文叙述，皮匠作为"炫色攫利"事件的主导者，承担了向谭绍闻母子软硬兼施、恐吓勒索的主要角色。相应地，皮匠女人作为丈夫炫色攫利和谭绍闻私相授受的双重受害者，小说对其正面描写不多。在此不妨推测，由于皮匠女人此前已两次经历过类似事件，加之久已对谭绍闻怀有"子都之心"，因此在事发后并无激烈反应，而是一力淡化矛盾、息事宁人。

在上图本中，皮匠并未以"杀人"、"喊人"恐吓谭绍闻。此处，皮匠的举动可作两种解释。其一，如文本表层叙述，皮匠并不知道妻子的所作所为，皮匠本人亦是谭绍闻、皮匠女人私相授受的"受害者"之一；但由于皮匠此前已有"炫色攫利"的前科，因此也乐于借此索要银两。其二，正如本回回目"皮匠炫色攫利"，皮匠很有可能在看出妻子的"子都之心"后，有意暂时回避、假作不知妻子引诱谭绍闻之事，达到欲擒故纵的效果。在既有文本信息基础上，两种解读皆有见仁见智的空间。

无论对上图本中皮匠的行为作何种理解，皮匠女人的目的都非常明确，即，皮匠女人主导（或自以为主导）了与谭绍闻私相授受之事后，敦促谭绍闻以银两平息此事。在这一过程中，皮匠女人充当了向王氏施压索要银两的主要力量。特别是吕寸田评本中"再迟一会，天明这事就不得结局了"一句由谭绍闻说出，意在主动对母亲王氏提出取银子的要求；在上图本中，此句由皮匠女人对王氏说出，其威胁意味完全不同于前者。

在第三阶段的两种叙述中，皮匠女人的形象差异在于：对东窗事发作何种反应、是否威胁王氏索要银两。

在《歧路灯》甲、乙钞本系统第二十九回的两种叙述中，皮匠女人的形象存在明显差异。在以吕寸田评本为代表的甲本系统及马廉旧藏本中，皮匠女人是皮匠和谭绍闻的双重受害者，从未主动参与皮匠的阴谋，亦未对谭绍闻有所反抗，体现出很强的被动性，事发后的反应和态度亦较为模糊。在上图本代表的乙本系统主体形态钞本中，皮匠女人主动与谭绍闻"暗通关节"，成功地引诱了谭绍闻，在事发后亦未惊慌失措，而是镇定、主动地向王氏索要银两。从引诱谭绍闻到平息皮匠之怒，皮匠女人步步为营，其目的性自始至终都很明显。两种叙述均能言之成理、无明显漏洞，彼此间却又形成巨大矛盾。皮匠女人也因此成为《歧路灯》诸钞本间人物形象变化最明显、最彻底的一例。

在甲本系统及马廉旧藏本中，无辜而被动的皮匠女人有其存在意义。《歧路灯》并不是一部着眼于描写女性命运的小说，但全书所涉女性人物不乏悲剧命运者，如英年早逝的孔慧娘、守节自尽的韩节妇等等，作者的描写重心不在于这些女性人物自身的性格、命运，而在于其所象征的道德理念，如贤媛、节妇等等。换言之，小说人物符号化的教育意义超越了人物自身的性格特点。在这一意义上，甲本系统刻画了一个屈从于丈夫权威、被迫作为丈夫"炫色攫利"工具的女性形象，其自身的性格特点被相应弱化。在此种叙述的钞本中，小说文本传达的教育意义就在于劝诫读者警惕高皮匠之流"炫色攫利"的阴谋。

囿于文献材料，本书无意于探究乙本系统主体形态钞本文字修改者的身份，但有必要指出，这一修改者对皮匠女人形象的改动有其合理动因。这不仅体现在皮匠女人怀有"子都之心"、大胆与谭绍闻"暗通关节"，主导了这场闹剧，皮匠女人的形象和性格塑造因此更为丰满、立体。更为重要的是，皮匠女人从单纯的受害者，变成作者劝诫读者远离诱惑的符号化人物之一。从这一角度反观小说前文的叙述，皮匠女人以看当票和戏箱为由与谭绍闻搭话、主动对谭绍闻坦白丈夫前科的举动，就不仅仅是自述身世，更有麻痹谭绍闻、暗度陈仓的意味。这也使皮匠女人的性格更具险恶色彩。但对小说叙述而言，这并非坏事，因为一个枉顾礼法、主动引诱的女性形象，其警醒世人的教育意义远远大于一个丈夫权威下的受害者。这就是乙本系统主体形态钞本赋予皮匠女人的教化功用。在此种叙述的钞本中，小说文本传达的教育意义，便不仅仅在于劝诫读者警惕高皮匠之流"炫色攫利"的阴谋，更在于警示读者远离怀有"子都之心"的皮匠女人之流的诱惑，从而深化并丰富了小说传达的教育理念。

此外，在《歧路灯》甲、乙钞本系统之间，事发前，谭绍闻与孔慧娘的对话亦有详略之别。事发后，谭绍闻和王氏的表现也存在微妙差异，甲本系统及马廉旧藏本描写"绍闻急口才说六十两，王氏已说出一百五十两了"，以谭绍闻的有心瞒报反衬王氏的救子心切；在乙本系统主体形态钞本中，则是谭绍闻直接说："你把隆泰号那一百五十两银子拿来"，母子二人都没有瞒报数字的打算。这些异文与皮匠女人关系不大，暂不列入本节讨论范围之内。

综上所述，第二十九回是《歧路灯》甲、乙钞本系统间人物形象变化最为明显的实例。同时，本回也为《歧路灯》钞本校勘提供了一个非常有趣的案例，即，在整体篇幅、事件脉络趋于一致的前提下，通过改写部分情节，达到改变人物形象的艺术效果，值得深入探究。

在第二十九回之外，《歧路灯》诸钞本间个别人物的设置、出场、结局亦存在差异，由于这些人物并未承担叙事功能，对情节发展亦不造成实质影响。究其原因，大多由传抄过程中的文字脱讹所导致，不属于人物形象的变化，因此本节不予深入讨论。为便于查考，现将此类现象附录如下。

（一）人物设置

在《歧路灯》的人物设置中，王中娘舅和戏旦鹁鸪蛋（鹌鹑蛋）是两个较为特殊的人物，王中娘舅仅见于甲本系统，未见于乙本系统，鹌鹑蛋（鹌鹑蛋）仅见于甲本系统和马廉旧藏本，未见于上图本。

1. 王中娘舅。

《歧路灯》第二十六回叙述夏逢若意欲引诱谭绍闻，又忌惮家人王中约束，谭绍闻称王中不在家，打消了夏逢若顾虑。关于王中不在家的原因，在甲本系统中，谭绍闻称王中娘舅去世，是全书唯一一次提及此人。在乙本系统中，王中娘舅之死被"说得好几天才能回来"的说辞所取代。

甲本系统：

> 他在东院里住。他[一]如今也没在家，他[二]前日往乡里去。他[三]回来时，他亲娘舅[四]不在了，稍的信来，他[五]与他舅烧纸去。①

乙本系统：

> 他在东院里住。他如今也没在家，他往乡里去了，说得好几天才能回来。

2. 鹁鸽蛋（鹌鹑蛋）

《歧路灯》第七十八回叙述冯健和姚杏庵商议为谭宅送戏，二人想到了戏班"梆锣卷"。在甲本系统和马廉旧藏本中，"梆锣卷"内有"乡间有名"的戏旦鹁鸽蛋（马廉旧藏本作"鹌鹑蛋"），是全书范围内唯一一次提及此人。在上图本中，此句整体脱漏。

甲本系统、马廉旧藏本：

> 因此又想了一个民间[一]戏班，叫做梆锣卷，戏旦是乡间有名的，

---

① 校记：[一] 国图本"住"字下脱"他"字。[二] 国图本"家"字下脱"他"字。[三] 国图本"去"字下脱"他"字。[四]"舅"，国图本作"旧"。[五] 国图本"来"字下脱"他"字。

叫做鹁鸽[二]蛋。①

上图本：

> 因此又想了一个民间戏班，叫做梆锣卷。

（二）人物出场

《歧路灯》常在场景描写中以大段铺叙罗列出场人物，这些人物虽然对情节发展影响不大，却不可等闲视之。在叙述结构上，列举出席人物可以达到收束情节、贯联前后文的效果，是小说写作的常见技巧。在《歧路灯》的甲、乙钞本系统之间，个别人物在不同情节中出场情况不同。例如，第九十四回描写谭宅庆贺寿礼。在甲本系统主体形态钞本、张廷绶题识本中，详细介绍了登门贺寿的女客群体。在国图本、乙本系统中，本段整体脱漏。

甲本系统主体形态钞本：

> 这女客是妗母曹氏、丈母巴氏，夏鼎女人□（引者按：原书脱字）氏带着姜氏，老尼姑已竟病故，徒弟慧照也来了，媒婆薛窝窝图说媒，连新媒婆老韩也引的来。这谭绍闻是与林腾霄庆过屏的，今日要还礼补情……

国图本、乙本系统：

> 这林腾云与[一]母亲庆寿之时，曾劳过谭绍闻光降，今日要[二]还礼补情……②

---

① 校记：[一] 国图本"一个"、"民间"互乙。[二]"鹁鸽"，马廉旧藏本作"鹤鹑"。
② 校记：[一]"与"，国图本作"为"。[二] 国图本"要"字下有"来"字。

在艺术效果上，第九十四回罗列上门贺寿的三姑六婆，可以从一个重要侧面衬托谭宅家风之败坏。《歧路灯》的一部分读者对此类情节亦颇为重视。例如，针对吕寸田评本"夏鼎女人"后的脱字，吕寸田评本于本叶粘有白签，称"此少夏鼎女人□（引者按：原书字迹不清，疑为'始'字）氏"，可见评点者对出场人物的细致关注。无独有偶，第二十八回描写谭绍闻娶妇，"那地藏庵范姑子与宋媒婆、薛媒婆，连高皮匠女人闹了一天才去"，"高皮匠女人"未见于甲本系统及马廉旧藏本。

此外，在《歧路灯》个别钞本中，还有一些人物姓名随传抄而脱漏，尤以乙本系统为甚。例如，第六十二回"新进的生员袁勤学、韩好问、毕守正、常自谦、桓崇检"，上图本脱漏"桓崇检"。同回"让能于袁天罡、李淳风、郭景纯、赖布衣们么"，马廉旧藏本脱漏"赖布衣"。此类脱漏大多由传抄者的疏漏造成，属于传抄致误，当非有意删削，在此不展开详细讨论。

（三）人物结局

在《歧路灯》的甲、乙钞本系统间，还有个别人物出现了不同的结局。其中最为典型的是谭宅小厮双庆的结局，其中牵涉钞本问题较为复杂，本书将在第五章以"双庆的出走与归来"专节进行讨论。在双庆之外，《歧路灯》钞本间人物结局差异，尚有以下二例。

其一，第五十六回描写智周万被貂鼠皮设计戏弄后，有意辞归。对此，《歧路灯》钞本间存在以下异文。

甲本系统主体形态钞本：

改日写一封书来，以恋孙不能赴省为辞。

国图本、马廉旧藏本：

改日写一封书来[一]，以恋家不能赴省为辞。①

上图本：

改日写一封书来，以有病不能复来为辞。

其二，第六十一回介绍风水先生胡其所旧主、司狱司田再绩（一作"田再续"）罢官缘由，其中涉及一位刑部犯官。在《歧路灯》存世钞本中，关于这位刑部犯官的下场亦存在以下异文：

甲本系统主体形态钞本：

田再绩因刑部狱内犯官自刎，遂致罢职，胡其所遂流落京城。

国图本、马廉旧藏本：

田再绩[一]因刑部狱内[二]犯官自缢，遂至[三]罢职，胡其所流落京城。②

上图本、豫艺本：

田再续因刑部犯官罢职，胡其所流落京城。

在小说中，赌棍们设计逼退智周万，是后文谭绍闻再次被诱赌等一系列情节的前提，至于智周万请辞的具体托词，无论是恋孙、恋家、有病，其实并不重要。至于刑部犯官，在小说中从未正面出场，其死因仅为田再绩

---

① 校记：[一] 马廉旧藏本"书"字下脱"来"字。
② 校记：[一]"绩"，马廉旧藏本作"续"。[二]"内"，马廉旧藏本作"中"。[三]"至"，马廉旧藏本作"致"。

（田再续）罢职提供缘由，上图本、豫图本甚至没有写到刑部犯官之死，却仍不影响叙述田再绩（田再续）罢职一事。尽管如此，钞本间异文导致人物结局变化，以上仍不失为两则校勘实例，姑附于此，以备查考。

（四）人物姓名

最后，值得一提的是《歧路灯》存世钞本间个别人物姓名的差异。例如，第一回谭家先祖"谭葵向"，上图本作"谭向葵"。同回"谭溯泗"，马廉旧藏本作"谭溯洄"。第四回学官"周应房"、副学"陈乔龄"，在豫艺本中分别作"周应芳"、"陈乔令"。第十八回蓬壶馆旦角"雨花"，豫图本、马廉旧藏本作"玉花"。第二十一回皂头"张春山"，上图本作"张春"。第二十六回皮匠"高鹏飞"，马廉旧藏本作"高鹏飞"。第三十八回的刻字工匠，甲本系统主体形态钞本作"王锡朋"，国图本及乙本系统作"王朋锡"。第六十一回风水先生"胡星居"，豫艺本作"胡星房"。同回胡其所徒弟"白如鹇"，马廉旧藏本作"白如鹏"。同回，胡其所邻人"田再绩"，乙本系统作"田再续"。第六十二回新进生员"毕守正"，国图本、上图本作"吕守正"。第六十四回妓女"红玉"，晚清钞本甲作"和玉"，等等。

其中，个别人物在全书范围内多次出场，其姓名差异贯穿全书，例如，张绳祖家人于甲本系统作"白兴吾"，乙本系统作"白兴"。还有一些人物姓名差异在全书不同章节中交替出现。音近者，如市井无赖假李逵，在诸钞本的不同章节中，分别有"假李逵"、"假李魁"、"贾李逵"、"贾李魁"、"贾礼葵"等多种写法。形近者，如衙门差役"桃荣"、"桃门役"，或作"姚荣"、"姚门役"。谭宅账房先生"闫楷"、"闫相公"，或作"阎楷"、"阎相公"。张绳祖的外号亦有"没心秤"、"没星秤"两种写法。此外，还有个别人物姓名出现明显讹字，如塾师侯冠玉在不同钞本中被讹写成"候冠玉"、"候师爷"，等等。

此外，个别人物排行亦有错讹。例如第三十三回，白兴吾小舅子冯三朋，从前后文白兴吾、魏屠户先后称其为"他二舅"、"冯第二的"，知冯三朋排行第二。国图本"他二舅"作"他三舅"，崔耘青旧藏本及马廉旧藏本"冯第二的"作"冯第三的",均误。①

以上诸种现象,属于《歧路灯》钞本异文的一部分,不涉及具体情节内容,本节不作进一步讨论。

第四节 乙本系统对情节的增补

在《歧路灯》甲、乙钞本系统间的整体性文字差异中,最为突出者,当推乙本系统对情节内容的增补。这不仅体现在第九回《柏永龄明君臣大义 谭孝移动父子至情》及其前后的一万二千余字的情节存佚,还体现在全书范围内乙本系统对情节文字的增补。具体而言,在第九回之外,乙本系统增补情节内容的又一常见作法是补写细节,其所增补的描写性文字则并不多见。可见,乙本系统增补情节的主要目的,在于使文本更为清晰、叙述逻辑更为周密,而非修饰辞藻、文饰语言。

本节现将乙本系统增补的重要情节文字,按其具体内容,分为增补典故及术语、增补动作细节、增补语言细节、增补肖像细节四类,以章回为序,择要列举如下。对于有必要加以分析之处,则附以按语。

一 增补典故及术语

1. 第七回

甲本系统:

> 孝移道:"像[一]是席棚[二],委实记不清。不知是也不是?"忽的濮阳[三]站起来[四],说道:"本欲畅聆[五]大教……"②

---

① 栾校本作"他三舅"(第303页)、"冯第三的"(第305页),亦误。

② 校记:[一]"像",国图本作"想"。[二]国图本"棚"字下有"子"字。[三]国图本"阳"字下有"公"字。[四]国图本"起"字下脱"来"字。[五]"聆",国图本作"领"。

乙本系统：

　　孝移踟蹰答道："彷佛是薄軬之车。"濮阳公道："是了。"又问："軬是个甚么东西？"孝移道："像是如今席棚子，不知是也不是？"濮阳公道："领教，领教。"忽的站起身来，说道："本欲畅谈……"

　　按：乙本系统增加了对"薄軬之车"的典故释义，以凸显谭孝移之博学多识。今考《释名·释车》："軬，藩也，蔽水雨也。"①

2. 第十二回

甲本系统：

　　王中一定留吃^[一]饭，二人不肯，与^[二]冠玉一同^[三]去讫。王中送至大门。②

乙本系统：

　　王中一定留吃饭，二人不肯。王中再三，侯冠玉道："你不懂的，'子食于有丧者之侧，未尝饱也'。不如我们一同去罢。"王中送至大门。

　　按：乙本系统增补了侯冠玉的语言描写。"子食于有丧者之侧，未尝饱也"，典出《论语·述而》③，正所谓"丧侧不饱，以食旨不甘之心为心也。哭则不歌，以闻乐不乐之心为心也"④。侯冠玉作为塾师，家主亡

----

　　① ［汉］刘熙：《释名》，中华书局2016年版，第110页。
　　② 校记：［一］"留吃"，国图本作"要留"。 ［二］国图本"与"字下有"侯"字。［三］"一同"，国图本作"仝"。
　　③ 杨伯峻译注：《论语译注》，中华书局1980年版，第68页。
　　④ ［明］张岱：《四书遇》，浙江古籍出版社2017年版，第161页。

故，理应分担待客之礼（参见后文谭孝移出殡，前任账房先生闫相公自愿协助理账）。侯冠玉以此为借口，和娄、孔二人一同离去，并不妥当。小说意在深化侯冠玉不学无术、不通礼法的塾师形象。

3. 第三十六回

甲本系统：

所以说处家，第一以不听妇言为先。

乙本系统：

所以张公艺九世同居，唐高宗问他，他说"处家，第一以不听妇言为先"。

按：乙本系统增补了"张公艺九世同居"的典故出处。今考《旧唐书·孝友传》："郓州寿张人张公艺，九代同居。……麟德中，高宗有事泰山，路过郓州，亲幸其宅，问其义由。其人请纸笔，但书百余'忍'字。高宗为之流涕，赐以缣帛。"① 元人据此有《九世同居》杂剧。②

4. 第七十五回

甲本系统、马廉旧藏本：

到了前院，说："府上宅第俱好。"又看了一看，说[一]："东边角门犯了大耗豹尾，只垒住不走，自可聚财发福。"一径[二]回转，上账房而来。③

---

① ［后晋］刘昫撰：《旧唐书》，中华书局1975年版，第4920页。
② 邓绍基主编：《中国古代戏曲文学词典》，人民文学出版社2004年版，第344页。
③ 校记：［一］马廉旧藏本"说"字下有"道"字。［二］"径"，马廉旧藏本作"面"。

上图本：

> 到了前院，说："府上宅第俱好。只生气贪狼木盖的高旺，巨门土、文曲水层层相生，好极，好极!"道士又看了一看，说："东边角门犯了大耗豹尾，只垒住不走，自可聚财发福。总是生气贪狼木盖的高昂，巨门土、文曲水皆合爻象。"一径回转，上账房而来。

按：乙本系统增补了"贪狼木"、"巨门土"、"文曲水"等多处风水术语。今考明余象斗《地理统一全书》："在天为贪狼木，在地为太常土。六合木，在五行为养生，在将为小吉，木传送金"；"在天为巨门土，在地为朱雀火，在五行为衰，在将为大吉土"；"在天为文曲水，在地为小吉水，在五行为沐浴冠带，在将为从魁金，河魁土"。[1] 又考唐人杨筠松《八宅明镜》卷上："生气贪狼木，阳木上吉。"[2] 本回描写谭绍闻邀请道士烧丹，道士套用风水学术语，阐述宅第风水按五行排列、水木相生的道理，且同样的一组术语反复出现，将道士这样不学无术，却又有心卖弄学问、虚张声势的江湖骗子形象刻画得更为夸张。

二　增补动作细节

1. 第三十八回
甲本系统：

> 孔缵经引的谭[一]绍闻，向[二]后边去。[3]

---

① ［明］余象斗著，孙正治、梁炜彬点校：《地理统一全书》（上册），中医古籍出版社2012年版，第197—198页。

② ［唐］杨筠松：《八宅明镜》，载［晋］郭璞等著《阴阳五要奇书》，九州出版社2014年版，第493页。

③ 校记：［一］国图本"引"字下脱"的谭"二字。［二］"向"，国图本作"到"。

乙本系统：

> 说话不及，张正心与孔宅外甥、表侄一起儿后生，也到前厅为了
> 见面之礼。为礼已毕，同与孔缵经引的谭绍闻，向后边去了。

按：乙本系统增补了张正心谦恭有礼的晋接礼仪。《歧路灯》常以青
年学生进退得宜体现其优良家教。例如，第二回描写谭孝移与孔耘轩前往
娄家，见到娄朴"品貌端正，言语清晰"，不觉称赞"真是麟角凤毛，不
愧潜老高雅"，更坚定了谭孝移延请娄潜斋为塾师的想法。本回中，张、
孔诸位后生进退得当，是对其良好家教的再次渲染。

2. 第三十八回

甲本系统：

> 惠养民与谭绍闻一同[一]上车而去。①

乙本系统：

> 惠养民与谭绍闻上车而去。苏霖臣家中有车来接，亦遂同家人
> 而去。

按：乙本系统增补了苏霖臣退场的细节，使小说叙述逻辑更为周密。

3. 第四十七回

甲本系统：

> 慧娘道："我死后，你也休要想我。"

---

① 校记：[一]国图本"闻"字下脱"一同"二字。

乙本系统：

慧娘道："你伸过手来。"慧娘扯住说道："我死后，你也休要想我。"

按：乙本系统增补了孔慧娘临终前叮嘱冰梅的动作细节，增强了对二人之间妻妾友爱的描写。

4. 第七十三回

甲本系统、马廉旧藏本：

自此行行宿宿，渡河进省，那有一点事体。

上图本：

自此行行宿宿，再不敢他有所及。绍闻埋怨德喜，不该结识这些人，德喜亦无言可答。渡河进省，再无一点事体。

按：上图本增补了谭绍闻埋怨德喜的情节，是谭绍闻、德喜主仆经历劫匪打劫后，谭绍闻懊悔未听娄潜斋之言的重要表现。

5. 第七十三回

甲本系统、马廉旧藏本：

恰遇程嵩淑在厅[一]上，看刻字匠雕板。程绩也在那的[二]较[三]字，上前恭敬为礼。①

上图本：

---

① 校记：[一]"厅"，国图本、马廉旧藏本作"庭"。[二]"的"，国图本作"哩"。[三]"较"，国图本、马廉旧藏本作"校"。

恰遇程嵩淑在庭上，看刻字匠雕版。程绩也在那里较字，绍闻有些怊然，上前恭敬为礼。

按：乙本系统增补了谭绍闻从娄潜斋任上归来后，见到程嵩淑时的心理描写。随着谭绍闻的日益堕落，见到正人竟"有些怊然"，与谭孝移临终前"亲近正人"的嘱托形成巨大反差。此处描写谭绍闻心理状态的变化，意味深长。

6. 第一百零三回

甲本系统：

这主母、少家主与王中不过说些路途保重的话，笔休絮叨。

乙本系统：

这主母、少家主与王中不过说些途路保重的话，王中也说了明晨我不再来，一直起身北走的话，笔休絮叨。

按：乙本系统增补了王中回禀，这既是王中对王氏等人"说些路途保重的话"的回应，也符合家仆离家远行前禀报主母的规矩，使小说叙述逻辑更为周密。

7. 第一百零五回

甲本系统主体形态钞本：

因此说这不合例、那不合例，刁难一个万死。

国图本、乙本系统：

因此这不合例、那不合例，刁难一个万死。虽娄厚存几次面谕，书办只是口是心非。

按：国图本、乙本系统增补了兵部书办拖延、刁难谭绍闻的细节。在延续全书对杂吏们的讽刺之笔的同时，也体现了娄厚存对谭绍闻引见一事之关切。

8. 第一百零六回

甲本系统主体形态钞本：

> 父老子弟遮道攀辕，不忍教去。总之，愚百姓易感而难欺。

国图本、乙本系统：

> 父老子弟遮道攀辕，不忍教去，都挥泪进酒。谭绍闻不胜酒力，一桌一杯，竟成酩酊。总之，愚百姓易感而难欺。

按：国图本、乙本系统增补了谭绍闻离任前深受百姓爱戴的描写。"挥泪进酒"、"竟成酩酊"等细节真实感人。

又按：李海观本人亦曾为任一方。今考《（道光）印江县志·官师志》："乾隆己丑秋，邑大旱，步祷滴水崖，雨立沛，百姓设筵迎劳。"[①]若今后有可靠文献证实以上文字出自作者增补，则可据此进一步论证作者亲身经历在小说文本中的投射。

三　增补语言细节

1. 第七回

甲本系统：

---

① ［清］郑士范撰：《（道光）印江县志》，"中国方志丛书"据清道光十七年（1837）修、民国二十四年（1936）石印重印本影印，台北：成文出版社有限公司 1974 年版，第 28 页。

二公大笑。孝移怕柏公话长，又带了^[一]几声咳嗽，便说道："咱看看鱼罢，怕雹子打坏了。"柏公^[二]笑道："该看之极。"①

乙本系统：

二公大笑。柏公因说起"当革的书办"，便触起前三十年宿怨，说："这京城各衙门书办都是了不得的，我这小功名就是他们弄大案蹭蹬了。歇一歇儿细说。"孝移见柏公有着恼意思，又带了几声咳嗽，便说道："此辈行径，不必缕述。咱看看鱼罢，怕雹子打坏了。"柏公忽的笑道："'该看'，是'革看'？"两人大笑。

按：乙本系统增补了房东柏永龄早年蹭蹬功名的经历。这是介绍柏永龄出身经历的重要线索，可为后文柏永龄愤世嫉俗、抨击官场之议论提供合理原因，颇为必要。

2. 第七回

甲本系统：

……惊喜不胜，方知道^[一]潜斋中式。这^[二]其中未免一喜一虑。②

乙本系统：

……惊喜不胜，不觉拍掌失声道："潜斋^[一]中矣！潜斋中的好！"少时，一喜之中，又添一虑。③

① 校记：[一] 国图本"带"字下脱"了"字。[二] 国图本"公"字下有"忽然"二字。
② 校记：[一] 国图本"知"字下脱"道"字。[二] 国图本"式"字下脱"这"字。
③ 校记：[一] 上图本页面残损，"道潜斋"三字据马廉旧藏本补。

　　按：乙本系统增补了谭孝移衷心为娄潜斋中式感到喜悦的细节描写。《歧路灯》刻画谭孝移的性格沉稳端方，喜怒不形于色，此处"不觉拍掌失声道"是全书中少有的、刻画谭孝移情绪状态的动作细节，足见谭、娄二人之情谊深厚。同时，谭孝移"少时"、"又添一虑"的心理描写，体现了其从友人中式之喜到儿子无人管教之虑的心理变化，合乎常理。

　　3. 第四十回

甲本系统主体形态钞本：

　　　惠观民道："他硬不等么，该怎的？总是空口说空话，不中用。"

国图本、乙本系统：

　　　惠观民道："他硬不等么，该怎的？"惠养民道："我到乡里酌处。"惠观民道："你到乡里该怎的？总是空口说空话，不中用。"

　　按：国图本、乙本系统增补了惠养民的推脱过程。在惠氏兄弟商议还债的过程中，惠观民急于偿还债务，而惠养民受制于滑氏，无法掌握经济来源，面对兄长敦促，只得以"到乡里酌处"加以推脱，被惠观民所否定。疑前后文两次出现"该怎的"三字，导致甲本系统主体形态钞本早期底本文字脱漏。

　　4. 第四十四回

甲本系统：

　　　那老教读道："……况且前月十五日放学之后，被人将学中包[一]书手巾、部套书儿捆载而去。"①

　　————————

　　① 校记：[一]"包"，国图本作"抱"。

乙本系统：

那老教读道："……况且前月十五日，留了一个过路朋友，他说他是个秀才。谁知放学之后，竟将学中包书手巾、部套书儿捆载而去。"

按：乙本系统增补了老教读的语言描写。本回叙述谭绍闻流离途中恳求老教读借宿，而老教读为防偷窃，拒绝了谭绍闻的请求。老教读特别强调此前的偷窃者"他说他是个秀才"的细节，是针对谭绍闻"万望老先生念斯文一气"的反驳。

5. 第四十六回

甲本系统：

程公道："二位[一]也无事不来，你两个[二]不干你们正事，专一在衙门探望。不是希图夤缘，就想把持官长。若不重惩一番，本县就要吃你两个的撮弄。暂且押[三]在班房，准备细审。待详革以后，便于施讯加刑。"公座一移，云板响亮，堂鼓冬冬几声，把一个清廉官府暂回后堂[四]。（诗略）。①

乙本系统：

程公道："既做绅士，且系旧家，不干你们正事，专一在衙门[一]探望，不是希图夤缘，就想把持官长。况二位[二]无事不来。"叫招房把贾李逵口供念与他，二人直是发昏。念完时，程公道："你们不行正务，专一哄人家幼年后生作此不法之事，若不详革衣顶、按律治罪，何以惩众？押在班房，准备详革，再加重刑。"公座一移，早已

---

① 校记：[一]"位"，国图本作"人"。[二]国图本"个"字下有"既做绅士"四字。[三]"押"，国图本作"压"。[四]国图本"堂"字下有"有诗为证"四字。

退食自公。有诗单说国子监生、明伦堂上学生结交吏役之[三]丑，诗曰：（诗略）。①

按：乙本系统调整了县令程公训饬张绳祖、王紫泥二人的语言描写，还增补了程公“叫招房把贾李逵口供念与他”的动作细节，使程公的训饬条理更加分明，进一步凸显了程公清正廉明的形象。

6. 第四十九回

甲本系统主体形态钞本：

（谭绍闻）说道：“……你引我庙外解手一回。”王隆吉只得陪他出来。

国图本、乙本系统：

（谭绍闻）说道：“……你引我庙外解手一回。”王[一]隆吉道：“你自去罢。”谭绍闻道[二]：“回来怕挤的寻[三]不见。”王[四]隆吉只得陪他出来。②

按：乙本系统增补了谭绍闻的语言描写。本回描写谭绍闻为了打探巫翠姐的家世，有意引开王隆吉询问。随着小说情节的发展，谭绍闻的市井经验愈加丰富，乙本系统的细节描写更为生动。

7. 第五十三回

甲本系统主体形态钞本：

王中道：“……竟坐着与大奶奶说话，不觉的便骂出口来。”

---

① 校记：[一] 马廉旧藏本“衙”字下脱“门”字。[二] 马廉旧藏本“位”字下有“也”字。[三]“之”，马廉旧藏本作“子”，误。

② 校记：[一] 国图本“回”字下脱“王”字。[二]“谭绍闻道”，国图本作“绍闻云”。[三]“寻”，国图本作“觅”。[四] 国图本“见”字下脱“王”字。

国图本、乙本系统：

　　王中道："……竟坐着与大奶[一]说话。我原是替去世的[二]大爷发怒，不觉把路上唧唧哝哝骂夏鼎的话，便[三]骂出口来。"①

按：国图本、乙本系统增补了王中自述心理活动。本回描写王中毒骂夏逢若被逐后，对妻子赵大儿陈述事情始末。在王中自述中，重现了其对谭孝移临终嘱托的重视，进一步强化了其忠仆形象。

8. 第六十四回

甲本系统、马廉旧藏本：

　　管贻安见了盛希侨，竟[一]有小巫、大巫[二]之分。将就取了一钟子[三]。少时，小豆腐来了。②

上图本：

　　管贻安见盛希侨，竟有小巫、大巫之分。心中想道："早知当公子这样好，当日何不供给家父读书？"将就取一钟子。到了虎镇邦面前，盛希侨道："这位呢？"夏逢若道："前营虎将爷。"盛希侨就一声也没言语。少时，小豆腐来了。

按：上图本增补了盛希侨和夏逢若的对话。盛希侨不齿于与兵丁虎镇邦为伍，"一声也没言语"体现了其自矜身份的不屑态度。同时，上图本

---

①　校记：[一]"大奶"，国图本作"奶奶"。[二]国图本"世"字下脱"的"字。[三]"便"，国图本作"就"。

②　校记：[一]国图本"竟"字下有"是"字。[二]国图本、马廉旧藏本"小巫"、"大巫"互乙。[三]"子"，国图本作"茶"。国图本、马廉旧藏本"子"字下有"也不敢多言"五字。

还增加了管贻安的心理描写，管贻安艳羡盛希侨的公子气派，却不思自身进取，而是遗憾自己父亲不曾读书，其骄纵暴露无遗。以上描写集中在"小豆腐来了"之前的短暂时段，上图本的描写颇有意趣。

9. 第七十回

甲本系统、马廉旧藏本：

> 盛希侨[一]道："谭贤弟，替我誊誊罢。"谭[二]绍闻道："我写的不好。"盛希侨[三]笑[四]道："你在我家，从来到不了[五]字儿上[六]，我今日……"①

上图本：

> 盛希侨道："谭贤弟，替我誊誊罢。"谭绍闻道："满相公哩？"盛希侨道："舍弟认得满相公笔踪，若到承发房，查出笔迹，他骂他个狗血喷头。"谭绍闻道："就不怕认出我的笔踪么？"盛希侨道："你在我家，从来到不了字儿上，并没用着笔，那哩有踪呢？我今日……"

按：上图本增补了谭绍闻、盛希侨的对白描写。本回描写盛希侨需要投递"求保全骨肉"诉状，情愿在与兄弟分家过程中谦让兄弟。在誊写诉状时，书法水平并不重要，关键在于能否被盛希瑗认出字迹。就甲本系统及马廉旧藏本而言，谭绍闻的推脱纯属自谦之辞，上下文也未提及暴露笔迹的隐患。而在上图本中，盛希侨指出笔迹的隐患，逻辑更为周密。同时，"并没用着笔，那哩有踪呢"一句戏言，也加强了对二人游手好闲、"从来到不了字儿上"的讽刺意味和戏谑效果。

————————

① 校记：[一]"希侨"，国图本作"公子"。[二]国图本"罢"字下脱"谭"字。[三]"希侨"，国图本作"公子"。[四]国图本、马廉旧藏本"侨"字下脱"笑"字。[五]"不了"，马廉旧藏本作"在不"。[六]国图本本句作"从来到了不字上儿么"，语序错乱。

10. 第一百零六回

甲本系统主体形态钞本：

藩台看了这两行，别的何曾寓目，开口便道："这事贤弟你该呈请终养……"

国图本、乙本系统：

藩台看了这两行，别的尚未寓目，开口便道："去岁[一]兄接家眷到浙江，俱说婶太太安好，康健异常，不料此时忽患病症。这事贤弟该呈[二]请终养……"①

按：国图本、乙本系统增补了谭绍衣家眷转述王氏康健的细节。这既是对谭绍衣前后行程的照应，也从侧面描写了王氏病重的突如其来。

四 增补肖像细节

1. 第二十一回

甲本系统：

大家请出林腾云母亲[一]。拜寿已毕……②

乙本系统：

大家请出林腾云母亲拜寿。只见一个老妪，头发苍白，下边两只

---

① 校记：[一]"岁"，国图本作"年"。[二]马廉旧藏本"该"字下脱"呈"字。
② 校记：[一]国图本"母亲"下另有"拜寿"二字，从上断句。

大脚。拜寿已毕……

　　按：乙本系统增补了对林腾云母亲"两只大脚"的肖像细节描写。《歧路灯》中虽未对女子缠足有过正面描写，但无论是在《歧路灯》撰写的时代，还是《歧路灯》预设的故事发生时代，缠足风气都已经被普遍接受。《歧路灯》第二十五回描写王氏骂小厮德喜："你只管去问问，走不大你的脚，休要发懒。"（引文从上图本）虽然德喜作为一名小厮，在实质上不存在"走大了脚"的风险，但王氏用"走不大你的脚"敦促德喜，本身就建立在以缠足为美的审美文化基础上。在小说中，林腾云作为"一个新发财主"，"他祖父是庄农出身"，"一心要往体面处走"，处处呈现出暴发户的粗俗气息。作为林腾云的母亲，陈夫人的"两只大脚"是对林腾云"庄农出身"的极好注解。乙本系统增补的陈夫人肖像细节，衬托并强化了林腾云的暴富财主形象。

小　结

　　本节梳理了《歧路灯》乙本系统对情节内容的增补现象。相较于甲本系统而言，乙本系统不仅多出了以第九回为代表的一万二千字左右的情节内容，且在全书范围内，针对甲本系统在情节内容上的薄弱之处，如典故术语、动作、语言、肖像等方面，皆进行了必要增补。究其目的，主要是为了勾连情节、增加文本信息量，由此呈现出更严谨的叙述逻辑，这些增补的情节文字是乙本系统文字优越性之所在，也是《歧路灯》甲、乙钞本系统间文字差异的重要规律之一。

第五节　乙本系统对描写的简化

　　在《歧路灯》甲、乙钞本系统之间，正如乙本系统中存在不见于甲本系统的文字，甲本系统中亦存在不见于乙本系统的文字。究其内容，乙本系统多出的文字主要在于对情节内容的增补，而甲本系统多出的文字则大多以修饰、描写为主。乙本系统对描写的简化，是《歧路灯》甲、乙钞本系统间异文的又一重要规律。

从表面上看，本节与上节"乙本系统对情节内容的增补"现象稍显矛盾。值得说明的是，"增补情节"和"简化描写"其实并不构成实质上的对立，因为前者是针对小说承载的情节内容，而后者则是针对小说的修饰描写。在增删方式上，乙本系统对情节的增补大体上呈现出改写、细化的痕迹，乙本系统对描写的简化则更多体现为成段内容的直接删削。在艺术效果上，乙本系统对描写的简化在实质上不影响小说情节的发展，却在不同程度上损害了小说的艺术成就。

总体而言，乙本系统的文字简化现象并非毫无规律可循。本节现将乙本系统简化的重要描写片段，依其描写对象，分为人物描写、名物描写、场面描写三类，择要举例如下。

一 人物描写之简化

《歧路灯》的乙本系统对人物描写多有简化。例如，在肖像描写中，第五十八回描写兵丁虎镇邦出场，甲本系统作："那人被[一]着褐衫，戴着大[二]帽，拿着皮褡[三]儿，冒雨进[四]来。"① 乙本系统脱漏"拿着皮褡儿"五字。这看似是描写虎镇邦服饰的闲笔，殊不知"皮褡儿"是后文虎镇邦摸出元宝、诱赌谭绍闻的重要道具，实不可删省。

又如，在行动描写中，第三十五回叙述孔慧娘劝说谭绍闻请回忠仆王中，甲本系统作："慧娘道：'你明日可[一]与奶奶唱个喏儿……与你顽耍。'兴官儿挣下绍闻怀来，来扑慧娘。慧娘道：'你先与你爹唱个喏儿，

① 校记：[一]"被"，国图本作"披"。[二]"大"，国图本作"雨"。[三]"褡"，国图本作"搭"。[四]"进"，国图本作"而"。

我与你明日做花鞋。'"① 乙本系统脱漏"兴官儿挣下绍闻怀来，来扑慧娘。慧娘道"十余字，使孔慧娘与兴官的互动变成孔慧娘的独白。事实上，《歧路灯》多次描写兴官对孔慧娘的亲昵情态，具有较为重要的意义。孔慧娘婚后，王氏曾担心兴官作为妾室冰梅之子会引起孔慧娘妒意，甚至打算隐瞒兴官身世。作者有意设计孔慧娘"枣栗哺儿"等情节，意在刻画孔慧娘毫无芥蒂、善待庶子的封建淑女美德。甲本系统对兴官举止的描写，是对孔慧娘形象的侧面烘托。

再如，甲本系统中一部分修饰性词语在乙本系统中亦被删减。例如，第六十四回描写夏逢若与虎镇邦商议开赌场，甲本系统及马廉旧藏本作："好吃城里[一]丢体面的顽皮[二]秀才、少管教的憨头公子、没主意的[三]游荡小商、有智谋的发财书办办这宗美项。"② 在乙本系统主体形态钞本中，豫图本、豫艺本本回佚失，上图本作"好吃城里四乡绅衿秀才、宦门公子、富商大贾这宗帑项"。其中"丢体面的"、"顽皮"、"少管教的"、"憨头"、"没主意的"、"游荡"、"有智谋的"、"发财"一系列极富口语特色与讽刺意味的定语，无一例外被删削，使上图本在语言风格上逊于甲本系统。

最后，也更为重要的是，乙本系统对人物的语言描写作了大量删减。这虽然并不影响前后文情节发展，却弱化了甲本系统刻画人物形象的艺术效果。试举例如下。

1. 第五回
甲本系统：

　　王中道："前日本街各字号的客，要刷印《文昌阴骘文》，回家送财东、送亲友，凑办了[一]八九两银子交与小的，往孔爷[二]那边商量刷印事体。小的到了孔宅，听见说老太太病重，就是前三日

---

　　① 校记：[一]"可"，国图本作"亦"。
　　② 校记：[一]"里"，国图本作"内"。[二]"的顽皮"，国图本作"皮顽"。[三]国图本"意"字下脱"的"字。

的话。"①

乙本系统：

> 王中道："前三日内，小的往孔宅为铺家商量刷印《文昌阴骘文》，听说老太太病重。"

按：本回描写王中向娄潜斋介绍孔耘轩因母亲病重，不能参与保举一事。甲本系统中，王中对刷印《文昌阴骘文》一事的来龙去脉作了详细说明，与后文盛希侨兄弟刷印家集、程嵩淑刻印《元诗选》等书籍刻印活动的描写相呼应。同时，还以答话为契机，展现了王中办事有条不紊的妥帖风格。

2. 第六回

甲本系统：

> 孝移道："一发惭愧要死！[一]一定大家[二]公议，举一个实在有品行的才好。"[三]嵩淑道："公议的是[四]孝老与令亲家。如今耘轩[五]忽遭大故，你说该怎么呢？"孝移见吊丧时不是说话所在，只得说道："这事是要大费商量哩！"②

乙本系统：

> 孝移道："惭愧要死！这事是要大费商量的。"

按：本回描写谭孝移得知自己被保举贤良方正后的推却之辞。甲本系

---

① 校记：[一] 国图本"了"字下有"有"字。[二]"爷"，国图本作"宅"。

② 校记：[一] 国图本本句作"说到祖宗上，一发叫人愧杀"。[二]"大家"，国图本作"众人"。[三] 国图本"好"字下有"程"字，从下断句。[四] 国图本"的"字下脱"是"字。[五]"轩"，国图本作"老"。

统通过对话描写，刻画了谭孝移对贤良方正一事的反复推脱，与谭孝移的谦恭形象相符，对于塑造谭孝移淡泊名利的君子风度颇有助益。乙本系统删省了谭孝移的推却过程，较为逊色。

3. 第六回

甲本系统：

> 因此众人都道："娄年[一]兄所见极是，即此便为定准。明年新正，好来谢教。"潜斋道："岂敢！"吃定[二]了[三]酒饭，一同起身。①

乙本系统：

> 因此众人都道： "娄年兄所见极是，即此便为定准。"吃完了[一]，一同起身。②

按：本回描写保举贤良方正的士绅们商议进京日期。甲本系统继续前文对众位乡绅议而不决的讽刺。吕寸田评本"好来谢教"一句处有夹批"真是可谢"，评点者显然注意到了此处浓厚的讽刺意味。

4. 第七回

甲本系统：

> 谭孝移道："……如何敢去？如何肯去？"长班[一]道："这两位老爷下处，小的知之极真。小的引着，不得错走[二]衙衙。"孝移道："明日还不拜客……"③

乙本系统：

---

① 校记：[一]国图本"娄"字下脱"年"字。[二]"定"，当据诸钞本作"完"。[三]国图本"完"字下脱"了"字。
② 校记：[一]马廉旧藏本"了"字下有"酒"字。
③ 校记：[一]"长班"，国图本作"班役"。[二]国图本"走"字下有"了"字。

谭孝移道：　“……如何敢去？如何肯去？我想明日且不拜客……”

按：本回描写谭孝移的京中见闻。对于长班形象的刻画，甲本系统在前文“各处投上个帖儿”、“将来老爷还要借重他哩”等描写的基础上，进一步体现长班热衷于鼓动谭孝移拜望名流之意，从而反衬谭孝移无意趋炎附势、一心拜望先人为官之地的“瞻依之心”。乙本系统于此处删省长班的回应，使对话变成谭孝移的独白。

5. 第七回

甲本系统：

谭孝移上了车，长班、德喜跟着，直进正阳门来。孝移道：“我该下车走几步。”一会走到鸿胪寺衙门。①

乙本系统：

孝移上了车，德喜跟着，直进正阳门[一]，上鸿胪寺。②

按：本回描写谭孝移在京中瞻仰先人为官之处。甲本系统以谭孝移步行至鸿胪寺衙门，进一步凸显了谭孝移对先人的恭敬心态。

6. 第八回

甲本系统：

曹氏道：“……茶饭早早晚晚[一]最难伺候。若是侯先生就省事

---

①　校记：国图本此处文字差异较大，作“谭忠弼上了车，长班、德喜跟着，径进正阳门来，一直上鸿胪寺衙门”。

②　校记：[一] 马廉旧藏本“门”后下有“来”字。

了，怪道咱姐愿意。"[二]春宇道："咱不在那读书哩行，不敢深管。"曹氏道："你既不管，这[三]侯先生是谁提起来？"[四]春宇笑[五]道："算我多言。"①

乙本系统：

曹氏道："……茶饭早早晚晚最难伺候。若是侯[一]先生就省事了，侯先生好。"②

按：本回描写王春宇、曹氏夫妇私下商议向王氏举荐塾师一事。曹氏因与侯先生妻子董氏有交情，"早已十二分满意"，因此极力撺掇谭宅延请侯先生。甲本系统详细描写了曹氏与王春宇的商议过程。在具体对话中，曹氏关注点不在侯先生人品、学识，而在于是否管饭等琐碎细节，最终一力促成此事。乙本系统删减了王春宇、曹氏夫妇对话，使其变成了曹氏独白。

7. 第八回

甲本系统：

法圆道："……这老山主见了才是喜欢的，真正是舍财施主，不等坐下就拿出一百钱，说：'休要误了别的山主艾虎。'我也事忙，就没有[一]到后边看看菩萨。年内我送花门儿去，宅上管事的说老山主没在家，还照样儿与[二]了一百钱。如今佛前点的灯，还是宅上的钱称的整油哩。"③

---

① 校记：[一]"早早晚晚"，国图本作"早哩晚哩"。[二]国图本"意"字下有"王"字，从下断句。[三]"这"，国图本作"那"。[四]国图本"来"字下有"王"字，从下断句。[五]国图本"字"字下脱"笑"字。又按：国图本"侯"均作"候"，误。

② 校记：[一]"候"，当据诸钞本作"侯"。

③ 校记：[一]国图本"没"字下脱"有"字。[二]"儿与"，国图本作"子取"。

乙本系统：

　　　　法圆道："……老山主见了面^[一]总是喜欢的，不等坐下就拿出一百钱。"①

　　按：本回描写尼姑法圆与王氏闲谈，回忆昔年谭孝移未进京时，自己来到谭宅的经历。甲本系统通过法圆的追述，一则描写了谭孝移家风严格，对"三姑六婆"敬而远之，更不允许其与内眷接触。二则描写了王中秉承谭孝移做法，即便在谭孝移外出时仍会布施一百钱，尽量不开罪此类闲杂人等；对王中的描写，实质上是对谭孝移严谨持家的衬托。更为重要的是，此处对谭孝移生前家风严格的铺垫，又与后文谭孝移去世后，三姑六婆随意出入谭宅，甚至引发范姑子在张绳祖贿赂下诱赌谭绍闻一事，形成巨大反差。甲本系统中法圆的补叙颇为必要。

　　8. 第八回

甲本系统：

　　　　几番商量，这^[一]程嵩淑只是哈哈大笑，说道："我程嵩淑岂能作三日新妇乎？"孔耘轩再三与他计^[二]议，说："城内惟有^[三]谭、娄、苏^[四]、张、你、我六人^[五]是知己心交。这孝移的儿子^[六]，我的女婿，岂有不代^[七]为照看之理？我若不在大丧之中，我就不待孝移之托，替他照料。嵩老如何度外置之？"这程嵩淑却有二三分吐口之意。^[八]②

乙本系统：

_____

　　①　校记：[一] 马廉旧藏本"了"字下脱"面"字。
　　②　校记：[一] 国图本"量"字下脱"这"字。[二]"计"，国图本作"商"。[三]"惟有"，国图本作"唯"。[四] 国图本"娄"字下脱"苏"字，误。[五]"六人"，国图本作"四五个人"，误。[六] 国图本本句作"谭孝移的儿"。[七]"代"，国图本作"待"，误。[八] 国图本末句作"程嵩淑却也有二三分吐口之意"。

　　　　几番商量，却有二三分吐口之意。

　　按：本回叙述娄潜斋进京赴考后，孔耘轩劝说程嵩淑指导谭绍闻读书。甲本系统对孔、程二人形象作了深入刻画。孔耘轩作为谭孝移生前挚友、谭绍闻的岳父，再次回顾了谭孝移生前与程、孔、苏、张众名士的交谊，以及自己对谭绍闻时时记挂在心的责任感，是《歧路灯》中颇为感人的一段肺腑之言。然而，程嵩淑颇具名士风度，"我程嵩淑岂能作三日新妇"，道出了其不愿意屈就于人、不喜约束的初衷。甲本系统描写二人对白，增加了孔耘轩延请程嵩淑的难度，以此衬托程嵩淑最终有"吐口之意"的来之不易。乙本系统的删减使程嵩淑的拒绝毫无理由，并不妥当。

9. 第十八回
甲本系统：

　　　　掌班道："……一连唱[一]两本，怕使坏[二]喉咙。这[三]孩子每日[四]吃两顿大米饭儿[五]，咸的不敢叫他吃，一点儿酒[六]不叫他见的[七]。"①

乙本系统：

　　　　掌班道："……一连唱两本，怕使坏了喉咙。一点儿酒不敢叫他见的。"

　　按：本回描写戏班主夸耀旦角雨花儿。甲本系统描写戏班主介绍旦角

---

　　① 校记：[一]国图本"唱"字下有"了"字。[二]国图本"坏"字下有"了"字。[三]国图本"咙"字下脱"这"字。[四]国图本"日"下有"只"字。[五]国图本"饭"字下脱"儿"字。[六]国图本"儿"、"酒"二字互乙。[七]"的"，国图本作"哩"。

饮食情况的细节，这不仅是为旦角推脱饮酒，亦是抬高旦角身价。

10. 第四十回

甲本系统：

> （惠观民）一面说着^[一]，一手早拉^[二]着两仪走起^[三]，又哈哈笑道："三才，三才，你吃过酺柿^[四]，你可不得吃你大娘抬^[五]的讧^[六]柿哩！"三才道："俺叫^[七]两仪哥与我稍两个来。"惠^[八]观民笑道："我明日与小奴才提一篮子来^[九]，不叫你这狗头吃。"三才道："他可不会吃哩。"惠观民大笑出门。①

乙本系统：

> （惠观民）一面说着，一手早扯着两仪走起。惠观民大笑出门。

按：本回描写惠养民兄长惠观民来访，携侄子两仪归乡探亲。在小说中，两仪是惠养民前妻所生，三才、四象是滑氏再醮后所生之子，惠观民对待两仪、三才、四象一视同仁，与滑氏常在吃食上回避两仪的偏向态度明显不同。甲本系统通过惠观民对待侄子们的亲切态度，刻画了乡农惠观民和蔼可亲的形象。乙本系统"一手早扯着两仪走起"、"惠观民大笑出门"两句之间颇显生硬，存在较为明显的文字脱漏痕迹。

11. 第四十回

甲本系统：

> 滑玉道："……你留下这个小锞罢。"滑氏道："我留^[一]这个大

---

① 校记：[一] 国图本"说"字下脱"着"字。[二]"拉"，国图本作"扯"。[三]"起"，国图本作"迄"。[四] 国图本"才"字下脱"你吃过酺柿"五字。[五] 国图本"娘"字下脱"抬"字。[六]"讧"，国图本作"酺"。[七] 国图本"俺"、"叫"二字互乙。[八] 国图本"来"字下脱"惠"字。[九] 国图本"来"字下有"叫四象吃"四字。

里^[二]。"滑玉道："你留^[三]这个大里^[四]，就只怕^[五]不足二十两^[六]。"①

乙本系统：

> 滑玉道："……你留下这个小锞罢。若留大的，只怕这就不是二十两了。"

按：本回描写无赖滑玉探访其姊滑氏、骗取周济。甲本系统通过对话描写了滑氏的复杂心思，滑氏表态"我留这个大里"，说明其并非没有私念，也并不完全放心滑玉拿走太多财物，却最终在滑玉的要求下让步。乙本系统删减了滑氏的对白，使本段对话变成滑玉独白。疑前后文两次出现"这个大里"，导致乙本系统的早期底本脱漏。

12. 第四十一回
甲本系统：

> （夏逢若）道："救我救我，你若救我，我便起去。你若不救我，我死也不起去。"

乙本系统：

> （夏逢若）说道："救我救我。"

按：本回描写夏逢若因欠银来求谭绍闻。《歧路灯》对市井无赖夏逢若的描绘，不仅体现在其多次引诱谭绍闻嫖赌败家的行为，还体现在对其

---

① 校记：[一][三]国图本"留"字下有"下"字。[二][四]"里"，国图本作"哩"。[五]国图本"就"、"只怕"互乙。[六]国图本"两"字下有"了"字。

入木三分的语言描写。夏逢若的不知廉耻、纠缠不休，在"你若救我，我便起去。你若不救我，我死也不起去"一句中得到明显体现，这句话虽然短小，却很符合夏逢若"菟儿丝"的性格形象。

13. 第四十四回

甲本系统：

> 满相公道："……其余若是住到店里、走到路上，都是供人戏玩摆布的。你们出门，那路上赶车的、赶脚骡的、赶驼轿的、背行李的、撑船的、当槽的、开饭铺的，连那截路的、剪绺的、丢包的、捉冷的[一]，他们是千字文透熟的，这个客是天字号的，这[二]个客是地字号的，这个客是昃字第[三]一千三百二十七号的，他们一丝儿也认不错，敢不小心么！"①

乙本系统：

> 满相公道："……其余若是住到店里、走到路上，都是供人戏玩摆布的。"

按：本回叙述绍闻出走亳州后，在韩善人家偶遇满相公。满相公作为盛希侨的门客，出场虽较为频繁，但小说对其语言描写并不多，此处是非常精彩的一例。甲本系统的生动性不言自明。姑且不论满相公对十余种职业的列举，从侧面反映出这位帮闲门客对世态了解之深，就是十余种职业被满相公节奏明快地一气报出，足以想见在实际对话场景中产生的谐谑效果。随后出现的"天字号"、"地字号"本是千字文排序，突然出现寓意"日西下"的"昃字号"，不仅以"昃"暗示和影射了谭绍闻此时的背运，还在其后紧跟着"一千三百二十七号"，既夸张离奇，又不着边际，

---

① 校记：[一] 国图本"丢包的"下脱"捉冷的"三字。[二]"这"，国图本作"那"。[三] 国图本"字"字下脱"第"字。

营造出浓厚的喜剧气氛。在这种喜剧气氛中，作者重申了世态险恶、幼学远行定要小心谨慎的主张。

14. 第四十六回

甲本系统：

程公道："那个张宅?"贾李逵[一]道："张老没家。"程公问道："这宗事无[二]这个张老没?"衙役代禀[三]道："这[四]人外号儿[五]叫没心[六]秤。"程公大笑道："前后暸然了[七]!"手拿着一条纸儿问道[八]："这就是你们的[九]借银文契[十]么?"①

乙本系统：

程公道："那个张宅?"贾李逵道："监生张绳祖家。"程公点点头儿，手拿着一条纸儿问道："这就是你们借银的文契么?"

按：本回描写程公审案过程中对假李逵的盘问。张绳祖外号"没心秤"（一作"没星秤"），人称"张老没"，是市井中人所共知的。但对程公而言，或许并不知道"张老没"和"张绳祖"的关系。甲本系统描写程公在审讯中确认张绳祖身份，体现了程公的审慎态度。

15. 第九十六回

甲本系统：

夏逢若道："……这头一次，且休提哩。不好了，不好了!时候大了，门上立等回信[一]，误了回覆就要套锁哩!我走罢。"②

---

① 校记：[一]"逵"，国图本作"魁"。[二]"无"，国图本作"并没"。[三]国图本"役"字下脱"代禀"二字。[四]"这"，国图本作"那"。[五]国图本"号"字下脱"儿"字。[六]"心"，国图本作"星"。[七]"了"，国图本作"矣"。[八]国图本"问"字下脱"道"字。[九]国图本"们"字下脱"的"字。[十]"文契"，国图本作"的文券"。

② 校记：[一]"信"，国图本作"音"。

乙本系统：

　　夏逢若道："……这头一次，且休提哩。我走罢。"

　　按：本回叙述夏逢若奉命至盛宅传话后的退场。甲本系统描写市井无赖夏逢若不敢久留，是对谭绍衣上任后整顿吏治、雷厉风行的侧面衬托。

二　名物描写之简化

　　在人物描写之外，《歧路灯》乙本系统对一部分名物描写亦有所简化。《歧路灯》甲本系统在名物描写中大量使用排比、罗列的手法，在乙本系统中多被删减。在此，不妨以饮食描写为例。《歧路灯》对清中期中原饮食习惯的描写堪称细致入微，小说中多次通过宴饮聚会、日常餐饮，描写独具地域特色的饮食习惯。以下数例中，饮食描写中的罗列笔法仅见于甲本系统。

　　1. 第二十六回
　　甲本系统：

　　王氏道："你醒了?[一]想吃面叶儿? 想吃豆花儿? 或是要吃藕粉? 厨下我留着火里[二]。"①

乙本系统：

　　王氏道："你心里想吃甚么? 厨下我留着火里。"

---

　　① 校记：[一]国图本"了"字下有"你心里"三字。[二]"里（裡）"，国图本作"哩"。

2. 第三十九回

甲本系统：

> 看见熟食案子摆出街来，有好几分子，烧鸡、鹁鸽、猪蹄、肥肠、腐干、鸭蛋都有。

乙本系统：

> 看见熟食案子摆出街来，有好几分子，烧鸡、鹁鸽都有。

3. 第三十九回

甲本系统：

> 滑氏进了厨房洗手，将烧鸡、鹁鸽撕了两盘，鸭蛋、腐干切了两盘，肥肠、猪蹄切了一盘，热了一壶酒来。

乙本系统：

> 滑氏进了厨房洗手，将熟食撕了几盘子，热了一壶酒来。

4. 第四十回

甲本系统：

> 悄悄吩咐街上[一]熟食铺子置[二]办东西，说猪肝子、烧鸡子、烧鹁鸽、面筋、豆腐干儿、鸭蛋六个[三]俱要全到，方且姐弟坐下

说话。①

乙本系统：

> 悄悄吩咐街上熟食铺子置办东西，方且姐弟坐下说话。

此外尚有一例，是第八十三回中国图本、马廉旧藏本对诸钞本饮食描写的简化：

甲本系统主体形态钞本、上图本：

> 拿了一篓茶叶，十几包饴餹蜜饯、吴橘闽圆、枇杷橄榄之类，递于赵大儿……

国图本、马廉旧藏本：

> 拿了一篓茶叶，十几包果子，递于[一]赵大儿……②

在以上诸例中，乙本系统对饮食描写的简化手法主要有二。其一，在甲本系统基础上的删节。例如，将"烧鸡、鹁鸽、猪蹄、肥肠、腐干、鸭蛋"删节为"烧鸡、鹁鸽"。此种作法在全书范围内亦不罕见，例如第五十回描写谭绍闻、巫翠姐夫妇以赌博为乐，甲本系统作："夫妇两个时常斗骨牌、抢快、打天九、掷骰子，抹混江胡顽耍。"乙本系统作："夫妇两个时常斗牌儿、掷篓子顽耍。"即是对游戏名目的删节。

其二，以"东西"、"熟食"、"果子"等统称，取代具体的食物名称。例如，"猪肝子、烧鸡子、烧鹁鸽、面筋、豆腐干儿、鸭蛋"统称

---

① 校记：[一]"上"，国图本作"前"。[二]"置"，国图本作"里买"。[三]"鸭蛋六个"，国图本作"鸭卵"。

② 校记：[一]"于"，马廉旧藏本作"与"。

"东西"，"烧鸡、鹁鸪、鸭蛋、腐干、肥肠、猪蹄"统称"熟食"，等等。此种作法在全书范围内亦不罕见。例如，小说对人名的罗列，第二十一回文书落款，甲本系统作"同里巫丕基、李希贤、褚凤岐、夏鼎全[一]具"①，乙本系统作"同里某某仝具"。又如第八十六回列举门役，甲本系统主体形态钞本作"那门上赵二爷、钱二爷、孙二爷、李二爷，还说少候片时"，国图本及乙本系统作"那门上二爷们，还说少候片时"。上述二例的删减手法相同。

在具体名物之外，乙本系统对抽象概念的罗列亦有简化。例如，第四十四回描写谭绍闻纵酒赌博，其匠心独具之处在于，以十余种"竖心旁卧心底的字儿"表现谭绍闻从放纵到懊悔的复杂心情，堪称全书心理描写的精彩之笔。

甲本系统：

却说谭绍闻辞了众赌友，出的张宅门首，此时方寸中，把昨夕醉后懂字、忏字[一]、悦字、怡字，都赶到爪窪[二]国去了，却把[三]悔字[四]领的愧字、恼字、恨字、慌字、怕字、愤字、怖字、愁字、闷字、急字、想[五]字，凡竖心旁卧心底的字儿，凑成半部[六]字汇儿，一时俱塞在心头[七]。②

乙本系统：

却说谭绍闻辞了众赌友，出的张宅门首，此时径寸之中，就把那书上悔字、恼字、恨字、慌字、怕字、气字、羞字、愁字、闷字、怨字、急字，凑成半部小字汇儿，一时俱在心头，端的好难煞人也。

---

① 校记：[一]国图本"仝"字下有"拜"字。
② 校记：[一]国图本"懂字"字下脱"忏字"二字。[二]"窪"，国图本作"哇"。[三]国图本"把"字下有"那"字。　[四]国图本"字"字下有"领了头"三字。[五]"想"，国图本作"怨"。[六]国图本"部"字下有"小"字。[七]国图本"心头"作"心里"，下有"端的好难煞人也"七字。

乙本系统不仅删节了谭绍闻纵酒赌博后欢愉减退的情节——"懂字、忙字、悦字、怡字，都赶到爪窪国去了"，由此忽略了甲本系统有意设计的由乐转悲的心理变化，还对甲本系统罗列的十三个心理描写的字词有所删减，并阑入了两个不属于"竖心旁卧心底"的"气"字、"羞"字，在渲染人物心理的效果上，无疑逊于甲本系统。

三 场面描写之简化

《歧路灯》的甲本系统擅长以场面描写展现人情世态，由此刻画人物形象、推进小说情节。乙本系统对场面描写亦多有删减。试举数例如下。

1. 第四回
甲本系统：

> 门斗就上谭宅送信，于是径拿匾式，走向谭宅。谭孝移正在后园厢房与潜斋闲谈。门斗进去，娄潜斋道："你今日有何公干，手里是甚么字画么？"门斗放在桌面，娄、谭展开一看，乃是一个匾式。孝移道："昨年陈老师有此一说，辞之再三，何以今日忽有此举？"潜斋见写的好，便问道："谁写的？"门斗道："周老爷写的。这是陈爷对周爷说谭乡绅独修文庙，周爷喜的没法。又把谭乡绅好处都说了，周爷即差我叫木匠做匾。金彩匠也是我觅的。匾做的将成了，我今日讨了个间空，怕谭乡绅不知道，送个信，要预先吃杯喜酒。"谭孝移道："这是叫我讨愧，潜老想个法子辞了这宗事。况且周先生我没见哩，也还少情之甚。"潜斋道："名以实彰，何用辞？"门斗道："我没说哩，匾已刻成了，还怎么样辞法？我是要吃喜酒。"孝移赏了三百钱，说道："你在衙门一定是忙着哩！"门斗接钱在手说："忙的恨[一]，这匾上两边小字还没刻，我拿回去罢！"门斗拿回匾式，送与

金漆匠，到了学署伺候。又挨到了送匾之日早晨……①

乙本系统：

门斗就上谭宅送信、讨喜，说是要吃喜酒的，拿出匾式，把二位老师送匾意思、写匾物事详述一遍。孝移觉辞却不过，赏了三百钱，门斗接钱在手，说："忙的狠，这匾上两边小字还没刻哩，我回去罢！"出门走讫。到了送遍[一]之日……②

按：以上是谭孝移被举荐贤良方正后，门斗送匾的场面描写。甲本系统的精彩之处在于：首先，通过语言描写刻画了一位贪图小利的门斗，他表面来送信贺喜，实际上处处为了得到谭宅赏钱，为此，既有明示"要预先吃杯喜酒"、"我是要吃喜酒"，又先后以"又把谭乡绅好处都说了"、"金彩匠也是我觅的"，既暗示了自己此前功不可没、理应受赏，又暗示了自己虽为门斗，却不可得罪，赏钱不能草草应付。其次，通过谭孝移处处推辞，再次刻画了谭孝移正己修身的君子形象；更为重要的是，谭孝移虽淡泊名利，却并不迂讷，在听到门斗暗示后立刻"赏了三百钱"。但是，谭孝移无意与门斗进一步拉拢结交，在赏钱的同时，以"你在衙门一定是忙着哩"的暗示结束对话，既体现其人情练达的一面，又体现了谭孝移不愿结交官府杂役的心态。最后，娄潜斋对谭孝移的劝说，是二人交谊深厚的又一体现。在本段描写中，对门斗的一心邀功、谭孝移的大力推辞、娄潜斋的诚心劝告均有所刻画。

在乙本系统中，仅从篇幅上看，此段文字已删削过半。乙本系统以门斗"详述一遍"四字概括甲本系统的大段对白，在叙述的生动性、人物刻画的真实性上，都很难与甲本系统媲美。

---

① 校记：[一]"恨"，当作"狠"。又按：国图本本段文字脱漏尤甚，作"老门斗即上谭宅送信。孝移赏了三百钱。到了送匾之日早晨……"

② 校记：[一]"遍"，当据诸钞本作"匾"。

又按：本段文字于国图本仅存"老门斗即上谭宅送信。孝移赏了三百钱"一句，脱漏痕迹较为明显。

2. 第六回

甲本系统：

> 这^[一]五位因说上京之期，有说如今即便起身、要到京上舍亲衙门住的，有说天太热的，有说店中臭虫^[二]利害的，有说热中何妨热外的，有说臭虫是天为名利人设的，有说秋凉起身的，有说秋天雨多、怕^[三]河水担心的，有说冬月起身的，有说冬日天太冷的，有说冷板凳是坐惯了、今日才有一点热气儿、休要叫冷气^[四]再冰了的。说一会，笑一会，毕竟上京日^[五]期，究无定准。①

乙本系统：

> 这五位因说上京之期，众口纷喙，究无定准。

按：以上是保举贤良方正的士绅们相聚议论上京日期的场面描写，甲本系统通过一气呵成的排比手法刻画士绅群像。其中描写众位士绅的顾虑，从气候冷暖到雨水臭虫，这些因素看似琐屑，却恰恰描写出这些士绅的瞻前顾后、牢骚满腹；加之"冷板凳"、"名利人"等双关语的穿插，使这段场景不乏诙谐幽默之意趣。具有讽刺意味的是，这些被地方上推举进京面圣的士绅，代表了当地的最高道德水准，但面对一个简单而具体的问题，却集体性地呈现出手足无措、大发牢骚的窘态。也正因如此，娄潜斋一语中的，反衬出娄潜斋善于决策的果断高明之处。在乙本系统中，甲本系统的士绅群像描写被"众口纷喙"四字笼统概括，虽然对情节进展

---

① 校记：［一］国图本"五"字上脱"这"字。［二］"臭虫"，国图本作"壁虫"。［三］国图本"雨多"、"怕"互乙。［四］国图本"气"字下有"儿"字。［五］"日"，国图本作"之"。

影响不大，却在讽刺意味上逊于甲本系统。

无独有偶，第七回描写"这五位保举的陆续进省"后，甲本系统作"各觅居停。相约要到谭宅会新同年，这新年春茗之时，早已约会……"乙本系统则简化为"叩拜新春外，早已约会"，亦是对甲本系统的删省。

3. 第七回

甲本系统：

> 柏公[一]道："请更衣换[二]靴。"孝移连拱[三]道："是，是[四]。"即同德喜进了小房，脱湿易干。德喜自拿湿衣，另行料理。这[五]孝移出的小房，连忙告了有慢。柏公让坐，只得照宾主坐下。①

乙本系统：

> 柏公道："请更衣换靴。"孝移连拱道："是，是。"随即脱湿易干。柏公让坐，宾主依次。

按：以上是谭孝移在京中偶遇大雨，回到寓所后，拜会房东柏永龄的场面描写。甲本系统详细描写了谭孝移冒雨而归后，主仆二人进出内室更换衣物的过程，这一空间移动符合生活常理，细致周密。乙本系统对此颇有删省。

小　结

本节梳理了《歧路灯》乙本系统对描写的简化现象。乙本系统对描写的简化在全书范围内普遍存在，囿于篇幅，不能一一尽列。这是《歧

---

① 校记：[一]"公"，国图本作"永龄"。[二]国图本"衣"、"换"二字互乙。[三]"连拱"，国图本作"拱手"。[四]国图本脱一"是"字。[五]国图本"理"字下脱"这"字。

路灯》乙本系统校勘中必须面对的问题。

《歧路灯》不是一部以语言精练见长的小说，作者本人自诩"笔意绵密"（李海观《歧路灯序》），在后世读者眼中，也历来以"布帛菽粟，家常琐语"的细致描写擅场。全书大量描写了衣、食、住、行的方方面面，对于人物、名物、场景皆有栩栩如生的刻画，它们真实而生动地反映了清代中期河南市井生活。《歧路灯》被誉为"世俗生活的画卷"[①]，正得益于作者细致描摹的语言功力。具体而言，《歧路灯》的描摹笔法得益于两种技巧：其一，使用排比、罗列手法，洋洋洒洒、森罗万物。其二，使用铺叙手法，曲尽描摹、细致入微。《歧路灯》的甲本系统大量体现了上述技巧，体现出较高的艺术水平。

但是，在《歧路灯》的乙本系统中，颇有一部分繁复描写被简化。乙本系统的文字简化有两种方式：其一，直接删削，例如，满相公"晟字第一千三百二十七号"、惠观民"你可不得吃你大娘抬的讧柿"等人物语言整段脱漏，描写谭绍闻心理的"竖心旁卧心底的字儿"被部分删减，等等。其二，以更为笼统、简略的说辞取代，例如，在名物描写中，以"东西"、"熟食"等统称取代具体的食物名称，在场面描写中，以"详述一遍"、"众口纷喙"等概述取代，等等。尽管在优劣界定标准上，有些异文很难绝对判断其高下，但在本节所举诸例中，乙本系统文字上的劣势是较为明显的。对描写的大量简化，使《歧路灯》乙本系统在小说文本叙述的生动性上逊于甲本系统，在客观上影响了乙本系统的艺术成就。更为重要的是，乙本系统对描写的简化有悖于作者"布帛菽粟，家常琐语"的叙述风格。很难相信以"笔意绵密"自诩的作者，会在晚年修订阶段有意删削精心构思的细致描写。因此，在异文成因上，有理由推测这些文字简化更类似早期传写者为了节省时间、缩减篇幅而进行的删减，而非源自作者本人的意愿。

本节指出这一现象，其意并非在于否定乙本系统的文献价值，而是意在指出，即便在乙本系统对甲本系统情节文字多有增补、调整的情况下，

---

① 耿恭让：《世俗生活的画卷》，《〈歧路灯〉论丛》（一），第59页。

仍有不能尽如人意之处。同时，也从一个重要方面，论证了甲本系统（特别是甲本系统主体形态钞本）的校勘意义。

第六节　再论《歧路灯》乙本系统的异文优劣

在本章的最后，有必要对《歧路灯》乙本系统异文的优劣作进一步讨论。事实上，在《歧路灯》甲、乙钞本系统之间，除了乙本系统对描写的简化有损小说艺术成就之外，乙本系统文字也并不具备绝对的优越性。相较于乙本系统，甲本系统，特别是甲本系统主体形态钞本的一部分文字更具合理性。在此，本书将以第四十一回《韩节妇全操殉母　惠秀才亏心负兄》和第三回《王春宇盛馔延客　宋隆吉鲜衣拜师》为例，分别从情节内容和细节描写两个角度，择要论证甲本系统在文字上的优越之处。

首先，以第四十一回为例。在第二十九回之外，第四十一回也是乙本系统改写幅度较大的一回。本回叙述韩节妇殉节之后，新任县令程公前往视察。在《歧路灯》甲、乙钞本系统之间，围绕程公出场、程公抵达韩节妇门口、程公见到韩节妇棺木、程公主持祭礼、程公后续工作五个环节，出现了两种不同叙述。下文将以吕寸田评本代表甲本系统，上图本代表乙本系统，对其异文情况罗列如下。

吕寸田评本：

> 管街的保正与同巷里这三个老翁要禀本县程公，央本巷一个秀才写了一个禀帖。这程公进士出身，接着荆公升任的缺，上任未及三月，听说此事，好不喜欢，即唤管街保正问了仔细。
> 程公心中大加骇异，到了门口，看见门户窄小，不便进院，只听巷中女人都说韩氏面色如生，笑容可掬。
> （程公）因问道：“这院有甚么花木？”俱禀道：“没有”。又问道：“这巷内可有谁家花园？附近谁家有甚么花儿树？”俱禀道：“一巷俱是小户人家，并没有栽的花草。”程公细嗅，愈觉芬馥扑鼻。程

公暗道："是了，是了。"因见门边薄皮棺木，又问道："这具棺木何用？"

程公行了一连三鞠躬礼，读了一通祝文。两学师爷、丞簿、典史随着行礼毕。

他日自将节妇葬讫，收钱竖碑，人皆乐输。程县尊出的巷口，吩咐管街保正，此巷改为"天香巷"。到了文庙，阖学生员接上的明伦堂来。

上图本：

管街的保正禀了本县程公，这程公进士出身，接着荆公下首，即唤管街保正问了仔细。

程公心中大加骇异，到了门口，下得轿来，躬身进院，只见韩氏面色如生，笑容可掬。

（程公）因问道："这具棺木何用？"

程公行礼，读了一通祝文。

他日自将节妇葬讫。程公出的巷口，到了文庙，上的明伦堂来。

围绕以上五个阶段的叙述，《歧路灯》甲、乙钞本系统之间的文字差异较为明显，其成因并非简单的传写脱漏，而是乙本系统对一部分情节的有意改写。但是，乙本系统的改写却存在一些问题，值得探究。

一则是程公形象的刻画。程公作为新任县令，将在未来一系列情节中发挥重要作用。程公是昏庸徇私抑或刚正廉明，有必要在首次出场时奠定基调。甲本系统明确描写程公听闻韩节妇一事后"好不喜欢"的主观态度，以及程公盘问、排查花木的缜密思维，特别是程公"看见门户窄小"，作出了"不便进院"的决定，体现了程公行事果断、行为端方的正面形象。甲本系统的描写对于塑造程公形象不无裨益，却未见于乙本系统。

二则是韩节妇事件的社会影响。在《歧路灯》塑造的女性形象中，韩节妇不仅作为再醮人滑氏的对立形象出现（回末诗有"咏韩、滑相连"

一首），本身也对宣扬"忠孝节义"思想具有重要的象征意义（"虽是妇女，却满身都是纲常"）。在甲本系统中，从韩节妇所居的"甜浆巷"，到韩节妇死后异香扑鼻的奇闻，再到程公更名"天香巷"，地名的变迁形成一条清晰的线索，最大限度地发挥了韩节妇事件的社会教化效果。然而，这条线索在乙本系统中被删削，韩节妇所在地名从始至终只以"仓巷"出现，仅保留了程公"只觉得异香扑鼻"、"巷口异香扑鼻"二处描写，但问题是，如果没有改名"天香巷"的环节，这些铺垫亦将随之失去意义。

三则是本县民众对此事的态度。甲本系统通过"收钱竖碑，人皆乐输"体现本县民众对韩节妇的崇敬爱戴，从另一个角度渲染了韩节妇殉节的社会影响。然而这一细节在乙本系统中并未出现。

此外，甲本系统还提供了一些必要信息，例如，程公出场时介绍其"上任未及三月"，与前文连缀更为紧密，甲本系统对祭礼场景的描写更为详细，等等。综上所述，仅就韩节妇一事而言，甲本系统情节文字的优越性更为明显。

其次，以第三回为例。本回描写曹氏与王氏商议王隆吉到谭宅读书一事，王氏承应与谭孝移商议。于是王氏"叫德喜到前客房看有客没客。德喜道：'没客，大爷与舅爷家小相公说话哩。'"（引文从吕寸田评本）此后，王氏与谭孝移商议王隆吉入学一事。在《歧路灯》钞本中，存在以下三种叙述：

甲本系统主体形态钞本：

　　王氏叫德喜请大爷到后，有话商量。孝移到堂楼下。王氏把曹氏来意说了一遍。孝移道："这学生着实聪明……"

张廷绶题识本、国图本：

　　王氏遂到前边，欲商曹氏的来言。孝移见王氏便道："这学生着实聪明……"

乙本系统：

> 王氏道："你去叫他来家中。"孝移到家，王氏说隆吉读书的话，
> ·······
> 孝移道："这学生甚聪明……"

以上三种叙述的主要区别在于谭孝移、王氏夫妇的商议地点。甲本系统主体形态钞本的商议地点在"堂楼下"，张廷绶题识本、国图本的地点在"前边"，即待客前厅，乙本系统的地点在"家中"，即谭宅内室。

乙本系统的文字明显存在不妥之处。首先，此时曹氏尚在内室做客，谭孝移贸然进入内室，在礼节上并不妥当。其次，如果此时谭孝移已到内室，那么他与王氏议论王隆吉的对话，便是当着王隆吉的母亲曹氏进行，这也是不合常理的。更为重要的是，这种叙述与后文"王氏喜孜孜回来，向曹氏说了一遍"的描述存在矛盾，如果谭孝移与王氏在内室讨论，那么曹氏对谈话结果应该非常清楚，无须王氏转述。因此，乙本系统的叙述不无漏洞。

张廷绶题识本、国图本的叙述同样不妥。首先，这种叙述没有考虑到王氏作为一家主妇，随意来到会客前厅与谭孝移见面，不符合其身份。即便在谭孝移去世后，家法崩坏，"母亲王氏也时常引兴官儿到前院玩耍"，此时孔慧娘、冰梅等青年女眷也只是"趁前院无人时，偶尔来片时"（第三十八回），如果有外客（如夏逢若等人）拜见王氏，则是在内室设座受礼。那么，谭孝移在世时，更不会允许此类事情的发生。其次，此时王隆吉仍在前厅，如果谭孝移夫妇在前厅商议王隆吉入学一事，必然会当着王隆吉的面进行，同样不合常理。

相较之下，甲本系统主体形态钞本的叙述，即，谭孝移得信后"到堂楼下"，在诸钞本中最为合理。此时曹氏在内室、王隆吉在前厅，谭孝移夫妇私下商议，势必要分别避开曹氏、王隆吉母子，堂楼下无疑是最合适的商议地点。这种描写与后文"王氏喜孜孜回来，向曹氏说了一遍"的描写亦相吻合。因此，仅就谭孝移夫妇商议王隆吉入学这一细节而言，

甲本系统主体形态钞本的文字最优。

此外还应指出，乙本系统的一部分异文成因或许并非有意改写，而极有可能源自早期底本的脱漏。在前节所举诸例中已有此种例证，此外不妨另举一例，此即第七回对于五经童生考试前，门斗至娄宅送信过程的描写：

甲本系统：

> 这[一]门斗先到谭宅递[二]了京中书信[三]，并说请谭大相公明日到学的问话[四]。复到北门[五]娄宅，见了潜斋令兄娄畛，也说请相公[六]的话。这[七]娄畛见这[八]学中师爷相请，并[九]问了[十]请的有谭宅相公，次日只得着娄樸[十一]送他兄弟到谭宅这里。次日[十二]，王中引着两个学生到于[十三]学署。①

乙本系统：

> 这门斗去后，次日，王中引着两个学生到学署。

在甲本系统中，通过刻画娄畛对侄子娄樸行踪的谨慎询问，反映娄宅家教严格。同时，娄畛"并问了请的有谭宅相公"后才答应送娄樸到谭宅的细节，也体现了娄畛对谭宅门风的信任。本段情节上承谭孝移京中来信，下启五经童生考试，是一段较为重要的过渡。然而，在乙本系统中，这一情节被整段删减。有理由怀疑因前后文重复出现"到谭宅"三字，导致乙本系统早期底本传抄脱漏。无独有偶，第十二回，甲本系统"娄、孔二人又料理了[一]七品冠[二]带。到了饭时，二人要回去"②，于乙本系统

---

① 校记：[一] 国图本"门"字上脱"这"字。[二]"递"，国图本作"交"。[三] 国图本"书"字下脱"信"字。[四]"明日到学的问话"，国图本作"的话"。[五] 国图本"门"字下有"内"字。[六]"也说请相公"，国图本作"也说了请娄大相公"，误。[七] 国图本"话"字下脱"这"字。[八] 国图本"见"字下脱"这"字。[九]"并"，国图本作"又"。[十] 国图本"了"字下有"同"字。[十一]"樸"，国图本作"朴"，当据改。[十二] 国图本"宅"字下脱"这里次日"四字。[十三] 国图本"到"字下脱"于"字。

② 校记：[一] 国图本"理"字下脱"了"字。[二]"冠"，国图本作"官"，误。

作"娄、孔二人要回去"。第四十一回甲本系统"惠养民叹了一口气，只是不答。滑氏又问，仍自不答。滑氏一定问明，惠养民道……"于乙本系统作"惠养民叹了一口气，只是不答。滑氏一定追问，惠养民道……"以上二例文字亦无删削之必要，同样有理由怀疑因前后文出现相同词句（"二人"、"滑氏"）导致了乙本系统早期底本的文字脱漏。

正如本章前一节的结论，本节对甲、乙钞本系统异文优劣的考察，其意亦非在于否定乙本系统的文献价值。但有必要指出，在《歧路灯》全书范围内，甲本系统文字更优的现象并不罕见。这或可从另一个重要方面，论证甲本系统（特别是甲本系统主体形态钞本）的校勘意义。

结　语

本章从《歧路灯》乙本系统中回末诗的增补与调整、语言风格的调整、人物形象的变化、对情节的增补、对描写的简化五个方面，归纳并总结了《歧路灯》甲、乙钞本系统文字的整体性差异。

正如本书第二章的论述，《歧路灯》甲、乙钞本系统的祖本，在理论上应分别对应作者晚年定稿阶段先、后两个时间节点产生的两种定本风貌。但是，在长期传抄行世过程中，《歧路灯》存世诸本均不可避免地留下早期传抄者（或读者）造成的文字错讹、脱漏、篡改痕迹。在现阶段的研究中，囿于文献材料，对于《歧路灯》甲、乙钞本系统间的异文是否均出于作者本人尚无法得出确定结论。尽管如此，基于本章对甲、乙钞本系统间异文现象的梳理和讨论，不妨初步归纳以下结论。

首先，从章回小说形式角度，《歧路灯》乙本系统对回末诗的增补、调整，使章回小说形式更趋整饬，这是乙本系统文字优越性之体现。如果在未来有可靠文献资料可以确证乙本系统中的回末诗全部或部分出自作者手笔，那么这无疑可以证明，对章回小说形式的完善是作者晚年修订阶段的工作重心之一。

其次，《歧路灯》乙本系统呈现了更为雅致规整的语言风格，甲、乙钞本系统间存在个别人物形象差异。若在未来可以确证其中一部分文字出自作者改动，则可从两个重要方面反映作者晚年修订阶段创作心理和思想倾向的细微变化。

再次，从小说情节内容角度，《歧路灯》乙本系统增补的情节文字具有重要意义。在现阶段所知的乙本系统钞本中，除了上图本原序残缺外，豫图本、豫艺本、马廉旧藏本卷首的作者自序时间皆为乾隆四十二年八月白露之节。尽管序末时间未必实指，但乙本系统祖本在实质上提供了一个晚于甲本系统祖本的时间节点。从这一角度反观乙本系统对情节的增补现象，在第九回及其前后的一万二千字情节之外，乙本系统所增补的情节文字大多具有连缀情节、塑造人物的重要功用，有助于推动小说情节发展，在不排除一部分早期传抄者和读者篡改小说文本的情况下，部分异文极有可能体现了作者晚年修订阶段的增补痕迹，或可从小说成书角度呈现作者晚年对小说文本的增补过程，具有重要的校勘意义。这是乙本系统在情节内容上的优越性之体现。

最后，《歧路灯》乙本系统中大量存在对小说描写的简化现象。有必要指出，在现阶段的研究中，乙本系统钞本保存情况并不理想，在现存世的四部钞本中，豫图本、豫艺本残损过半，而上图本、马廉旧藏本二部全帙钞本在特定章回之间亦存在一定数量的异文，这无疑为今人判断一些乙本系统钞本的重要异文来源，乃至推究乙本系统祖本文字造成困难。因此，尽管《歧路灯》乙本系统的祖本对应作者晚年修订阶段中较晚时间节点产生的定本形态，其在理论上更接近作者改定本的风貌，但是，现存世的几部《歧路灯》乙本系统钞本普遍存在对描写的简化现象，则既不符合作者本人的语言风格，又不符合一般作者统筹修订文本的常理，其成因更类似小说文本早期流传中的无意脱漏，或有意删削。对描写的简化，加之一部分不甚合理的情节文字，在实质上降低了现存世的几部乙本系统钞本的文学成就。这是现阶段《歧路灯》乙本系统校勘中不可回避的问题。

由此反观《歧路灯》甲本系统的校勘。正如本书第二章论述，《歧路灯》甲本系统的祖本对应作者晚年修订成书阶段中较早时间节点产生的定本形态，其在理论上更接近作者早期稿本。在本章所列举的实例中，甲本系统存在部分情节文字不成熟的现象，从校勘角度印证了对甲、乙钞本系统祖本产生先后的结论。这或许会影响今人对甲本系统钞本校勘价值的判断。但有必要指出，《歧路灯》的甲本系统，特别是甲本系统主体形态钞本，极有可能保存了一部分未经现存世的乙本系统早期钞本删削、篡改的文字，以及一部分接近作者早期构思的情节。这对于研究《歧路灯》的成书过程而言，无疑是至关重要的。

在既有的研究中，关于《歧路灯》甲本系统主体形态钞本的研究历来薄弱。其中，笔者新发现的吕寸田评本、崔耘青旧藏本、浙图本此前从未被学界所知和利用；晚清钞本甲因其产生较晚，从未受到学界重视。但是，考虑到《歧路灯》较为特殊的成书过程，乃至乙本系统钞本的现状，《歧路灯》甲本系统主体形态钞本无疑具有至关重要的校勘意义和价值，理应受到关注。

第四章 《歧路灯》甲、乙钞本系统内部诸钞本关系

在长期传抄行世的过程中，《歧路灯》钞本间形成了数量可观的异文。其中最显著的文字差异固然存在于甲、乙钞本系统之间，但在两钞本系统内部亦存在错综复杂的关系。本章将在前文论述基础上，进一步厘清并归纳甲、乙钞本系统内部诸钞本的文字特点、底本源流及其校勘价值。

第一节 《歧路灯》甲本系统的主体形态
—— 吕寸田评本、崔耘青旧藏本、浙图本、晚清钞本甲

吕寸田评本、崔耘青旧藏本、浙图本、晚清钞本甲代表了甲本系统的主体形态。在小说文本的外部特征上，这四部钞本具有一百零八回的回数，以及小说正文后附《家训谆言》的形式特征。更为重要的是，在全书范围内，四部钞本较之他本在文字上具有更为明显的相似性。为便于讨论，本书将其定义为甲本系统的主体形态。

一 吕寸田评本

在《歧路灯》甲本系统主体形态钞本中，版本最优、校勘价值最大

者，当推吕寸田评本。这一结论，首先考虑到吕寸田评本自身错讹较少、文字精良的特点。同时，吕寸田评本所保存的个别评点，亦可从一个重要侧面佐证这一结论，主要体现在以下三个方面。

其一，吕寸田评本的早期评点。吕寸田评本保存了六条明确题署"吕寸田评"或"寸田评阅"的早期评点。作为李海观的好友、《李绿园公诗钞》的撰序者与评点者，吕公溥当之无愧是目前所知的《歧路灯》最早读者之一，也是目前所知的《歧路灯》的最早评点者之一。在这一意义上，无论吕寸田评本具体抄成于何时何地，其底本都与《歧路灯》的原本或其直系衍生钞本有密切联系。

其二，特定评点的位置。《歧路灯》第三十五回《谭绍闻赢钞夸母 孔慧娘款酌匡夫》（吕寸田评本第三十四回）的回末诗具有较为重要的校勘意义。在不同钞本中，该回回末诗有二首至四首不等，是《歧路灯》存世钞本间回末诗数量出入最大的章回之一。其中，第一首诗为诸钞本所共有，全诗如下（引文从吕寸田评本）：

> 联姻何必定豪门，若到悔时只气吞。馋口懒身逞娇贵，舅姑夜叹双泪痕。试看此日直[一]闺秀，苦心和气善温存。欲知阿翁好眼力，机子一张线几根。①

此诗内容主要在于赞美孔慧娘婉言规劝谭绍闻的美德，以此追述谭孝移生前力主联姻孔宅的见微知著、高瞻远瞩，在辞藻和内容上都不甚高明。但是，就《歧路灯》钞本校勘而言，此诗的意义却非常重要。这不仅体现在甲本系统中，晚清钞本甲、国图本、张廷绶题识本脱漏颈联，体现出较为明显的后出传本特点，更为重要的是，在笔者目力所及的《歧路灯》版本中（包括清义堂石印本、栾校本），此诗尾联两句之间都有"不记当年访孔耘轩之时乎"十一字。② 这十一字除豫

---

① 校记：[一]"直"，当据诸钞本作"真"。
② 校记：国图本、马廉旧藏本、豫图本作"不记得当年访孔耘轩之时乎"十二字。

艺本以双行小字抄写之外，其余诸本皆以单行正文字体抄入正文，间杂在尾联二句之间。

无论从七言诗的体制，还是章回小说回末诗的撰写习惯而言，在一首七言诗的两句之间加入评论性的文字，都是非常罕见的作法。"不记当年访孔耘轩之时乎"一句，不仅割裂了原诗"欲知阿翁好眼力，机子一张线几根"两句之间的条件关系，在句式上，"不记……乎"的反问语气，又与原诗"欲知……"的条件句式格格不入，令人很难相信作者会在撰写七言诗时插入一句白话。事实上，"不记当年访孔耘轩之时乎"一句，目的在于提醒读者"阿翁好眼力"与前文情节的勾连，无论从措辞还是内容上都更类似阑入正文的评点，而不属于正文。诸本同时在尾联两句中阑入一句评点，足以证明本条评点进入小说文本之早、影响钞本之多。

在这一意义上，吕寸田评本"不记当年访孔耘轩之时乎"十一字以眉批形式出现，七言回末诗的形式被完整保存。因此，至少在这一特定文字细节上，吕寸田评本的底本当早于诸本。

其三，评阅者与"原本"之关联。《歧路灯》第四十四回《鼎旅店书生遭困苦　度厄寺高僧指迷途》（吕寸田评本第四十三回）是较为特殊的一回。本回叙述谭绍闻欠下巨额赌债后出走亳州，最终在韩善人的协助下重回故里。其特殊性在于，目前笔者所见的《歧路灯》存世钞本中，无一例外存在内容上的脱漏，即，"度厄寺高僧指迷途"情节的佚失。换言之，尽管诸钞本在回目上皆作"度厄寺高僧指迷途"，但在行文中均未出现"高僧指迷途"的情节（关于这一现象，本书将于第五章第三节"度厄寺中的'一段奇文'"专门讨论）。

"高僧指迷途"情节的佚失，同样给《歧路灯》的读者带来困惑。不同时期的读者对这一现象的反应不同。在吕寸田评本中，本回回末粘有朱签，称"此间漏却高僧指迷一段奇文，应查原本添出，方得圆畅"，字迹与吕寸田评本眉批、夹批一致。由此可知，这一评点当源自《歧路灯》的一位早期读者。朱签的作者不仅曾读到过"高僧指迷途"一段文字，且对这段文字高度赞赏，将其誉为"奇文"，并指出应据"原本"补全这一段"奇文"，使前后文情节重归"圆畅"。这条评点不仅证明了"高僧指迷途"一段情节在《歧路灯》早期钞本中的确存在，还证明了一个不为今人所知的"原本"的存在。这部"原本"当早于现今存世的任何一部钞本，甚至可能追溯到李海观修订中的《歧路灯》稿本或其直接衍生传本。吕寸田评本（或其底本）的评点者与早期钞本关系之密切，在《歧路灯》诸钞本中是独一无二的。

与此形成对比的是，崔耘青旧藏本的评点者同样注意到这一问题。崔耘青旧藏本本回"饥字的滋味是这样的难尝"处有夹批"此下有缺简，然不可考"，可见这位评点者同样敏锐地注意到前后文的脱节。但是，崔耘青旧藏本的抄成时间不早于道光朝，评点者的生活时代或为同时，或晚于此。此时距离《歧路灯》成书至少已过去半个世纪之久。对于这位评点者而言，追溯早期钞本殊为不易，只能付之"然不可考"作罢。从吕寸田评本的"方得圆畅"，到崔耘青旧藏本的"然不可考"，不同评点者对"高僧指迷途"一段文字的熟悉程度、接触早期钞本的难易程度，不言而喻。

尽管如此，吕寸田评本与概念意义上的《歧路灯》甲本系统祖本仍存在一定距离，判断依据主要包括以下三个方面。

其一，源自评点者的直接证据。即，《歧路灯》第四十四回（吕寸田评本第四十三回）回末朱签，明确称朱签作者所见另有"原本"，且这一"原本"在情节完整程度上优于吕寸田评本，乃至存世诸本。

其二，吕寸田评本偶有文字脱讹。相较于《歧路灯》存世钞本而言，吕寸田评本在整体上错讹较少，可称得上是一个抄写精良的传本。但是，其中仍不可避免地存在传抄导致的脱讹之处。其中，音近致讹者，例如"烫酒"误作"汤酒"。形近致讹者，例如"滹沱"误作"滤沱"；"尽堪垂戒矣"，"矣"误作"美"；第九十五回"嗣后订了初十日立日樽恪侯的请帖"，"立日"当为"音"之讹。字句脱漏者，例如第三十一回脱漏"茅拔茹，你不用还这宗银子，你的戏衣也不用再提"一句（引文从晚清钞本甲），造成与后文"茅拔茹道：'老爷明断极是'"的矛盾。文字误衍者，例如第六十七回"只见杜氏专专打的甄吴杏花肚子"，"吴"字不可解。此外，吕寸田评本还有个别不同于诸钞本的文字细节，例如第八回描写侯冠玉出场，诸钞本均作"新来和尚好撞钟"，唯吕寸田评本作"新来媳妇好撞镜"。

其三，吕寸田评本脱漏的早期评点。《歧路灯》第七十三回《炫干妹狡计索赙　谒父执冷语冰人》叙述谭绍闻被炼丹道士蒙蔽："这绍闻此时，正是逋欠交迫之时，不觉红绿之情少淡，却是黄白之说要紧。"吕寸田评本于"黄白之说"处夹批"是金是银"。然今考崔耘青旧藏本，在夹批"是金是银"之外，"红绿之情"处还有一则夹批"是袄是裤"。可见，正如"红绿之情少淡"与"黄白之说要紧"的对仗关系，"是袄是裤"与"是金是银"两则评点亦成对出现。从吕寸田评本、崔耘青旧藏本同时出现"是金是银"评点看，这当为《歧路灯》早期传本中的评点之一，但吕寸田评本很可能在传抄中脱漏了"是袄是裤"一条评点。这一方面证明吕寸田评本所载评点确有脱漏；另一方面，相似的正文文字、相同位置的评点，也证明了崔耘青旧藏本虽然是道光朝之后出现的钞本，但其底本很可能非常接近《歧路灯》的早期钞本，本书将在下一节作专门论述。

综上所述，在《歧路灯》的甲本系统主体形态钞本中，吕寸田评本呈现出优于诸本的版本特点。从讳字角度，代表甲本系统主体形态的四部钞本中，崔耘青旧藏本避讳"宁"字、不讳"淳"字，浙图本讳"宁"、"淳"二字，加之晚清钞本甲，尽管其底本皆可能追溯到《歧路灯》的早期传本，但具体到这三部钞本，都是相对晚出的传本。吕寸田评本虽不讳"宁"、"淳"二字，但其具体抄写时间不详。然而，本书对吕寸田评本版本价值的考量并不基于其抄写时间——无论吕寸田评本抄写于何时，其所体现的文字特点，都可以证明其底本极有可能是一个早期传本，甚至可能是目前《歧路灯》存世钞本中最接近甲本系统祖本的一种。因此，吕寸田评本具有重要的校勘意义和文献价值。

二 崔耘青旧藏本

正如本书第一章论证，崔耘青旧藏本避讳"宁"字、不讳"淳"字，当是一个不早于道光朝的传本。但是，这并不妨碍今人判断崔耘青旧藏本所据底本为一早出钞本。崔耘青旧藏本与吕寸田评本之间不存在直接传抄关系，但其底本或与吕寸田评本（或其底本）有密切关联。

（一）崔耘青旧藏本与吕寸田评本的底本渊源

崔耘青旧藏本与吕寸田评本在文字上具有较高的相似度。主要体现在以下三个方面。

其一，相同的情节文字。在《歧路灯》甲本系统主体形态钞本中，在吕寸田评本与晚清钞本甲出现异文时，崔耘青旧藏本大多与吕寸田评本保持一致。例如，第二十五回（崔耘青旧藏本第二十四回）回末，"牛羊牧后留萌蘗，只怕明早再牿亡。有诗为证"十八字仅见于吕寸田评本、崔耘青旧藏本、浙图本（引文从吕寸田评本）：

> 那绍闻睡了半夜，平旦已复。灯光之下，看见母亲眼睛珠儿单单看着自己。良心发现，暗暗的道："好夏鼎，你害的我好狠也！"这正是：
> 牛羊牧后留萌蘗，只怕明早再牿亡。
> 有诗为证：
> 自古曾传夜气良，鸡声唱晓渐回阳。天心徐逗滋萌蘗，依旧牛山木又昌。

又如第三十五回（崔耘青旧藏本第三十四回）叙述孔慧娘、冰梅二人与谭绍闻夜酌，"我先睡罢……绍闻抱住"一段六十余字，叙述绍闻与一妻一妾的闺房趣话，仅见于吕寸田评本、崔耘青旧藏本、浙图本：

绍闻又吃了三四杯，酒催睡魔，呵欠上来，说道："我先睡罢，你两个今晚儿要一定合伙儿，好拧我一个，单拧我，我就不依，您说瞎话。"慧娘笑道："你先睡着，俺好拧，俺不哄你，你先跟兴官儿合伙儿。"放兴官儿在被内，绍闻抱住，父子俱入梦境。须臾，听的呼呼睡着了。

再如第六十四回夏逢若介绍虎镇邦赌技，"他是咱城中第一把好手……便展开他的武艺"一百一十余字，仅见于吕寸田评本、崔耘青旧藏本：

夏逢若道："他是咱城中第一把好手，要赢[一]人一千两，输他九百九十九两，只算是一两人情。只要与他交手，好似那顺风开船。他久已想吃这城中绅衿秀才、宦门公子、富商大贾这一股子大钱，只吃亏他门头儿低，也没好院子做排场。若得了咱这正经人家开场儿，又有体统，又有门面，便展开他的武艺。他时常对我说，我知道他的心事。即如没心秤想他这把手，想的如孩子要乳吃的一般，他为张绳祖名声不好，院子也窄，房子也破了，不成招牌，他再不肯去……"①

其二，相同的文字脱讹。吕寸田评本中的个别字句脱讹现象亦见于崔耘青旧藏本。例如，第四十六回"遂叫传呼张绳祖、王紫泥到案。方而拔签差人"，"而"当作"要"。第五十一回"董公荣升太尹"，"太"当作"大"。第五十七回"谭绍闻展温存慰藉的话头，看官自能，何用作者笔摹"，"自能"二字后必有脱漏（如上图本作"看官自能会意"）。上述文字脱讹为崔耘青旧藏本与吕寸田评本所共有，足以证明二者的传抄底本关系非常密切。

---

① 校记：[一]"赢"，当作"赢"。又按：浙图本、晚清钞本甲、张廷绶题识本脱漏本段。上图本脱"只要与他交手，好似那顺风开船"十余字。国图本、马廉旧藏本脱"要赢人一千两……他久已"三十余字。

其三，相同的阑入正文诗作。在《歧路灯》的存世钞本中，偶有一些与小说情节无关的诗作阑入正文。例如《碾平村访唐驸马郑潜曜坟第》一诗：

碾平磐石展如茵（自注：村中庐舍俱排一巨石上故名曰碾平），翁仲簪袍裂薜嬓。非为椒房缔贵主，唐书孝友传中人。

此诗见吕寸田评本、晚清钞本甲第七十二回《曹卖鬼妄设迷魂局　谭绍闻幸脱埋人坑》回末，以及崔耕青旧藏本第七十一回《济宁州财心亲师范　补过处正言训门徒》回末。栾星《李绿园诗文辑佚》曾据晚清钞本甲，将此诗作为李海观佚诗收录。然而，此诗未见于李海观《李绿园公诗钞》残本，亦不见于清中期以来诗歌总集、地方艺文志对李海观诗作的收录，是否为李氏佚诗尚待考证。① 无论此诗是否出自李海观之手，崔耕青旧藏本与吕寸田评本、晚清钞本甲同时出现阑入的诗作，虽然其具体位置有所出入，但足以在小说正文文字之外，为其底本源流关系提供有力旁证。

尽管崔耕青旧藏本和吕寸田评本在文字上具有很高相似度，其底本的渊源关系可能较之诸本更为接近，但是，崔耕青旧藏本亦有一部分不同于吕寸田评本的文字细节，由此可排除两钞本之间的直接传抄关系。主要体现在以下四个方面。

其一，崔耕青旧藏本脱漏，而见于吕寸田评本的文字。例如，第五回脱漏"叫他出这宗银子，打点书办，他那板正性情，万不肯为。王中道：我大爷是"，共二十八字；第十一回脱漏"及德喜儿、双庆儿都在客厅看跳神。王中急叫赵大儿"，共二十一字；第三十三回脱漏"这桌上就是他的样银。那两个人扭项就走，说不用坐了"，共二十二字；第四十五回脱漏"拐了一个女人……年轻些的拐夫"，共二十五字；第六十二回脱漏

---

① 崔耕青旧藏本、晚清钞本甲诗题作"绿园《碾平村访唐驸马郑潜曜坟第》"，将其视为李海观诗作。

"但不知孔子从的，后人如何却从不的"，共十五字；第六十五回回末脱漏"此是闲言，单讲谭绍闻正传，下回自有分解"，共十七字。以上文字皆见于吕寸田评本，可见吕寸田评本并非从崔耘青旧藏本（或其底本）抄出。值得注意的是，崔耘青旧藏本前四例均被后人以朱笔夹补，但朱笔夹补文字与吕寸田评本仍有个别字句不一致，可见崔耘青旧藏本的夹改亦非以吕寸田评本为底本。

其二，崔耘青旧藏本不同于吕寸田评本的文字。在崔耘青旧藏本中，存在个别不同于吕寸田评本的文字，或与甲本系统的分支形态钞本张廷绶题识本及国图本相同，或与乙本系统相同。例如，第八回吕寸田评本俗语"新来媳妇好撞镜"，崔耘青旧藏本作"新来和尚好撞钟"，同诸钞本；第三十六回回中诗（"妇言到耳觉甘甜"），吕寸田评本末句作"朝朝咨禀亦何嫌"，崔耘青旧藏本作"棉花耳朵并无嫌"，同张廷绶题识本、国图本；第四十四回，"（谭绍闻）只得出的庙来，飞跑到周小川行里"，崔耘青旧藏本"出的庙来"下有"面无人色"四字，同乙本系统；第四十四回，吕寸田评本"周小川故意问道：'你舅是谁？'""故意问道"，崔耘青旧藏本作"笑道"，同乙本系统；第五十二回，吕寸田评本"三人吃酒本不甚浃洽，兼绍闻心中有事，强吃了三杯"，崔耘青旧藏本作"三人吃酒本不甚浃洽，谭绍闻强吃了三杯"，同乙本系统。

其三，仅见于崔耘青旧藏本的文字。在崔耘青旧藏本中，有个别文字未见于诸钞本。例如，第七回"的确老子所乘是甚么车"，崔耘青旧藏本作"老子所乘的确是甚么车"，下有"怎么今日不晓得呢"八字；第四十四回对谭绍闻心理的罗列，"把昨夕醉后懂字、忏字、悦字、怡字，都赶到爪洼国去了"，崔耘青旧藏本"忏字"作"怍字"，然"怍字"与前后文意不符，当为传抄时形近致讹；第四十四回"次日风平浪静，过了黄河"句后，吕寸田评本作"又急行了一日，次早走了半日，见路旁一座木牌坊儿……"国图本作"走了两日，见路旁一座木牌坊儿"，马廉旧藏本与上图本作"又住了一夜，次早走半日，见路旁一座木牌坊儿"，崔耘青旧藏本作"住了一夜，次早走了一日，见路傍有座木牌房儿"；第六十四回回末联语"腹内有了烧刀子"下句，吕寸田评本、晚清钞本甲作

"酒胆周身不怕天"，崔耘青旧藏本作"忘却官府惯用刑"。

其四，崔耘青旧藏本的文字错乱。崔耘青旧藏本存在个别文字错乱现象。例如，第六十二回"为工者修造，为商者开市"，崔耘青旧藏本二句互乙；第六十四回，"他久已想吃这城中绅衿秀才、宦门公子"，"久已想吃"，崔耘青旧藏本作"想久已吃"，误。

以上诸例，可以排除崔耘青旧藏本与吕寸田评本间的直接传抄关系。此外，尚有一些细微的文字差异，囿于篇幅，不一一罗列。

综上所述，崔耘青旧藏本与吕寸田评本之间不存在彼此直接传抄的关系，但二者在底本上的渊源关系较之他本较为接近。因此，尽管崔耘青旧藏本抄成时间较晚，但其底本很有可能追溯到《歧路灯》的早期文本，具有一定的校勘价值。

（二）崔耘青旧藏本的版本研究价值

在既有的《歧路灯》的研究资料中，直接反映《歧路灯》传抄情况的文献资料相对匮乏。在这一意义上，一部分《歧路灯》存世钞本的自身特征，或可使今人一窥《歧路灯》的抄写情况，崔耘青旧藏本就是典型一例。因此，崔耘青旧藏本的版本研究价值不仅体现在文字校勘，还体现在崔耘青旧藏本所反映的传抄情况。

崔耘青旧藏本抄成于多人之手。但是，不同于张廷绶题识本、保定本、晚清钞本甲等钞本由多人分册抄写、汇集成书，崔耘青旧藏本的抄写模式较为特殊，是由多位抄写者同一时间内轮流抄写而成的。

在此，不妨以崔耘青旧藏本第十五、十六回（栾校本第十六回至第十七回）为例。在这两回中，共出现两种截然不同的字体，为便于讨论，本书暂且将其标记为抄手甲、乙。甲的抄写从第十五回开篇，至末叶第三行末"……慧照起身要走，希侨"处止。抄手乙的抄写从同叶第四行"拉住道：那里走……"直至第十六回第二叶末行"老满就是羽士"处止。此后，抄手甲从第十六回第三叶首行"王贤弟你就是侠士"处，抄写到本回倒数第二叶首行末"问道：大相公这一会儿酒"处止。随后，抄手乙又从同叶第二行抄写至回末。在短短两回内，两位抄手四易其手，

　　甚至不止一次在同一叶、同一行、同一句内出现两种笔迹，说明两位抄手并非各自以回或册为单位抄写后汇总成书，而是在同一地点、同一时间内，轮换交替抄写。这种情况同样出现在第四十三回（栾校本第四十四回）中，本回竟先后出于三至四人之手，可见抄手间交替之频繁。

　　值得注意的是，众抄手文化水平参差不齐，导致其所抄写的内容错讹程度不同。首先，在文字讹误角度，以上述第十五、十六回为例。抄手甲的文化水平和抄写准确程度远远低于抄手乙，而抄手甲几乎承担了本卷（第九回至第十六回，栾校本第十回至第十七回）卷首至第十五回的绝大部分内容。在崔耘青旧藏本第九回至第十五回内，集中出现大量脱讹，这些讹误多赖行间朱批予以订正。例如，第九回（栾校本第十回）"指意"更正为"旨意"，同回"秦过"更正为"奏过"；第十回（栾校本第十一回）"官寺"更正为"宦寺"，同回"那内"更正为"部内"，同回"远妇"更正为"远归"；第十一回（栾校本第十二回）"老毛老至"更正为"耄耋"；第十四回（栾校本第十五回）六处"幼"字（"大幼"、"幼在"等）更正为"约"，等等。在全书范围内，由抄手甲承担的其他回目中，也不乏类似性质的讹误。

　　在抄手甲承担的卷帙中，除了传统意义上的音近、形近而导致的讹误外，还有一些误字的致讹原因较为复杂，只能付诸推测。例如，第十五回（栾校本第十六回）："我前日若知道一墨是"，"墨是"，夹改为"黰儿时"，当由"墨"、"黰儿"之形近、"是"、"时"之音近而导致。同时，部分讹字更类似因抄写者文化水平，对字形不熟悉导致的讹字。例如，第九、十回（栾校本第十、十一回）中，三次出现"尺身之阶"、"昨年尺京"、"却尺厨房"，"尺"皆由朱笔更正为"進"。"尺"、"進"二字既非音近，又非形近，二字间亦不存在俗字、简字的关系。由后文推测，抄写者本身常混淆"尽"、"進"两个同音字形，在第十二回至第十五回（栾校本第十三回至第十六回）中，多次出现诸如"尽的门来"、"尽的屋去"、"尽了学"、"尽的娄宅"、"尽了内书房"、"尽去坐下"、"捧尽水来"等等，皆被朱笔夹改为"進"。由"進"讹写为"尽"，进而简写为"尺"，似乎不失为一种说得通的解释。此外，如第十一回（栾校本第十二回)"涌泉"作"湧泉","镇物"作"鍼物",则是由于抄写者没有掌握正确字形而导致的误字。

在全书范围内,抄手甲并非唯一文化水平较低的抄写者。第六十四回同样出自一位文化水平较低的抄写者。第六十四回中多次出现阙字,如"每日只粘几个雀儿"、"身上长出玛瑙疙瘩来"、"几乎不用动锅竈了"三句中,"雀"、"疙"、"竈"三字原付阙如,均为朱笔填补。由此推测,该抄写者对一些繁难的字形掌握有限,其文化水平由此可见一斑。

其次,由于部分抄写者对文意理解有限,导致崔耘青旧藏本偶见格式讹误。例如,第十一回(栾校本第十二回)"这正是古人云:人生最苦事,莫过死别与生离",诸钞本大多于"云"字后点断,"人生最苦事,莫过死别与生离"二句俗语另起一行抄写。然而,崔耘青旧藏本于"这正是"后点断,误作:"这正是:古人云生最苦事,无过死别与生离","古人云生最苦事,无过死别与生离"二句另起一行抄写。笔者推测,此当为"人"字的脱漏,造成抄写者的句读失误和理解偏差,继而导致格式上的舛讹。

最后,个别抄写者造成了一定程度的文字脱漏,有赖朱笔夹批形式的增补。在前一小节中已有举例,在此不复赘述。

就全书整体范围而言,崔耘青旧藏本并非没有字迹隽秀、抄写精良的章回。但是,各位抄写者水平良莠不齐、轮流抄写的模式,造成了崔耘青旧藏本中章回之间(甚至叶与叶之间)精善程度不一的现状,大部分章回抄写精良,而个别章回(或个别叶)内集中出现大量错讹。但是,在小说文本传播角度,崔耘青旧藏本或可在"乾隆庚子过录题识"中的"抄于众人之手而成"与张青莲《〈歧路灯〉书后》中的"招集书手,展转借钞"[①]之外,为今人呈现出《歧路灯》的另一种传抄模式,即,传抄者文化程度参差不齐,部分读者的文化水平较低,多人集体轮流抄写成书。笔者推测,崔耘青旧藏本极有可能产生自家族中长幼之间,或学塾中师生之间的共同抄写,此种情况很容易令人联想到张廷绶题识中记述的家

---

① 张青莲:《〈歧路灯〉书后》,[清]李海观《歧路灯》,1924 年洛阳清义堂石印本卷首。

塾馆课之余阅读《歧路灯》的情形。在这一意义上，崔耘青旧藏本本身就是《歧路灯》传抄情况的如实反映。

三　浙图本

从浙图本避讳"宁"、"淳"二字判断，其传抄时间当晚于崔耘青旧藏本，是一个不早于同治朝的钞本。虽然浙图本与晚清钞本甲同为产生时间较晚的钞本，但在《歧路灯》甲本系统主体形态钞本中，相较于崔耘青旧藏本和晚清钞本甲，浙图本与吕寸田评本在文字上的相似性更为明显：在前一节所列举的所有崔耘青旧藏本与吕寸田评本之间的异文中，浙图本几乎全同吕寸田评本。这足以证明浙图本所据底本与吕寸田评本（或其底本）的密切关联。

但是，从浙图本和吕寸田评本之间的个别文字细节，可以排除两部钞本间的直接传抄关系。主要体现在以下三个方面。

其一，浙图本不同于吕寸田评本的文字。例如，第七回"二公大笑，孝移怕柏公话长，又带了几声咳嗽"，浙图本"笑"字下有"又说书办情弊"六字，不见于吕寸田评本；第八回俗语，吕寸田评本作"新来媳妇好撞镜"，浙图本作"新来和尚好撞钟"，同诸钞本；第六十二回程嵩淑论述迁葬之弊："如耕田的粪多力勤，那收成就不会薄了。修德自获福，行邪必致祸。如以火置于干柴乱草之中，那火必不能自己灭了"，"修德自获福，行邪必致祸"十字仅见于吕寸田评本、上图本、豫图本，为浙图本所无；第六十四回回末诗，吕寸田评本作"腹内有了烧刀子，酒胆周身不怕天"二句，浙图本作"街头何事敢轰然，操戈同室半文钱。腹内有了烧刀子，酒胆周身不怕天"四句，同张廷绶题识本、国图本、乙本系统。此外，在甲本系统主体形态钞本中，吕寸田评本、晚清钞本甲、崔耘青旧藏本均有阑入诗作《碾平村访唐驸马郑潜曜坟第》，为浙图本所无。

其二，浙图本不同于诸钞本的文字。例如，第六回"护丧的至亲替耘轩捧茶下菜"句后，吕寸田评本、崔耘青旧藏本、晚清钞本甲有"素席草草"，乙本系统有"有顷，席终"，唯浙图本作"众人草草吃完"；第十三回回末诗末句，上图本残存"那容"二字，豫图本、马廉旧藏本作"那容唯诺逢迎行"，豫艺本作"那容檐下挂鸟笼"，吕寸田评本、崔耘青旧藏本、晚清钞本甲作"那容泻尽一朝风"，唯浙图本作"那容泻尽一帆风"。此外，浙图本个别章回有不见于诸钞本的回末总评，例如，第十二回回末，甲本系统主体形态钞本无回末诗，浙图本有"三寸气在千般用，一旦无常万事休"二句；第二十九回回末，浙图本有"从古忠臣事暗君"一诗；第五十六回回末，浙图本有"呜呼！古来之仁人义士，无端而被以难明之谤，遭此不白之冤者，又何可胜道哉"三十一字；第八十二回回末，浙图本有"稳当生意，陇头一犁先世土；清高事业，案上几卷古人书"联语。以上文字仅见于浙图本。

其三，浙图本的文字错讹。例如，第二十八回描写谭绍闻娶妇时诸人送贺礼，"程嵩淑差侄儿程绩来"，"程绩"，浙图本作"程续"，误。此外，尚有多处音近、形近导致的传抄讹误，在此不一一尽列。

综上所述，浙图本、吕寸田评本之间不存在直接传抄关系，但浙图本所据底本与吕寸田评本（或其底本）具有较为密切的渊源。同时，正如本书第一章第三节论述，浙图本保存了个别后世读者阑入小说文本的评点，以及以夹批形式对小说文本做出的改写。尽管如此，在《歧路灯》甲本系统主体形态钞本中，相较于晚清钞本甲，浙图本仍不失为一个抄写精良的后出钞本。

四 晚清钞本甲

晚清钞本甲是最早为学界所知的《歧路灯》钞本之一。20 世纪 60 年代，栾星在搜集《歧路灯》钞本时既已得见此本，并将其作为参校本之一。然而，晚清钞本甲由于抄成时代较晚，在相当长的时间内一直未受到研究者的重视。

晚清钞本甲属于甲本系统主体形态钞本,在文字上,与吕寸田评本、崔耘青旧藏本、浙图本的相似性较为明显。甚至在吕寸田评本第七十二回、崔耘青旧藏本第七十一回末阑入的诗作《碾平村访唐驸马郑潜曜坟第》,也同样出现在晚清钞本甲第七十二回回末(诗题"平"字误作"手"字)。因此,晚清钞本甲的底本在理论上应该与吕寸田评本(或其底本)非常接近。

但是,晚清钞本甲的一些文字特点,使其很难被视为一个精良的钞本,主要体现在以下三个方面。

其一,文字脱漏。例如,第七回脱漏"次日只得着娄朴送他兄弟到谭宅这里"一句;第三十四回脱漏回末诗;第三十五回回末诗脱漏颈联"试看此日真闺秀,苦心和气善温存";第三十九回脱漏"程嵩淑道:'更有一等,理学嘴、要银钱心,搦住印时一心直是想钱,把书香变成铜臭,好不恶心死人。'吃起酒来,剪烛徐谈,程嵩淑饮兴才高,豪气益壮"①一段;第四十回脱漏"这才是:妇人惯夸智谋高……这一回说"三十五字;第五十回"有罪姐夫,暂且少陪"后脱漏"巫凤山去了"五字,等等。此外,卷首总目"巫翠姐看孝经戏谈狠语"、第七十二回回末阑入诗作《碾平村访唐驸马郑潜曜坟第》中"孝"字皆阙,第六十三回夏逢若"以护丧大主管自居"句"自"字空缺,也是后出钞本的特征之一。

其二,文字讹误。例如,第五十回"未免见猎心喜,早已溜下场儿","溜"误作"留";第五十六回"士夫若遇横逆事","夫"误作"人";第五十七回"说不尽精舍情趣,绘不来计室闲情","情趣"误作"精处";同回回末诗"居心力躲剥床灾","床"误作"身";第六十四回回末诗"弄出世上万般由","由",误作"丑",等等。同时,晚清钞本甲还出现一些人名讹误。例如,第一回"前面车户酒饭,王中、闫相公料理,自是妥当","王中"误作"王忠";第三十三回"我说唯有瑞

---

① 校记:以上引文从甲本系统。本段文字于乙本系统作:"程嵩淑道:'这还是好的。更有一等,理学嘴、银钱心,搦住印时,一心直是想钱,把书香变成铜臭。好不恨人。'众人不觉轰堂,轩渠大笑起来。程嵩淑酒兴才高,豪气益壮。"

霞班他两个有"，"瑞霞班"误作"瑞云班"；第五十回"谭绍闻一向在孔耘轩家作女婿"、同回"孔耘轩夫妇见了重续的女儿"、第六十二回"这句话原是孔耘轩夸美娄朴"、第六十三回"到了孔耘轩家，收了茶叶一封"等处，"孔耘轩"皆误作"孔芸轩"；第六十四回"明日开张时，他要来看红玉"，"红玉"误作"和玉"，等等。

其三，晚清钞本甲个别文字不同于诸钞本。例如，第三十九回，甲本系统"三人高谈未已，各家灯笼来接，吃了夜半点心汤儿，乘着月色中天，张正心搀着伯父，程苏[一]亦起了身，孔耘轩兄弟相送出门，分路而归"① 一段，于乙本系统作："三人高谈未已，各家灯笼来接，张正心搀着伯父，程嵩淑也起了身，孔耘轩相送出门，分路而别"，晚清钞本甲作"三人高谈未已，各家灯笼来接，相别而去"。

在极个别情况下，晚清钞本甲偶见与乙本系统相同的文字。例如，第三十九回，吕寸田评本、崔耘青旧藏本、浙图本"程嵩淑因孔耘轩说到娄潜斋，便说道：'张老侄、孔二弟，一齐团坐说话吃酒，说到三更天，大家回去。这潜老才是正经理学'" 一段，于乙本系统作："却说程嵩淑因孔耘轩说到娄潜斋，便说道：'这潜老才是真正理学'"，晚清钞本甲同乙本系统。无独有偶，晚清钞本甲的某些读者也见到了不同源的底本。第五十八回"争乃我没个银皮儿，况且八九百两"，这一数目在甲本系统中皆作"八九百两"，而上图本、马廉旧藏本则作"七八百两"。晚清钞本甲正文"八九百两"被朱笔夹改为"七八百两"，夹改者很有可能借鉴了某部乙系钞本的文字。

综上所述，晚清钞本甲是《歧路灯》甲本系统主体形态钞本中一个不甚精良的后出钞本。由于产生较晚，加之受限于抄写者的文化水平，晚清钞本甲难免在文字上多有脱讹。

值得一提的是，在《歧路灯》研究历程中，晚清钞本甲作为栾校本的参校本之一，曾对栾校本产生较大影响。但是，晚清钞本甲的一部分文字讹误也直接影响了栾校本。例如，第五十五回回末诗，诸钞本皆作

---

① 校记：[一]"苏"，当作"嵩淑"。

"休说陕东棠荫远，到今朱邑在桐乡"，唯有晚清钞本甲"陕东"误作"山东"、"朱邑"误作"朱衣"，两处典故皆误，是晚清钞本甲抄写者文化水平的直接体现。其中，"陕东"、"山东"之讹误也为栾校本所承袭。此外还应注意到，晚清钞本甲卷末除了《家训谆言》外，还有《课童常理》三十条、《晋接常仪》十三条、《课士常宜并诸儒读书》十条，为《歧路灯》诸钞本所未见。这些内容是否与《家训谆言》一样来自作者本人创作？其来源尚待进一步考证。

第二节　《歧路灯》甲本系统的分支形态
——张廷绶题识本、国图本

在《歧路灯》的存世钞本中，在甲、乙钞本系统分化的同时，在两钞本系统内部，亦有个别钞本呈现出兼具两钞本系统文字特点的"中间态特征"，从而构成钞本系统的分支形态，甲本系统中的张廷绶题识本、国图本即为二例。二部钞本在保持甲本系统共同特征的同时，不同程度地存在一部分与乙本系统相同的文字现象。这些异文不足以动摇甲、乙钞本系统的划分结果，却使张廷绶题识本、国图本呈现出不同于甲本系统主体形态钞本的特点。本书因此将其定义为甲本系统的分支形态钞本。在现阶段的研究中，囿于文献材料，对于张廷绶题识本、国图本"中间态特征"的成因尚不能作出确切判断，但这并不影响本书对二部钞本校勘问题的探讨。本节将以张廷绶题识本、国图本为讨论对象，在分别论述二部钞本异文性质的基础上，对其校勘价值进行论述。

一　张廷绶题识本、国图本的异文性质

张廷绶题识本、国图本之间不存在直接传抄关系。两部钞本均无第九回及其前后的一万二千字情节，具有《歧路灯》甲本系统的共性特征。在全书范围内，二部钞本与甲本系统主体形态钞本在情节文字上的相似度

更高，其底本渊源与甲本系统的祖本更为接近。然而，张廷绶题识本卷首有张廷绶题识，国图本卷首有"乾隆庚子过录题识"、卷末有"韩文山题识"，皆具有较为明显的过录本特征。此外，二者不同程度地存在章回合并现象，张廷绶题识本末回抄至一百零八回，然正文第五十八回后径接第六十回，实为一百零七回；国图本一百零五回，是现阶段所知章节合并现象最严重的《歧路灯》钞本。

通过对校张廷绶题识本、国图本，并将其与《歧路灯》诸钞本进行比勘，不难发现大量异文。这些异文大致可分为以下四种类型。

其一，张廷绶题识本、国图本彼此不同，且不同于诸钞本的异文。这些异文大多可归因于传抄过程中导致的脱讹、篡改，无规律可循。在异文数量上，此种异文数量最多、所占比重最为突出。

其二，张廷绶题识本、国图本彼此相同，但不同于甲本系统主体形态钞本，而与乙本系统相同的文字。此类异文将张廷绶题识本、国图本从甲本系统主体形态钞本中分化出来，使其兼具甲、乙钞本系统的文字特点，是二部钞本"中间态特征"的主要体现。

其三，张廷绶题识本、国图本彼此相同，但既不同于甲本系统主体形态钞本，亦不同于乙本系统的文字。此类异文证明了张廷绶题识本、国图本之间具有一定的底本渊源。

其四，张廷绶题识本、国图本彼此不同，其中，张廷绶题识本同甲本系统主体形态钞本、国图本同乙本系统的文字。此类异文体现了张廷绶题识本、国图本之间的分化，证明了张廷绶题识本、国图本之间不具备直接传抄关系。同时，亦证明了张廷绶题识本的底本与甲本系统主体形态钞本在源流关系上更为接近，而国图本的底本与甲本系统主体形态钞本的底本源流关系相对疏远。

其中，第二类至第四类异文具有一定规律性，或有助于厘清张廷绶题识本、国图本的底本源流。下文将逐一进行讨论。

（一）张廷绶题识本、国图本彼此相同，但不同于甲本系统主体形态钞本，而与乙本系统相同的文字

此类异文是张廷绶题识本、国图本介于甲、乙钞本系统之间的"中间态特征"的重要体现，有助于今人考索二部钞本的底本来源。具体而言，主要包括以下两种情况。

其一，在《歧路灯》乙本系统增补情节文字的整体趋势下，张廷绶题识本、国图本的一部分情节文字处在介于甲、乙钞本系统之间的位置。其中，最为典型的例证当推第十二回（甲本系统第十一回），以下一千一百余字未见于甲本系统主体形态钞本，而见于张廷绶题识本、国图本和乙本系统：

1. "况'煞'字六经俱无……人死了有人殃"五百四十余字。

2. "这娄潜斋欠伸不已……于是二人闲话到天明"约九十字。

3. "王氏说道……全要兄弟帮助哩"一段，八十余字。

4. "又因以问成服破孝的话……推个故儿走讫"一段，三百九十余字。

5. 回末诗："生顺才能说殁宁"四句共二十八字。

正如本书第二章论述，划分《歧路灯》甲、乙钞本系统的校勘依据，在于第九回《柏永龄明君臣大义 谭孝移动父子至情》及其前后的一万二千余字情节的存佚。换言之，在第八回到第十一回之间，在乙本系统比甲本系统多出一万二千余字的情况下，张廷绶题识本、国图本、乙本系统另比甲本系统主体形态钞本多出一千一百余字的内容。在甲本系统主体形态钞本，国图本与张廷绶题识本，乙本系统之间形成清晰的文字递增趋势，而张廷绶题识本与国图本正处在情节文字递增趋势的中间环节。

无独有偶，第三十五回回末诗，甲本系统主体形态钞本二首，乙本系统四首，而张廷绶题识本、国图本三首，在数量上同样介于甲、乙钞本系统之间。无论乙本系统的四首回末诗作者是否都可以追溯到李海观，张廷绶题识本、国图本都为甲、乙钞本系统间回末诗层累增补的过程提供了一种中间态的文字风貌。

在现阶段的研究中，囿于文献材料，对以上现象尚不能得出确切结论。但是，仅就第十二回而言，从抄写的实际情况看，在一个完整的情节单元，甚至同一章回之内，两部钞本同时杂糅甲、乙钞本系统底本的可能性不大。试想，如果张廷绥题识本、国图本（或其底本）的抄写者能够见到乙本系统多出的一万二千余字，一定不会只补配第十二回的一千余字。因此，此种异文的成因极有可能追溯至张廷绥题识本、国图本较为特殊的底本来源。正如前文论述，《歧路灯》甲、乙钞本系统的祖本，在理论上对应作者晚年修订过程中先后两个时间节点产生的文稿，在作者晚年修订过程中，小说文本也不断被传抄出来。因此，在甲、乙钞本系统祖本的过渡、演变过程中，极有可能产生介于甲、乙钞本系统演变过程之间的钞本，这些钞本具有介于甲、乙系钞本系统之间的文字特征。张廷绥题识本、国图本的部分章节所体现的或许正是这样一种状态。

其二，张廷绥题识本、国图本有个别文字同乙本系统，而不同于甲本系统。试举二例如下。

1. 第五十二回

甲本系统主体形态钞本：

> 门役喝了一声："皂隶打人。"皂隶、班房听说一声，跑上七八个虎狼，两个伏侍一个。巴庚是开场的，满答四十，钱可仰三十板，柴守箴、闫慎，姑念其年幼，每人三号板子，各打了二十。董公命抬过四面枷来，巴庚、钱可仰只得伸头而受，柴守箴、闫慎嫩软皮肤，禁卒叫他受枷，只哭得如丧考妣，不肯入头。

张廷绥题识本、国图本、乙本系统：

> 董公命抬过四面枷来，巴庚、钱可仰只得伸头而受，柴、闫二人[一]，禁卒叫他受枷，只哭得如丧考妣，不肯入头。①

2. 第七十三回

---

① 校记：[一] "柴、闫二人"，国图本、马廉旧藏本作"柴守箴、闫慎"。

甲本系统主体形态钞本：

> 附言者，大人甚为忧心。

张廷绶题识本、国图本、乙本系统：

> 附言者，尊箧顺车^[一]赍回，封签粘固。弟^[二]恐途遥^[三]，或致磕擦，包以棕皮，嘱以^[四]沿途^[五]贮放留心，料无别虞。外程、孔、张、苏书四封，想已代为转致。驿^[六]驵不惯鞍辔，或致有乖驱策。况去役以陡症即旋，未得送至祥符^[七]，大人甚为忧心。①

此外，第三十六回，甲本系统主体形态钞本无回末诗，张廷绶题识本、国图本、乙本系统有回末诗"从来比匪定招殃"一首。第四十一回，甲本系统主体形态钞本有回末诗"娶妇堪嗟作未亡"一首，张廷绶题识本、国图本、乙本系统有回末诗"娶妇堪嗟作未亡"、"贞媛悍妇本薰莸"二首。

张廷绶题识本、国图本彼此相同，但不同于甲本系统主体形态钞本，而与乙本系统相同的情节文字，是其介于甲、乙钞本系统之间的"中间态特征"的又一重要体现。在现阶段的研究中，其异文成因同样很难得出确切结论。但有必要指出，在长期传抄过程中，并非所有钞本的底本都可以追溯到《歧路灯》甲、乙钞本系统的祖本，越晚出的钞本，越有可能杂糅了不同阶段产生的底本，甚至可能存在抄写者面对多部底本杂糅抄写、择善而从的情况，从而产生具有"中间态特征"的钞本。这或许可为张廷绶题识本、国图本的上述异文提供合理解释。无论其成因为何，张廷绶题识本、国图本都在甲本系统主体形态钞本之外，在客观上体现出介

---

① 校记：[一]"车"，国图本作"便"。[二]"弟"，国图本作"小弟"，马廉旧藏本作"小的"。[三]国图本"遥"字下有"远"字。[四]"以"，国图本、马廉旧藏本作"令"。[五]"途"，国图本作"路"。[六]国图本、马廉旧藏本"驿"字下有"马驽"二字。[七]"符"，马廉旧藏本作"府"。

于甲、乙钞本系统之间的文字特征，构成了甲本系统的分支形态。

（二）张廷绶题识本、国图本彼此相同，但既不同于甲本系统主体形态钞本，亦不同于乙本系统的文字

此类异文证明了张廷绶题识本、国图本具有一定程度的底本渊源。在本书第二章对诸钞本回末诗的比对中，已涉及此类异文，例如，第十三回，诸钞本皆有"忠臣义仆一般同"一首，张廷绶题识本、国图本无诗；第三十五回，甲本系统主体形态钞本有"联姻何必定豪门"、"皙皙小星倚月宫"二首，乙本系统有"联姻何必定豪门"、"皙皙小星傍月宫"、"联姻莫使议村姑"、"竹影斜侵月照桄"四首，张廷绶题识本、国图本有"联姻何必定豪门"、"皙皙小星倚月宫"、"竹影斜侵月照桄"三首，特别是其中"联姻何必定豪门"一首，诸钞本中唯张廷绶题识本、国图本、晚清钞本甲脱漏颈联"试看此日真闺秀，苦心和衷善温存"十四字。此外，"朋友至训敦车笠，子臣大道剖精微"是仅见于张廷绶题识本、国图本第九回（栾校本第十回）的回末联语；第四十二回回末诗首句"人生原来具秉常"，唯有张廷绶题识本、国图本作"人生几希秉彝良"，不同于诸本。

在回末诗之外，本节现将张廷绶题识本、国图本彼此相同，但不同于诸钞本的文字择要举例如下。

1. 第四回

甲本系统主体形态钞本：

嵩淑道："请个先生，不惟教通了学生，连东翁也要通。"大家哈哈大笑。

张廷绶题识本、国图本本段文字脱漏。

乙本系统：

程嵩淑道："也说得有理。"潜斋道："张类老一生见解，岂叫人一概抹煞。"大家俱笑。

2. 第三十八回

甲本系统主体形态钞本：

孔耘轩道："现成，现成，舍下果子粗糙干硬，做的不中吃，如不嫌弃，愿奉送些以备公子下茶。"

张廷绶题识本、国图本：

孔耘轩道："现成，现成，不嫌粗粝，愿送些以备公子下茶。"

乙本系统：

孔耘轩道："现成，不嫌舍下果子粗糙，愿送些以备公子下茶。"

3. 第四十回

甲本系统主体形态钞本：

王氏又一日探得惠养民回乡去了，差人送束金十二两，将礼匣儿递于滑氏。这才是：妇人惯夸智谋高，不许男儿管厘毫。心里常悬心曲事，同床异梦舌如刀。这一回说滑氏把持银两，以图析居，还非本怀，总因牵挂一个胞弟，想两仪、三才、四象，将来沐渭阳之慈，所以抵死的与丈夫抵牾。诗曰：许国夫人赋《载驰》……（诗略）①

张廷绶题识本、国图本：

---

① 校记：晚清钞本甲脱漏"这才是……这一回"三十余字。

王氏又一日探得惠养民回家去了，差人送束金十二两，将礼匣儿递于滑氏。那滑氏把持银两，还非本怀，总因牵挂着一个胞弟，想两仪、三才、四象，将来沐渭阳之慈，所以与丈夫抵牾。诗曰：许国夫人赋《载驰》……（诗略）

乙本系统：

王氏又一日探得惠养民回乡去了，差人送束金十二两，将礼匣递于滑氏[一]，真正是：许国夫人赋《载驰》……（诗略）①

4. 第四十四回
甲本系统主体形态钞本：

谭绍闻亦觉心中过意不去。四人挤挤挨挨登了车。车户一声唇啸，那车飞也似到桥边。土虚辙深，过了新修桥梁。此后晓行夜宿，过了好几日。又一天午后，望见繁塔。到了城根，谭绍闻躲在车后，进了开封宋门，径上盛希侨家来。

张廷绶题识本、国图本：

绍闻也觉心中过意不去。四人步行过了新桥，挤挤挨挨登了车。车户一声唇啸，那车飞也似去了，一霎时就是数里。从此晓行夜宿，甚觉安然。又一日午后，望见繁塔。少顷，进了开封宋门。谭绍闻躲在车后，径上盛希侨家来。

乙本系统：

---

① 校记：[一]"滑氏"，马廉旧藏本作"王氏"，误。

绍闻亦觉心中过意不去。四人挤挤挨挨登了车。车户一声胡啸，那车飞也似去了。此后夜宿晓行，过了数日。又一天午后，望见繁塔。离城门不远，绍闻怕有人见，躲在车后，进了开封宋门，径上盛希侨家里而来。

5. 第四十四回
甲本系统主体形态钞本（不含晚清钞本甲）：

谭绍闻自乳哺襁褓之日，并不曾晓得饥字的滋味这样难当，出的寺来，一发后悔。争乃肚中无食，委实难受。

张廷绶题识本、国图本、晚清钞本甲：

绍闻在寺内住了三日，只得告辞而去。出的寺门，行了半日，手中仍是无钱，不能买饭吃充饥，肚中委实难受。

乙本系统：

次日绍闻要去，众僧也不强留，任其自便。却说谭绍闻自乳哺襁褓之日，并不曾晓得饥字的滋味是这样难尝。出的寺来，一发把悔字的境界，又添入进去几层。走了大半日，争乃肚中无食，委实难受。

在以上举例中，一些异文对情节发展影响不大，如第四十四回谭绍闻"躲在车后"的时间点，诸钞本分别作"到了城根"（甲本系统主体形态钞本）、"离城门不远"（乙本系统）、"进了开封宋门"（张廷绶题识本、国图本）；另一些异文则具有较为重要的校勘意义，例如第四十四回关于谭绍闻在度厄寺的行止，本书将在第五章第三节"度厄寺中的'一段奇文'"作详细论述。

在异文成因上，张廷绶题识本、国图本或对甲本系统主体形态钞本有所删减（如例一至例三），或对甲本系统主体形态钞本有所改写（如例四、例五）。值得一提的是，关于张廷绶题识本、国图本对甲本系统主体形态钞本的删改，一个最为典型的例证出现在第八回，本回叙述娄潜斋进京赴考后，孔耘轩劝说程嵩淑指点谭绍闻读书。

甲本系统主体形态钞本：

> 几番商量，这程嵩淑只是哈哈大笑，说道："我程嵩淑岂能作三日新妇乎？"孔耘轩再三与他计议，说："城内惟有谭、娄、苏、张、你、我六人是知己心交。这孝移的儿子，我的女婿，岂有不代为照看之理？我若不在大丧之中，我就不待孝移之托，替他照料。嵩老如何度外置之？"这程嵩淑却有二三分吐口之意。

国图本、张廷绶题识本

> 几番商量，程嵩淑只是哈哈大笑，说道："我程嵩淑岂能作三日新妇乎？"孔耘轩再三与他商议，说："城内唯谭、娄、张、你、我四五个人是知己心交。谭孝移的儿，我的女婿，岂有不待[一]为照看之理？我若不在大丧之中，我就不待孝移之托，替他照料。嵩老如何度外置之？"程嵩淑却也有二三分吐口之意。①

乙本系统：

> 几番商量，却有二三分吐口之意。

在以上一例中，张廷绶题识本、国图本并非对甲本系统主体形态钞本

文字的直接删削，而是由于脱漏了代表苏霖臣的"苏"字，导致了与后文"六人知己"之间的矛盾。传抄者不得不将知己数量改为"四五个人"，使其符合上下文意。事实上，从小说第一回起，苏霖臣就作为谭孝移的至交好友出现，并多次与程、孔、娄、张等人并称，孔耘轩在列举中漏掉苏霖臣并不符合小说人物关系。张廷绶题识本、国图本体现出较为明显的由脱漏导致的篡改痕迹。

（三）张廷绶题识本、国图本彼此不同，其中，张廷绶题识本同甲本系统主体形态钞本、国图本同乙本系统的文字

上文所列举的前两类异文证明了张廷绶题识本、国图本具有接近的底本渊源。但是，在张廷绶题识本、国图本之间，亦存在数量可观的异文。这些异文一方面体现了张廷绶题识本、国图本的分化，排除了二部钞本之间的直接传抄关系；另一方面，亦可为追溯其底本来源提供线索。本节将对此类异文进行讨论。

在底本来源上，此类异文并非毫无规律可循——在张廷绶题识本不同于国图本的文字中，张廷绶题识本与甲本系统主体形态钞本的相似性更为明显，而国图本则更多体现出与乙本系统的相似性。因此，张廷绶题识本的底本与甲本系统主体形态钞本相对接近，而国图本的底本与甲本系统主体形态钞本相对疏远。

在章节分布上，此类异文大多出现在小说后半部。由于豫图本、豫艺本残损过半，体现乙本系统后半部的文字风貌者，便仅有上图本、马廉旧藏本二部全帙。在此类异文中，在张廷绶题识本文字同甲本系统主体形态钞本的情况下，国图本文字或与上图本、马廉旧藏本相同，或仅与马廉旧藏本相同，而不同于上图本。下文将逐一进行论述。

1. 国图本与乙本系统（上图本和马廉旧藏本）相同的文字

在前章对小说中诗作的讨论中，已涉及了一部分此类异文。例如，第五十七回甲本系统主体形态钞本、张廷绶题识本均有回中诗"放赌窝娟只为钱"一首，国图本、乙本系统无此诗。又如，第五十八回回末，国

图本、乙本系统仅有"堪惜书愚入网罗"一诗,而甲本系统主体形态钞本、张廷绶题识本此诗后另有"学生一定要择地而蹈,为父兄者,宁可失之严,不可失之纵也……令其鼓掌大笑哉"一段议论,及回末诗"草了一回又一回"。

在小说正文中,此类异文亦不罕见,本节另举数例如下。

(1)第六十一回

甲本系统主体形态钞本、张廷绶题识本:

> 谭绍闻道:"这个还使得。若是泉下向法多差,错落也不好。"胡其所道:"那是讲不起的。"又从新用罗经格了。

国图本、乙本系统:

> 谭绍闻道:"这个还使得。"商量已明[一],又从新用罗镜[二]格了。①

(2)第六十三回

甲本系统主体形态钞本、张廷绶题识本:

> 娄翁道:"……寻饭吃还是高品。还有许多说不出来的事,都能做出来。你爷爷说了八个字儿,我还记得:'富能养德,贫多丧品。'学生,你休把……"

国图本、乙本系统:

---

① 校记:[一]国图本、马廉旧藏本"得"字下脱"商量已明"四字。[二]"镜",国图本、马廉旧藏本作"经"。

娄翁道："……寻饭吃还是高品哩[一]。学生，你休把……"①

（3）第六十四回

甲本系统主体形态钞本、张廷绶题识本：

三人商量已定。谭绍闻已将王象荩安插南菜园几天，静养眼疾，米面油盐都送的去，叫双庆伺候。走了一个碍眼的，好不爽快。到了十五日……

国图本、乙本系统：

二[一]人商量已[二]定[三]。②

（4）第八十六回

甲本系统主体形态钞本、张廷绶题识本：

因问希侨道："府上老太爷做过荆州府的官？"希侨道："先君曾做过公安县丞。"谭绍闻道："这由何路而去？水程多少？旱路多少？"

国图本、乙本系统：

"府上太老[一]爷做[二]过荆州府的官？这路由何而去？水程多少？旱路多少？"③

---

① 校记：[一] 国图本、马廉旧藏本"品"字下脱"哩"字。
② 校记：[一] "二"，国图本、马廉旧藏本作"三"，当据改。[二] "已"，马廉旧藏本作"一"。[三] 国图本、马廉旧藏本"定"字下有"各自回家"四字。
③ 校记：[一] 国图本、马廉旧藏本"太"、"老"二字互乙。[二] "做"，国图本作"坐"，误。

（5）第八十六回：

甲本系统主体形态钞本、张廷绶题识本：

> 希侨道："呸！才进了学门，就要做'线上朋友——走软索'么？上人家衙门，求嘴唇子下憨水。"

国图本、乙本系统：

> 希侨道："呸！你还胡乱教儿子罢，不必上人家衙门，求嘴唇下憨水。"

（6）第九十回

甲本系统主体形态钞本、张廷绶题识本：

> 张绳祖把乡里一个土富讹诈的受不得了，起了词讼。总之，匪类小人到弄穷了时候，这穷字就是理。乡间土富勤俭积家，到好过时候，这好过就是短处。所以张绳祖骗这买他庄田的土财主，真到孟获经过七纵，这孔明又添上八擒。

国图本、乙本系统：

> 张绳祖把乡里一个土富讹诈的受不得了。真正是孟获经过七纵，孔明又添上八擒。

（7）第九十三回

甲本系统主体形态钞本、张廷绶题识本：

> 况这些枪手，即令果是科目中人，却成了斯文的蟊贼，图了银

钱，能使不学者得以倖进，致我辈违心害理，自宜按律究办。这知府一遵学台之命而行，自不必为之缕述也。

国图本、乙本系统：

> 况这些枪手[一]，即令果是科目中人，却成了斯文的[二]蟊贼，自宜按律究办，以惊[三]将来。知府随[四]即告辞回署，遵着[五]学台之命而行，亦不必为之[六]琐述也。①

在以上举例中，国图本、乙本系统对甲本系统主体形态钞本文字多有删改，其中颇有不合理之处。例如，第六十三回、第九十回删去了作者议论。又如，第八十六回删省了盛希侨的回复，使谭绍闻和盛希侨的对话变成谭绍闻的独白，但是，在谭绍闻此前并不确定盛希侨父亲是否曾在荆州为官的前提下，理应通过盛希侨的答复，确认盛希侨父亲的确作过公安县丞，继而进一步询问行程。甲本系统主体形态钞本文字更符合日常对话常理。

2. 国图本文字同马廉旧藏本，不同于上图本

在国图本与乙本系统相同的文字之外，国图本中另有一定数量的情节文字与乙本系统的分支形态——马廉旧藏本相同，而不同于上图本。此种异文集中出现在小说第五十一回至第八十回之间，是国图本"中间态特征"的又一重要体现。由于此种异文数量较大，且涉及钞本问题较为复杂，本书将在本章第四节"乙本系统的分支形态钞本——马廉旧藏本"中一并讨论。

---

① 校记：[一] 国图本"手"字下有"们"字。[二]"的"，马廉旧藏本作"之"。[三]"惊"，国图本、马廉旧藏本作"警"，当据改。[四]"随"，国图本、马廉旧藏本作"遂"。[五] 国图本"遵"字下脱"着"字。[六] 马廉旧藏本"必"字下脱"为之"二字。

小 结

本小节对张廷绶题识本、国图本间的异文情况进行了梳理。在《歧路灯》的甲本系统中，张廷绶题识本、国图本不同程度地保存了一部分与乙本系统相同的情节文字，体现出不同程度的"中间态特征"，使其处于《歧路灯》甲本系统的分支位置。

在现阶段的研究中，对于对张廷绶题识本、国图本的"中间态特征"的成因尚无法得出确切结论。其中，既有可能追述到二部钞本的祖本产生时间，亦有可能源自个别传抄者所据底本来源并不单一，实难遽断。尽管如此，在既有的文献基础上，至少可从以下三个方面，对张廷绶题识本、国图本的底本源流作初步判断。

其一，张廷绶题识本、国图本同属《歧路灯》甲本系统，其底本与甲本系统祖本关系更为密切。

其二，张廷绶题识本、国图本之间不存在彼此直接传抄关系。张廷绶题识本的底本与甲本系统祖本的关系相对密切。相较之下，国图本保存了更多与乙本系统相同的文字，与甲本系统祖本的关系相对疏远。

其三，在小说第五十一回至第八十回之间，国图本集中出现与马廉旧藏本相同，而不同于诸钞本的文字，证明二者之间或有更为深刻的底本渊源。

在以上结论之外，从《歧路灯》的成书与流传角度，张廷绶题识本、国图本，甚至马廉旧藏本的存在，也再次证明了《歧路灯》甲、乙钞本系统间的界限并不绝对，并非严格的"非甲即乙"关系，而是存在张廷绶题识本、国图本、马廉旧藏本这样具有"中间态特征"的钞本，这些具有"中间态特征"的钞本是勾勒《歧路灯》钞本源流系统的一个重要方面，为今人考察《歧路灯》的成书和早期流传，乃至甲、乙钞本系统间文字的演变过程提供依据。同时，这些钞本也揭示了小说文本在成书和流传过程中不断被增补、完善，甚至脱漏、篡改的复杂过程。这就是张廷绶题识本、国图本作为甲本系统分支形态钞本的研究意义。

二　张廷绶题识本的校勘价值和研究意义

据张廷绶题识本卷首题识："颍川张明经晋庵，家有其书，银子豫妹情见而好焉，手自钞录数册，并假毛生舜卿代钞数册，遂成全璧，什袭藏之"，知其底本是流传在颍川一带的传抄本，由银、毛二人抄出，抄写时段大约在咸丰朝前后。张廷绶题识本是《歧路灯》甲本系统中的一部晚出过录传本。

在章节回数上，张廷绶题识本存在合并章回和回数错乱现象，即，合并了甲本系统主体形态钞本的第五十回、第五十一回，且第五十八回之后在回数上径接第六十回，导致卷首总目抄至一百零七回，而末回实抄至一百零八回。在文字校勘上，张廷绶题识本大体与甲本系统主体形态钞本保持了一致，其中绝大部分异文由张廷绶题识本在传抄中的脱讹造成，校勘意义不大。总体而言，张廷绶题识本与甲本系统主体形态钞本之间的异文，在数量和规模上不及国图本与甲本系统主体形态钞本之间的异文，在此不一一列举。

值得一提的是，在张廷绶题识本中，第七回回末"……群臣赓和诗集"后，至第八回开篇"王氏也笑了"之间，存在五百四十余字的脱文，被后人以完全不同的笔迹补写：

> ……（一部是本朝列圣）御制详解，一部是《昭明文选》，汝二人携回去以作奖励，勿自小其器量可也。
>
> 　第八回　王经纪糊涂荐师长　侯教读偷惰纵学徒
>
> 　话说学宪大人命人取书，放在公案，曰："汝二人幼学聪颖，实不多得，今虽暂屈，异日定要出人头地，勉力进修可也。"周东宿因对两学生道："你二人向大人叩谢。"起来，王中挟着书卷，学师领着娄、谭两人，辞了大人，回家不提。且说学宪考五经学童，适王隆吉有病，未得入试。自娄、谭领赏回家，满城哄传，尽说娄、谭两幼

童恭喜，实为可钦。早传到曲米街王春宇耳中，以为外甥恭喜，早去看看才是。遂买些礼物，骑上骡子，到萧墙街，见了姐姐说："我听说外甥恭喜，将来必然光大门户，我姐夫在京听说，不知怎样喜欢里。端的恁是读书人家，比俺买卖家大不相同。"王氏也笑了。

以上增补文字在《歧路灯》存世钞本间没有任何版本依据，最大的可能是来自某位后世读者的自发创作。笔者推测，在张廷绶题识本的流传过程中，某位读者面对钞本文字脱漏，由于无法查询早期钞本予以抄配，不得已自行创作了一段情节勾连前后文。难能可贵的是，虽然这段文字除了"满城哄传"和王春宇"骑上骡子"两处细节与原文一致外，其余细节皆与原文有所出入，却同样很好地完成上下文之间的情节过渡，堪称一段成功的补写。读者对小说脱文的补写创作，是张廷绶题识本特有的校勘现象。

三　国图本的校勘价值和研究意义

国图本的抄写时间不详，其卷首有"乾隆庚子过录题识"，卷末有韩文山题识，也是一部具有明显过录本特征的钞本。在《歧路灯》甲本系统中，相较于张廷绶题识本，国图本与甲本系统主体形态钞本的文字差异更为明显，甚至可以说，国图本是现阶段《歧路灯》甲本系统中文字差异最大的一种，其底本来源当更为复杂。本节将对国图本的校勘价值及研究意义进行专门论述。

（一）国图本的文字特点

在全书范围内，国图本与《歧路灯》诸钞本间存在大量、琐碎的文字差异。值得注意的是，国图本的异文并非体现在一般意义上的情节内容、人物形象上，而是体现在国图本抄写者的语言习惯上，例如称谓、叹词、连词的使用，等等。这些异文分布琐碎，却很少对情节进展、人物形象产生影响，通过本书前文举例对国图本的比勘，已可见一斑。以下另举第四十回一例。

诸钞本（以吕寸田评本为底本，对校上图本、马廉旧藏本）：

> 郑氏依言料理。惠观民自去南庄借酒。一个时辰，鸡已炒熟。又配了三四样园中干菜。惠观民借酒已回，叫郑氏烫热。这惠养民倒在旧日自己住^[一]屋的^[二]床上，再也叫不出来。惠观民即叫掌灯，到这屋里，把鸡酒移来。惠养民只推身上不好，口中不喜吃。惠观民急命另泼姜茶，撤了鸡酒，明晨再用。惠养民啜了姜茶，只说怕听人说话。惠观民亲取自己布被，盖了兄弟脚头，倒关上门，自去睡讫。原来惠养民当日听妻负兄，心中本来不安，今日一旦把一年束金付之乌有，愈觉心中^[三]难对胞兄。本底毫无可说，只推有些须感冒。又经哥^[四]这一番爱弟之情，心中一发难过。后来不敢见人的疑疾，此夜已安下根子。①

国图本：

> 郑氏依言料理。惠观民自去借酒。一个时辰，鸡已炒熟。又配了园中三四样干菜。惠观民借酒已回，叫郑氏汤热。惠养民倒在旧日自己住屋床上，再也叫不出来。惠观民即叫掌灯，到这屋里，把鸡酒移来。惠养民只推身上不好，口中不喜吃。惠观民急命泼姜汤，撤了鸡酒。惠养民啜了姜汤，只说怕听人说话。惠观民亲取自己布被，盖了胞弟脚头，倒关上门，自去睡讫。原来惠养民听妻负兄，心中不安，今日一旦把一年束金付之乌有，愈觉心里难对胞兄。本底毫无可说，推言有些须感冒。又经哥哥这一番爱弟之情，心内一发难过。后来不敢见人的疑疾，此夜已安下根了。

---

① 校记：[一] 乙本系统"住"字下有"的"字。[二]"的"，乙本系统作"子"。[三]"中"，乙本系统作"里"。[四] 乙本系统"哥"字下另有一"哥"字。

在以上一例中，国图本与吕寸田评本，或与马廉旧藏本、上图本之间的异文，已经超过甲、乙钞本系统之间的差异。其间，诸如"姜茶"、"姜汤"，"兄弟"、"胞弟"等实词，"当日"、"本来"，"心内"、"心中"等虚词造成的异文，乃至"园中三四样干菜"、"三四样园中干菜"等语序问题，在国图本中俯拾即是，且仅见于国图本。

问题在于，此类异文是什么阶段、何人造成的？对此，大抵存在两种可能：其一，国图本是唯一代表了《歧路灯》的稿本风貌的钞本，所有其他钞本的语言都是经作者后期修改，或经后世传抄篡改而成。其二，国图本是较为特殊的钞本，某位抄写者在抄写过程中，根据自己的语言习惯篡改了小说叙述语言，使其更符合自己的阅读兴趣。笔者认为，第二种可能性更大，原因有二。首先，从作者创作角度，在其晚年修订阶段大幅度改变语言习惯的可能性微乎其微，因此，国图本的异文直接源于作者本人修订的可能性不大。其次，从文本传抄规律角度，诸钞本传抄者均不约而同地改动文本，且改动结果趋于一致，唯有国图本保存文本原貌的可能性亦不大。因此，国图本的异文成因，当为后世传抄者对小说文本的篡改，在诸钞本间不具备普遍性。这是校勘国图本时不可回避的问题。

此外，还应注意到，国图本亦存在较多不同于诸钞本的文字脱讹。

首先，国图本存在一部分明显的文字脱漏。例如，第四回描写了门斗贪图小利，为了得到谭宅赏钱，主动上谭宅报信，甲本系统主体形态钞本、乙本系统分别有以下三百五十字、八十余字。

甲本系统主体形态钞本：

> 门斗就上谭宅送信，于是径拿圇式，走向谭宅。谭孝移正在后园厢房与潜斋闲谈。门斗进去，娄潜斋道："你今日有何公干，手里是甚么字画么？"门斗放在桌面，娄、谭展开一看，乃是一个圇式。孝移道："昨年陈老师有此一说，辞之再三，何以今日忽有此举？"潜斋见写的好，便问道："谁写的？"门斗道："周老爷写的。这是陈爷对周爷说谭乡绅独修文庙，周爷喜的没法。又把谭乡绅好处都说了，

周爷即差我叫木匠做匾。金彩匠也是我觅的。匾做的将成了，我今日讨了个间空，怕谭乡绅不知道，送个信，要预先吃杯喜酒。"谭孝移道："这是叫我讨愧，潜老想个法子辞了这宗事。况且周先生我没见哩，也还少情之甚。"潜斋道："名以实彰，何用辞？"门斗道："我没说哩，匾已刻成了，还怎么样辞法？我是要吃喜酒。"孝移赏了三百钱，说道："你在衙门一定是忙着哩！"门斗接钱在手说："忙的恨[一]，这匾上两边小字还没刻，我拿回去罢！"门斗拿回匾式，送与金漆匠，到了学署伺候。又挨到了送匾之日早晨……①

乙本系统：

门斗就上谭宅送信、讨喜钱，说是要吃喜酒的，拿出匾式，把二位老师送匾意思、写匾物事，详述一遍。孝移觉辞却不过，赏了三百钱，门斗接钱在手，说："忙的狠，这匾上两边小字还没刻哩，我回去罢！"出门走讫。到了送遍[一]之日……②

此处，国图本仅存以下二十四字。即便在全书范围内，都属于较为严重的文字脱漏：

老门斗即上谭宅送信，孝移赏了三百钱。到了送匾之日早晨……

又如，第三十八回"张类村道：'将来自是伟器。'苏霖臣道：'渊源家学，并不烦易子而教，可贺之甚。'"国图本脱漏"苏霖臣道"四字，将张类村和苏霖臣的对话变成苏霖臣的独白。此外，国图本第三十五回回末诗"联谊何必定豪门"脱漏颈联，亦是较为明显的文字脱漏。

其次，国图本中多有讹字，例如，"舅"与"旧"、"灶"与"皂"、

---

① 校记：[一]"恨"，当作"狠"。
② 校记：[一]"遍"，当据诸钞本作"匾"。

"慌"与"荒"、"持"与"特"、"烫"与"汤"、"一班"与"一般"、"恰好"与"看好"、"一搭儿"与"衣搭儿"等等因音近、形近而致讹之处层出不穷。在人名上，第五十二回中市井无赖"杨三瞎子"误作"王三瞎子"，"阎四黑子"误作"闫四黑子"，不仅不同于诸钞本，且与后文出现此二人的文字皆不相符。在地名上，第四十四回"淅川香岩寺"，唯国图本作"香缘寺"；第六十一回"山西洪洞县"，唯国图本作"洪同县"，等等。

最后，国图本中亦有衍文。例如第七回叙述门斗分别向谭宅、娄宅送信，甲本系统主体形态钞本作："复到北门娄宅，见了潜斋令兄娄眹，也说请相公的话。"国图本作："复到北门内娄宅，见了潜斋令兄娄眹，也说了请娄大相公的话。"然而，本回门斗所请之人为娄樸，而非"娄大相公"（娄樸的兄长娄朴）。疑国图本因前文出现"谭大相公"，导致此处文字误衍。

综上所述，国图本作为《歧路灯》存世钞本中的全帙，较为宝贵。但是，国图本自身存在的一些问题影响了其校勘价值，使其很难被视为一个精善的钞本。

学界既有的"国图本系统"，其提出的背景在于该系统所包含的尚存世的钞本仅有晚清钞本甲、安定筱斋钞本、绿野堂钞本，以及民国时期的清义堂石印本、明善书局本。其中，晚清钞本甲晚出，安定筱斋钞本残缺过半，清义堂石印本和明善书局本是民国印本，校勘价值均有限，绿野堂钞本是学者所后见。在这一前提下，国图本作为全帙，以国图本代表一个不同于上图本、豫图本的系统，有一定合理性。但问题在于：一方面，"国图本系统"在提出时，并没有考虑到吕寸田评本、崔耘青旧藏本、浙图本、张廷绶题识本的存在，若将以上新发现的四部全帙钞本纳入考察范围，那么，国图本既不足以代表《歧路灯》甲本系统，又不能完整体现《歧路灯》甲、乙钞本系统之间的整体性差异。另一方面，国图本也并非甲系诸本的祖本。2014年，笔者撰文介绍新发现的吕寸田评本，嗣后，有观点认为"安定筱斋抄本、晚清抄本甲、吕寸田评本与国图抄本同属一个系统，且前三者都由国图抄本演变而来"①。然而，通过前文对甲本系统诸钞本的比勘，吕寸田评本等甲本系统主体形态钞本并非从国图本抄出，国图本也不足以代表一百零八回钞本的风貌。

若在今后的研究中，发现更多的、与国图本没有直接传抄关系的一百零五回本，且具备可辨识的版本系统特征，则或可证明在《歧路灯》甲、乙钞本系统之外，另一钞本系统的存在。但就目前《歧路灯》存世钞本现状而言，国图本更宜被视为甲本系统的分支钞本，而不适宜被视为一个独立的钞本系统，原因如下。

首先，"国图本系统"的版本特征有待明确和界定。一百零五回本，究其实质，是在一百零八回本的基础上合并章回、脱漏回目产生的，既不是《歧路灯》的原本形态，又不是《歧路灯》的定本形态。由于国图本不足以代表一百零八回，因此将晚清钞本甲、安定筱斋钞本归入"国图本系统"并不妥当。那么，所谓的"国图本系统"便仅有绿野堂钞本、清义堂石印本和明善书局本，且后二种民国印本产生较晚，校勘价值有限。

其次，即便将国图本、绿野堂钞本、清义堂石印本和明善书局本视为一个一百零五回本系统，这一系统尚不具备独立的版本辨识标志。若以回数作为标准，那么马廉旧藏本能否构成一百零六回本系统？上图本、张廷绶题识本能否构成一百零七回本系统？在回数之外，若以有无第九回及其前后的一万二千字情节作为划分标准，那么国图本属于甲本系统；若以"乾隆庚子过录题识"为划分依据，那么国图本、马廉旧藏本、豫图本皆有此题识；若以"韩文山题识"为判断依据，那么诸钞本中只有国图本和清义堂石印本二种，皆不妥当。

因此，在现阶段的研究中，国图本的研究意义更宜被界定为：在底本来源上，国图本是甲本系统在传抄过程中不断被合并章回、以及抄写者杂糅不同源底本抄写的产物，国图本既不是甲本系统主体形态钞本的传抄底本，也不是张廷绶题识本，乃至乙本系统的传抄底本。在版本源流上，国

---

① 王冰：《再论〈歧路灯〉的版本》，《平顶山学院学报》2015 年第 6 期。

图本是《歧路灯》甲本系统的一个分支形态钞本，具有一部分与乙本系统，特别是马廉旧藏本相同的文字（即本书定义的"中间态特征"），国图本的底本并非从《歧路灯》的甲系祖本直接抄出，与甲本系统主体形态钞本有一定差异。在校勘价值上，作为甲本系统的分支形态钞本，国图本的研究意义更多体现在其介于甲、乙钞本系统之间的"中间态特征"，对于今人考索甲、乙钞本系统之间的文字流变颇具启发意义。然而，国图本抄写者的文化程度不甚高明，存在一定数量的文字脱讹和对甲本系统主体形态钞本文字的篡改，特别是其叙述语言中多有不同于诸钞本的文字细节，在存世钞本中不具备普遍性和代表性，这些现象影响了国图本的校勘价值。在《歧路灯》的流传史上，国图本（或其同源钞本）可能曾对民国时期的《歧路灯》排印本、石印本产生过影响。以上是国图本的文字特点与研究价值。

（二）国图本结尾献疑

在长期传抄中，《歧路灯》难能可贵地保存了全帙风貌。在存世的全帙钞本中，除了上图本末回脱页外，吕寸田评本、崔耘青旧藏本、浙图本、晚清钞本甲、张廷绶题识本、国图本、马廉旧藏本七部钞本，以及清义堂石印本（明善书局本为笔者所未见）均保存了完整结尾。但是，在《歧路灯》诸种版本间，关于小说结尾却存在以下三种情况。

其一，除国图本之外的六部全帙钞本（引文从吕寸田评本，辅以马廉旧藏本校勘）：

> 薛沄满斟[一]，簧初亲奉[二]，好不[三]畅快人也。①

其二，国图本：

---

① 校记：[一]"斟"，马廉旧藏本作"酌"。[二]马廉旧藏本"奉"字下有"这席面"三字，从下断句。[三]"不"，马廉旧藏本作"生"。

薛沄满斟，蒉初亲奉，今日这席面，好生畅快人也。席完，蒉初出署回家。（引者按：其后另起一行抄写韩文山题识）

其三，1924年洛阳清义堂石印本：

薛沄满斟，蒉初亲奉，今日这席面，好生畅快人也。席完，蒉初出署回家。这贺客盈门，不必细述。只此，谭绍闻父子虽未得高爵厚禄，而俱受皇恩，亦可以稍慰生平，更可以慰谭孝移于九泉之下，而孔慧娘亦可以瞑目矣。倘仍前浮浪，不改前非，一部书何所归结？至于王中赤心保主，至死不二，作者岂可以世仆待之耶？把家人名分扯倒，又表其拾金不昧。笔墨至此，不必再往下赘，可完一部书矣。（引者按：其后另起一行抄写韩文山题识）

在以上三种《歧路灯》结尾中，国图本的情况最为复杂，主要原因在于国图本的结尾并不完整。因为在某种意义上，小说文本的完整性是相对的。清义堂石印本以"只此，谭绍闻父子……笔墨至此，不必再往下赘，可完一部书矣"一段议论终结，固然较为完整，而诸钞本无此段议论，叙述至"好生畅快人也"结束，亦可被视为完整情节。相较之下，唯有国图本以"席完，蒉初出署回家"收束全书，是唯一不具备完整性的钞本。

在这一意义上，国图本的韩文山题识位于"席完，蒉初出署回家"一句之后。无论韩文山题识由韩文山本人书写还是后世转抄，无论这一题识是直接书写在国图本卷末还是在国图本底本中既已存在，至少在国图本中，其所针对的都是一个不完整的文本形态。笔者推测，考虑到"席完，蒉初出署回家"一句后必有下文，国图本的底本极有可能卷末残损。否则，很难解释国图本抄写者为何抄至"蒉初出署回家"一句显然不完整的"结尾"处中止，转而抄写韩文山题识。

值得玩味的是，在国图本卷末，即，韩文山题识的次叶，有不同笔迹抄写了以下一段文字：

　　这贺客盈门，不必细说。只此，谭绍闻父子虽未得高爵厚禄，而俱受皇恩，亦可以稍慰生平，更可以慰谭孝移于九泉之下，而孔慧娘亦可以瞑目矣。倘仍前狼狈，不改旧非，一部书何所归结？至于王中赤心保主，至死不二，然作者岂可以世仆待之耶？把家人名分扯倒，又表其拾金不昧。笔墨至此，不必再往下赘，可完一部书矣。

　　以上补抄文字，意味着在现阶段所见《歧路灯》钞本中，唯一有此结尾的钞本只有国图本，而在国图本中，这一结尾是由后人补抄在小说末叶的。这不得不说是《歧路灯》钞本校勘中颇有意味的细节。

　　在现阶段的研究中，仅从"这贺客盈门……可完一部书矣"一段议论的内容推测其来源难度较大。因为这段议论语气较为含混，诸如"一部书何所归结"、"然作者岂可以世仆待之"等等，既可以理解为作者自谓，但也同样很类似后世读者的卷末总评，甚至无法排除后世读者为小说补写结尾之可能性，见仁见智，实难遽断。同时，国图本、清义堂石印本间的异文，例如"然作者岂可以世仆待之耶"一句中"然"字的存佚，又造成轻微语气差异，为判断本段文字的来源造成更大困难。

　　笔者推测，国图本卷末补抄结尾的来源，大致有三种可能。其一，出自作者创作，国图本的某位读者据他本转抄于国图本卷末。这说明在国图本之外，至少有一种钞本在"好生畅快人也"之后尚有内容。其二，出自后世读者补写。其三，出自清义堂石印本，由于国图本抄写时间不详、末叶补抄时间不详，不排除其末叶文字为民国时期补抄；但国图本文字与清义堂石印本之间存在"狼狈"、"浮浪"，"细说"、"细述"，"旧非"、"前非"等几处文字差异，若国图本抄自清义堂石印本，则抄写者在抄写过程中对底本亦有细微改动。在现阶段的研究中，以上三种推测均缺乏文献证据支持。

　　1980 年，栾校本问世。在栾校本所参校的九部钞本、二部印本中，完整保存末回的便仅有晚清钞本甲、冯友兰钞本和清义堂石印本三种。在晚清钞本甲卷末无此段议论、冯友兰钞本佚失的情况下，栾校本的文字与清义堂石印本较为一致，或即源于清义堂石印本。这也成为当代读者最为熟知的《歧路灯》结尾。但有必要指出，在通行校本之外，《歧路灯》的一部分存世钞本提供了一种截然不同的可能性，这也是国图本校勘、乃至《歧路灯》诸钞本校勘中较为重要的现象之一。

第三节　《歧路灯》乙本系统的主体形态
——上图本、豫图本、豫艺本

《歧路灯》乙本系统包括上图本、豫图本、豫艺本和马廉旧藏本。四部钞本均有第九回《柏永龄明君臣大义　谭孝移动父子至情》及其前后的一万二千字情节，且在全书范围内，文字具有较高相似性。此外，四部钞本还具有一定的共同特征，主要体现在以下方面。

其一，在章回回数上，四部钞本均有不同程度的章回合并和回数错乱现象。上图本卷首总目抄至一百零六回，然重出第十回，实为一百零七回；豫图本卷首总目抄至一百零七回，然全书残损过半，实际回数不详；豫艺本无卷首目次，全书残损过半，且重出第十二回，总回数不详；马廉旧藏本抄至一百零五回，然重出第十回，实为一百零六回。

其二，在过录评点上，四部钞本均有附于回末或阑入正文的评点。现将其罗列如下：

（1）上图本、豫图本、豫艺本、马廉旧藏本第一回《念先泽千里伸孝思　虑后裔一掌寓慈情》回末，有"凡作大书，难在头一二回，处处埋伏，以为下文张[一]本，又使阅者不觉有埋伏之迹，始妙。试看此书，是何等手笔[二]"四十二字。①（引文从上图本）

（2）上图本、豫图本、豫艺本、马廉旧藏本第三十八回《程嵩淑擎酒评知己　惠养民抱子纳妻言》（栾校本第三十九回）回末，有"此回书曲尽醮妇之丑，非作者自玷其笔墨也。读者若骂滑氏，便上当矣"二十八字。

---

① 校记：[一]"张"，豫艺本作"章"，误。[二]"手笔"，马廉旧藏本作"笔法"。

（3）上图本、豫艺本第五十二回《王中毒骂夏逢若　翠姐怒激谭绍闻》（栾校本第五十三回）回末，有"又有诗道王中，忘其始末，中有'午夜挥墙忠孝泪'之句，令人叹绝"二十五字。

（4）上图本第十回《盲医生乱投药剂　王妗奶劝请巫婆》正文"因见病不受补，但泻的大胆了，大黄用了八钱"句后有"真是河南医生"六字。

（5）上图本第七十六回《巧门客代筹庆贺名目　老学究自叙学问根源》（栾校本第七十七回）正文"着人请夏爷来"句后有"只因下笔会说巧话"八字。

（6）马廉旧藏本第三十二回《谭绍闻滥交匪类　张绳祖计诱赌场》（栾校本第三十三回）韵文末句"绘出鲁鼓、薛鼓之文"后有"触景成趣，文人乐事也"九字。

（7）马廉旧藏本第七十四回《谭绍闻倒运烧丹灶　夏逢若秘商铸私钱》（栾校本第七十五回）回末，有"此一回通是开笔"七字。

其中，第一例、第二例在四部钞本中普遍存在，或可追述到乙本系统的早期底本。第三例仅见于上图本、豫艺本，或可为其底本渊源提供一重旁证。第四例、第五例仅见于上图本，第六例、第七例仅见于马廉旧藏本。以上评点仅见于《歧路灯》乙本系统，反映了诸本分别经历的层累过录过程。

其三，在文本校勘上，一些明显的文字脱讹同时出现在《歧路灯》乙本系统钞本中，并在传抄过程中被普遍承袭。文字脱漏者，例如第一回"一个张维城字类村"，上图本、豫艺本、马廉旧藏本皆作"一个张空字类村"，豫图本作"一个张字类村"；第二回"上写着张维城、娄昭、孔述经"，乙本系统亦作"张空"，皆为后出钞本因底本文字缺失导致的文字脱漏。又如，第十二回"娄、孔二人又料理了七品冠带，到了饭时，二人要回去"一句，于上图本、马廉旧藏本、豫图本（豫艺本本回所在卷次佚失）皆作"娄、孔二人要回去"，豫艺本作"娄、孔二人要走"，当为早期钞本中因前后文重复出现"二人"二字而导致的文字脱漏。文字讹误者，例如第三回回末诗"趋时斗富互纷纷"，"斗（鬥）"，四部钞本皆误作"闹（鬧）"。语序错乱者，例如第十一回，上图本、马廉旧藏本、豫图本（豫艺本本回所在卷次佚失）均有"侯冠玉亦来问病，不知东家主仆商量的话也。孝移叫端福儿对说病中不能会客"一句，"不知东家主仆商量的话也"较为突兀。其中，豫图本作为栾校本的底本之一，亦影响了栾校本。对此，当代学者曾指出："'不知东家主仆商量的话也'是作者或抄本过录者的批语，夹列其中，虽然批语前后有破折号标示，但仍易与正文形成误解。正文中不妨删去，或呈之以旁批脚注形式。"① 事实上，诸钞本中均有"不知东家主仆商量的话也"一句，当非过录评点，而是乙本系统语序错乱。今考甲本系统，本句作"侯冠玉不知东家主仆商量的话，也来问病，孝移叫端福儿对说病中不能会客"（引文从吕寸田评本），应据正。

综上所述，章节回数的合并与错乱，评点阑入正文，早期底本的文字脱讹，使《歧路灯》的乙本系统普遍体现出后出过录本的特征。这一方面为今人探寻乙本系统早期钞本，乃至祖本风貌带来极大不利，另一方面，也为判断一些重要异文的来源造成困难。这是校勘《歧路灯》乙本系统钞本时必须面对的问题。因此，本书将基于对现阶段已知的《歧路灯》乙本系统钞本的考察，尽可能梳理其钞本源流，并对现阶段《歧路灯》乙本系统校勘中面临的问题进行讨论。

在《歧路灯》的乙本系统内部，豫图本、豫艺本残损过半，但其所存章回的情节文字与上图本相似度较高，三者共同代表了《歧路灯》乙本系统的主体形态。马廉旧藏本作为《歧路灯》乙本系统的又一全帙，其与上图本之间的异文情况较为复杂，在第一回至第五十回中，除了第二十九回围绕皮匠女人的大段异文（马廉旧藏本同甲本系统，详见本书第三章第三节）之外，二者堪称高度相似。在第五十一回至第八十回中，马廉旧藏本和上图本之间出现大量异文，究其来源，马廉旧藏本或与甲本系统一致，或与甲本系统中的分支形态国图本一致，而不同于上图本。在

---

① 崔晓飞：《〈歧路灯〉栾星校注本献疑》，张清廉主编《首届〈歧路灯〉海峡两岸学术研讨会论文集》，第283页。

第八十一回之后，马廉旧藏本与上图本间的异文相对减少。因此，正如在
《歧路灯》甲本系统中，张廷绶题识本、国图本具有一部分与乙本系统
（或仅马廉旧藏本）相同，而不同于甲本系统主体形态钞本的情节文字，
体现出介于甲、乙钞本系统之间的"中间态特征"，在《歧路灯》乙本系
统中，马廉旧藏本亦存在一部分与甲本系统（或仅国图本）相同的情节
文字，同样具有"中间态特征"。有鉴于此，为便于讨论，本书暂将马廉
旧藏本定义为乙本系统的分支形态。需要加以说明的是，这一定义主要为
了标记存世钞本系统间的文字演变痕迹，并非以此贬抑马廉旧藏本的校勘
价值。关于马廉旧藏本的文字特点，本章将在第四节作专门讨论。

一　上图本

上图本是现阶段代表《歧路灯》乙本系统主体形态的唯一全帙，具
有至关重要的研究价值。但是，上图本自身的保存情况不甚理想，且具有
较为明显的后出过录本特征，主要体现在以下四个方面。

其一，上图本首末残损，一些重要的文献特征随之不存。上图本卷首
作者自序仅残存首二叶，另由后人补抄序言。卷末抄至末回"大人出暖
阁，伞扇罩住恭候，簧"，"簧"字以下脱页。因此，原书卷首、卷末是
否有其他内容（如"乾隆庚子过录题识"、《家训谆言》等等）尚属未
知，作者自序末题署时间不详，这对于归纳《歧路灯》乙本系统的一些
共性特征较为不利。

其二，上图本自身多有因页面残损造成的文字脱漏。据笔者统计，仅
限于对上图本因页面残损造成的文字脱漏，马廉旧藏本可补上图本的文字
便达到三千五百字（尚未包括上图本因字迹漫漶不清处），这几乎已经相
当于（甚至超过了）《歧路灯》部分章回的全回字数；而在马廉旧藏本发
现之前，由于豫图本、豫艺本的残损过半，上图本的一部分文字脱漏面临
着无同系统钞本可资校补的困境。

其三，上图本抄写于多人之手，其中部分抄写者文化水平并不高明，

导致一定程度的文字错讹。其中，典故讹误者，例如"潭府"误作"谭府"，"檀郎"误作"谭郎"，"章惇"误作"张惇"，"扬子雄"误作"杨子雄"，"张珙游寺"误作"张拱游寺"，等等。音近致讹者，例如"阑干"误作"栏杆"，"非礼"误作"非理"，"情肠"误作"情场"，"园丁"误作"园订"，"妗子"误作"衿子"，"旧牌"误作"舅牌"，"转弯"误作"转湾"，"亲见"误作"亲家"，等等。形近致讹者，例如"黄夜"误作"寅夜"，"全袭"误作"金袭"，"船只"误作"般只"，"四川"误作"四州"，"六安"误作"亦安"，"即付去人"误作"即付去力"，"吃了蝇子一般"误作"吃了绳子一般"，等等。文字脱漏者，例如"铁锁链孤舟"脱"孤"字，"馈赆赠物的事"句脱"事"字，"宾主行礼坐下"句脱"行"字，"我不知礼"句脱"礼"字，"苏霖臣在旁插口道"句脱"在旁"二字，"宋禄、蔡湘、邓祥在马房里哭"句脱"蔡湘"二字，"礼相乃是本街上少年英发、新进的生员袁勤学、韩好问、吕守正、常自谦、桓崇检"句脱"桓崇检"三字，第十三回回末诗末句"那容"以下五字脱漏，等等。文字误乙者，例如"一生根脚"误作"一生脚跟"，等等。

其四，也最为重要的是，在《歧路灯》诸钞本间，上图本的文字的简化现象最为严重。在此，本书讨论的并非一般意义上因页面残损或传抄导致的脱漏，而是正如本书第三章所论述的，在乙本系统中，普遍存在对甲本系统描写语言的简化现象，而在小说后半部的一些校勘实例中，由于豫图本、豫艺本的残损过半，以及马廉旧藏本呈现出与甲本系统文字相同的"中间态特征"，导致一部分文字简化现象仅见于上图本，使上图本在客观上成为诸钞本中文字简化最为严重的一种。对此，本章将在第四节至第五节结合马廉旧藏本的校勘一并进行讨论。

二 豫图本

在《歧路灯》的乙本系统内部，相较于豫艺本，豫图本与上图本的文字相似程度更高。在下一节将要列举的豫艺本与上图本之间的异文中，豫图本基本与上图本相同。此外，豫图本第二十九回关于皮匠女人的描写同上图本。这似乎足以证明二者间具有接近的底本渊源。

因此，对于上图本可能存在的一些文字脱讹，可通过对校豫图本进行必要的订正。文字脱漏者，例如第十二回描写谭孝移临终前，甲本系统、豫图本、豫艺本"王中站在门外，不敢进卧房去"句后有"孝移道：'我病已至此，你进来伺候不妨。'王中进去"十九字，此句不见于上图本、马廉旧藏本，当为一部分乙本系统的早期底本因前后文重复出现"孝移"二字而导致脱漏。文字讹误者，例如第八回描写塾师侯冠玉觐见主母王氏，并为谭绍闻看相算命，以下文字仅见于乙本系统。由于豫艺本本回所在卷次佚失，现将上图本、豫图本、马廉旧藏本文字罗列如下：

> 不一时，中有随绍闻到二门外。（豫图本、马廉旧藏本）
> 不一时，绍闻随中有到二门外。（上图本）

从常理判断，尽管侯冠玉是塾师，谭绍闻是学生，二人在身份上有师徒之分，但侯冠玉作为外客，须有主人谭绍闻带领引见，方可进入谭宅二门会见内眷王氏。同时，从后文侯冠玉问路情节判断，这是侯冠玉第一次进入谭宅二门，理应由谭绍闻带领侯冠玉，上图本误，当据豫图本、马廉旧藏本改。

但是，豫图本中同样存在一定程度的文字脱讹。其中，音近致讹者，例如"搁下"误作"阁下"，"玩景"误作"玩境"，"妄交"误作"忘交"，"彰仪门"误作"彰义门"，"众人"误作"中人"，等等。形近致讹者，例如第四回回目"周陈两学表贤良"，"周"误作"用"，等等。文字脱漏者，例如第二回谭、娄二人对话，豫图本脱"世兄何讳……此亦足征大兄守淳之意"一段；第十八回脱漏"进财请绍闻前边坐，王氏道：'大费妗子的事。'曹氏道：'两下俱没啥吃。'"一段；第二十七回脱漏"到家中，王氏问道：'你隆哥好了么？'绍闻道：'我说没啥意思，昨日去接俺舅去了'"一段；第三十三回"自古三风并十愆"、"人生基业在童年"二首回末诗之间脱漏"又诗"二字，使二首回末诗并为一首，等等。文字误衍者，例如第二回"苏雯"误作"苏雯臣"，当由苏雯字霖臣所致。文字误乙者，例如第七回"草青词"误作"青草词"，等等。

同时，豫图本中还有个别文字错乱现象。例如，第十一回"娄师爷呀，这教书抹牌，是哪一本书上留下的规矩？""娄师爷"当作"侯师爷"；第十八回谭绍闻对王隆吉说："表弟想个法子"，"表弟"当作"表兄"，等等。此外，在回末诗中，第四回回末联语"正士居官必认真"一句，误作"正士居必真"；第十五回回末诗仅见于乙本系统，其首句于上图本、豫艺本作"刻刻难忘曲米街"，马廉旧藏本作"时刻难忘曲米街"，唯豫图本作"时长刻忘曲米街"，文意不通；第二十回回末诗"五鼓醒来平旦气"，诸钞本唯有豫图本错乱为"五鼓醒平旦气来"。以上文字错乱，均可通过对校上图本、马廉旧藏本进行补正。

综上所述，在校勘价值上，豫图本作为上图本之外，代表《歧路灯》乙本系统主体风貌的又一传本，与上图本之间不存在直接传抄关系，但与上图本具有接近的底本渊源，可与上图本相互校订，是豫图本校勘意义之体现。但是，豫图本残损过半，末二册严重絮化，难以通读；其所存卷帙抄写水平并不高明，错讹、脱漏情况层出不穷，又在一定程度上影响了豫图本的校勘价值。在《歧路灯》研究史上，豫图本曾发挥过至关重要的作用，曾是栾校本所倚重的"第一底本"，其卷首所载的"乾隆庚子过录题识"是反映《歧路灯》早期流传的重要文献，曾给栾星及当代学者诸多启发，时至今日，仍存在讨论空间。关于"乾隆庚子过录题识"，本章将在第四节结合新发现的马廉旧藏本作进一步讨论。

三　豫艺本

在《歧路灯》乙本系统内部，相较于上图本、豫图本之间的异文而言，豫艺本与二者间的文字差异更为明显。2001 年，张萌《〈歧路灯〉的戏曲研究价值及版本新考》曾指出豫艺本的部分文字特点："1. 艺研所抄本没有总目。2. 无过录题识"、"新发现艺研所的抄本中人物称呼就要亲切得多，一般都不称姓"。① 除此之外，豫艺本亦有一些特点有待归纳。本书现总结如下。

（一）豫艺本的文字特点

在章节回数上，豫艺本存在较为明显的回数错乱现象。正如前文论述，豫艺本正文重出第十二回，即，目次第十二回《谭孝移病榻嘱儿　孔耘轩正论匡婿》、第十三回《薛婆巧言鬻婢女　王中屈心挂画眉》，于正文均作第十二回，导致其后正文回数顺延提前一回。因此，豫艺本目次第十三回《薛婆巧言鬻婢女　王中屈心挂画眉》至第十八回《王隆吉细筹悦富友　夏逢若猛上侧新盟》，于正文分别作第十二回至第十七回。由于豫艺本第十九回至第二十六回所在卷次（卷四）佚失，此八回回数不可考。然豫艺本卷五起自第二十七回《谭绍闻锦绣娶妇　孔慧娘枣栗哺儿》（此即豫图本第二十八回），可知豫艺本自第十二回之后，全书正文回数均顺延提前一回。

在文字校勘上，豫艺本不可避免地存在一定数量的文字脱讹。其中，典故讹误者，例如"不巷歌"误作"巷不歌"；"人间一部女春秋"，"春"、"秋"二字误乙，等等。音近致讹者，例如"听得"误作"厅得"，"客厅"误作"客听"，"严紧"误作"岩紧"，"严正"误作"岩正"，"一番"误作"一翻"，"道理"误作"道礼"，"恭喜"误作"公喜"，"傍岸"误作"旁岸"，等等。形近致讹者，例如"救医"误作"救匠"，"卷帙"误作"卷帖"，"琐陈"误作"销陈"，"锁在"误作"销在"，"谈笑"误作"该笑"，"挥麈"误作"挥尘"，"妗子"误作"妙子"，"夙好"误作"风好"，"缓颊"误作"缓类（類）"，"凡例"误作"儿例"，"商量"误作"商最"，"钻心"误作"镇心"，"歧差"误作"岐差"，"微劝（勸）"误作"微欢（歡）"，"保举"误作"保学"，"格言万函"误作"格言万亟"，"腹剑唇刀"误作"腹剑唇刁"，等等。值得注意的是，一些讹字或可导致理解歧义，例如第五回"举他孝行"，豫艺本误作"学他行孝"，当为"举"、"学"二字形近致讹，导致"孝"、"行"二字误乙；无独有偶，第五十九回回中诗"个个人儿恶死亡"，豫艺本"恶"误作"要"。同时，豫艺本的文字讹误还出现在过录评点中。《歧路灯》乙本系统第一回回末均有过录评点，其中"以为下文张本"一句，"张本"，唯有豫艺本误作"章本"，是较为明显的音近致讹，而他本不误。

豫艺本中存在数量可观的文字脱漏现象。字词脱漏者，例如：第四回"家兄今日不在家，南马道的张类村那边相请"，脱漏"南马道的"四字；同回"是萧墙街一个大财主"，脱漏"萧墙街"三字；同回"把二位老师送匾意思、写匾物事详述一遍"，脱漏"写匾物事"四字；第十二回"也就可以算的，何必定放棺中"，脱漏"何必定放棺中"六字；同回"耘轩道：这也无怪其然"，脱漏"这也无怪其然"六字；第四十四回回末诗"舟抛滚滚任风催"，脱漏一"滚"字；等等。整句脱漏者，例如，第五回"遂把腰里三十两取出"句后脱漏"放在桌上，说着三十两足纹，不用称，异日再送二十两来"一句；第十二回"闫楷去了一会，侯先生也来了，闫楷回来道：'一说现成，只用人抬来就是'"句，豫艺本作："闫楷去不多时，回来道：'一说现成，只用人抬来就是'"，脱漏侯先生到来的细节；等等。

其中，部分整句脱漏的原因可能追溯到前后文出现同样的字词。例如，第一回"一个叫娄昭，字潜斋，府学秀才"句后脱"一个叫孔述经，字耘轩，嘉靖乙酉副车，一个县学秀才"共二十一字，当为前后文重复出现"秀才"二字导致；第三回"我通要请到我家过午"句后脱"孝移道：我来时，已说午前就回去，不扰老弟罢。春宇道：你这午前就回去话，不过对家下吩咐的，俺姐若知道先生、姐夫们在我家过午"共五十二字，当为前后文重复出现"过午"二字导致；第五回"目下就要办理"句后脱"若待后日约会，恐怕在城在乡不齐，今日就到舍下办理"共二十二字，当为前后文重复出现"办理"二字导致。此外，还有一例脱漏成因较为复杂，为第五回"必须要几两喜钱哩"句后脱漏"王中道：分赀也得多少呢？钱书办道：别州县尚没有办这宗事哩，大约比"二十八字，此句脱漏与上下文均不接续，有理由怀疑是对所据底本的整行脱漏。

豫艺本中存在大量简字。在《歧路灯》钞本中，使用俗字、简字的现象较为普遍，但相较于诸钞本，豫艺本对俗字、简字的使用情况尤甚。例如，個（个）、會（会）、萬（万）、靈（灵）、寶（宝）、後（后）、蠻（蛮）、數（数）、臺（台）、莊（庄）、離（离）、過（过）、幾（几）、燈（灯）、禮（礼）、執（执）、響（响）、號（号）、厲（厉）、薦（荐）、灣（湾）、擔（担）等等，皆以简字形式出现。此外，还有一些异体字，如沊（流）、孝（学）等，在豫艺本中层出不穷。

（二）豫艺本与上图本的底本渊源及其校勘价值

豫艺本与上图本具有一定的底本渊源，这不仅体现在豫艺本具有乙本系统的共性特征，还体现在一些特殊的文字细节。在情节文字上，第二十九回关于皮匠女人的描写，豫艺本同上图本，而不同于甲本系统和马廉旧藏本；第五十四回俗语"一朝天子一朝臣"，诸钞本唯上图本与豫艺本作"一个秋天一群雁，一个春天一样花"；此外，豫图本与上图本第三十三回、第五十三回回末诗不同于诸钞本。在文字脱讹上，第六十回"原来老豆腐单门……所以老豆腐"八十余字，与第六十一回"两堆鼢鼠土，几条蛇退皮"十字，是同时见于豫艺本、上图本的文字脱漏。此外，第五回"伸来驳去"，"伸"当作"申"，也是同时见于豫艺本和上图本的误字。在过录评点上，第五十三回回末，豫艺本与上图本保存有相同的过录评点："又有诗道王中，忘其始末，中有'午夜挥墙忠孝泪'之句，令人叹绝。"因此，豫艺本的底本在理论上理应非常接近上图本（或其底本），二者具有密切的底本渊源。

但是，相较于豫图本而言，豫艺本与上图本之间的异文数量却更为可观，这主要由于豫艺本在文字上的一些特殊之处，而这些特殊之处，又很可能要追溯到豫艺本（或其底本）抄写者的语言习惯和抄写情况。主要体现在以下三个方面。

首先，豫艺本的语序颇有不同于诸钞本处。例如：第一回"置产买田"，豫艺本作"置田买产"；第四回"一个好姑娘，安详从容"，豫艺本作"好一个安详从容的姑娘"；第五回"还着门斗送猪腿、羊脬去"，豫艺本作"余的猪腿、羊脬还着门斗送去"；同回"前三日小的往孔宅为铺家商量刷印文昌阴骘文"，豫艺本作"前三日小的往孔宅商量为铺家刷印文昌阴骘文"；同回"正面桌上伏侍着萧曹泥塑小像儿，满屋的都是旧文移、旧印结糊的"，豫艺本前后二句互乙；第十二回论葬俗一段，豫艺本"广东香山县"、"云南普洱府"地名互乙；第十六回"这都是王贤弟你办的事体，说那少头没尾的话儿"①，豫艺本作"这都是王贤弟办哩少头没尾的事"。在全书范围内，此种因语序问题造成的异文不胜枚举，豫艺本因此成为《歧路灯》诸钞本中语序问题最为严重的钞本，这势必要追溯到个别抄写者在个人语言习惯驱使下对小说文本的改动。

其次，豫艺本具有不同于诸钞本的文字细节。例如：第五回"将来只成筑室"，豫艺本"筑室"下有"道谋"二字；同回"竟是人人说项"，豫艺本"说项"二字作"悦服"；同回"增生、附生学首"，豫艺本"学首"二字作"头儿"；同回"王中道：'我大爷是这样性情'"，豫艺本作"王中道：'是、是'"；同回"每年吃十二两劳金"，豫艺本"二"作"六"；同回"又与了胡门斗四小封"，豫艺本"四"作"两"；第十二回回中联语"人生最苦事"，豫艺本作"人生万般愁苦事"；第十三回回末诗末句，甲本系统作"那容泻尽一朝风"②，豫图本、马廉旧藏本作"那容唯诺逢迎行"，上图本"那容"以下脱漏五字，唯豫艺本作"那容檐下挂鸟笼"；第五十回（栾校本第五十一回）回末，豫艺本有"身入匪场招祸端"七言四句回末诗，未见于他本。此外，豫艺本中颇有一部分人名、地名不同于诸钞本，例如"德喜"作"得喜"，"张维城"作"张维成"，"陈乔龄"作"陈乔令"，"胡星居"作"胡星房"，"隆泰号"作"隆吉号"，等等。以上异文仅见于豫艺本，在诸钞本中不具备普遍性，其异文成因同样应追溯到个别抄写者的疏漏及篡改。

---

① 校记：本句引文从上图本。马廉旧藏本作"这是王贤弟你办的事，少头没尾的"。
② 张廷绶题识本、国图本脱漏回末诗。

　　最后，豫艺本有极个别文字细节与甲本系统相同。例如：第一回"灵宝公四世墓冢"，豫艺本"四世"后有"以来"二字；第二回"潜斋道：'那里肯受'，平还了礼"，豫艺本"潜斋"下无"道"字；第四回"如今大财主，谁家没有管做针指、洗衣裳的"，豫艺本"如今"下有"大乡宦"三字；同回"巫家女儿，毕竟是未见"，豫艺本作"巫家女儿，你毕竟没见"；第五回"他儿子沈桧，也进了学，才十六七岁"，豫艺本"十六七"作"十七八"；第十二回"孝移叫王中垫起枕头"，豫艺本"孝移"二字下有"道：'我病已至此，你进来伺候不妨。'王中进去，孝移叫"二十字，当为一部分乙本系统钞本因前后文重复出现"孝移"二字而脱漏字句，而豫艺本不误。

　　综上所述，豫艺本与上图本间存在一定数量的异文。这些异文不影响小说情节，其中一部分异文应追溯到豫艺本（或其底本）抄写者的语言习惯及其对小说文本的篡改；个别与甲本系统相同的异文则成因较为复杂。这些因素导致豫艺本与上图本、豫图本间呈现出数量较为可观的异文，也在一定程度上影响了豫艺本的校勘价值。

　　在本节的最后，尚需讨论的还有豫艺本"人物称呼就要亲切得多，一般都不称姓"现象。事实上，即便在《歧路灯》存世钞本中，也并非所有人物都称呼全名，仍有大量只称呼字号的现象，这显然要追溯到作者本人的语言习惯。豫艺本在某些细节上，如第四回回末"孝移俯躬致谢"、"耘轩道：这是贵学中门人"二处，"孝移"、"耘轩"分别作"谭孝移"、"孔耘轩"，较之诸钞本反而更为全面。同时，豫艺本对人物姓名的删省也未必只删去姓氏，如第四回"次日周东宿、陈乔龄二位学师光临"，豫艺本作"次日周、陈两学老师光临"；第五回"看来还是谭忠弼、孔述经罢"，豫艺本作"看来还是谭、孔二人"，则是径以姓氏简称。

　　有必要指出的是，豫艺本对人物称谓有所篡改。例如第十三回"但只恐这闺女有了婆子家"，"这闺女"作"此女"。其中，一部分对称谓的篡改会造成歧义。以第四回为例，"孝移道：巫家女儿毕竟是未见，孔家姑娘我现今见过，还不知孔耘轩肯也不肯"，豫艺本"孔耘轩"作"他"。但是，这一称谓并不妥当，因为在阅读习惯上，主语应承前省略，豫艺本所谓的"他",应指代孔慧娘（"孔家姑娘"），此句便应理解为，谭孝移不知孔慧娘肯与不肯结姻。事实上，此处"肯与不肯"的主语当为孔耘轩，而非孔慧娘，豫艺本的改动会给读者造成误解。

总而言之，豫艺本作为近年来学界新发现的《歧路灯》存世钞本，是代表乙本系统主体形态风貌的又一重要钞本。但是，豫艺本残损过半，残存卷帙中亦存在回数错乱，文字脱讹等问题。更为重要的是，传抄者出于个人语言习惯，对小说叙述语言多有篡改，在《歧路灯》钞本中不具备普遍性，在校勘中应引起重视。

第四节　乙本系统的分支形态钞本
——马廉旧藏本

马廉旧藏本具有第九回《柏永龄明君臣大义　谭孝移动父子至情》及其前后的一万二千字情节，属于《歧路灯》乙本系统。由于马廉旧藏本中存在一部分与甲本系统（或仅国图本）相同的文字，因此体现出一定程度的"中间态特征"，为便于讨论，本书将其定义为乙本系统的分支形态钞本。这一定义仅为标记《歧路灯》钞本间的文字演变痕迹，并非以此贬抑马廉旧藏本的文献价值。

一　马廉旧藏本的文字特点

从版本特征看，马廉旧藏本是一部具有较为明显的过录特征的钞本，其卷首有"乾隆庚子过录题识"，第四十回（栾校本第四十一回）回末有阑入诗作四首，第五十二回（栾校本第五十三回）回末有"敦素齐跋"，第五十五回（栾校本第五十六回）有回末总评"含冤不白无从辨，被诬无根久自消。为鬼为蜮则不可得，见机而作，斯免祸于无形矣，非哲人不能"。此外，马廉旧藏本第三十二回（栾校本第三十三回）韵文文末、第七十四回（栾校本第七十五回）回末均有未见于《歧路灯》诸钞本的过录评点。在题识与评点之外，马廉旧藏本在文字校勘上亦不可避免地存在传抄导致的错讹。

首先，马廉旧藏本的文字讹误。典故有误者，例如，"不与其退也"（典出《论语·述而》）误作"不与也罢"，"常棣"（典出《诗经·小雅》）误作"棠梨"，"孔兄"误作"家兄"（典出晋鲁褒《钱神论》），"三闾"误作"三阁"，"白马将军"误作"马白将军"，"诸葛清暑扇"误作"诸葛清鼎扇"，等等。文字误乙者，例如，第十三回回中诗末句"要欺寡妇即孤儿"，马廉旧藏本"孤"、"儿"二字误乙；第四十六回回末诗"峨冠博带附斯文，璧水藻萍泮水芹。末帙贪婪联契好，惟愁指断脊梁筋"，马廉旧藏本第二、三句互乙，亦误。音近致讹者，例如"髭"误作"此"，"抓采"误作"抓菜"，"蛛丝"误作"珠丝"，"欠伸不已"误作"欠身不已"，"胆大瞒天"误作"胆大满天"，等等。形近致讹者，例如"平地"误作"半地"，"线头"误作"绵头"，"雁荡"误作"鹰荡"，"蒜汁"误作"蒜汗"，"狗貪"误作"狗命"，"橄榄"，误作"撒榄"，"闲话"误作"闲说"，"星夜赶赴"误作"是夜赶赴"，"不负所学"误作"不负所孝"，"兴减大半"误作"兴减太平"，等等。此外，第一回"谭溯泗"误作"谭溯洄"，为人名误字。

其中，一部分文字讹误或造成理解歧义。例如：第十二回"你只与大相公磕个头，久后便是作准的"，"准"误作"难"；同回"灵牌悬于孝幔之上"，"孝幔"误作"孝移"；第十七回"此是次日王隆吉的光景"，"次日"误作"昨日"，然"次日"是相对于"盛希侨酒闹童年友"的第二天，并非"昨日"；第四十回"将礼匣递与滑氏"一句，"滑氏"误作"王氏"；第六十五回，"巫翠姐素以看戏为命"，"命"误作"名"；第六十二回回目"止迁葬"误作"正迁葬"。上述讹误已对文意产生影响。

其次，马廉旧藏本的文字脱漏。例如：第三回"墙上挂着一口腰刀"句下脱漏"墙上挂着"四字；第十八回"你姑要请地藏庵范姑子说句话儿"句下脱漏"你就没影儿"五字；第四十三回"输了四根大签、九根小签"句下脱漏"三根一两的签"六字，与后文四百九十三两赌债数额不符；同回"俺就要向西乡去"句下脱漏"谭爷只管回来用功"八字；第五十九回"邓祥道"句下脱漏"樊嫂你搊住腿……一枝笔"三十六字；同回"邓祥、双庆儿搀着谭绍闻"句下脱"那德喜儿于先时……此时依旧"二十一字；第五十六回"一场儿输的精光"句下脱漏"剩下十二文"五字；第六十四回"街上人只说盛公子来看生意"句下脱漏"果然夏逢若主意不错"九字；同回"我那娘呀"句下脱漏"不好了。众人都掩口欲笑"十字；第六十五回"正要以昼作夜"句下脱漏"只因省会之地……今日忽然像似消息儿不好"三十一字；第六十七回"这梁氏半天就没言语"句下脱漏"忽吩咐……伺候停当"二十九字；第六十八回"谭绍闻见礼"句下脱漏"进的楼来，往上行礼说"九字；同回"张正心又与谭绍闻说些从容缓办、务要彼此各得分愿方好"句脱漏"与谭绍闻"、"务要彼此各得分愿方好"共十四字；第六十九回"账上用一两写上二两"句下脱漏"况且香簟一包……开上摹本半匹"二十二字；同回"一齐大笑起来"句下脱漏"把生意话煞住"六字；第七十回"到了轩上"句下脱漏"点着一枝烛"五字；同回"第二的说我弃了许多祖业"句下脱漏"背地里偷典偷当所置的"十字；第七十一回"叫大儿使用"句下脱漏"这是两付丝带儿……母女两个扎腿"十八字；第七十五回"我的事真正一客不烦二主了"句下脱漏"到新开之后……马姐夫家住"二十字；同回"道士道"句下脱漏"这却又有一说"六字；第七十七回"沂州茧绸"句下脱漏"织的程乡丝条花样"八字；第七十九回"盛希侨道"句下脱漏"程爷吩咐……才非"二十九字。以上均为仅见于马廉旧藏本的文字脱漏。

其中，一部分文字脱漏当为前后文出现同样字词所导致，例如，第五十六回"前日俺家小媳妇子"句下脱漏"上中厕……俺家媳妇子"十九字；第五十七回"有两三顷肥田地"句下脱漏"一半是光棍叫的去了……到这步田地"二十六字；第六十五回"三人跟定秦小鹰"句下脱"张二粘竿到了巫家……秦小鹰"二十六字；第六十九回"我是个半至诚、半不至诚"句下脱漏"像旧时全兴时……不得不至诚"三十字；第七十回"不料因巫家翠姐之事"句下脱漏"竟成了……之事"二十三字；

第七十一回"说一宗紧话哩"句下脱漏"满相公走到盛希侨跟前……做六陈行哩"三十二字。同时,另有个别文字脱漏疑为传抄者有意删改,例如,第五十九回"二人进的园门。德喜道:'不知怎的,今晚我有些害怕'",马廉旧藏本脱漏"德喜道"、"我"四字,使德喜、邓祥的对话变成二人心理描写。此外,第四十四回县令程公朱票开头"祥符县正堂程","程"字空缺,当为后出钞本的底本脱漏。

最后,马廉旧藏本中存在未见于《歧路灯》诸钞本的衍文。最为突出者,当推第七十七回开篇,以下三处文字仅见于马廉旧藏本:

> (二少爷)年少未经事,家下别的没关亲人一去浙江,便须担阁的一年半载。
>
> 绍闻道:"你家少爷固然是最好戏的,他好戏,所以愿供戏,那是我素所稔知。只怎的这样凑巧,他愿买,人家就肯卖给他哩?"
>
> 宝剑道:"此中也有个原委,谭爷不知。这戏主人家在山东,原是个极体面、极方便哩大乡绅戏主人,一生喜好是戏。所以废许多银两,置买头盔、彩衣,凡班上一切物件。请极好教师,才养成个窝子班儿。及后来唱的有名了,遂又添箱,花费了五六百两银子,般般俱全。正闹的不歇手,忽然这戏主病故,那家老太太偏不耐烦供戏这事。"

马廉旧藏本的衍文还包括,第五十九回"谭绍闻道:'你一向是知道我的人,从不赖债'","债"字下有"若是赖债,也不请你"八字;第七十一回"不过是借古人的好事、歹事,写个榜样劝人","劝人"作"劝勉规戒,总是劝人向好处学去"十三字;第七十六回"绍闻归家自去","去"字下有"类村依然进小南院,直待日夕方才回来"十六字,等等。另外,马廉旧藏本还有个别字词增衍,例如,第十二回"王中早已将棺木放妥","王中"二字下衍一"将"字;第十三回"王中叫在客房里","王中"二字下衍一"做"字,等等。

二　马廉旧藏本与上图本的底本渊源及其"中间态特征"

马廉旧藏本与上图本同属《歧路灯》乙本系统，二部钞本具有一定的底本渊源。主要体现在以下几个方面。

其一，在章回回目上，二部钞本同时出现重出第十回现象。且二部钞本第八十九回、第九十回回目作《两文武南县拿教匪　五生童道署领花红》《王象荩报主献忠谋　卢学台为国正文体》，末二回作《一品官九重受命　两姓好千里来会》《薛全淑洞房花烛　谭箕初金榜题名》，不同于甲本系统。

其二，在评点上，二部钞本第一回、第三十九回回末有相同的过录评点，不见于甲本系统。更为重要的是，二部钞本第三十七回至第四十六回（栾校本第三十八回至第四十七回）之间出现十一则相同评点，在《歧路灯》存世评点本中尚属罕见。本书将在第六章第一节作详细探讨。

其三，在文字校勘上，二部钞本存在一些相同的音近致讹、形近致讹的校勘特例，对校诸钞本，方知其误。例如，第四十五回，"缘王中是街坊最品重的"，"品重"当作"器重"；第六十三回"娄宅也收了扇子一柄，余俱面壁"，"面壁"当作"璧回"，等等。这足以证明一些文字讹误很早便出现在《歧路灯》的文本之中，被马廉旧藏本与上图本共同承袭。

综上所述，马廉旧藏本与上图本的底本渊源较之诸本更为密切。但是，马廉旧藏本与上图本之间不存在直接传抄关系，二者在文字上亦存在明显分化。这些分化既有章节分布和底本来源上的规律，也有文字内容上的规律。由于本节下文颇多校勘实例，在此，先将马廉旧藏本、上图本间的异文规律总结如下。

1. 在异文的章节分布和底本来源上：（1）第一回至第五十回：马廉旧藏本与上图本文字高度相似，异文基本局限于讹字、漏字，唯有第二十八回《皮匠炫色攫利　王氏舍金护儿》（栾校本第二十九回）围绕皮匠女人形象产生的大段异文，上图本与豫图本、豫艺本一致，马廉旧藏本同甲本系统（详见本书第三章第三节论述）。（2）第五十一回至第八十回：马廉旧藏本与上图本呈现出数量可观的异文，马廉旧藏本或与甲本系统主体形态钞本一致，或与甲本系统中呈现"中间态特征"的国图本一致，而不同于上图本。（3）第八十回之后，马廉旧藏本与上图本文字大体一致，异文数量相对减少，二者共同代表了乙本系统的文字风貌。[①]

2. 在异文内容及成因上，关于第五十一回至第八十回之间马廉旧藏本与上图本的文字分化，除了马廉旧藏本自身存在的文字脱漏讹误之外，主要存在三种情况：（1）上图本的文字增补。（2）上图本的文字脱漏。（3）上图本的文字改动。在这三种情况中，由于马廉旧藏本文字或同甲本系统，或同甲本系统的分支形态国图本，加之乙本系统中豫图本、豫艺本的残损过半，这些异文成为仅见于上图本的文字现象。

以上是马廉旧藏本与上图本之间异文的整体规律。下文试细述之。

（一）第一回至第五十回：马廉旧藏本与上图本的高度相似

在《歧路灯》第一回至第五十回之间，除了第二十八回（栾校本第二十九回）关于皮匠女人的大段异文之外，马廉旧藏本与上图本的异文基本局限于个别讹字、漏字，大多可归入传抄至讹的范畴。本书现以第一回为例，罗列马廉旧藏本、上图本之间的异文情况（以上图本为底本，对校马廉旧藏本。仅以马廉旧藏本正文为准，行间夹改、增补暂不列入）。

①只因有一家极有根柢人家。"有"字下脱"一"字。
②后来也还到了好处。"后来"，作"结果"。
③一个幕友是浙江山阴绍兴人。"山阴"、"绍兴"互乙。
④这也是主宾在署交好。"主"、"宾"二字互乙。
⑤时常到省城照应公子。"应"，作"看"。
⑥孚生向葵，向葵生诵。二处"向"、"葵"互乙。

---

① 以上划分仅针对《歧路灯》诸本异文的总体趋势。有必要指出，在具体校勘中，对异文所在章回范围的界定并不绝对分明。第八十回后，马廉旧藏本仍有个别文字与甲本系统主体形态钞本或国图本相同，但其数量较少，分布零散，不具备系统性特征。

⑦相处几个朋友。"处"字下有"了"字。

⑧惟此数人，尤为相厚。"数"，作"四五"。

⑨看园订蔡湘灌花剔蔬。"订"，作"丁"，当据改。

⑩祈将灵宝公以下四世爵秩，名讳行次，详为缮写。"祈"，作"所"，误。

⑪各命学名，统冀示知，庶异日不致互异。"名"字下脱"统冀示知"四字。

⑫螺匙廿张。"廿"，作"二十"。

⑬临禀曷胜依恋之至。"曷"，作"不"。

⑭明初有兄弟二人。"兄"、"弟"二字互乙。

⑮此皆孝移素所知。"素"字下脱"所"字。

⑯这是小的大少爷孝敬太爷的土物。"是"字下脱"小的"二字。

⑰还要到祠堂里告禀。"禀"字下有"先人"二字。

⑱复到前厅。"厅"，作"庭"。

⑲去年齿录有个谭溯泗是谁。"泗"，作"洄"。

⑳我大爷早有此意。说话中间……"意"作"心"，下有"克仁"二字，从下断句。

㉑看见小主人形容端好。"好"，作"丽"。

㉒你可引他到后书房走走罢。"到"字下脱"后"字。

㉓请阎相公商量了账目话头。"量"字下脱"了"字。

㉔雇觅般只。"般"，作"船"，当据改。

㉕馈赆赠物的，一笔莫能罄述。"的"字下有"事"字，当据补。

㉖又到酒肆吃了几瓶。"几"，作"两"。

㉗飞也是进城去。"是"，作"似"，当据改。

㉘阎相公照了灯笼相接。"了"，作"出"。

㉙赵大儿已送上一盆水。"上"字下脱"一"字。

㉚这端福挤在众人伙里乱号。"众"，作"女"。"号"，作

"哭"。

㉛忽王中在楼门边说道……"忽"字下有"听"字。

㉜也要照看孙儿同睡。"孙",作"小"。

㉝故此挂个拐杖。"个",作"根"。

㉞搅着一遍打搅。首字"搅",作"撞"。

㉟王中、阎相公自是料理妥当。"阎",作"闫"。

即便将考察范围扩大到第二回至第五十回之间，除了第二十八回（栾校本第二十九回）围绕皮匠女人的大段异文，第二十八回（栾校本第二十九回）、第三十回（栾校本第三十一回）、第三十二回（栾校本第三十三回）的回末诗出入，以及个别词句的脱讹之外，马廉旧藏本与上图本之间较为显著的异文，择要统计，不过以下一百一十余条。本节现以回数为序，将二部钞本间的重要异文列举如下（以上图本为底本，对校马廉旧藏本。仅以马廉旧藏本正文为准，行间夹改、增补暂不列入。引文回数从上图本）。

①第二回：叙罢寒温，说些闲话。"话"字下有"无非是江南风土之佳，舟楫风波之险等语"十七字。

②第二回：还是那老伯当日几句话。"那老伯"、"当日"互乙。"伯"字下有"的"字。

③第三回：就是妇女，也有几百车儿。"儿"字下有"这卖的东西"五字。

④第四回：方对王氏说道："今日我同先生去看孔耘轩……""氏"字下脱"说"字。"道"字下有"'孔耘轩一个好姑娘，我想与端福说亲哩。'王氏道：'你见了不曾？'孝移道"二十七字。"今日"、"我"互乙。

⑤第四回：遂即就请周老爷同商。"周老爷"，作"二位老爷出来"。

⑥第六回：你只管说，我听着哩。"哩"字下有"我不吃酒"四字。

⑦第七回：过午已毕，略叙一会，即辞归寓。"毕"字下脱"略叙一会，即辞归寓"八字。

⑧第七回：孝移进了书房门，因衣服湿了，四围详看。"了"字下有"不便就坐"四字。

⑨第七回：东宿见学生如此。本句作：两学生俱是如此。

⑩第七回：（学院道：）"……你父师心里明白本院意思。"复向周东宿问道……本句作：（学院道：）"……你父师心里明白。"周东宿命二人磕头谢讫。学院后向周东宿问道……

⑪第八回：孔亲家说程相公又执意不教书。"公"下有"可以请的程相公"七字。

⑫第八回：只像他们有些深远，这侯先生，我认真他没有娄先生深远。"远"字下脱"这侯先生……深远"十五字。

⑬第八回：不一时，绍闻随中有到二门外。"绍闻"、"中有"互乙。

⑭第八回：不然，为子择师，极重大事，孝移写信时岂无交带？"写信"，作"易箦"。"交带"作"顾命"。

⑮第九回：只见十三四岁一个垂鬌女使，掩口笑着，过来斟酒。"十三四岁"、"一个"互乙。

⑯第十回：不觉日月荏苒，早至正旦。"苒"字下脱"早至正旦"四字。

⑰第十回：此时方晓得，通天下保举齐集莘毂。"举"字下有"的贤良方正果然"七字。

⑱第十回：却也有些意外开豁。谭、娄纯正儒者，那得动意于下里巴人。"豁"字下脱"谭、娄纯正儒者那"七字。

⑲第十回：但再吃我一杯酒。"酒"字下有"少伸微忱"四字。

⑳第十回：这陈乔龄即差胡门斗，手拿名帖一个，一来候病，二来荐医。"名帖"、"一个"互乙。

㉑第十二回：他娘家告起来，堂上老爷检尸，又检出来许多伤痕，把一干人一齐叫进城来。"来"字下脱"堂上老爷……叫进城

来"二十四字。

㉒第十二回：叫蔡湘请相公上学。"学"字下有"这王氏也难说读书不好，只得嚷道：'你爹不在，你也把书丢了，还不速去么？'端福儿也只得上学"三十七字。

㉓第十四回：字画都是苏杭捎来的。"是"字下有"生意行径"四字。

㉔第十五回：希侨道："这都是王贤弟你办的事体，说那少头没尾的话儿。"本句作：希侨道："这是王贤弟你办的事，少头没尾的。"范姑子道："山主们今日喜事，休说那少头没尾的话儿。"

㉕第十五回：只见阁上下来一个尼姑，十七八岁。"十七八岁"，作"十八九岁"。

㉖第十五回：范姑子也来坐在一张桌上，说道："山主有慢呀！""山主"、"有慢"互乙。"主"字下脱"呀"字。

㉗第十七回：你姑要请地藏庵范师傅说句话儿，你就没影儿。"话儿"下脱"你就没影儿"五字。

㉘第十七回：隆吉道："戏子也只等着咱。""只"字下有"怕"字。"咱"字下有"开本哩咱"四字。

㉙第十七回：武松杀嫂子，好做手，好身法，爷们爱看么？"法"字下脱"爷们爱看么"五字。

㉚第十八回：绍闻道："娘只说瞧妗子，休叫王中知道底里。"王氏道："敢叫他知道？又不知有多少打绞哩！""娘"字上脱"绍闻道"三字。"知道"下脱"底里……知道"十字。

㉛第十八回：也成了咱家朋友么？人家不笑话相公。"么"字下脱"人家不笑话相公"七字。

㉜第十九回：你传我，添上些话说。我传你，又添上些确证。"我"字下脱"添上些话说"五字。"你"字下脱"又添上些确证"六字。

㉝第十九回：当日恁一个人，怎的儿子就如此不肖。本句作：这个好人，怎生下如此不肖之子。

㉞第十九回：只是看着自己亲生女儿，暗暗点头悲伤而已。
"着"字下脱"自己亲生"四字。"暗"字下脱"点头"二字。"伤"
字下脱"而已"二字。

㉟第十九回：这大的偏偏出奇，并不像一个门第家公子。本句
作：这大的行径，直不像门第家子。

㊱第十九回：怎的谭世兄就牵引上。"怎的"，作"不知"。"牵
引上"，作"被他勾引去了"。

㊲第十九回：耘轩就休作此想，我见天下这一号儿人葬送家
业……本句作：耘老不必如此说，我见世上败家之子……

㊳第十九回：他若不听，咱三个耐着心儿稽查他，大家匡扶。
"稽查"，作"查看"。"匡"字上脱"大家"二字。"扶"，作
"救"，下有"他"字。

㊴第十九回：头一日，整整的蒸煮烹炙了多半夜。"蒸煮烹炙了
多半夜"，作"或燔或炙，乱了半夜"。

㊵第十九回：希侨道："话这两三天儿也说清了。""话"、"这两
三天儿"互乙。"清"，作"尽"。

㊶第十九回：只得让三位上坐。坐定，吃完茶。"坐"字下脱
"坐定，吃完茶"五字。

㊷第十九回：我当日托令祖爱下时，常勉以远大。本句作：当日
令祖勉励我以远大。

㊸第十九回：盛希侨竟是坐了锤毡。"竟是坐了锤毡"，作"如
坐针毡"。

㊹第十九回：你竟叫人开了前厅，我到令尊灵前痛哭他一场罢。
"竟叫人开了前厅"，作"如今去开庭旁门"。"哭"字下脱"他"
字。"场"字下脱"罢"字，有"有负托孤之重"六字。

㊺第十九回：况且前辈跟前，又难以撒野。本句作：况在尊辈
前，亦不敢放肆。

㊻第十九回：希侨羞的面红道："还有别事。""事"字下有"不
如去了吧"五字。

㊼第十九回：只像偷了关爷袍相似。本句作：好像做了贼一样。

㊽第十九回：这是谭绍闻加意厚款盛公子席面，恐怕简朴惹笑意思。“款”，作“待”。“子”字下有“的”字。“面”字下脱“恐怕简朴惹笑意思”八字。

㊾第十九回：程嵩[一]叫王中，吩咐道：“你不必另酊碟酌，只此筛的酒来，我今日要痛饮一醉。”“嵩”字下脱“叫”字。“王中”、“吩咐”互乙，此下脱“道”字。“此筛的”，作“用拿”。“我”字下脱“今日”二字。①

㊿第十九回：笑一会，又说一会。“又说一会”下有“其实都与盛公子有关系，又说”十二字。

(51)第十九回：希侨道：“你不说罢！他能强似我爷做布政司么？”“道”字下脱“你不说罢”四字。“能”，作“三位”。

(52)第二十回：主人排列席面，两旁正席是乡绅坐了。本句有脱漏，据马廉旧藏本补正如下：“主人排列席面，告吉安钟，大家让坐。中间两正席，自是城中僚弁做老爷的坐了，两边正席是乡绅坐了。”

(53)第二十一回：“……我通不好意思怎么他。”夏逢若道：“这是贤弟里孝道。王中粗人，那里得知？”绍闻道：“这话休叫盛大哥知道。”“他”字下脱“夏逢若道……知道”三十一字。

(54)第二十二回：绍闻回到楼下，九娃也就跟着，也到楼下。“下”字下脱“九娃也就跟着，也到楼下”十字。

(55)第二十二回：得两根绿丝线缝缝。奶奶，我拿家来缝缝罢。“缝”字下脱“奶奶，我拿家来缝缝”八字。

(56)第二十二回：绍闻道：“德喜儿、双庆儿哩？”“德喜儿”、“双庆儿”互乙。

(57)第二十三回：又有红玉帮看，便下去了。“了”字下有“到日落时”四字。

---

① 校记：[一]“嵩”字下脱“淑”字，当据诸钞本补正。

㊳第二十四回：德喜道："……不知是为啥了。"王氏没法。"了"字下有"王氏道：'大相公没在他家么？'德喜道：'那里有个影儿'"二十字。

㊵第二十六回：德喜儿道："他门上有牌儿，画着骑马洗孩子的就是。衙门前那条街上有好几家子。"绍闻道："你去就是。""是"字下脱"衙门前……你去就是"十九字。

⑥第二十七回：却说王氏见兄弟久客而归。"久客而归"，作"弟妇偕归"。

⑥第二十七回：那地藏庵范姑子与宋媒婆、薛媒婆，连高皮匠女人，闹了一天才去。"薛媒婆"下脱"连高皮匠女人"六字。

⑥第二十七回：万一多嘴多舌，露出兴官的来由。"兴官的来由"，作"话来"。

⑥第二十七回：这冰梅以先原是一团孩气，爱恋新人。听的主人嚷了，也忍住些，不敢多去了。"气"字下脱"爱恋新人"四字。"主人嚷了"，作"主母这话"。"也"字下有"就"字。

⑥第二十九回：到了次日，绍闻满身亲迎的色衣，跟了得喜儿、双庆儿两个小厮。"得"，作"德"。"庆"字下脱"儿"字。"德喜儿"、"双庆"互乙。

⑥第二十九回：只见德喜儿拿着一个帖子上楼。"楼"字下有"绍闻接手一看"六字。

⑥第二十九回：我叫贱内好好伏侍，过了几天，一发死了。本句有脱漏，据马廉旧藏本补正如下："我叫贱内伏侍他，用心用意，不了他过了几天，一发死了"。

⑥第二十九回：这茅拔茹见景生刁。"见景生刁"，作"久惯牢成"。

⑥第二十九回：就说姓夏的在家，打算卖孩子、嫁老婆还账哩。"算"字下脱"卖孩子、嫁老婆"六字。

⑥第二十九回：要赔他衣服，还不知得多少哩。"还不知得多少哩"作"到得七八百多两哩"。

⑦第二十九回：怒气冲冲的起来，就头里先走。"起"，作

"上"。"来"字下脱"就头里先走"五字。

⑦第二十九回：你就合仵作一同出南门去罢。本句作：你去叫仵作押着出南门。

⑦第二十九回：这皂役笑道："你去罢。""去"，作"走"，下有"我明白。那皂隶道：'难为我要半夜跑，明日老爷只好回来。'这皂役笑道：'你去罢。'那皂隶走迄"三十五字。

⑦第三十回：荆堂尊叫接过失单，看了一遍。"遍"字下有"微笑一笑"四字。

⑦第三十回：后来戏子走了，四个筒、四个箱寄在谭家。"四个筒"、"四个箱"互乙。

⑦第三十回：夏逢若道："……但谭绍闻断不是偷戏衣的人。"荆县尊道："他还借给他们一百几十两银买衣服，岂有再偷戏衣的事？"本句作：夏逢若道："……但谭绍闻断不是偷衣人。"荆县尊道："他还肯取出一百几十两做戏衣，他再不肯偷戏衣了。"

⑦第三十回：再加上一根签，替你父亲管教管教。"签"字下脱"替你父亲管教管教"八字。

⑦第三十一回：只是我在一旁跪着，就是狠难受了。"就是狠难受了"，作"三分羞、七分怕"。

⑦第三十一回：每日弟兄们谦严节饬，清白持家，是见惯的。本句作：每日谦严，持家细密，不接匪人，略无旷事。

⑦第三十一回：探的茅拔茹也挨了三十板。"板"下有"臧家就挨四十板"七字。

⑧第三十一回：况且慧娘连日吐酸懒食。"娘"字下脱"连日吐酸"四字。

⑧第三十一回：王氏心中打算，以为指日含饴抱孙了。"含饴抱孙"，作"弄孙"，下有"连兴官是一对儿"七字。

⑧第三十一回：谭绍闻筹蹰这宗银子。"子"字下有"无从安置"四字。

⑧第三十一回：却该叫王中商量，就是送夏逢若银子，是可以明做

的。"中"字下有"来"字。"量"字下脱"就是……明做的"十四字。

⑧第三十一回：可恨此时手中没这宗项。"时"字下脱"手中"二字。"项"字下有"如何是好"四字。

⑧第三十一回：绍闻道："这话难讲。当初咱急了，你就请他去，你承许他，咱今日事已清白，一毫无事，咱就把他忘了。""当初咱急了"，作"想咱急难时"。"请"、"他"二字互乙。"你"，作"已经"。"事"字下脱"已"字。"白"字下有"了"字。"无"，作"没"。

⑧第三十一回：绍闻心中忽然想起前日兑还赌账之情。"闻"字下脱"心中"二字。"然"字下脱"想起"二字。

⑧第三十一回：等他回来，我劝他，当真把你两口子就赶出去不成。"真"字下脱"把"字。"你两口子"、"就赶"互乙。"出去"，作"走了"。

⑧第三十二回：娘说的也是，但不知他依不依。"是"字下脱"但不知他依不依"七字。

⑧第三十二回：绍闻吃了早饭，心中有些闷闷。"饭"字下脱"心中有些闷闷"六字。

⑨第三十二回：你也去南酒局里弄一坛子来。"来"作"去"，下有"挽些潞酒、汾酒吃"七字。

⑨第三十二回：及到酒酣，也就有倾心下交起来。本句作：及到酒后耳热时，不禁就倾心下交起来。

⑨第三十二回：将及日沉西山，早已俱入醉乡，那一班人，也就有因闲言剩语争执起来，要打架的意思。本句作：将及灯时，个个俱入醉乡，其中有闲言剩语争执起来，要打架之势。

⑨第三十二回：随了一个姓贾的做儿子。"做"，作"就算他一个"。

⑨第三十三回：刘守斋道："爽快不用在前边，我引着一同到后边去。"王紫泥道："待我便便就来。"刘守斋笑道："你老人家还用自己亲身出恭？"大家烘然。"去"作"罢"，下脱"王紫泥道……

大家烘然”三十一字。

(95)第三十三回：有了两个光棍暗中此照彼应。“暗中此照彼应”，作“照此应彼，暗里做事”。

(96)第三十八回：也是我嫁了你一场，孩子们投爷拜娘的一场。“场”字下脱“孩子们投爷拜娘的一场”十字。

(97)第四十二回：如字多时，我带回书房去写。“写”字下有“差人送来”四字。

(98)第四十二回：共输了四根大签、九根小签、三根一两的签。“小签”下脱“三根一两的签”六字。

(99)第四十三回：竹笆一片，苇席一条。“片”字下有“稻苫一领”四字。

(100)第四十三回：老教读道：“北京八大常住，天下有名。”“住”字下脱“天下有名”四字。

(101)第四十三回：绍闻饱餐一顿，要见方丈大和尚。还有一个道士也说要参见大和尚。“见”字下脱“方丈”二字。“尚”字下脱“还有一个道士也说要参见大和尚”十四字。

(102)第四十三回：（韩仁山）指桌上簿儿交与绍闻，恰好有东村送来布施、银钱、口粮等件，韩仁山掀开簿儿。“儿”字下脱“交与绍闻……掀开簿儿”二十六字。

(103)第四十四回：冰梅、赵大儿、老樊婆来看，小厮们，双庆儿、德喜儿、邓祥、蔡湘也喜主人回来，都到楼院来看。“婆”字下有“都”字。“看”字下脱“小厮们……来看”二十五字。

(104)第四十四回：自己宽心的，夜间好睡。“的”字下脱“夜间好睡”四字。

(105)第四十五回：禀称谭绍闻欠贾礼葵银五百两，押券作证，抵赖不偿，反肆毒殴。“贾礼葵”，作“贾李逵”。“殴”字下有“等情据此，合行票唤”八字。

(106)第四十五回：径上主簿衙署而来。传入，为了礼。“来”字下脱“传入”二字，有“传了名帖，送进礼物，只听门役喝道一声，董公早在滴水檐下躬身让进，二人鞠躬而入"三十四字。

⑩第四十五回：程公道："可是酒馆内？你记得清白么？""道"字下脱"可是酒馆内"五字。

⑩第四十五回：（白兴道:）"……上年就借过一遭了。"白兴下堂。"了"字下有"程公道：'下去'"五字。

⑩第四十六回：及到了惠养民门首，滑氏正在院中晒衣。"首"字下有"德喜道：'这就是惠师爷的大门。'王氏与樊、郑二妇人一齐进了门"二十五字。

⑩第四十七回：谭爷近来遭的不幸，在家心中必是不舒坦。"心中"、"必是"互乙。

⑪第四十七回：少爷说还债也是个正主意。本句作：少爷说还债也是一番好事。

⑫第四十八回：我也没这样厚脸，送还人家红定，你的汗巾，你交于谁？"定"，作"交"，下脱"你的汗巾"四字。

⑬第四十八回：大相公一定该亲上东街瞧一回，顺便说请酒的话。"街"字下有"旧爷那里"四字。

⑭第五十回：谭绍闻对王中道："你对说，回去罢！""你对说"、"回去罢"互乙。

⑮第五十回：谭姐夫使钱，若不照应他两个，明日当堂供上，姐夫便要有苦同受，少不得同去充军摆徒。"使钱"、"若不"互乙。"受"字下脱"少不得"三字，有"的事来还要"五字。

总体而言，在第一回至第五十回之间，马廉旧藏本与上图本间的异文可分为以下二类。

其一，上图本、马廉旧藏本各自在传抄中产生的文字脱讹，此类异文占据较大比重，且无规律可循。其中，一部分文字脱漏或因前后文出现相同字词所导致，例如上文第 11、12、21、22、24、27、28、50、53、54、55、58、59、79、96、101、102、103 条校记，当非源自底本差异，通过对校上图本、马廉旧藏本可相互补正。

其二，马廉旧藏本同甲本系统，而不同于上图本的文字。包括上文第 1、4、10、22、52、77、83、90、94、106、109 条校记，加之第二十八回（栾校本第二十九回）关于皮匠女人的叙述，马廉旧藏本与甲本系统之底本渊源，在小说前半部已初现端倪。

尽管如此，考虑到《歧路灯》存世钞本间庞大的异文数量，马廉旧藏本与上图本在第一回至第五十回之间的文字堪称高度相似。

（二）第五十一回至第八十回：马廉旧藏本与上图本的分化

在《歧路灯》的第五十一回至第八十回之间，马廉旧藏本与上图本呈现出数量可观的异文。这些异文在底本来源上，大致可以分为以下两种情况。

其一，马廉旧藏本、上图本自身的文字错讹脱衍。此类异文所占比重最大，且无规律可循，在诸钞本间不具备普遍性。其中，仅见于马廉旧藏本的文字脱漏、增衍，已见本节前文择要列举，在此毋庸赘述。

其二，在马廉旧藏本与上图本之间，还有一些异文来源呈现出较为明晰的规律性，具体而言，马廉旧藏本或与甲本系统主体形态钞本一致，或与甲本系统中呈现"中间态特征"的分支钞本国图本一致，因此与上图本文字形成较大差异。由此可见，正如在《歧路灯》的甲本系统中，国图本出现了一部分与乙本系统相似的文字细节，体现出介于甲、乙钞本系统之间的"中间态特征"，相应地，在《歧路灯》的乙本系统中，马廉旧藏本也存在一部分与甲本系统（或仅国图本）相同，而不同于上图本的文字，而这正是本书所称马廉旧藏本"中间态特征"的依据与体现。

下文将分为两部分，分别罗列《歧路灯》第五十一回至第八十回之间，马廉旧藏本与甲本系统主体形态钞本或国图本相同，而不同于上图本的文字，从而进一步论证诸钞本的底本渊源。在具体的校勘中，由于四部钞本间回数出入较大，为便于查阅，引文回数径以栾校本为准。

1. 马廉旧藏本与甲本系统主体形态钞本之底本渊源

在马廉旧藏本第五十一回至第八十回之间，存在一部分与甲本系统主体形态钞本相同，而不同于乙本系统（以上图本为代表。豫图本、豫艺本后半残佚）的情节文字。为便于校阅比对，本节现以吕寸田评本作为甲本系统的代表，将相关异文列于表4-1、表4-2、表4-3"吕寸田评本、马廉旧藏本、上图本异文比对"（一、二、三）。

此三表所体现的，是在《歧路灯》第五十一回至第八十一回之间，约一百处具有校勘意义的文字细节上，马廉旧藏本情节文字与甲本系统主体形态钞本相同。这一现象的背后具有较为复杂的成因。笔者认为，至少应包括以下三种因素。

其一，上图本的文字脱漏（表4-1）。其中，既包括因前后文出现相同字词导致的脱文（例19、例29、例32、例39、例40），也包括抄写不精导致的整段或整句的脱文。其中大部分异文并无删削必要，甚至不乏对上下文意较为重要的内容，此类异文极有可能源自上图本传抄过程中导致的脱漏。主要包括：（1）语言描写。例24描写谭孝移葬仪前，尼姑法圆向王氏推荐助经；例37描写盛希侨向谭绍闻叙述析产的急切诉冤；例41描写巫翠姐教兴官念书。甲本系统和马廉旧藏本的共同点在于，通过诙谐有趣、生动形象的语言描写，刻画老尼姑法圆的信口开河、盛希侨的盛气凌人、巫翠姐的见识短浅，是通过语言描写刻画人物形象的成功案例。（2）细节描写。例1描写王中被逐后，甲本系统和马廉旧藏本中有德喜、双庆送日用品的细节，二人送日用品究竟是出自个人善心还是王氏、谭绍闻母子授意，颇耐人寻味。例13描写邓祥自述谭孝移"显灵"后"拍手儿，却不响"的细节，"显灵"、"拍手"代表了作者想象中谭孝移对德喜等人及时救下谭绍闻的嘉许态度，"却不响"则更符合"幽灵"的特点。例44是王中激愤殴打夏逢若之后，谭绍闻由于有求于夏逢若，又不想在盛希侨面前因受家仆约束而丢面子，所以谎称自己让王中"罚跪"、"打了十竹板子"，这一细节对谭绍闻矛盾心态的刻画更为真实。（3）心理描写。例9描写谭绍闻被虎镇邦诱赌，在甲本系统和马廉旧藏本中，谭绍闻很大程度上是因为早日还债的压力，才被虎镇邦轻易引诱，此段心理描写为谭绍闻的再次堕落给出了可信的理由。但是，这一段心理描写在上图本中没有出现，因此读者很容易以为谭绍闻是见到六个元宝后"利令智昏"，上图本缺乏必要的心理活动作为铺垫。

表4－1 甲本系统、马廉旧藏本、上图本异文比对（一）：上图本的文字脱漏

序号	回数（据校本）	甲本系统、马廉旧藏本（引文从吕寸田评本）	上图本
1	53	黄昏时上了庙门，双庆、德章送的草苫、苇席来，王中开门收了。赵大儿未免埋怨起来。	黄昏时上了庙门，赵大儿未免埋怨起来。
2	54	夏逢若，谭绍闻拉住杨二的手。谭绍闻道："自己弟兄们，这是做嗄哩？不怕人家笑话么！"管贻安爬起来，向杨二腌脸上一掌。杨二恼他两个劝的扯住手，骂道……	夏逢若，谭绍闻都扯住杨二的手，管贻安爬起来，向杨二腌脸上一掌，杨二两个扯的不公，骂道……
3	56	谭绍闻道："……此是真实情节，万不敢欺瞒老师。今日即恳老师为门生做一箴铭……"	谭绍闻道："……此是真实情节，今日即恳老师为门生做一箴铭……"
4	56	貂鼠皮道："……他自己就会走。"夏逢若道："他若是不走呢？"貂鼠皮大笑道："罢！我明日胡乱去试一试"	貂鼠皮道："……他自己就会走了。他若是不走，也只得罢手。我明日胡乱去试一试"
5	57	众人着急，细细商量了一个法儿，把乌龟教导明白，径上碧草轩而来。	众人着急，细细商量一个法儿，又上碧草轩而来。
6	57	只说谭绍闻披上雨衣，依旧着上泥屐，径上夏逢若家来。	只说谭绍闻披上雨衣，径上夏逢若家来。
7	57	谭绍闻展温存慰藉的话头，看官自能[会意]，何用作笔墨。	谭绍闻展温存慰藉的话头，看官自能会意。
8	58	夏逢若向谭绍闻道："……赌的很低，所以把一分家产弄个精光，又吃了粮，遭遇领下银……"	夏逢若向谭绍闻道："……赌的很低，遭遇领下饷银……"

续表

序号	回数（据校本）	甲本系统、马廉旧藏本（引文从昌寸田评本）	上图本
9	58	谭绍闻一见六个元宝，眼中有些动火，心内想着，若（赢）[赢]到手的，还债何用莽产？利令智昏，心上懊闷，又加上霎霖不休，便把夏逢若的话看做真的……	谭绍闻一见六个元宝，眼中有些动火，利令智昏，便把夏逢若的话看做真的。又加上白鸽嘴三人说同伙证……
10	59	虎镇邦哈哈大笑道："……叫他漫漫的纳进奉，杨六郎，下边没唱的戏'了。"	虎镇邦哈哈大笑道："……叫他漫漫的纳进奉。"
11	59	虎镇邦就一手攒住领口，说："为朋友的，要两刃茶齐攲着儿，为甚的单只晓的为盟兄弟呢？"要打耳刮子……	虎镇邦就一手攒住领口，说："你为了盟兄弟情肠，"要打耳刮子……
12	59	欲扭项而看，宽脖颈痛的嬰紧，只得将眼珠儿滚着看，方想起自己是既缢死教活的。	欲扭项而看，方想起自己是既缢教活的。
13	59	邓祥道："……我亲见老大爷站在西墙灯影里，拍手，却不响……德喜儿他全不是说流话，若不然，他放声大哭是图甚么？"	邓祥道："……我亲见老大爷站在西墙灯影里……德喜他全不是说瞎话。"
14	60	蛛丝绕梁，尘土满案，全非昔日光景。王隆吉道："自从闫相公走了，许久不曾到此。"	蛛丝绕梁，尘土满案，自从闫相公走后，许久不曾到此。
15	60	王氏道："有两尾大鱼，并有新磨菇，我叫德喜儿鱼市口买些东西，厨下整理成了，不必说走。"	王氏道："有两尾大鱼，并有新磨菇，叫厨下整理成了，不必说走。"

续表

序号	回数（据校本）	甲本系统、马廉旧藏本（引文从昌寸田评本）	上图本
16	60	少时，老樊抹桌，捧来七器席儿。王隆吉抱的兴官儿同坐，闻也只得陪坐。吃完饭了，王隆吉要去。	少时，老樊抹桌儿，捧来席儿。饭完，王隆吉要走。
17	60	（貂鼠皮）口中只管说话，还打了两个呵欠，总不出南屋门儿。	（貂鼠皮）口中只管说话，总不出小南屋门儿。
18	60	非是糊涂满腔中名教为民存耻之意。	非是忠厚存心之意。
19	60	原来老豆腐单门一户，发了家，专管小心敬人。夏鼎移成近邻，老豆腐极为奉承。从来小人们遇人敬时，便高自尊大，一切银钱物件，推借不还，又添上欺降凌侮之意，况且又勾引他的儿子嗜博，还加上映，所以老豆腐自江南贩卖黄豆回来……	原来老豆腐自江南贩卖黄豆回来……
20	61	（王隆吉）喉中如吃了绳子一般，恐怕谭绍闻因穷赞债，心内着实牵挂。	（王隆吉）喉中吃了绳（绳）[绳]子一般，心内着实牵挂。
21	61	（谭绍闻）即设榻留他师徒在碧草轩。晚景略过。	此夕晚景略过。
22	61	半株酸枣垂绿，一丛野菊绽黄。两堆蚡鼠土，一条蛇蜕皮。	半株酸枣垂绿，两丛野菊绽黄。
23	62	程嵩淑道："……我管保他启迁不成，点主还费商量哩！"	程嵩淑道："……我管他启迁不成。"
24	63	法圆笑道："……替你老人家超荐亡灵。还有普度庵里智老师傅，准提阁惠师傅也要来，他是一堆灰儿，共六个人。"	法圆笑道："……替你老人家起荐亡灵。"

续表

序号	回数（据案校本）	甲本系统、马廉旧藏本（引文从吕寸田评本）	上图本
25	63	法圆道："……若是像这女僧，虽说是四家相宗，都合的很好，全没有一点儿佥语刺的，只是要心念经。"	法圆道："……若是像这女僧，只是要心念经。"
26	63	（王中）痛疼当不得，只欲寻死，坐在旧日放戏箱屋里，一寸微明也不敢见的。	（王中）痛的只要寻死，一寸微明也是不敢见的。
27	63	闫楷白日照职理事，到晚要与王象尽详诉衷肠，信到祥兴行里，说过了几天才回。	闫楷白日照职事，到晚与王象尽诉衷肠。
28	63	娄朴道："家父在馆陶，没一次没有叫弟苦劝世兄一段话说，我拿出书来你看。"	娄朴道："家兄在馆陶捎来家信，内中有叫弟苦劝世兄一段话说。"
29	64	（谭绍闻）因问虎镇邦道："虎将爷，前日上高邮有何公干？"虎镇邦道："我的本官是高邮州人，因有公干，并捎送两封家书……"	（谭绍闻）因问道："前日上高邮有何公干？并捎去两封家书……"
30	64	（虎镇邦）又向夏逢若道："省城内公然讲开赌场，也是甚么当的事。省符县衙役如狼似虎，祥兄大老爷多，平白还讹人，况是赌场？"	（虎镇邦）又向夏逢若道："省城内公然开赌场，也不是甚稳便的事。"
31	64	管贻安道："……晚上住在村头头牛王庙，赶着他也不走。他说他学过代书，也识儿个字儿。"	管贻安道："……晚上住在村头牛王庙，他也识他学个字儿。"

续表

序号	回数（据系校本）	甲本系统、马廉旧藏本（引文从吕寸田评本）	上图本
32	64	兴官出来时，这个送买瓜果钱，那个送买纸笔钱，冰梅接在手里，就给了樊鬟妇，不许兴官要这钱。	兴官出来时，这个说送买瓜果钱，那个说送买纸笔钱。
33	64	一面力遁雷妮收拾，坐在车上，下了布帘，闭了窗纱，一路飞也似送在管家村来。	一面立遁雷妮收拾，坐在车上，下了布帘，开了纱窗，一路飞也似跑，送至管家村里来。
34	64	家人附耳道："……禀帖打的是不知姓名乞丐，无路投奔，自缢身死话头，县的老爷发懒，就吩咐埋了罢。"	家人附耳道："……禀帖打的是不知名名乞丐，无路投奔，自缢身死话头。"
35	64	（边公）一路心中打算，我在先人齿录上，依稀记得开封保举是一位姓谭的，这个莫非是年伯之子？宗宗匪案，都有此人的胸踪，罪定然是一个不安本分，恣意嫖赌的后生。但刘春荣这宗命案，罪名太重，若听了管贴安的扳扯，一引绳批根，将来便成了瓜藤大狱，怎生是妥？	（边公）一路心中打算，这个谭绍闻，宗宗匪案，都有此人的胸踪，一一引绳披扯。罪名太重，若听了管贴安的扳扯，将来必成了瓜藤大狱，怎的是妥？
36	66	虎镇邦道："你我同开赌厂，犯了官词，你是有体面的，虽说你也挨了打，胸膛却不曾沾地，只是师傅打徒弟一样，揆下摔儿就罢。像俺这一起狗攘的……"	虎镇邦道："你我同开赌场，犯了官词，你是有体面的，胸膛不曾沾地。俺这一起狗攘的……"

续表

序号	回数（据栾校本）	甲本系统、马廉旧藏本（引文从吕寸田评本）	上图本
37	68	盛希侨道："说不起，说不起！再不料俺家老二，全不算个人，把人气死了，说不出来，又遮不住。第二的把我告下。"谭绍闻道："这是怎的？我不信！"盛希侨道："你不信么？冤屈，冤屈！正要对贤弟告诉告诉，恰好你来了。"	盛希侨道："说不起，说不起！再不料俺弟，全不算一个人，把人气死了，说不出来，又遮不住。我想把我肚里冤屈对贤弟告诉告诉，恰好你来了。"
38	68	（盛希侨）向厨下吩咐："把山东舅大爷拿的东西收拾午饭，我与谭爷讲句闲话，开了门，到厅上就要饭，若是迟了……"	（盛希侨）向厨下吩咐："把山东舅老爷拿的东西收拾午饭，若是迟了……"
39	69	盛希侨道："贤弟，这事经过官么？"谭绍闻道："经过官。"盛希侨大笑道："姓的……"	盛希侨道："姓的……"
40	73	夏逢若道："你家大相公回来了？"双庆道："回来两三天。"夏逢若道："德喜跟的回来？"	夏逢若道："德喜跟的回来？"
41	74	巫翠姐道："兴官，拿你的书来，我对你说。"兴官道："娘认得么？"翠姐道："那《三字经》上字，还没有唱本上字难认，我念与你，再不用寻蔡湘。"	巫翠姐道："兴官，拿你的书来，我对你说，再不用寻蔡湘。"
42	75	闲谈半晌，聊作避债之台。挨至日夕，回家未迟。	闲谈半晌，回家未迟。

续表

序号	回数（据栾校本）	甲本系统、马廉旧藏本（引文从吕寸田评本）	上图本
43	75	道士道："……一千两勾用，须备一百两丹母，若一百两足勾用，只用备十两，随你多寡。"	道士道："……一千两足用，须要备一百两，随你多寡。"
44	77	（谭绍闻）急接道："王中不过与你抢白了两句，我彼上叫到客厅罚跪，打了十竹板子。"	（谭绍闻）急接道："王中不过与你抢白了两句，我彼时就陪了礼。"
45	78	因此又想了一个民间戏班，叫做梆锣卷，戏旦是乡间有名的，叫做鹁鸪蛋。	因此又想了一个民间戏班，叫做梆锣卷。
46	80	绍闻道："……典家说年限不勾，不准回赎。地是死的，银子在手是活的，听说如今花了一百多，只怕年限勾时……"	绍闻道："……典家说年限不勾，只怕年限勾时……"

　　其二，上图本的文字增补（表4－2）。从内容上看，上图本增补的内容较为驳杂，包括人物语言、心理、议论，甚至包括回中诗（联语）的补写（例20、例24、例27）。其中一部分增补较为合理，如例25补写了谭绍闻从济宁府归家前夕，娄氏兄弟提出可由娄家老妪协助携带箱子的情节，这一补笔颇为必要，不仅合理解释了第七十一回谭绍闻主仆遭遇劫匪时，箱子何以安然无恙，还与第七十二回娄氏兄弟致函验箱的情节相照应。此外，例17对管贻安的心理描写、例23对盛希侨戏谑谭绍闻的语言描写等等，亦不乏精彩之笔。

表4-2 甲本系统、马廉旧藏本、上图本异文比对（二）：上图本的文字增补

序号	回数（据本校本）	甲本系统、马廉旧藏本（引文从昌寸田评本）	上图本
1	53	这所余三百两，我吃着才稳当。	这所余三百两，以及从前银子二百两，我吃着才稳当。
2	55	程嵩淑道："你也不必过谦。此位是馆陶公公子，新科孝廉。"	程嵩淑搂娄楼说道："你也不必过谦。"因又指着娄楼说道："此位是馆陶公之子，新科孝廉。"
3	56	夏逢若道："我在街上远远望见过，走路时也戴着眼镜。"	夏逢若道："我在街上远远望见过，像是个极正经人，走路时也戴着眼镜。"
4	58	貂鼠皮道："夏哥，你去街上，不拘谁家钱，借他十千，过一时就还他。"	貂鼠皮道："着我去弄出事来。夏哥，你去街上，不拘谁家的钱，借他十千，过此一时就还他。"
5	59	有诗单道谭孝移移恍惚隐现的这个话，诗曰：……（诗略）	有诗单道谭孝移移恍惚隐现的这个话，乃父子一体之理也，诗曰：……（诗略）
6	62	程嵩淑正色道："……我看你既不是那不识丁的乡曲间农夫，你又不是村白肚子学生，你旧年是在学院面前报过背诵五经书的名童，我就以五经问你，你须不能说你不记得……"	程嵩淑正色道："我看你既不是目不识丁的乡曲间农夫，事事听人穿鼻，三家村白肚子秀才，典籍上一句不懂得。你旧年是在学院面前报过背诵五经同你，我就以五经同你，你须不能说你不记得。"

续表

序号	回数（据案校本）	甲本系统、马廉旧藏本（引文从吕寸田评本）	上图本
7	62	程嵩淑点点头大声道："……若是娶亲之日，更当安一个甚么字呢？"	程嵩淑点点头大声道："……若是娶亲之日，便当安上一个甚么字样？就该安上一个凶字不成？"
8	62	王象荩心中暗暗，自是不用说的。	王象荩心中暗暗，自是不用说的。惟有程嵩淑不悦而去。
9	62	谭绍闻回到轩上，心中打算行状、墓志之事。既是外父不点主了，即以此奉恳。	话说谭绍闻送盛希侨去讫，回到轩上，心中打算行状、墓志之事要紧，即以此两宗稿儿恳岳翁，以慰前日触犯之意。
10	63	虎镇邦道："……他们情愿唱儿天闹丧的戏，诸事不用你管。	虎镇邦道："……他们情愿唱儿天闹丧戏，助府上这个丧丧，诸事不用你管。"
11	63	阎楷道："清理账目，本是我旧日勾当，我就情愿办这个事体。"	阎楷道："清理账目，本是我旧日勾当，我就情愿办这个事体。"即打发来人到祥兴号送信，天才回哩。
12	63	娄翁道："……你爷爷看见，就说过我的一心务外，必不能留心家计……"	娄翁道："……你爷爷看见了，就说我不是个发财的人，一心务外，必不能留心家计……"

续表

序号	回数（据以校本）	甲本系统、马廉旧藏本（引文从吕寸田评本）	上图本
13	64	夏逢若前后左右指着说道："……这是你的祖上修盖下这宗享福的房子……"	夏逢若左右指着说道："……这是你祖上与你修盖下这宗享福的房子，别人总妒不得。"
14	64	夏逢若道："……这个叫做抓采。你家只少一个贤内助……"	夏逢若道："……这个就叫抓采，这余头开场伙计们不相干。你家只少一个贤内助……"
15	64	二门外一拱作别。谭绍闻开发王象荩……	二门外一拱而别。这正是：种豆南山下，何妨落为（箕）[其]。宁可不生蔓，莫近（兔）[菟]儿丝。不说谭绍闻开发王象荩……
16	64	夏逢若道："我比你想的周道，营兵有你顶当，祥符差人叫盛宅里顶。"	夏逢若道："我比你想的周到，咱只以开酒销为名，营兵有你顶当，差人叫盛宅顶当。"
17	64	管贻安见了盛希侨，竟有小巫、大巫之分。将就取了一钟子。少时，小豆腐来了。	管贻安见盛希侨，竟有小巫、大巫之分。心中想道："这位早知当公子这样好，当日何不供给家父读书。将就取一钟子，到丁虎镇邦面前，盛希侨道："这位一钟子。"夏逢若道："前营虎将爷。"盛希侨将来了呢？"夏逢若道："少时，小豆腐来也没言语。少时，小豆腐来了。

续表

序号	回数（据案校本）	甲本系统、马廉旧藏本（引文从吕寸田评本）	上图本
18	64	那老头儿起来道："……他家把我的媳妇送到城内谭宅。我各门楼儿看牌匾，惟有这个牌匾姓谭。"	那老头子起来道："……他家把我的媳妇儿送到城内谭宅，我也识儿个字，逐门楼儿看牌匾，惟有这个牌匾姓谭。"
19	65	（张二）闲中说："……将来必是个有出息的人……"	（张二）闲中说："……将来必是个有出息的人了，那人再也不是个下流……"
20	67	因此纳了一个副室杜氏，却正是内助梁夫人的主意。	因此纳了一个副室杜氏，却正是贤内助梁夫人主意：欲知置簪多少价，钱是山妻纺织留。
21	68	这王氏接着梁氏，到了楼下，为礼坐下。巫翠姐、冰梅亦见了礼。	这王氏接着梁氏，到了楼下，为礼坐下。巫翠姐、冰梅亦见了礼。老樊自在厨下整理席馔。
22	68	盛希侨又说出土产来历的话。饭罢，谭绍闻有欲言难吐，欲默难之状。盛希侨笑道："贤弟不必怎样，左右二百两银子，不叫贤弟作难。"	盛希侨又说出土产来历的话。饭罢，酒又上来，盛希侨又说之不已。谭绍闻是情急念之人，心中有事，竟有欲言难吐，欲默难茹之状。盛希侨有甚么关心！你听我对你说，这事不必（您）[恁]样，左右二百两银子，在我身上取齐，不叫贤弟作难。"

续表

序号	回数（据栾校本）	甲本系统、马廉旧藏本（引文从吕寸田评本）	上图本
23	70	盛希侨道："谭贤弟，替我誊誊罢。"谭绍闻道："我写的不好。" 盛希侨笑道："你在我家，从来到不了字儿上，我今日……"	盛希侨道："谭贤弟，替我誊誊罢。"谭绍闻道："满相公哩？"盛希侨道："舍弟认得满相公笔踪，若到承发房，查出笔迹，他写他个狗头。"谭绍闻道："就不怕认出我的笔踪，"盛希侨道："你在我家，从来到不了字儿上，并没用着笔，那哩有踪呢？我今日……"
24	71	过了黄河，嗣后晓行夜宿。到了济宁，饭铺吃饭……	过了黄河，一路没话。不过是晓行夜宿，到济宁罢了。人有恒言："千里投官只怕到。"到了济宁，饭铺吃饭……
25	72	娄潜斋念及旧友，泪亦盈眶。次日早晨……	娄潜斋念及旧友，泪亦盈盈〔眶〕，署中现有一个老姬要回家，后三日车上带回问何如？"潜斋道："贤契自判了封皮。"次日早〔辰〕〔晨〕……
26	73	自此行行宿宿，渡河进省，那有一点事体。	自此行行宿宿，再不敢他有所及。绍闻埋怨德喜不该结识这些人，德喜亦无言可答。渡河进省，再无一点事体。

续表

序号	回数（据来校本）	甲本系统、马廉旧藏本（引文从吕寸田评本）	上图本
27	73	无此句	又有诗道世上干亲之丑，肉中有不可言传者。诗曰：啧啧世人喜干亲，兄妹表肠强认真。圣训夫妇犹有别，夏男妾女是何人？
28	73	才听说大相公自济宁回来，急到家中去看。	才听大相公自济宁回来，还听说路上有阻隔阻隔，吓了一跳，急到家中去看。
29	75	（道士）到了前院，说：“府上宅第俱好。”又看了一看，说：“东边角门犯了大耗豹尾，只垒住不走，自可聚财发福。”一径回转，上账房而来。	（道士）到了前院，说：“府上宅第俱好，只生气贪狼木，盖的高旺，巨门土，文曲水层层相生，好极，好极！”道士又看了一看说：“东边角门，犯了大耗豹尾，只垒住不走，巨门土，盖的高昂，总是生气贪狼木，文曲水皆合文象。”一径回转，上账房而来。

其三，上图本的文字改动（表4-3）。此类异文又可细化为几种情况。（1）语言风格变化。如例1的俗语"一朝天子一朝臣"抑或"一个秋天一群雁"，例2增补貂鼠皮的谑语，对情节进展影响不大。（2）文字改动造成情节变化。其中，一部分文字改动影响了小说细节，如例85貂鼠皮自称妻子"得了干血痨"抑或"寻死"，例9智周万请辞的理由是"恋家"抑或"有病"，等等。（3）上图本的误改。如例18，筵席上妓女增加了珍珠串一人，然而结合后文"瑶仙、素馨各得佳偶"的描写，本场筵席中珍珠串并未出场，"珍珠串"当为衍文。例19，"孔耘轩、张类村、苏霖臣起身为礼"，据后文"待三人行礼毕"一句，此时在场行礼者人数，包括东道主智周万在内当为三人，"孔耘轩"三字当为衍文。例20，由于上图本脱漏"心下想到"四字，使谭绍闻心理活动成为与乌龟对话的一部分，不符合对话场景。（4）上图本语序不同于诸本。其中，例22、例23、例25的语序对小说叙述影响不大，当为不同传抄者语言习惯的体现。例24描写谭府寿宴，老樊伺候的客人当为一排坐席的客人，而不只是梁氏、滑氏，巴氏、祝氏四人；同理，赵大儿伺候的客人亦不只是姜氏等四人，因此诸钞本"其余挨序下来"一句的语序更为合理。

表4-3　甲本系统、马廉旧藏本、上图本异文比对（三）：上图本的文字改动

异文成因	序号	回数（据某校本）	甲本系统、马廉旧藏本（引文从吕写田评本）	上图本
	1	54	王氏道："王中，你各人走了就罢。一朝天子一朝臣，还说那前话做甚么……"	王氏道："王中，你各人走了就罢。一个春天一样花，还说那前话就甚么……"
	2	56	貂鼠皮笑道："我的法子已生停当了……"	貂鼠皮笑道："我并没有皮，他撕甚么？我的法子早生停当了……"
	3	63	谭绍闻道："……我未必不与世兄并驱，何至流人上不上、下不下的地位？"	谭绍闻道："……我未必不与世兄并驱，何至流人下品？"
一、语言风格变化	4	64	每日便烘烘闹闹，银钱浪藉，酒肉薰腾，灯烛辉煌，朋棍喧哗。	每日声价烘烘闹闹，银钱浪藉，酒肉薰腾，好不快意的乔样。
	5	64	左右照管陪安骄傲之脸，放肆之嘴，打了十个"右传之八章"，直打的外科要治痔疮、内科要治牙宣，好痛快人也。	左右照管陪安骄傲之脸，放肆之嘴，打了十个"右传之八章"，打的成了一个疖腮肿、牙宣出血的病症来，好痛快人也。
	6	66	刑房也受了请托，转筒也拨了机关，却俱撞了木钟，这也提他不着。	刑房也受了请托，转筒也拨了机关，却俱撞了木钟，才打了个平安醮。
	7	72	但愿孔兄多益善，友情感谊不相干。	纵然赠金衰礼貌，朋情亲谊不相干。

续表

异文成因	序号	回数（据栾校本）	甲本系统、马廉旧藏本（引文从吕寸田评本）	上图本
	8	56	刁卓道："万万不错。俺家的有了干血痨，我请了许多医生，再治不好。"	刁卓道："万万不错。俺家媳妇子，如今在家气的不吃饭，只是寻死，我劝了半日，方才不哭。"
	9	56	改日写一封书来，以恋孙不能起省为辞，风平浪静，岂不甚好。	改日写一封书来，以有病不能复来为辞，风平浪静，岂不甚好。
二、文字改动造成情节变化	10	59	（谭绍闻）争乃心中有病，仍然咽不下去，只得拣一块鱼脯条，抽了刺，给兴官吃，寻一个鸡肝儿，强逼嬉笑而已。	（谭绍闻）争乃心中有病，仍然咽不下去，只胡乱叨儿箸儿，强逼嬉笑而已。
	11	62	谭绍闻一晌儿写就，诸的是副榜孔耘轩点主，新贡生程嵩淑祀土，张类村，苏霖臣，惠人也，俱是高年老成。	谭绍闻一晌儿写就，诸的是副榜孔耘轩祀土，相礼是程嵩淑，张类村，苏霖臣，惠人也，俱是高年老成。
	12	64	管贻安道："咱回去就是。"一路出城，路上想起是自家的门楼，又有些着急。回到管家意，只见……	管贻安向众人道："我要回去，你们也不必送我。"上牲口，一路出城。回到管家村，只见……骑
	13	65	边公道："你是他甚么亲呢？"虎镇邦道："小的是他表舅。"	边公道："这不是他表舅么？"虎镇邦道："小的是他表舅。"
	14	70	盛希侨道："不叫你拿的回来！"	盛希侨道："拿不回来！"谭绍闻闷泱泱而归。

续表

异文成因	序号	回数（据校本）	甲本系统、马廉旧藏本（引文从吕寸田评本）	上图本
二、文字改动造成	15	71	盛希侨笑道："……我叫老满再与你酌处。"话犹未了，望剑儿来请。盛希侨道："快去请二——那个苏班老生拿着戏本儿同点。盛希侨道："不用点，只唱《杀狗劝夫》。"戏子领命而回。	盛希侨笑道："……我叫老满与你酌处。"话犹未完，上庭来问点戏——那个苏班老生拿着戏。盛希侨道："不用点，只唱那《杀狗劝夫》，再带上一出《花子拾金》罢。"戏子领命而回。
情节变化	16	73	祇令僮喜转送北门，备舍下旋磨之用。	折命令下老仆收肴，以备旋磨之用。
	17	76	冰梅道："只王中不进来，诸事要犯着大叔打算。"	冰梅道："只王中不进来，诸事便行。王中不进来，诸事行。"
	18	54	并了两个方案，叫出器仙、素馨，一条鞭坐了。	并了两个方案，叫出器仙、素馨、珍珠串来，一条鞭坐下。
三、上图本的误改	19	55	张类村，苏霖臣起身为礼。智周万流忙答意。娄樸自以身系后进，待三人行礼毕……	孔耘轩、张类村，苏霖臣起身为礼，娄樸自以身系后进，待三人行礼毕……
	20	57	谭绍闻道："你且先走。"心下想道：我拿定替续的主意，到了那边就锁住我的腿不成？	谭绍闻道："你且先走，我拿主意，到了就回来，怕他锁住我腿不成？"
	21	60	出门时，见一个公人拿着火签来搜赌具。	出来时，见二个公人拿着火签来寻赌具。

续表

异文成因	序号	回数（据栾校本）	甲本系统、马廉旧藏本（引文从吕寸田评本）	上图本
	22	63	虎镇邦道："府上要行殡事，我一向在高邮，昨日回来才知道了。"	虎镇邦道："我一向在高邮，昨日回来，才知道府上要行殡事。"
	23	64	夏逢若早引着虎镇邦说道，某屋子住娼，某屋子开赌场，某屋子开床铺，某屋子做火房。	夏逢若早引着虎镇邦说道，某屋子住娼妓，某屋子开赌场，某屋子开床铺，某屋子做火房。
四、上图本语序不同诸本	24	77	堂楼两席，左边首坐是梁氏、滑氏，其余挨序下来，东楼两席俱是老樊同候的，南边首座姜氏，吴氏，北边首座齐氏、陈氏，其余挨序下来，是赵大儿同候的。且说堂楼上媪妃饭交谈……	堂楼两坐，左边首坐是巴氏、祝氏、滑氏，右边首坐来。东楼西席俱是老樊同候的，南边首坐姜氏，吴氏，北边首坐齐氏、陈氏，其余挨序下来，是赵大儿同候的，且说堂楼上媪妃饭交谈……
	25	79	原来旧日所请的堂客，有另帖再请的，有带贺礼物件自来的，一个也不少。并连东邻芹姐归宁，也请来看戏。	原来旧日所请的堂客，有另帖再请的，有带贺礼物件自来的，并连东院芹邻姐归宁，也请来看戏，一个也不少。

在某种意义上，豫艺本与上图本同属乙本系统主体形态钞本，且保存了第五十一回至第六十回，或可在此十回之内，为上图本校勘提供参考。在以上三表所列举的第五十一回至第六十回之间的例证中，豫艺本文字大致可分为以下三种情况。（一）豫艺本文字同上图本，不同于诸钞本。此种情况所占比重较大，表4－1例9、例19等上图本较为明显的文字脱漏也同样见于豫艺本。其中，对于上图本、豫艺本各自出现的文字讹误，可以相互补正。例如，表4－1例20"吃了蝇子一般"，"蝇"，上图本误作"绳"，豫艺本不误。表4－1例8"赌的狠低"，"狠"，豫艺本误作"狼"；表4－1例18"忠厚存心之意"，"厚"，豫艺本误作"原"，以上二处上图本不误。（二）豫艺本文字同诸钞本，不同于上图本。主要包括表4－1例2、表4－2例2。豫艺本的文字情况，使此二处成为现阶段仅见于上图本的情节文字。（三）豫艺本文字既不同于诸钞本，又不同于上图本。主要包括表4－3例10，豫艺本作"仍然咽不下去，只得与兴官几箸儿，强逗嬉笑而已"；表4－3例19，豫艺本作"孔、苏、张俱起身为礼。智周万慌忙答礼。娄樸自己以身系后进，待三人行礼毕……"在此二例中，豫艺本的参校意义有限。

然而，有必要指出，即便在此十回之间，豫艺本与上图本文字相同的校勘案例占据了一定比例，但这并不意味着上图本一定更接近乙本系统祖本。原因在于：其一，豫艺本本身就存在诸多文字篡改之处（详见本章第三节考证），在诸钞本间不具备普遍性。其二，上图本与马廉旧藏本在小说前半部（第一回至第五十回之间）的相似程度远超豫艺本，却在第五十一回至第八十回之间出现明显分化；豫艺本与上图本在此十回之内的相同文字并不能证明豫艺本后半佚失的内容，更何况豫艺本在此十回之内还保存了不同于上图本，甚至不同于诸钞本的文字。在这一意义上，关于本小节讨论的现象，豫艺本的参考价值有限。

综上所述，除了一些成因较为明显的脱文之外，在《歧路灯》第五十一回至第八十回之间，马廉旧藏本同甲本系统主体形态钞本，而不同于上图本的异文中，上图本的文字脱漏、文字增改分别占据半数比例。其中，既有对小说文本的合理增删，亦有不符前后文意的篡改，远超出一般传抄致讹的范畴，显然经过了主观改动。在这一情况下，马廉旧藏本均与甲本系统主体形态钞本保持了一致。换言之，在马廉旧藏本"中间态特征"现象的背后，其实质则是上图本的增补、改动，使这些异文成为现阶段仅见于上图本的文字现象。

2. 马廉旧藏本与国图本的底本渊源

在《歧路灯》第五十一回至第八十回之间，马廉旧藏本除了具有一部分与甲本系统主体形态钞本相同的文字，也具有一部分既不同于甲本系统主体形态钞本、亦不同于乙本系统（以上图本为代表。豫图本、豫艺本后半残佚），而是与甲本系统的分支形态钞本——国图本相同的文字。这些文字仅见于马廉旧藏本、国图本，在前文论述国图本的"中间态特征"时曾有所提及，本节将进行专门论述。

在第五十一回至第八十回之间，马廉旧藏本与国图本具有一定的底本渊源。首先，在回目上，马廉旧藏本与国图本存在相同的章回合并现象。主要包括：甲本系统主体形态钞本、张廷绶题识本第七十八回《锦屏风办理文靖祠　庆贺礼排满萧墙街》与第七十九回《淡如菊仗官取羞　张类村昵私调谑》（此即上图本第七十七回、豫图本第七十八回《锦屏风办理文靖祠　庆贺礼排满萧墙街》，上图本第七十八回、豫图本第七十九回《淡如菊席间遭晦气　巫翠姐帘内彻笑声》），于国图本、马廉旧藏本合并为《锦屏风办理文靖祠　庆贺礼排满萧墙街》一回。

其次，在情节文字上，马廉旧藏本与国图本存在相同的文字讹误。例如，第七十二回《曹卖鬼枉设迷魂局　谭绍闻幸脱埋人坑》回中诗"劝君切莫去投官"第三句，甲本系统主体形态钞本作"但愿孔兄多益善"，乙本系统作"纵然赠金衰礼貌"，唯有国图本与马廉旧藏本"孔兄"作"家兄"。然"孔兄"实用"孔方兄"之典故（典出晋鲁褒《钱神论》），且谭绍闻为独子，不存在"家兄"。国图本、马廉旧藏本均误。

最后，在抄写格式上，马廉旧藏本与国图本存在相同的格式错误。例如，第六十三回《谭明经灵柩入土　娄老翁良言匡人》描写谭孝移灵柩出殡，用了较大篇幅罗列亲友礼单。在礼单之后，诸钞本均有"其余凡街坊邻舍祭品奠仪，笔笔无疑"一句，本句是对榜单的描写，而不属于榜单内容。本句于甲本系统主体形态钞本中独立一行，以示榜单的完结；上图本本句另起一段，后接正文。从上下文意看，此二种作法皆无误。但是，国图本、马廉旧藏本将本句抄入榜单，使其成为榜单的一部分，是仅见于马廉旧藏本与国图本的格式讹误。

下文将以吕寸田评本作为甲本系统主体形态钞本的代表，上图本作为乙本系统的代表，通过将吕寸田评本、上图本、马廉旧藏本、国图本四部钞本对勘，以呈现马廉旧藏本与国图本相同，而不同于其余诸本的文字现象。为便于校阅比对，本节现将相关异文（不含回末诗）列于表 4 - 4 "吕寸田评本、上图本、国图本、马廉旧藏本异文比对"。

表4-4 吕寸田评本、上图本、国图本、马廉旧藏本异文比对

序号	回数（据栾校本）	吕寸田评本	上图本	国图本、马廉旧藏本
1	53	这夏逢若一时财运亨通，正是小人也有得意时。	同吕寸田评本。	这夏鼎[一]一时财运亨通。
2	54	谭绍闻道："……我与你一个字迹，叫你各人安居乐业。"即到东楼，写了一张给券。	谭绍闻道："……我与你一个字迹，叫你各人安居乐业。"即到东楼下，写了一张给券。	我与你一个字迹。即到东楼，写了一张给券。
3	54	（王中）哭说道："相公只知道遵老大爷的遗言就好了。只是大爷归天时，这八个字，亲近正人，用心读书，这是大爷心坎中的话，大相公今日行事，只要常常不忘遗命，王中死也甘心。"谭绍闻一时无可答应。	（王中）说道："相公只知道遵老大爷遗言就好了。"谭绍闻一时无可答。	（王中）说道："相公只知道遵老大爷遗言就好了。"
4	54	（赵天洪）供称："……小的分得银一百五十两，图书一匣，金镯一对。今已忘却地方。"	（赵天洪）供称："……小的分得银一百五十两，金镯一对。图书一匣，彼时小的即埋到麦地，今已忘却地方。"	（赵天洪）供称："……小的分得银一百五十两，图书一匣，彼时小的即埋在麦地，今已忘却地方。"

续表

序号	回数（据栾校本）	吕寸田评本	上图本	国图本、马廉旧藏本
5	54	（王氏）又叫双庆道："你也再去催他速来！"	（王氏）又叫双庆道："你看王中是怎的，叫他速来！"	（王氏）又叫双庆道："你看王中，叫他速来！"
6	56	刁卓道："……你只回去对师爷说，看那女人的汉子感恩承情。"	刁卓道："……你只回去对师爷说，看那女人的汉子感恩承情了。"	刁卓道："……你只回去对师爷说看那女人的汉子。"
7	56	但只是我之教书，非为馆谷，不过为众人所着。	但只是我之教书，非为馆谷，不过为众人所着。	但只是我之教书，不过为众人所着。
8	59	邓祥，双庆儿搀着谭绍闻。那德喜儿于先时众人忙之中，只得仍到轩上，此时依旧罩上灯笼。	同吕寸田评本。	邓祥，双庆儿搀着谭绍闻。德喜罩上灯笼。……
9	59	已近三更天气，德喜儿要随邓祥去睡。原来双庆儿往南乡未回，德喜就睡在双庆床上。家众也各自安歇。有诗单道谭孝移忧惚惚现的这个话：……（诗略）	已近三更天气，德喜随邓祥去睡。喜怕极，就与双庆儿睡在一床上。合家也各自安歇。有诗单道谭孝移忧惚惚现的这个话，诗曰：……（诗略）	已近三更，家众[二]各自安歇。有诗单道谭孝移忧惚惚见的缘故，诗曰：……（诗略）

续表

序号	回数（据栾校本）	吕评田本	上图本	国图本、马廉旧藏本
10	60	王隆吉道："其次，只有弄三五十两银子，请个有担杜的，敢说话的人，叫让些，把这起人夹淹他，居中主张，不能如数……"	王隆吉道："其次，只可弄三五十两银子，请个有担杜的人，敢说话的人，叫让些，把这起人夹淹他，居中主张，不能如数……"	王隆吉道："其次，只有弄三五十两银子，把这个担任[三]，再请个担任，叫他们让些，不说话的人，居中主张，不能如数……"
11	60	细皮鲢道："……那时节出乖弄丑，老嫂子要出官说强奸，他要说是旧日日有账，落下口供定案，你要后悔起来。"	细皮鲢道："……那时节出乖弄丑，他说的有根有梢，落下口供，定了案，你还要后悔起来。"	细皮鲢道："……那时节出乖弄丑，后悔起来，还怕迟了。"
12	60	貂鼠皮脖项只得挂着麻绳套子，跟定三人而去。	貂鼠皮只得项带铁锁，把两只鞋穿上，跟定三人而去。	貂鼠皮脖颈只得挂着麻绳套子，把两只鞋穿上，跟定三人而去。
13	60	边公是勤政官员，黎明即起，正在签押房盥[漱]吃点心，就要出堂审事，怕词证守候，将王少湖叫进去。	边公正在签押房盥洗阅状卷，将王少湖叫进去。	边公是勤政官员，黎明即起，正在签押房吃点心，即将王少湖叫进去……
14	60	白鸽嘴、细皮鲢只得另寻另投向，做帮闲（裱）[篾]片去，后来在尉氏县落了一个帮闲穷人结局。	白鸽嘴、细皮鲢只得另寻另投向，后来在尉氏县落了一个路死贫人结局。	白鸽嘴、细皮鲢不曾挨打，只得另寻另投向，做帮闲篾片去。

续表

序号	回数（据栾校本）	吕寸田评本	上图本	国图本、马廉旧藏本
15	61	（谭绍闻）遂说道："既然拿来的，怎好骡然送回去，翻来覆去，不成一个事体，只过了三两个月……"	（谭绍闻）遂说道："既然拿来的，怎好骡然送回去，翻来覆去，不成一个事体，只过了三两个月……"	（谭绍闻）遂说道："既然拿的来，怎好骡然送回，只过三两个月……"
16	61	谭绍闻陪的上了车，德喜儿将木筒、布包，一暖壶细茶细腰中着了皮套、两个盖碗，又将儿品点心果品安置车上。	谭绍闻陪的上了车，德喜将一壶暖茶带着三个茶杯、茶果品，安置车上。	谭绍闻陪的上了车，德喜将暖壶、细茶、皮套、盖碗，以及点心，果品俱安置车上。
17	61	胡其所闻道："……叫这些该死的，都乱闹起来，连龙都认错了，这还了得么！"谭绍闻道："这明明是麦地，怎么的说是虎龙？胡其所闻道：《易经》上说：'见龙在田'，我看见，你看不见。"	胡其所闻道："……叫这些该死的，都乱闹起来，连龙都认错了，这个还了得么！"谭绍闻道："这明明是麦地，怎的说是虎龙？'见龙在田'，我看见，你看不见。"	胡其所道："……叫这些该死哩，都乱闹起来，这还了得么！"
18	61	谭绍闻送至胡同口，胡其所师徒上车，德喜儿将所带书囊、行袋、罗经包儿放在车上。	谭绍闻送至胡同口，德喜儿将所带书袋、行〔桩〕放在车上。	谭绍闻送至胡同口，胡其所师徒上车，德喜将所带书袋、行囊放在车上。
19	62	这谭绍闻一向盘算停当，拿定主意，却被正经前辈一句，同得不知是怎的了。	这谭绍闻一向盘算停当，拿定主意，却被正经前辈一句，同得不知是怎的了。	谭绍闻被正经前辈一句，同得不知是怎的了。

续表

序号	回数（据栾校本）	吕寸田评本	上图本	国图本、马廉旧藏本
20	62	程嵩淑道："……再迟十万年也是这个印板样儿。如耕田的粪多力勤，修德自获福，行邪必致祸，如把一把火放在干柴乱草之中，那火必不能自己灭了……"	程嵩淑道："……再迟十万年也是这个印板样儿。修德自获福，收成就不会薄了。行邪必致祸，如把一把火放在干柴乱草之中，那火必不能自己灭了……"	程嵩淑道："……再迟十万年也是这个印板样儿……"
21	62	张类村道："……千万只保守住这个天理良心，再也不得错了。"娄樸道："据众位老伯所说，启迁祖塞这原是吾娄世兄的，似乎当从中止。至于葬期，就以下月二十九日为定。"孔耘轩道："娄世兄明敏果断，可称潜兄令子。"这句话原是吾娄世兄娄樸，并无别意，则我是象贤，况且从来酒博荡败的女婿，每每好与岳翁与岳翁为难，谭绍闻因外甥孔耘轩一言，遂答道："启迁不启迁，临时再为酌夺。"程嵩淑闻言早已悟了，说道："我说一宗旧事儿，大家听听……"	张类村道："……千万只保守住这个天理良心，再也不得错了。"娄樸道："据位老伯所说，启迁祖塞这原是吾世兄的，似乎当从中止。至于葬期，就以下月二十九日为定。"孔耘轩道："娄世兄明敏果断，可称潜兄令子。"这句话原是吾娄世兄娄樸，无别意，但谭绍闻听见只像吾娄等类了？分明是说我的。况从来酒博荡败的女婿，每每好与岳翁为难，谭绍闻因外甥孔耘轩一言，遂应道："启迁不启迁，到临时再为酌度。"程嵩淑闻言早已悟了："我说一宗旧事儿，大家听听……"	张类村道："……千万只保守住这个天理良心，再也不得错了。"孔耘轩道："先我[四]想说一宗事儿，我怕对着小婿，不敢说。昔日有个……"

续表

序号	回数（据栾校本）	吕寸田评本	上图本	国图本、马廉旧藏本
22	62	程嵩淑闻言，早已恼了，说道："……怕后来土工们费力耳。你今日要启迁令祖，却又是令尊逆料不到的。当日必是深埋，今日岂不叫土费力么？谭绍闻面上有了不悦之色。	程嵩淑闻言，早已恼了："……怕后来土工费力耳。谭学生，你今日要启迁令祖，却又是令尊逆料不到的。当日必是深埋，今日岂不叫土费力么？"谭绍闻面上有了不悦之色。	孔耘轩道："……恐后来土工费力耳。"谭绍闻面上有了不悦之色。
23	62	程嵩淑看见了，说道："……不能在你们这后生面前顺情说好话。你要知道！"	程嵩淑看见了，说道："……不能在你们这后生面前顺情说话。"	程嵩淑看见了，说道："……不能在你们[五]面前顺情说好话。你要知道，若是别人家子弟，我们[还]不管哩！"
24	62	盛希侨道："……碗碟盘匙、布棚插屏，要儿百件、儿十件，只发给老满一个条子，叫他如数押人送来。至于或搭布棚、席棚，凭在贤弟吩咐，就叫老满来搭。"	盛希侨道："……碗碟盘匙，要儿百件就是，布棚插屏，柱脚撑竿，得儿百件，只发给老满一个条子，叫他如数押摆设。至于搭棚摆设，如敢弄来，就叫贤弟叫老满，如数弄来，看见了，我吃喝款式，我来吊纸时，叫宝剑儿带来儿。"	盛希侨道："……碗碟盘匙，要儿百件就是儿十件，要儿百件就是儿十件，只发给老满一个条子，叫他如数押人送来。人不足用，叫宝剑儿领来几个你差使。"

续表

序号	回数（据栾校本）	吕寸田评本	上图本	国图本、马廉旧藏本
25	62	盛希侨道："……我来送戏，也不是送与他家唱。那年在你后书房，撞着这起古董老头子，咬文嚼字的厌人，我常后悔没有顶触他，这一遭若要再像那胡谈驳人，我就万万不依他。"谭绍闻道："毕竟使不的。"盛希侨道："俺家进士么？俺家做过布政，他们左右不过是几个毛秀才，贡生头儿，捏甚么诀呢！我走呀！"	盛希侨道："……我送来戏，也不是送与他家唱。那年在你这书房，撞着古董老头子，咬文嚼字的厌人，我常后悔没有顶触他，这一遭若要再像那胡谈驳人，我就万万不依他。"谭绍闻道："毕竟使不的。"盛希侨道："俺家中过进士，做过布政，他们左右不过是几个毛秀才，贡生头儿，捏甚么诀呢？诸事一言而定，我走呀！"	盛希侨道："……我来送戏，也不是送与[六]他家唱。诸事一言而定。"
26	62	盛希侨道："……我回去就打发人上陈留，叫咱的戏去。戏来了，我着人请你来，看排的那《绣襦记》改了那几个科白不曾。我不得久坐，我还有要紧的事。"	盛希侨道："……我回去打发人上陈留，叫咱的戏去。戏来了，我着人请你来，看排的那《绣（襦）[糯]记》改了那几个科白，他们照着唱不曾。我不得久坐，我还有要事紧的事。"	盛希侨道："……我回去就打算上陈留的人。"
27	63	果然个个都带忙意，人人尽含悲情。猛然间，只听得一齐同声喊道："起呀！"果然听杀人也。只听得……	果然个个都带忙意，猛听的客厅中众健汉二十七个人一齐同声喊道："起呀！"果然听杀人也。只听得……	果然个个都带慌意，人人尽动悲情。猛然间，只听得……

续表

序号	回数（据案校本）	吕寸田评本	上图本	国图本、马廉旧藏本
28	63	娄翁道："……我是七八十将死的人，一句话值金贵银的，人说的话是口里说，我说的话是眼的话，世上那些下流人……"	娄翁道："……我是七八十将死的人，句句都是好话，你看世上人，那些下流人……"	娄翁道："……我是七八十岁的人，经的多了，我见世上那些下流的人……"[八]
29	64	夏逢若道："他是咱城中第一把好手，要（赢）[赢]人一千两，输他九百九十九两，只算是一两人情。只要与他交手，好似那顺风开船。他久已想吃这城中绅衿秀才，宦门公子，富商大贾这一股子大钱，只吃亏他门头儿小低，也没好院子做排场，若得了咱这正经人家开场，便便展开他的门面，又有体统，又有门面儿，他时常对我说，我知道他的心事。"	夏逢若道："他是咱城中第一把好手，要赢人一千两，只说九百九十九两，算他让了一两做想头。他久已想吃这城中绅衿秀才，宦门公子，富商大贾一股子大钱，只亏他门头儿小低，也没有好院子做排场。若得了咱这正经人家开场，又有体统，又有门面，他时常对我说，我知道他的心思。"	夏逢若道："他是咱城中第一把好手，想吃咱城中绅衿秀才，宦门公子，富商大贾这一股子大钱，只亏他门头儿小低，也没好院子做排场。若得了咱这正经人家开场，又有体统，又有门面[九]，展开他的武艺，岂有不肯[十]？他时常对我说，我知道他的心思。"

续表

序号	回数（据栾校本）	吕寸田评本	上图本	国图本、马廉旧藏本
30	64	管贻安安道："你知道么，珍珠串如今不好了。人对他说话，就染的身上长出玛瑙疙瘩来，把他的厚友黄浩波染的出起花来。请了一个瞎医生，不知用的甚么药，把半嘴牙都烧吊了，像这拼枪利害，将来必活的成。纵然活了，这脸上要成一个大黑窟窿哩！"	管贻安道："你知道么，珍珠串如今不好了。身上已长出玛瑙疙瘩来，把贾浩波染的出起花儿。请了一个瞎医生，不知用的甚么药，把半嘴牙都烧吊了。听说如今鼻子也黑了，像是这拼枪利害，将来必活的成。纵然活了，这脸上要成一个黑窟窿哩！"	管九儿[十一]道："珍珠串儿如今不好了。人对着他说话，就染的身上长上玛瑙吃墙[十二]来。"
31	64	惟有严禁官，左右限定，不许住前厅要钱。每日拿一本《三字经》，自己去念。或遇见蔡湘、邓祥也同字儿。这谭绍闻好该死也，看这光景……	惟有严禁兴官儿，左右限定，不许住前厅要钱。这好该死的谭绍闻，看见这个光景……	惟有严禁兴官，左右限定，不许住前廷[十三]要钱而已。每日拿一本《三字经》儿，向巫翠姐同字，自己去念。这谭绍闻看这光景……
32	64	管贻安见官长发怒，少不得将从前罪过——供明，怎的见刘狗岔夫妻避荒光景，雇觅在家，雇觅刘春荣见面，不容柳春荣招子，招房刘春荣写招子，自缢身死。招房飞笔草了口供，供一句，写一句，边公阅了。	管贻安见官长发怒，少不得将从前罪过——供明，怎的见刘狗岔夫妻避荒光景，雇觅在家，不容柳春荣招子，招房刘春荣写招子，后来自缢身死。招房飞笔抄了口供，供一句，写一句，边公阅了。	少不得将刘狗岔夫妻避荒，见雷妮生心，雇觅在家，不容刘春荣见面，招帖，自缢身死，一一供明。招房飞笔写口供，边公阅了。

续表

序号	回数（据栾校本）	吕寸田评本	上图本	国图本、马廉旧藏本
33	64	嗣后，边公定了监后绞罪名，连口供编成详文，申到臬司详抚，咨了刑部。	嗣后，边公定了监后绞罪一名、连口供编叙成详文，申到臬司。臬司又审了，口供相同。经了抚案热审，咨了刑部。	嗣后，边公定了监后绞罪名，连口供编，叙成详文，申司详院，咨了刑部。
34	64	保正怕事起，都拴了，恰好边公轿过，便大胆喊票这两个人。正是只因：……（诗略）	保正怕事起来，都拴住了，恰好边公轿过时，便肚内没有酒声，但听得街上传呼之声。正是：……（诗略）	保正怕事于自己，因此须先把票。正是：……（诗略）
35	65	到了次日，边公自藩抚衙门口禀火灾回来，谭绍闻接在衙门口跪下，递了一张改过自新任罚免讯状子，撕了，带在二堂，竟准其罚银一百两，交于茂昌典铺一分行息，添出孤贫院口粮二分，又切切的训饬了一番，小鹰等也从宽免枷，遂将此案完结。	到了次日，边公自藩抚回来，谭绍闻接在衙门口跪下，递了一张改过自新的状子。边公就在轿内撕了，任罚免讯的状子。说二堂准其罚银一百两，添出孤贫院口粮二分，又切切的训饬了一番，小鹰等也从宽免枷，遂将此案完结。	到了次日，边公自藩抚衙门口禀火灾而回，谭绍闻接在衙门口跪下，递了一张改过自新状子。果然[十四]青年俊秀，也动了怜才之念，带在二堂，责以扑[十五]刑，贵以年谊，又切切教[十六]了一番，口虽不言[十七]，而通家之情，已寓不言之表。小鹰等各从宽免枷，遂就此将[十九]案完结。

续表

序号	回数（据栾校本）	吕寸田评本	上图本	国图本、马廉旧藏本
36	67	争乃张类村是三姑六婆不许入门的人家，无缘可施，想着寻个事故闹到南院闹去，抑且苦于无因，况且怕张正心七人分。	争乃张类村是三姑六婆不许入门人家，无缘可施，想着寻个事故闹到南院闹去，抑且苦于无因，况且怕张正心七人分。	争乃张类村是三姑六婆不许入门的人家，无缘可施，况且苦于[二十]张正心七人家，分，亦就不敢寻个故事到南院闹去。
37	68	老满说："不难、不难，如今八月河南乡场，费上几两银子，打个联号，万一遇着好手，中了也不敢定。"我说："你听的有甚风声儿？"老满说："那的有一点邪风儿。"我说："这就没法了。"他就说了些打联号有衙役书办哩，传递题目，传递文章，许多有药有役的话。老满说："该怎么弄法？"我说："天下勿论司院司府道，州县佐贰的衙役书办，有一个，就有几百九十九个要钱作弊的，掉下一个不要钱，是咋攺病故了。左右不过是几个揭的不是？你就办去，说他中了副榜第三名，同公平消中了副车，后来放乡榜，费够七百有零。"同上徐州迎来……	老满说："不难、不难，如今八月河南乡试场，费上几两银子，寻个门路，那是不中用的。"老满说："还有衙役书办哩。他就说了些打联号，觅枪手，传递题目，传递文章，许多有药有役的话。我说："该怎么弄法？"老满说："天下勿论司院司府道，州县佐贰的衙役书办，有一个，掉下一个不要钱，不作弊，是咋攺病故了。左右不过是几个揭了晓，就叫他办去，说他中了副榜第三名。待三场后揭了晓，老满与他看榜回来，说没得乡榜言语，除没没开消了一千七百两有零。	老满说："不难、不难，如今八月河南乡试场，费上几两银子，寻个门路，万一中了，徐州迎来岂不体面好看？"我说："大人冰清玉洁，那有门路？"老满道："天下勿论[二一]司府道，州县佐贰书办衙役，有一个，就有几百九十个觅枪手，打连号，款款有理，我就依他去办，到揭晓时，舍弟果然饶幸中个[二二]副榜，老满开发[二三]枪手，打[二四]连号谢仪，也化费一千有另[二五]。此后上徐州……

续表

序号	回数（据校本）	吕寸田评本	上图本	国图本、马廉旧藏本
38	70	冯健道:"盛大宅要知道,这宗话便难说了。若教令弟输个下风,……"	冯健道:"盛大宅要知'同居无私财'五个字,即是这宗宗断案。大宅既有私当的地亩,系在未析居之先,这宗话便难说了。若教令弟输个下风,……"	冯健道:"盛大宅若教令弟输个下风……"
39	71	盛希侨道:"老满满送客。"又细声道:"我到戏上告他说,再叫他加上些做作,好劝化揽家不贤家兄弟。叫他再添上两句,说'这是俺丈夫家孩子们他爷。'"谭绍闻笑说:"这才的叫太大门明白。"一场上下来,也赶送谭绍闻。	盛希侨道:"老满送客。我到戏上告他说,叫把劝叔嫂再唱上几出子,加上些做作。"又向谭绍闻说了"有罪",自己跑过东院去。谭绍闻至大门而回。	盛公子道:"老满送客。我到戏上再叫他[二双]加上些做作,好劝化这搅家不贤家的人。"满相公送的谭绍闻去讫。
40	71	……岂不两得其妙?算计了一夜。次日早晨,着人叫王中商量上济宁的事,说:"一向不曾叫你管事,如今我要上娄师爷任上去打个抽丰,这事却要叫你跟我去,与你计议,咱儿日起身?"	……岂不两得其便?次日早晨禀告母亲,又着人叫王中商量上济宁的事,王象荩到了,谭绍闻道:"我一向不曾叫你管事,如今我要上娄师爷任上去打个抽丰,这事却不得与你计议。"	岂不是两得其便的上策?算计了一夜。次日早晨,着人去城南把王中叫到家中,绍闻道:"我一向不曾叫你管事,如今我要上娄师爷衙门任上去打个抽丰,却叫你跟我去,与你计议,咱儿日起身哩?"

续表

序号	回数（据栾校本）	吕寸田评本	上图本	国图本、马廉旧藏本
41	77	那快手是得时的衙役，也招架了一班陇西梆子腔，一班山东弦子戏，他给了四十两银买的去。	那快手是得时的衙役，也招架了两班，一班陇西梆子腔，一班山东弦子戏，他给了四十两银买的去。	那快手是得时的衙役，也招架两班戏，一班山东弦子戏，一班陇西梆子腔，他给了四十两银买的去。
42	79	只要满相公事后送上一片账单，本身上来儿张取货飞子，便扣除开发的，所剩有限了，岂不难哉！	只要满相公事后送上几片账单，本身上来儿张取货飞子，便扣除开发的，所剩有限了，岂不难哉！	只满相公事后送上几片子账单，便扣除开发的，所剩有限了，岂不难哉！
43	80	及至出衙不久，把三两盘费吃尽，回不了祥符。双庆儿流落到莘县野县戏班，学了一个摸衣裳的，后来唱到省城，方才改业。这德善儿后来吊死在冠县地方野坟树上。乡保递了报状，官府相验，衣襟中还缝着一封书。冠县行文到济宁查照，娄潜斋甚为不祥，向娄朴道："我不料这个奴才这个奴才竟未回去，把命也送了。"心中好过意未过意意不回去，此非是娄潜斋疏于打算，未曾料他不回去，这正是奴仆背主之现报也。总之，君父之义，无所	及至出衙不久，把三两盘费吃尽，回不了祥符。双庆儿流落到莘野县戏班，学了一个摸衣裳的，这德善儿后来吊死在冠县地方野坟树上，官府相验，衣襟中还缝着一封书，冠县行文到济宁查照，娄潜斋甚为不祥，向娄朴道："我不料这个奴才这个奴才竟不回去，把他命也送了。"心中好过意了。此非是娄潜斋疏于打算，未曾料他不回去，这正是奴仆背主之现报也。总之，君父之义，无所	及至出衙不久，把[三七]两盘费吃尽，回不了祥符。双庆流落到莘县城[二八]戏班，学了个摸衣裳的，后来唱到省城，方才改业。这德善儿后来吊死在冠县野坟树上。乡保递了报状，官府相验，衣襟中还缝着一封书。济宁应覆回文[二九]，潜斋甚为不怡[三十]，向娄朴道："我不料这个奴才竟未回去，把他命也送了。"心中好过意未竟了[三一]。此非是娄潜斋疏于打算，未曾料到他不回去，这正是奴仆背主之现在报

续表

序号	回数（据栾校本）	吕寸田评本	上图本	国图本、马廉旧藏本
		无所逃于天地之间。奴仆之与主人，亦君君父之义也。天下有臣背其君，子背其父，而得善其后者乎？看官曾经过其人否耶？请为著书者屈指数来。	逃于天地之间。奴仆之与主人，亦君父之义也。天下有臣背其君，子背其父，而得善其后者乎？看官曾经过其人否那？	应[三一]也。

校注：本栏引文从国图本。现据马廉旧藏本择要对校如下：[一]"鼎"，作"逢若"。[二]"家"，"众"二字互乙。[三]"徂任"，作"有胆壮"，均误。[四]"先"，"我"二字互乙。[五]"们"字下有"这后生"三字。[六]"与"，作"叫"。[七]"唱"字下有"我走呀"三字。[八]本句作："……我是七八十的人，经得多了，我见世上人，那些下流之材……"[九]统"字又有门面"四字。[十]"艺"字下脱"有"字。[十一]"曾有其肖"四字。[十二]"讫墙"，作"讫搭"。[十三]"廷"，作"厅"。[十四]"然"字下有"就此将"，作"将此"。[十五]"且"字下有"怯"字，当据补。[十六]"的教训"，作"训教"。[十七]"言"，作"竿"，作"中丁"。[十八]"说"。[十九]"嗛"，当据改。[二十]"手"字下有"零"，作，当据改。[二一]"下"字下脱"勿论"二字。[二二]"饶幸中个"，作"中丁"二字互乙。[二三]"二"，作"八"。[二四]"县"。[二五]"另"，作"棒"字，从下断句。[二六]"再"，"叫他"互乙。[二七]"贻安"，作"贻安"。[二八]"朴"。[二九]"文"字下有"娄"字，从下断句。[三十]"打"字。[三一]"城"，作"朴"，作"现在报应"，作"现报"。

　　表4-4所呈现的，是在《歧路灯》第五十一回至第八十回之间，四十余处具有校勘意义的文字细节上，马廉旧藏本与国图本相同的情节文字。其中，个别异文成因是国图本、马廉旧藏本对情节文字的改写，例如第六十五回边公将谭绍闻"带在二堂，责以朴刑"，第七十一回谭绍闻"着人去城南把王中叫到家中"等处，是仅见于二部钞本的文字，在诸钞本间不具备普遍性。

　　相较之下，表4-4所列异文的总体趋势是马廉旧藏本、国图本对其余诸本文字的删减。主要包括：（1）语言描写。例如，第六十二回程嵩淑博辩止迁葬的"千万只保守住这个天理良心"、"再迟十万年也是这个印板样儿"；第六十五回夏逢若介绍虎镇邦的"他是咱城中第一把好手"；第六十八回满相公称衙役书办"有一千个，就有九百九十九个要钱作弊的"，等等。（2）细节描写。例如，第五十九回德喜见到谭孝移"幽灵"后恐惧至极，"要随邓祥去睡"；第六十二回盛希侨回忆前辈教诲时"后悔没有顶触他"，等等。（3）作者议论。例如，第八十回回末的作者议论"君父之义，无所逃于天地之间"一段。

　　综上所述，国图本、马廉旧藏本分别作为甲本系统、乙本系统的分支钞本，在保持甲、乙钞本系统的整体特征的同时，在第五十一回至第八十回之前出现数量可观的相同文字，其中半数以上异文成因是对诸钞本文字的删改。这一现象将二部钞本从甲、乙钞本系统主体形态中分离出来，使其在《歧路灯》钞本源流系统中处于较为特殊的位置。这是二钞本"中间态特征"的又一重要体现，也是《歧路灯》钞本校勘中较为特殊的现象。

　　由此不妨引申，国图本、马廉旧藏本彼此相似，而不同于他本的"中间态特征"来源何在？对此，底本的杂糅似乎是较为合理的解释。考虑到《歧路灯》长期以钞本形式流传，其情节文字具有不固定性，抄写者极有可能杂糅底本。笔者推测，二部钞本其中一部（或二部）的底本来源并不单一，一方面，某些抄写者极有可能在部分章回之间借鉴、使用了不同源的底本，使国图本与马廉旧藏本出现彼此相同的情节文字；另一方面，在其所借鉴的部分底本中，亦有可能羼杂了后人的篡改，造成了国图本与马廉旧藏本彼此相同，却不同于诸钞本的异文。

　　进一步说，这些异文在章节分布上集中出现在第五十一回到第八十回之间。就《歧路灯》全书范围而言，第五十一回、第八十回是两个非常重要的回目。正如本书第二章所论证的，《歧路灯》钞本间集中出现三处合并章回现象，其中二处即位于第五十回至第八十回之间（第五十回与第五十一回；第七十八回与第七十九回）。同时，诸钞本第八十回回目竟出现四种之多①，是全书范围内回目文字差异最大的章回。在两处特殊回数节点之间，国图本和马廉旧藏本大量出现彼此相同，且不同于诸钞本的异文，其后一定有更为特殊、也更为深刻的版本渊源。

　　此外还应考虑到，国图本、马廉旧藏本卷首皆有"乾隆庚子过录题识"，该题识与《歧路灯》流传史上一个重要事件——即所谓的"乾隆庚子过录"——有不同程度的联系。对此，本书将在第四小节进行专题论述。

（三）第八十回之后：马廉旧藏本与上图本的异文相对减少

　　在《歧路灯》第八十回之后，诸钞本异文仍主要存在于甲、乙钞本系统之间。在这一总体趋势下，相较于前八十回，诸钞本一方面在异文总体数量上相对减少，另一方面在异文分布上相对零散，较少大篇幅的情节差异。其中，马廉旧藏本基本保持了与上图本的一致性，但仍存在个别情节文字或与甲本系统主体形态钞本相同，或与国图本相同，或不同于诸钞本。究其成因，除了诸本自身的文字脱讹之外，亦有上图本对情节的增补，以及对描写的删减，这一现象贯穿了上图本全书。关于上图本的文字简化现象及校勘问题，本书将在本章第五节进行专门论述。

---

　　①　甲本系统主体形态钞本、张廷绶题识本作《谭府小厮背主恩　冯家代书述官法》；安定筱斋钞本作《冯讼师引言劝怒主　娄济宁发书送逃奴》；国图本、马廉旧藏本作《谭绍闻家贫奴辞主　娄潜斋鉴明假难真》；上图本、豫图本作《讼师婉言劝绍闻　奴仆背主投济宁》。

三　马廉旧藏本的校勘价值和研究意义

马廉旧藏本作为《歧路灯》乙本系统中的新见钞本，对于推究《歧路灯》乙本系统祖本风貌，乃至《歧路灯》诸钞本的校勘，都具有重要意义。主要体现在以下三个方面。

（一）可补上图本文字之阙

在现阶段的研究中，《歧路灯》乙本系统钞本的保存情况并不理想。其中，豫图本残存第一回至第四十六回，且末二册絮化严重。豫艺本残存卷一、卷三、卷五至卷十，合计四十六回。在马廉旧藏本发现之前，能够代表《歧路灯》乙本系统全帙风貌者，便仅有上图本一种。上图本虽卷帙完整，却卷首、卷末残缺，书中不乏页面残损造成的文字脱漏。长期以来，由于豫图本、豫艺本残损过半，对于上图本后半部的残损往往面临无同源钞本可资订补的困境。

马廉旧藏本打破了上图本作为《歧路灯》乙本系统唯一全帙的现状。马廉旧藏本卷帙完整，基本没有文字残损，是目前《歧路灯》乙本系统中保存最为完好的钞本。以同属《歧路灯》乙本系统的马廉旧藏本订补上图本文字之阙，较之他本而言，无疑具有更为充分的学理依据。据笔者统计，仅限于上图本因页面残损造成的文字脱漏，马廉旧藏本可补上图本的文字便达到三千五百余字（尚未包含上图本的个别文字漫漶），这几乎已经相当于（甚至超过了）《歧路灯》部分章回的全回字数。即便在全书范围内，这一比重也是较为可观的。本节现将马廉旧藏本可补上图本文字之阙的情况附列如下（见表4-5）。

表 4 - 5　　　　　　　　　　　马廉旧藏本补上图本文字情况

上图本回数	马廉旧藏本补上图本文字	备　注
第七回	将来发达，必是谙练事体之员。 因往书肆中购些新书，又向古董铺中…… 又兼睹皇居之壮丽，官僚之威仪，人烟货物之辐辏…… 又一日，只见张升来了，说道：礼部出来了一个条子…… 上面写到：礼部示谕各省保举贤良方正人员知悉…… 夹着一张河南乡试录，内见第十九名…… 不觉拍掌失声道："潜斋中矣！" 来春赴京，不能代理。孝移中夜思量，次日写了一封遥贺潜斋的书札…… 一封王氏、端福的家信，一封闫相公的书，一封孔耘轩的书…… 又与周东宿一封起居的书，内托转付家音话说。 带了邓祥去拜河南提塘官，央他包动于祥符儒学京报之中。 河南路近京城，不半月，这周东宿拆开京报看时…… 内中有一束是谭忠弼拜恳转付家音的，说道："正好，正好！" 即差胡门斗送至谭宅。 即请谭宅少相公到学说话，兼到北门请新科娄爷的少相公。 这是甚么缘故？原来科场已毕，新学院上任…… 这学院乃是一个名儒，各重经述，行文各学…… 能背诵五经者，文理稍顺，即准入学充附。 不得以本州县并无能诵五经之儒童混详塞责。	页面残损约 150 字

续表

上图本回数	马廉旧藏本补上图本文字	备 注
第十回	回目：第十回　盲医生乱投药剂　王妗奶劝请巫婆 话说谭孝移自都门回，傍午到家，王氏接着，便叫端福儿…… 王中道：大约侯先生说……（引者注：首页脱页） "目不识经，也就言无根柢。"侯冠玉道…… 好诗读下三千首，不会做来也会偷。读的多了…… 放着现成不吃，却去等着另做饭。（引者注：上图本"成"字下疑有一"的"字，然字形残缺不全） "……他是看猫画虎，一见即会套的人。"孝移微笑道："端福不甚聪明……" 遂起身向端福坐位而来，掀起书本，却是一部《绣像西厢》。 侯冠玉道："那是我叫他看的。"孝移道：…… "……如何叫他看这呢？"侯冠玉道："那是学文章法子。" "……莺莺是题神，忽而寺内见面，忽而白马将军……"	首页脱页、页面残损约 590 字
第十七回	希侨道："我明日通请贤弟，你[一]是要早去哩。"……偏是市井聊半面，霎时换帖即金兰。	末页脱页约 420 字
第三十三回	从街口走出来，看见众人…… "败了有何生气？便是那个样子。" 就邀一[二]同到家中，连新随的人…… "你看你说的是甚么？"管贻安…… 我放着老西不与他说，他脸上有粉…… "……要下手我们么？"张绳祖哈哈大笑…… 原是商量请众位今晚到[三]舍下吃酒。	页面残损共 31 字
第四十八回	只见母亲哭着，正与亲兄弟说话。 我从长洲打了染房昧绸子官事[四]…… 银子被人割去，他与你五百钱盘费……	页面残损共 19 字

续表

上图本回数	马廉旧藏本补上图本文字	备注
第五十回	收入奸狯之内，不说终身体面难赎，只这一场惊恍……进的东楼，用被蒙头睡了。	页面残损 共162字
第六十七回	不叫贤弟作难，还叫贤弟更有不难处。……《棠梨》[五]该添第九章。	末页脱页 共39字
第七十二回	只是不见一个钱、一块银子，再遭出门…… 摸了个小瓶口，用刀割下来，约有…… 都四散而去，这德喜咬住手巾…… 不敢作声，不能作声，挺到天明，行人给他取了口中麻巾。 苏息了一个[六]时辰，方才晓的动哭，提着鞋袜…… 鞋袜皆顺水而去，上岸跣足而行，认定马蹄踪迹…… 望见烧饼铺前马匹…… 主仆到了铺中，抱头而泣，老叟道…… 这就是天大的造化，只是受惊不小。 老妇又劝吃了几个坎[七]饼，各饮了半碗热水。 脱下镫靴旧袜，叫德喜穿，即觅本铺磨面驴子…… 发放来人，赶驴而归，早已下店住个小房。 主仆结伴方敢起来，日出三竿…… 连日都是如此，一路行来。	页面残损 共92字
第八十八回	张正心抱着名相公，小厮跟着，回头一拱而去。……把柄在己，岂在人哉！	末页脱页 约160字
第八十九回	却说谭道台观风一节，虽是隐衷欲见弟侄，却实实的采风问俗，默寓隆重作养之意……各生童不但文思欲勃，早已道心自生，遥闻喝道，料得观察已退。	页面残损 约420字

续表

上图本回数	马廉旧藏本补上图本文字	备 注
第九十四回	一面料理家务，得空儿就读书。三年一应乡试，中了上京，不中还照常料理事体。贤弟一向所为，我已知其大半。总之，再不走荆棘，这边就是茂林修竹；再不踏确磋，这边就是正道坦途。此以丰裕为娱亲之资也……入国子监，熬用苦功，秋闱春闱都在北京……叫他进我衙门读书。……但恐官海萍踪……但有调转别省之事……足以为吾家之贤妇……绍闻低声问道："何姓呢？"观察道："且不必言明[八]。……如何我肯说明呢？吾弟只管放心，大约我之升转河南，无非千里姻缘一线牵，我之侄妇，我肯轻易撮成么……仍与王中、双庆回家而已。"	页面残损、末页脱页共约150字
第九十五回	回目：第九十四回 闫楷谋房开书肆　王中掘地得窨金 却说谭绍闻自道署回来，请了母亲的安……不过三日以内就行。	首页脱页约210字
第九十五回	因旧年屡承老主人之盛德……我请吃茶何如？众人俱说甚妥。	脱页约500字。
第一百零一回	贤弟只在国子监等候，不可寸离……未知有何商订，下回细注自明。	末页脱页约160字
第一百零六回	大人出暖阁，伞扇罩住恭候。箕初进了仪门，见伯大人在暖阁上罩着……这席面，好生畅快人也。	末页脱页约377字。

校记：[一] "你"，马廉旧藏本作"们"。 [二] 马廉旧藏本"邀"字下脱"一"字。[三] 上图本"晚"字残损，其下径接"舍下吃酒"，马廉旧藏本"晚"字下有"到"字，今据补。[四] "事"，马廉旧藏本作"司"。[五]"棠梨"，当作或"棠棣"或"常棣"。[六] 上图本"一"字以下文字残损，疑为"会（會）"字。马廉旧藏本作"一个时辰"，今据补。[七] 上图本"个"字以下文字残损，疑为"烧（燒）"字。马廉旧藏本作"坎"，当为"炊"字之讹。[八] 马廉旧藏本"言"、"明"二字互乙。

（二）可为上图本提供参校依据

马廉旧藏本作为《歧路灯》乙本系统的又一全帙，其校勘意义不仅在于补配上图本的文字脱漏，还在于为《歧路灯》乙本系统的校勘提供新校本。马廉旧藏本与上图本具有密切的底本渊源，又在特定章回中存在明显分化，是《歧路灯》乙本系统最为重要的校勘问题之一。这些异文虽不足以动摇本书对《歧路灯》甲、乙钞本系统的划分结果，但有必要指出，马廉旧藏本在上图本之外，为今人考察乙本系统文字提供了另一重校勘上的可能性，也为今人探索乙本系统祖本风貌带来更多疑问。同时，马廉旧藏本与上图本的分化，也在客观上造成上图本和甲本系统主体形态钞本之间，形成了《歧路灯》存世钞本间最为显著的文字差异。对此，本书将在本章第五节作专门讨论。

（三）有助于今人更为全面地梳理《歧路灯》钞本源流系统

马廉旧藏本的校勘意义，还源自其在《歧路灯》钞本源流系统中的特殊位置。即，国图本、马廉旧藏本在分别保持了与《歧路灯》甲、乙钞本系统的共性特征之外，存在一部分彼此相同，或与另一钞本系统相同的情节文字，这对于考察《歧路灯》存世钞本的底本源流至关重要。一方面，在文字校勘上，二部钞本为今人勾勒"甲本系统主体形态钞本—国图本—马廉旧藏本—乙本系统主体形态钞本"的文字近似关系提供了重要节点；另一方面，在钞本源流关系上，二部钞本的存在，也证明了《歧路灯》甲、乙钞本系统间并非绝对分明的"非甲即乙"，而是存在一部分具有"中间态特征"的钞本。纷繁错综的钞本源流关系，再次揭示了《歧路灯》的流传情况极为复杂，绝非单线索的线性传播，而是多人、多时、多地传抄。在漫长的传抄过程中，底本的杂糅、合流乃至篡改，都是常见现象。由此反观学界既有的"并不存在所谓过渡形态的版本或合流本"① 之说，固然是一种理想化的状态，但与《歧路灯》复杂的流传情况并不相符，不可一概而论。在这一意义上，马廉旧藏本作为描述《歧路灯》钞本源流系统的重要一环，理应受到关注。

---

① 王冰：《再论〈歧路灯〉的版本》，《平顶山学院学报》2015 年第 6 期。

四 从马廉旧藏本论"乾隆庚子过录题识"

"乾隆庚子过录题识"是《歧路灯》流传史上的重要文献。尽管题识作者已无从考证，但该题识记述了《歧路灯》流传史上一次由李海观的学生"抄于众人之手而成"的过录过程，提供了一部特定的"乾隆庚子钞本"的线索。

在现阶段所知的《歧路灯》钞本中，卷首存有"乾隆庚子过录题识"的钞本共有三部：豫图本、国图本、马廉旧藏本。在三部钞本抄写时间均无法确切考证的情况下，根据笔者校勘，豫图本与马廉旧藏本卷首的"乾隆庚子过录题识"在文字上更为接近，但豫图本首叶略有残损；国图本卷首的"乾隆庚子过录题识"文字差异相对较大。本节现据国图本录该题识如下，辅以豫图本、马廉旧藏本校勘。

> 绿园李先生手[一]著。
> 先生姓李[二]，名海观，字孔堂，号绿园，筮仕南黔[三]之印[四]江。
> 余于丁酉岁，从学于[五]马行沟，敬读此书，始娱[六]其文章之妙、笔墨之佳，且其命意措词，大有关于世道人心。迨归，越明年，自春徂秋[七]，抄于众人之手而成焉。
> 余素性颇偏，书本务要整齐，纸张必[八]要[九]干净，不惟丢其本而余不乐，即污其本，而余亦不乐也[十]，谅之，昨有人借看此书者，纸皮大为翻折，书边手汗污秽，而且以烟油涂抹其上，殊属闷闷。每至学中，见有书本斜乱，纸张污秽，虽与己无涉，而究非恭敬人、小心人也。前有某某老先生至余馆[十一]中，慕绿园先生文集。时余方订新，颇为[十二]可观。乃彼偏不置之案上，倒身后靠，背折书皮。言之[十三]，则前辈先生[十四]，不言[十五]，实屈于心焉。余素不自私其有，况奇文之共欣赏者乎？乃乡间有不大通[十六]书理者，假贪看闲

书，而冒识字之名，只像实有其事[十七]、实有其人，凡类是而欲借[十八]此书者，尽行打脱，以留为有目之共赏耳。

吕中一评《岐[十九]路灯》有曰：以左邱司马之笔法，写布帛菽粟之文章。允为的评。

学者欲读《岐[二十]路灯》，先读《家训谆言》，便知此部书[二一]籍发聋振聩、训人不浅，非时下闲书所可等论也，故冠之于篇[二二]首。①

"乾隆庚子过录题识"历来受到《歧路灯》研究者的关注。20 世纪中期，栾星首次在豫图本卷首发现"乾隆庚子过录题识"。由于栾星所见钞本中仅有豫图本保存了该题识，栾星因此判断豫图本抄写于乾隆四十五年（1780），将豫图本命名为"乾隆庚子过录本"，并在其点校工作中，将豫图本作为"第一底本"②。

近年来，随着更多《歧路灯》存世钞本被发现和利用，学界已知国图本卷首亦存有"乾隆庚子过录题识"，由此曾在研究者中产生豫图本、国图本抄写时间孰为早晚的不同意见。王冰结合国图本卷首的"乾隆庚子过录题识"和卷末的韩文山题识，推测："上述卷首题记与卷末文字均

① 校记：[一] 马廉旧藏本、豫图本"生"字下脱"手"字。[二] 马廉旧藏本、豫图本"生"字下脱"姓李"二字。[三] "黔"，马廉旧藏本、豫图本作"点"，误。[四] "印"，马廉旧藏本作"仰"，误。[五] 豫图本"于"字页面破损。[六] "娱"，马廉旧藏本、豫图本作"悞"，当据改。[七] "秋"，豫图本作"夏"。马廉旧藏本原作"夏"，后于行间夹改为"秋"。[八] "必"，马廉旧藏本、豫图本作"务"。[九] 豫图本"务"字下脱"要"字。[十] "也"，马廉旧藏本、豫图本作"焉"。[十一] "馆"，马廉旧藏本、豫图本作"学"。[十二] 豫图本"方订新颇为"五字页面破损。[十三] 马廉旧藏本"言"字下脱"之"字。[十四] "前辈先生"，马廉旧藏本、豫图本作"老前辈"。豫图本"辈"字页面破损。[十五] 豫图本"不言"二字页面破损。马廉旧藏本、豫图本"实"字上有"而"字。[十六] "不大通"，马廉旧藏本作"不达"，豫图本作"不通"。[十七] 豫图本"像"字下脱"实有其事"四字。[十八] 豫图本"借"字页面破损。[十九] "岐"，豫图本作"歧"，当据改。[二十] "岐"，豫图本作"歧"，当据改。[二一] 马廉旧藏本、豫图本"书"字下有"法"字。[二二] 马廉旧藏本、豫图本"于"字下脱"篇"字。

② 栾星：《校勘说明——代跋》，[清] 李绿园著，栾星校注《歧路灯》（下册），第 1018 页。

出自韩文山之手,韩文山应为李海观在新安马行沟教过的学生"①,"乾隆抄本(引者注:即本书所称'豫图本')极有可能是经过学生抄本转抄而成的,其抄写时间晚于国图抄本"②,由此提出国图本早于豫图本的观点。2015 年,王以兴《〈歧路灯〉弟子过录本的时间辨误及其他》一文,通过对"乾隆庚子过录题识"中"迨归"一词的不同理解,提出豫图本早于国图本的观点:"乾隆年间的弟子过录本即己亥过录本应该是《歧路灯》的最早抄本"、"如果没有特殊情况,己亥过录本就是《歧路灯》的最早抄本,而且现藏于河南省图书馆"。③ 对此,王冰于同年发表《再论〈歧路灯〉的版本》④ 一文,重申了"国图抄本早于乾隆抄本"的观点。

值得注意的是,在笔者新发现的马廉旧藏本卷首同样抄有"乾隆庚子过录题识"。因此,有必要对此题识的性质及其版本意义进行新的讨论。本书第二章曾论及"乾隆庚子过录题识"对《家训谆言》位置的影响。事实上,"乾隆庚子过录题识"在《歧路灯》流传史上的意义不仅在于改变了《家训谆言》的位置,还体现在以下两个重要方面。

其一,从史实角度,"乾隆庚子过录题识"证实了一次"乾隆庚子过录"活动的发生。至于这次传抄究竟发生在庚子年还是己亥年,并不影响本书结论。由于栾校本《校勘后记》提出的"乾隆庚子说"是当前学界的通行观点,为避免术语上的混淆,本书沿袭此说,将这一次过录活动称为"乾隆庚子过录"。

其二,从史料角度,"乾隆庚子过录题识"证实了一部在乾隆庚子年、由李海观的学生"抄于众人之手而成"的钞本的存在。为方便讨论,本书将这部特定的钞本命名为"乾隆庚子钞本"。值得注意的是,由于"乾隆庚子钞本"产生于"抄于众人之手而成焉"的过程,势必与《歧路

---

① 王冰:《〈歧路灯〉版本与校勘略论》,张清廉主编《首届歧路灯海峡两岸学术研讨会论文集》,第 331 页。

② 王冰:《〈歧路灯〉版本考论》,《求索》2012 年第 7 期。

③ 王以兴:《〈歧路灯〉弟子过录本的时间辨误及其他》,《山西师大学报》(社会科学版) 2015 年第 1 期。

④ 王冰:《再论〈歧路灯〉的版本》,《平顶山学院学报》2015 年第 6 期。

灯》稿本存在一定距离。随着时间的推移和传抄范围的扩散，"乾隆庚子钞本"也在漫长的流传过程中衍生出众多传本，成为《歧路灯》传抄史上的重要一环。

在目前存有"乾隆庚子过录题识"的三部钞本中，根据笔者校勘，国图本"始悮其文章之妙"，"悮"误作"娱"①，豫图本"南黔"误作"南点（點）"，马廉旧藏本"印江"误作"仰江"，皆为后出传本的形近致讹。因此，这三部钞本卷首的"乾隆庚子过录题识"皆非原作。换言之，三部钞本都不是原初的"乾隆庚子钞本"。因此，"乾隆庚子钞本"迄今仍是概念意义上的存在，并没有一部存世的《歧路灯》钞本可被证实即为"乾隆庚子钞本"。

更为重要的是，豫图本、国图本、马廉旧藏本三部钞本文字差异较大，这不仅体现在第九回《柏永龄明君臣大义　谭孝移动父子至情》及其前后的一万二千余字的情节文字存佚（国图本无，马廉旧藏本和豫图本有），进一步说，还包括三部钞本之间庞大的异文数量。三部钞本绝非抄自于同一祖本，也不可能皆由"乾隆庚子钞本"衍生而成。三部钞本中，必然有一部或多部钞本具有多元的底本来源。

笔者推测，这一现象的成因大致有两种可能：其一，三部钞本中，某部（或某几部）钞本及其底本与"乾隆庚子钞本"本无关联，其卷首原无"乾隆庚子过录题识"，后世传抄者、读者将他处所见的"乾隆庚子过录题识"转抄在卷首。其二，三部钞本中，某部（或某几部）钞本据补配的底本抄成，其中某些底本存有"乾隆庚子过录题识"，抄写者出于求全、猎奇等原因，将该题识抄于卷首。在现阶段的研究中，其成因只能停留在推测层面。"乾隆庚子过录题识"与《歧路灯》钞本间的关系，在文

---

① 王以兴《〈歧路灯〉弟子过录本的时间辨误及其他》曾指出："在此处'悟'字显然要比'娱'字恰当、合适……如果换成'娱'字，前后逻辑显然不通。"然而，王冰《再论〈歧路灯〉的版本》认为："国图抄本、洛阳石印本和栾星先生的《校勘说明》均作'娱'。乾隆抄本可能由于'娱'、'悮'二字字形相近而致误。其次，这里用'娱'并非逻辑不通，仍能非常传神地表达出抄写者阅读《歧路灯》后的欣喜之情。"笔者认为，"娱"即为"悮"之形近致讹，今从前说。

字校勘之外，再次证明了《歧路灯》复杂的成书与流传过程。

有鉴于此，笔者认为，如果围绕"乾隆庚子过录题识"进行更为深入的研究，有待思考的问题应是：由"乾隆庚子过录"直接产生的"乾隆庚子钞本"是何种文字风貌，有没有以第九回为代表的情节文字？如果有，国图本何以脱漏了这些内容？如果没有，马廉旧藏本、豫图本何以出现这些内容，这些内容是在哪一个阶段进入《歧路灯》小说文本的？囿于文献资料，"乾隆庚子钞本"的原初面貌尚且十分模糊。因此，在《歧路灯》钞本研究中，不可过分依赖小说文本之外的"乾隆庚子过录题识"，而应从小说文本入手，寻求切实的校勘证据。

第五节　《歧路灯》乙本系统的校勘

正如本书第二章的论述，《歧路灯》甲、乙钞本系统的祖本分别对应着作者晚年修订阶段中先后两个时间节点产生的文本形态。其中，甲本系统祖本对应较早产生的文本，其在理论上相对接近作者的早期文稿风貌，乙本系统的祖本对应一个相对较晚时间节点产生的文本，在理论上可能保存了一部分作者统筹修订阶段的改订痕迹。乙本系统在甲本系统之外，构成了一个后出钞本系统，对于推究《歧路灯》的文本演变过程具有重要意义。

但是，现阶段所知的《歧路灯》乙本系统钞本保存情况并不理想。在卷帙上，豫图本、豫艺本散佚过半，上图本卷首、卷末残损。在文字特点上，乙本系统钞本不同程度地存在章回合并、回数错乱、过录评点阑入正文、早期底本文字脱漏等现象，无一例外体现出后出传本特征。更为重要的是，乙本系统普遍对甲本系统的描写有所简化，其中颇有不妥之处。以上诸种因素，为今人探索《歧路灯》乙本系统祖本风貌带来很大困难。

在《歧路灯》的乙本系统中，上图本、马廉旧藏本作为全帙钞本，均具有重要的校勘价值。上图本和马廉旧藏本之间存在较为密切的底本渊源，二部钞本在前五十回堪称高度相似。然而，二部钞本又在第五十一回至第八十回之间产生明显分化。更为重要的是，在马廉旧藏本与上图本的文字差异中，马廉旧藏本或与甲本系统保持一致，或与甲本系统的分支形态钞本——国图本一致。在马廉旧藏本发现之前，由于豫图本、豫艺本的残损过半，对于《歧路灯》后半部中上图本与甲本系统间的异文性质往往很难界定——因为这些异文既有可能源自《歧路灯》甲、乙钞本系统间的整体性差异，也同样可能出自上图本抄写者的篡改。马廉旧藏本与甲本系统的相似性，进一步证明处理此类异文理应更加慎重。

根据本章第四节的校勘，在马廉旧藏本与上图本的异文中，约有半数异文源自上图本的文字增补、改写（表4-2、表4-3），由于豫图本、豫艺本的散佚过半，加之马廉旧藏本与上图本的分化，使这些衍文成为仅见于上图本的"孤证"。其中，既有可能保存了一部分作者本人的修订痕迹，亦有可能源自上图本（或其底本）传抄者的改写。在现阶段的研究中，此类异文的性质殊难确证。但是，上图本中的一部分改动或与前后文情节不符，或存在明显讹误，则极有可能经过篡改，并不符合作者原意。

同时，另有半数异文源自上图本自身的文字脱漏（表4-1）。由于在全书范围内，乙本系统对甲本系统的描写多有简化（详见本书第三章第五节论述），在这一整体趋势下，在马廉旧藏本发现之前，上图本后半部的脱文很容易被视为《歧路灯》乙本系统的共同特征。但是，通过对校马廉旧藏本，可以证明其中颇有一部分脱文仅见于上图本。这些脱文不仅使上图本在艺术成就上逊于甲本系统，也不符合作者自诩"笔意绵密"的叙述风格。在这一意义上，马廉旧藏本或可为今人甄别、辨析上图本的脱文提供新的依据和启发。

因此，就上图本的校勘而言，上图本作为乙本系统主体形态钞本的代表，在理论上保留了一部分经过作者晚年修订阶段修改后的情节文字。同时也应注意到，上图本极有可能因羼杂了传抄过程中的篡改、脱漏，而与理论上的乙本系统祖本存在一定差距。在现阶段的校勘工作中，对于仅见于上图本的文字增删，在界定其异文性质时，应考虑到多重因素及可能性。

就马廉旧藏本的校勘而言，马廉旧藏本打破了上图本作为乙本系统唯一全帙的局限，为推知乙系祖本的文字风貌提供了新的校勘依据，对于上图本校勘具有至关重要的意义。但同时，也带来更多新的问题。即，马廉旧藏本在第五十一回至第八十回之间，存在四十余处与国图本相同、而不同于诸钞本的文字（表4-4），其中大多是对诸钞本文字的删改，在既有的文献基础上，其异文成因实难确证。笔者推测，马廉旧藏本和国图本的抄写者，极有可能在部分章回借鉴、使用了不同源的底本。马廉旧藏本自身的特殊情况，使《歧路灯》乙本系统的祖本风貌愈加难以考索。

综上所述，鉴于《歧路灯》乙本系统钞本现状，在现阶段的研究中，尚没有一种钞本可被证明更接近乙本系统祖本风貌，这无疑为今人推知乙本系统祖本文字造成一定困难，也是《歧路灯》乙本系统校勘中不可回避的问题。因此，在现阶段的研究中，在缺乏文献实证的前提下，部分问题只能暂且存疑。笔者亦期待，随着今后更多文献资料的发现，可以对《歧路灯》乙本系统祖本风貌有更为清晰的勾勒。

由此引申，近年来，由于"古本小说集成"丛书的影印，上图本作为《歧路灯》唯一出版的影印本，是目前学界使用最多的《歧路灯》钞本。学者习惯以上图本对校栾校本、纠正栾校本的校勘疏漏。从寻找参校本的角度，这本无可厚非。但是，有必要指出，上图本并非栾校本的底本，其本身就与栾校本的底本存在文字差异，一些"校勘疏漏"可能属于不同钞本间的异文，而非栾校本之疏漏。更为重要的是，上图本并不能证明即为乙本系统祖本（或早期传本），很可能由于传抄者的疏漏、篡改而与乙本系统祖本之间存在差异，对于上图本中的异文（特别是仅见于上图本的文字简化现象），在校勘中应予以谨慎对待。

第五章　从异文再论《歧路灯》诸钞本关系

在漫长而复杂的传抄过程中，《歧路灯》钞本间形成了错综复杂的源流关系。囿于文献材料，在现阶段的《歧路灯》钞本研究中，仍存在诸多难以确证的问题。例如，甲本系统中，国图本何以出现一部分接近乙本系统的文字？乙本系统中，马廉旧藏本何以在特定章回中出现一部分接近甲本系统的文字？国图本与马廉旧藏本间彼此相同，又不同于诸钞本的文字，其来源何在？马廉旧藏本和上图本，哪一部更接近乙本系统的祖本风貌？等等。诸种疑问，在既有的文献基础上，尚难以得出确定答案。

所幸的是，《歧路灯》存世钞本中亦保留了一部分具有较高辨识度的异文，其成因和性质相对明晰。通过这些文字差异，或可从微观入手，为判断《歧路灯》钞本源流关系提供一些切实的、原始性的材料。本章将择取数个特定情节，对《歧路灯》钞本异文作专题讨论。

第一节　庙后街的"一掌毒惩"

在《歧路灯》第十四回《碧草轩父执诐论　崇有斋小友巽言》的开篇，故事时间推移至谭孝移去世后的第三个年头。本回叙述谭绍闻失去约束，游手好闲，王中请来程嵩淑等父执前辈对谭绍闻进行管束。对此，《歧路灯》存世钞本中存在以下二种不同的叙述。

第一种，甲本系统：

（谭绍闻）兼且人大心大，渐渐的街头市面走动起来，粘风惹草，东游西荡，所以庙后街惹出程嵩淑这[一]一番毒惩，因此只得依旧上学。缘[二]母亲王氏是溺爱信惯久的[三]，况且侯冠玉本不足以服人，这谭[四]绍闻也就[五]不曾放在眼里。①

第二种，乙本系统：

（谭绍闻）兼且人大心大，渐渐的街头市面走动起来，粘风惹草，东游西荡，只检[一]热闹处混[二]。母亲王氏是溺爱信惯久了，况且侯冠玉本不足以服人，这谭绍闻也就不曾[三]放在眼中[四]。②

甲本系统"所以庙后街惹出程嵩淑这一番毒惩，因此只得依旧上学"一句，在乙本系统中作"只检热闹处混"③，甲、乙钞本系统间的主要差异，在于程嵩淑是否曾对谭绍闻有过"一番毒惩"。

无独有偶，在同回"碧草轩父执谠论"情节中，甲本系统对程嵩淑的心理和语言描写，分别有以下二处文字：

其一：

况且曾经庙后街一掌，这程希明[一]心中竟是又恼了，却又不便说出，因此索大杯吃酒。④

---

① 校记：[一]国图本"淑"字下脱"这"字。[二]"缘"，国图本作"但"。[三]"的"，国图本作"了"。[四]国图本"人"字下脱"这谭"二字。[五]国图本"也"字下脱"就"字。

② 校记：[一]"检"，马廉旧藏本作"拣"。[二]"混"，马廉旧藏本作"去混"。[三]马廉旧藏本"不"字下脱"曾"字。[四]"中"，马廉旧藏本作"里"。

③ 引者按："混"，豫图本、豫艺本作"去晃"，马廉旧藏本作"去混"，不影响文意，暂从上图本。

④ 校记：[一]"希明"，国图本作"嵩淑"。

其二：

　　（程嵩淑道：）"……你今日^[一]已读完五经，况且年过十五，也该知道'继志述事'，休负了^[二]令尊以'绍闻'名子之义^[三]。为甚的不守规矩，竟乱来了呢？即如前月^[四]庙后街的事，这是我亲^[五]见的。"①

在乙本系统中，以上文字分别作：

其一：

　　这程嵩淑已是恼了，却又不便说出，因此索大杯吃酒。

其二：

　　（程嵩淑道：）"……你今日也^[一]读完五经，况且年过十五，也该知^[二]'继志述事'，休负了令尊以'绍闻'名子之义。为甚的^[三]不守规矩，竟乱来了呢？即如前月^[四]关帝庙唱戏，我从东角门进去看匾额，你与一个后生从庙里跑出来，见了我，指了一指，又进去了。我心中疑影是老侄，及进庙去，你挤在人乱处，再看不见了。这是我亲眼见的。"②

　　在甲本系统中，由叙述时间（谭绍闻年过十五）、地点（庙后街）、人物（程嵩淑）判断，所谓的"庙后街一掌"，当即为本回开篇的"一番毒惩"。至此，甲本系统三次出现关于程嵩淑"庙后街一掌毒惩"的线

---

　　① 校记：[一]"今日"，国图本作"如今"。[二]国图本"了"字下有"你"字，误。[三]"义"，国图本作"意"。[四]"月"，国图本作"日"。[五]国图本"亲"字下有"眼"字。

　　② 校记：[一]"也"，马廉旧藏本作"已"。[二]马廉旧藏本"知"字下有"道"字。[三]马廉旧藏本"甚"字下脱"的"字。[四]"月"，马廉旧藏本作"日"。

索。但是，甲本系统对此情节的叙述并不完整，在本回前后，也并没有任何情节涉及这一内容。因此，甲本系统的叙述无疑会给读者造成很大困惑。吕寸田评本"庙后街的事"处有夹批"省文"，评点者显然意识到这一情节的缺失。

在乙本系统中，所有与"庙后街一掌毒惩"有关的线索均未出现。取而代之的是程嵩淑在关帝庙前偶遇谭绍闻听戏，谭绍闻"指了一指"，"又进去了"。程嵩淑的反应则是"疑影是老侄"，"再看不见了"，这与所谓的"一掌"毫无关系，也根本称不上"毒惩"。

由此可知，围绕"庙后街一掌毒惩"情节，《歧路灯》甲、乙钞本系统所依据的是不同源的底本，在其所依据的两种底本之间，这一情节被彻底修改。修改的过程只可能是两种情况：其一，"甲先乙后"，即，"庙后街一掌毒惩"的内容早先存在，后被删去。其二，"乙先甲后"，即，"庙后街一掌毒惩"的内容早先不存在，后被补写进入文本。那么，甲、乙钞本系统究竟孰为先后呢？

笔者认为，甲早于乙，理由如下：如果是乙本系统早出、甲本系统晚出，那么甲本系统的修改者面临的任务有：其一，删去"关帝庙"中程嵩淑"疑影是老侄"、"指了一指"等所有情节。其二，补充关于庙后街的三处线索。其三，也更为重要的是，补写出一段完整的"庙后街一掌毒惩"情节。但是，《歧路灯》诸钞本中，没有任何一部钞本出现"庙后街一掌毒惩"的正面描写，很难想象甲本系统的修改者在精心添加三处线索后，反而漏掉了"庙后街一掌毒惩"情节的正面叙述，这并不符合小说撰写和修订的实际情况。因此，可以初步判断甲本系统是早出文本，乙本系统是后出文本。

那么，乙本系统的修改究竟是出于作者，还是某些早期传抄者（或读者）呢？笔者认为，出自作者的可能性非常大。首先，就《歧路灯》钞本源流系统而言，以"关帝庙"取代"庙后街"的，是目前所知乙本系统的四部钞本。可见"庙后街一掌毒惩"情节的删削，一定是追溯到乙本系统的一个早期底本，甚至可能追溯到乙系祖本。如果是在后世传抄中导致这一情节的脱漏，当不会造成乙本系统四部钞本同时出现这一重大改动。当然，在具体传抄过程中，个别字句的差异（如"混"和"去混"）可能出自传抄者笔误，不在上述讨论范围之内。

其次，就小说整体构思而言，"庙后街一掌毒惩"有其不当之处。一方面，小说中父执前辈们管教谭绍闻的惯例是口头规劝，从未出现过体罚的先例，即便在第七十三回，谭绍闻堕落到济宁销售物产，程嵩淑的反应不过是"冷语冰人"而已。如果早在小说第十几回即出现"庙后街一掌毒惩"这一严重惩罚，无疑会淡化后数十回中父执前辈们言语规劝的效果。另一方面，还应考虑到《歧路灯》第一回已经出现谭孝移"一掌寓慈情"情节，此处不宜重复出现程嵩淑的"一掌毒惩"。

因此，现阶段一个最有可能的推测便是：在作者的早期构思和撰写中，原有程嵩淑"庙后街一掌毒惩"的情节。这一情节的具体位置在小说第十四回开篇，即，谭孝移去世三年之后、"碧草轩父执说论"之前。这一情节的构思并不成熟，在此后的修改过程中，作者出于各种考虑，删去了这一情节，将激烈的"庙后街一掌毒惩"改为相对和缓的"关帝庙偶遇"。然而，这次修改并不彻底，甲本系统中"庙后街惹出程嵩淑这一番毒惩"、"曾经庙后街一掌"等个别词句尚未删削殆尽，保留了这一早期情节曾经存在的痕迹。《歧路灯》甲、乙钞本系统间的文字差异，很可能体现了作者构思逐渐成熟的过程。

综上所述，围绕"庙后街一掌毒惩"一处情节，可得出结论：甲本系统早出于乙本系统。甲本系统很可能残留了不甚成熟的早期文稿痕迹。乙本系统当更接近经作者改定后的文字风貌。

第二节 "格子眼"的双重身份

在《歧路灯》中，冰梅作为谭绍闻侧室、谭兴官生母，在孔慧娘去世后相夫教子，是小说中的重要人物之一。冰梅的出场，在第十三回《薛婆巧言鬻婢女 王中屈心挂画眉》。此回描写冰梅被媒婆薛窝窝卖到谭宅，出场前，薛窝窝曾对其身世作了说明，即，冰梅生父赌博败家，冰梅生母二娃改嫁乜守礼为妾，后因乜守礼发妻命案官司，托薛窝窝将冰梅卖出。王氏有心买下冰梅，遂与王中商议。王中着手筹划此事，与账房闫相公一起买下冰梅。以上情节在《歧路灯》存世钞本中的叙述大体一致。

但是，在本回中，关于王中核实冰梅身世的情节，《歧路灯》钞本间文字差异较大。加之第二十七回、第一百零七回的叙述，小说前后先后三次正面涉及冰梅身世，在诸钞本间形成截然不同的两种叙述。

一 买冰梅前：王中的调查及其结果

在《歧路灯》第十三回《薛婆巧言鬻婢女　王中屈心挂画眉》中，由于担心"媒婆口，没梁斗"，在决定买冰梅前，王中曾展开了一些调查。对此，《歧路灯》存世钞本中存在以下三种不同的叙述：

第一种，甲本系统主体形态钞本：

王中道："……我如今领这女儿到账房盘问，看有妨碍无妨碍。"王氏道："好。"王中引到账房，与闫相公问了来历，回来道："等薛婆来时，我与闫相公做这宗交易。若无妨碍，管情与奶奶办下就是。"日夕时，薛窝窝到了。王中叫在客房里，与闫相公盘诘了来历，讲明了价值。到了次日，这些立契交银，俱不用细说。

第二种，国图本、张廷绶题识本：

王中道："……我如今领这闺女到账房盘问，看有妨碍无妨碍。若果然没妨碍，等薛婆来时，我与闫相公跟他做这宗交易，管保与奶奶办下就是。"王氏道："好。"王中引到账房，与闫相公问了来历。日夕时，薛窝窝到了，王中叫在客房哩，与闫相公盘诘了来历，讲明了价值。到了次日，这些立契交银，俱不用细说。

第三种，乙本系统：

王中道："……我如今领这女儿到账房盘问，看有妨碍无妨碍，若无妨碍，管情[一]与奶奶办下就是。"王氏道："好。"王中引到账房，与闫相公问了来历。原是极有根基[二]的人家，只为父母俱亡，无所依靠，与舅氏乔寓在此。王中又恐不实，出外访问，至所寓之处访问[三]明白，方才放心。是夕，薛窝窝到了，王中[四]叫在客房里，同闫楷讲明价值。这立契交银，俱不用细说。①

在以上三种叙述中，第一种、第二种叙述可归为一组，这组文字提供了以下信息：王中领走冰梅后，先与闫相公一同询问冰梅来历，检验了薛窝窝先前所言冰梅身世（乜守礼、二娃之事）不虚。薛窝窝回来后，王中、闫相公又与薛窝窝再次核实冰梅身世，确认无疑后，王中、闫相公二人才买下冰梅。在这一组文字中，冰梅的身世经过薛窝窝叙述、王中与闫相公盘问冰梅本人、王中与闫相公盘问薛窝窝，前后三次得到确认。

第一种、第二种叙述之间的差异，主要体现在王氏与王中的对话描写上。在第一种叙述中，王中先后两次回禀王氏。第一次，王中提出"领这女儿到账房盘问，看有妨碍无妨碍"。第二次，王中盘问后回禀王氏"等薛婆来时，我与闫相公做这宗交易"。但是，王中的两次回禀，在第二种叙述中被简化为一次。从表面上看，第一种、第二种叙述仅仅是个别语句的错乱。那么，哪一种叙述更有可能接近作者原初的构思呢？笔者认为是第一种。原因在于，第一种叙述更符合王中的办事风格。谭孝移去世后，王中不以老仆身份自居，处处从辅佐主母王氏、少主人谭绍闻角度出发，堪称忠仆典范。在本回中，王中盘问冰梅后回禀王氏，请示下一步的行动，无论从王中的身份地位，还是行事作风看，都是非常符合的。如果按照第二种叙述，王中在问明冰梅身份后，未经禀明王氏，擅作主张与薛窝窝见面，此时王氏对王中的盘问结果尚不知情，无疑使王中颇有僭越专

① 校记：[一]马廉旧藏本"情"字下衍一"愿"字。[二]"基"，马廉旧藏本作"器"。[三]"访问"，马廉旧藏本作"寻诘"。[四]马廉旧藏本"中"字下衍一"做"字。

断之嫌。因此，在第一种叙述、第二种叙述之间，第一种叙述更符合常理。第二种叙述略显简洁，却是在第一种叙述基础上的文句错乱和删改。

与上述两种叙述相比，第三种叙述（乙本系统）的文本差异更为明显。不同于第一种、第二种叙述中冰梅父亲赌博败家、母亲二娃改嫁，第三种叙述为冰梅设计了"原是极有根基的人家，只为父母俱亡，无所依靠，与舅氏乔寓在此"的另一重出身故事。嗣后，又通过"王中又恐不实，出外访问，至所寓之处访问明白"，坐实了冰梅出身，也彻底推翻了本回前文中薛窝窝的说辞。至此，乙本系统赋予了冰梅一个"极有根基"的家世背景，新增了一条截然不同的身世线索。

二　冰梅产子后："格子眼"的登场及相关线索

在《歧路灯》第二十七回《盛希侨毫纵清赌债　王春宇历练进劝言》中，冰梅生下兴官后，关于冰梅身世的线索再次出现。对此，诸钞本间存在以下两种叙述。

第一种，甲本系统：

> 不料格子眼也到[一]，发了些"主欺奴"的话，要上衙门告去[二]。王中对[三]春宇说其所以[四]，春宇道："这有何难?"见了格子眼，开口便称亲家，瓶口内掏出二两银子，与了格子眼[五]，承许下[六]越外三十两，以后作亲戚来往，即[七]留下吃汤饼。格子眼也就喜出望外。①

第二种，乙本系统：

①　校记：[一]国图本"到"字下有"了"字。[二]国图本"告"、"去"二字互乙。[三]国图本"对"字下有"王"字。[四]国图本"说"字下脱"其所以"三字，有"王"字，从下断句。[五]国图本"眼"字下有"又"字，从下断句。[六]国图本"许"字下脱"下"字。[七]"即"，国图本作"就"。

　　不料当日卖冰梅之人，尚在省城漂流，其姓名不便说出，因众人洗三，闻知此事，也到了，发了些"主欺奴"的话，要上衙门告去。王中对王春宇说其所以，王春[一]宇道："这有何难？"见了那人，开口便称亲家，瓶口内[二]掏出二两银子，与了那人，又承许越外三十两，以后作亲戚、许来往，就留下吃汤饼[三]。这人也喜出望外。①

　　在上述两种叙述中，出现了两位不同的、与冰梅身世相关的人物。在第一种叙述中，此人被称为"格子眼"。格子眼是何许人也？此前章节从未出现这一人物，从其理直气壮地"要上衙门告去"，以及王春宇"开口便称亲家"，可以推知格子眼当为冰梅某一亲属。《歧路灯》中的人物命名规律较为明显，对正人君子的命名极为正规，如新进生员袁勤学、韩好问、毕守正、常自谦、桓崇检，等等；而对市井无赖则多以诨名称之，如赌棍惯偷貂鼠皮、细皮鲢、白鸽嘴，乃至赵大胡子、王二胖子、杨三瞎子、阎四黑子、孙五秃子诸人。从这一规律看，格子眼应是一位出身地位不高的游手好闲之人。

　　在第二种类型中，"格子眼"并未出场，取而代之的则是"不料当日卖冰梅之人，尚在省城漂流，其姓名不便说出"。这对《歧路灯》而言，是非常奇特的口吻。早在自序中，作者已然声明："空中楼阁，毫无依傍。至于姓氏，或于海内贤达偶尔雷同，并非影附。若谓有心含沙，自应堕入拔舌地狱。"（李海观《歧路灯序》）《歧路灯》描写了庞大的市井无赖群体，作者从未有过避讳之意，为何对此人格外讳莫如深？哪怕仅就小说的描写看，这一介绍也是非常含糊而可疑的。"当日卖冰梅之人"指的是谁？按甲本系统的叙述，冰梅家人包括不知名的生父、生母二娃，以及二娃再嫁的乜守礼，具体转卖人就是薛窝窝，这些人物都已经出现在小说正文中，不存在"不便说出姓名"的情况。按乙本系统的叙述，转卖冰

---

　　① 校记：[一]"春"，马廉旧藏本作"中"，误。[二]马廉旧藏本"口"字下脱"内"字。[三]"饼"，马廉旧藏本作"瓶"。

梅之人是薛窝窝，亦不存在隐其姓名的必要。此外，似乎只存在一种可能，便是前文中尚未出面的"舅氏"，如果这一推论成立，那么王春宇对其称"亲家"就顺理成章了。但问题在于，按照乙本系统的描写，前文已经说明此人是冰梅舅父，且王中已与其当面确认过冰梅身世，即使不便说出姓名，为何不能明言其作为舅父的身份？仅就乙本系统的叙述而言，前后文间也堪称疑点重重。

冰梅产子后的一段描写，使冰梅出身线索再一次浮现。无论此人是身份不详的"格子眼"，还是"姓名不便说出"之人（或即为"舅氏"），从小说具体描写看，此人趁火打劫，虚张声势，又在王春宇的诱导下趋炎附势、见钱眼开，形象并不正直，人品并不高尚。

三　兴官成婚前：冰梅家世线索的揭示

在《歧路灯》第一百零七回《一品官九重受命　两姓好千里来会》中，由于谭兴官即将成婚，谭绍闻在谭绍衣的建议下，回家询问兴官生母冰梅的身世。在本回中，小说以相当大的篇幅，对冰梅出身作了详细描写。此前围绕冰梅身世呈现出的截然不同的两条线索，在此趋于统一（引文从吕寸田评本）：

> 原来是一个世官后裔。据此人说，他是江南人，不知的甚么县。他父亲是个二品荫生，不能知他祖是甚么大官。他小时只知道他家姓赵，他祖与内官儿争气，惹下正德万岁爷，打了一顿棍，还杀了。他奶奶及他母亲还要发个甚么司，说是怪不好。连他也解到京。到河南半路，奶奶、母亲自尽。他母舅是个秀才，他记的叫葛子淹，跟着送京。婆媳既然自尽，他舅只叫他哭妗子。来了一个官，三绺长须，他记得像戏台上忠臣样儿，说既是赵姓外甥女，那得送入北京。他舅才领他走开，到背地里，引着他说与三须胡子官多磕些头。他舅只是哭，奔到河南省城，自己只假说姓刘。因无盘费，不能再回南边，把

衣服卖的吃尽，他舅却对人说，是赌博输了，人就叫他"格子眼"，把他寄在薛媒婆家，卖与人家做丫头。卖到咱家，他舅分手时哭着说，万万不可提前事，露出一个字来，就不得活了。所以他在咱家没人问，他也不敢说。今日说时，兀自哭个不了。

诸钞本本段文字较为一致。可见，在接近小说结局时，作者的思路已经十分清晰，即，将冰梅定位为诤臣遗孤，由此为冰梅，以及庶出的谭兴官设定了一个体面身世。"格子眼"的身份最终被确定为冰梅舅父、秀才葛子淹。此人不惜牺牲自己名誉和前途保护冰梅，是小说中难能可贵的、智勇双全的人物。小说在皆大欢喜中走向终结。

但是，若就此回顾《歧路灯》甲本系统，第十三回、第二十七回的叙述将面临一系列问题，即，前文叙述的冰梅出身故事（乜守礼、二娃之事）被彻底推翻，第一百零七回的叙述与前文构成明显矛盾。

在乙本系统中，前后文的叙述虽然相对统一，但问题在于，此种叙述中格子眼的形象存在矛盾，即，前后文出现了两个身份不同、事迹不同，甚至褒贬色彩不同的"格子眼"。很难想象第二十七回趁火打劫、见钱眼开的市井闲人，在第一百零七回中，一变成为深明大义、忍辱负重的秀才。特别是第二十七回中，此人扬言要"上衙门告去"，在冰梅为诤臣遗孤的情况下，其身份应是格子眼毕生保守的重大秘密，绝不可能告知官府、公之于众。

由此可见，围绕冰梅身世，《歧路灯》甲、乙钞本系统之间经过了明显改动。那么，由此产生的问题便是，甲、乙钞本系统文字的产生时间孰为早晚、改动原因何在呢？笔者认为，一个最具合理性的推测是，关于冰梅身世，小说第十三回、第二十七回与第一百零七回并非写成于同一时期。作者在撰写末二回结局时，对冰梅身世的构思发生了变化，遂又返回前文，对小说第十三回、第二十七回进行了修改。甲本系统的第十三回、第二十七回极有可能保留了作者的早期构思，乙本系统第十三回、第二十七回体现的则是修改后的面貌。这一推测的根据有二。

首先，修改冰梅的出身故事是一项系统的工作，不仅要在第一百零七回构建一个合情合理的出身背景，还要弥补由此衍生出的前后文矛盾。例如，在第十三回以查访冰梅舅父推翻薛窝窝叙述，在第二十七回删去格子眼的出场，等等。在甲、乙钞本系统之间，清晰地体现了这一修改痕迹，这一改动并非某部（或某几部）钞本的传抄者一时一地的行为，而势必要追溯到《歧路灯》的早期底本变动。相较之下，作者统筹修订文稿的可能性，远大于某个（或某几个）传抄者篡改之可能。

其次，从全书的整体构思看，这一修改符合作者叙事需要。在甲本系统中，冰梅出身于一个生父赌博败家、生母改嫁的家庭。这一构思或许出现在作者早年撰写前半部书稿之时。此时，作者对全书的构思尚未成熟，为冰梅安排这样的出身，由此从侧面描写赌博败家之祸，是合情合理的。但是，随着情节的推移，冰梅在孔慧娘的遗训下，规劝谭绍闻、培养兴官读书，其贤良聪慧、高瞻远瞩，与"极有根基"的家庭背景更为相符。更为重要的是，此时谭兴官已高中进士、即将成婚，需要生母的体面出身以弥补其庶出身份。因此，作者顺应了小说叙述的需要，改变了人物身份和关系，为冰梅赋予了一个体面出身，亦颇为必要。

但是，这一修改是较为仓促的。即便是乙本系统已将冰梅改写为诤臣遗孤，在前后文的细节中还是留下了一些不合理之处，暗示着早期情节的存在痕迹。在前文所指出的格子眼形象存在矛盾之外，围绕冰梅身世，乙本系统的叙述还存在以下三个问题。

其一，王中查访的漏洞。在第十三回中，乙本系统描写王中查实冰梅身世："王中引到账房，与阎相公问了来历。原是极有根基的人家，只为父母俱亡，无所依靠，与舅氏乔寓在此"，可见在王中盘问冰梅身世时，冰梅已将自己身份说出。这与第一百零七回"他舅分手时哭着说，万万不可提前事，露出一个字来，就不得活了"的叙述存在矛盾。一方面，冰梅此时尚且不知自己能否留在谭宅，面对陌生的王中，冰梅竟将舅父反复强调不可告人的身世秘密和盘托出，明显不合常理。另一方面，乙本系统称"王中犹恐不实，出外访问，至所寓之处访问明白，方才放心"。试想，葛子淹面对一个潜在买主，在不知其立场、底细之时，泄露冰梅身世更是不合常理。此种叙述的矛盾还体现在，如果王中此时已得知冰梅家世真相，即便此时谭绍闻年幼不能主事，也势必要告知主母王氏，不可能多年以来王氏母子对冰梅出身一无所知。

其二，冰梅自述之矛盾。在小说第七十六回中，冰梅在规劝谭绍闻改邪归正时，自称"我虽是大叔的二房，却又年纪相当。一个穷人家闺女，既卖成丫头，还得这个地位……我背地常说，这就是我前生修来的福"。以上文字在《歧路灯》甲、乙钞本系统中均无异文。对于甲本系统而言，冰梅在父亲赌博败家、母亲改嫁的情况下，自称"穷人家闺女"尚且顺理成章；但对乙本系统而言，这种说辞就与第十三回中"极有根基的人家"形成矛盾。同时，第七十六回的冰梅自述还导致了另一个问题，即，冰梅自称"穷人家闺女"，不仅自己对身世毫无避讳，在谭宅也是人尽皆知，这又与第一百零七回称冰梅"在咱家没人问"、"他也不敢说"构成矛盾。

其三，小说其他细节的处理。在小说第六十三回描写谭孝移出殡时，作者不厌其烦地列举了一个吊唁礼单，囊括了前半部书出现的所有人物。诸钞本间礼单文字出入很大，却皆有格子眼一项。甲本系统、马廉旧藏本作"格子眼：猪首一付，礼钱二百文，祭孔姑娘鸡一只"，上图本作"格子眼：猪首一付，礼钱三百文"（乙本系统中豫图本、豫艺本本回佚失）。尽管在祭礼名目上有所出入，但格子眼参加了谭宅吊唁是没有疑问的。对于甲本系统而言，由于格子眼此前已登场，且已被王春宇承许"作亲戚来往"，此处出现格子眼的名字并不突兀。但是，对于乙本系统而言，此处出现格子眼是非常奇怪的，这意味着一个从未出现在小说中的人物出现在谭孝移的丧仪之中。这无疑是乙本系统中格子眼形象删改未净的又一旁证。

综上所述，围绕冰梅出身及格子眼形象问题，可以得出结论：甲本系统早于乙本系统。甲本系统保留了一部分作者不甚成熟的早期构思。乙本系统体现了修改后的文字状态，但这一改动较为仓促，在部分章回中还残留了删改未净的痕迹。

第三节　度厄寺中的"一段奇文"

《歧路灯》第四十四回《鼎旅店书生遭困苦　度厄寺高僧指迷途》是较为特殊的一回。本回叙述谭绍闻在亳州经历了银两被盗、流落他乡等一系列波折，最终在韩善人、满相公的协助下重回故里。其特殊性在于，在《歧路灯》存世钞本中，本回无一例外地存在内容上的脱漏，脱漏的内容就是回目中的"度厄寺高僧指迷途"。

尽管在中国古代章回小说中，小说回目未必均衡对应回中所有情节，但至少在《歧路灯》中，作者对回目的设计经过了深思熟虑。全书一百零八回，几乎从未出现回目与内容不吻合的例证。本回回目于诸钞本皆作"度厄寺高僧指迷途"，由此可知，在作者的构思和写作中，这一情节一定存在。退一步说，即便在作者的后期修改过程中删去这一重要情节，亦不应该没有机会修正回目。因此可以推知，出于某些原因，回目中的"高僧指迷途"情节，在小说文本流传的某个环节无一例外地脱漏了。

具体而言，谭绍闻从老教读口中得知度厄寺的情况时，已是当日傍晚，"挨饿到了寺门"，迎客头陀将谭绍闻引入寺庙、邀请用餐后，"绍闻饱餐一顿，要见方丈大和尚。还有一个道士，也说要参见大和尚。职客的道：'大和尚打坐入定，待明日出定后请会。'"此后，发生了谭绍闻指导小和尚念经的情节，"说到日晚，就在这大厅床上睡下。次日就不叫随堂吃饭，升在客座与当家和尚、职客和尚同桌，饭是一样饭，但不与大众同案了"（以上引文从上图本）。所谓"次日"，即谭绍闻到度厄寺的第二天。到目前为止，诸钞本情节大体相同。

然而，谭绍闻在度厄寺第二日的经历，在《歧路灯》存世钞本中差异较为明显，主要存在以下三种不同的叙述。

第一种，吕寸田评本、崔耘青旧藏本、浙图本（引文从吕寸田评本）：

　　……但不与大众同案了。谭绍闻自乳哺襁褓之日，并不曾晓得饥

字的滋味这样难当。出的寺来，一发后悔。争乃肚中无食，委实难
受。少不得将系腰带儿束了几束，拽着身子，往西忍饿而行。

第二种，晚清钞本甲、国图本、张廷绶题识本（引文从国图本）：

……但不与大众同案了。绍闻在寺内住了三日，只得告辞而去。
出的寺门，行了半日，手中仍是无钱，不能买饭吃充饥，肚中委实难
受。少不得将系腰带儿束了又束，拽着身子，往西忍饥而行。

第三种，乙本系统：

……但不与大众同案了。次日[一]绍闻要去，众僧也不强留，任
其自便。却说谭绍闻自乳哺襁褓之日，并不曾晓得饥字的滋味是这样
难尝。出的寺来，一发把悔字的[二]境界又添入进去几层。走了大半
日，争乃[三]肚中无食，委实难受。少不得将系腰带儿[四]束了几束，
拽着身子，往西忍饥而行。①

以上三种叙述存在一个共同点：既没有出现"高僧"的形象，也没有"高
僧指迷途"的情节。所谓"高僧"，是否即为谭绍闻和道人同时要求拜见的
"大和尚"？从上下文再无其他相关交代的情况看，这种推测很有可能成立。
那么，诸钞本在谭绍闻要求"拜见大和尚"之后的经历就非常重要。

第一种叙述在文字上最为简单精炼，也是纰漏最明显的——"但
不与大众同案了"与"谭绍闻自乳哺襁褓之日，并不曾晓得饥字的滋
味这样难当。出的寺来，一发后悔"二句之间互不接续，其间没有任
何过渡性文字，既没有说明谭绍闻在度厄寺逗留的时间，也没有介绍
谭绍闻如何离开度厄寺，两句之间必然存在脱文。从故事时间、情节

---

① 校记：[一] 马廉旧藏本"日"字下有"谭"字。[二] 马廉旧藏本"字"字下脱
"的"字。[三]"乃"，马廉旧藏本作"奈"。[四] 马廉旧藏本"带"字下脱"儿"字。

线索推断，在其脱漏的文字中，最为重要的内容应当就是"高僧指迷途"情节。

对此，吕寸田评本本回回末粘有朱签，称"此间漏却高僧指迷一段奇文，应查原本添出，方得圆畅"。由此可知，朱签的作者不仅曾读到过"高僧指迷途"一段文字，且对这段文字高度赞赏，将其誉为"奇文"，并指出应据"原本"补全这一段"奇文"，使前后文的情节重归"圆畅"。这条评点不仅证明了"高僧指迷途"一段文字在《歧路灯》早期钞本中的确存在，还证明了一个不为今人所知的"原本"的存在。这部"原本"的完整程度当优于现今存世的任何一部钞本，可惜其文字风貌至今仍难以捉摸。①

在第二种、第三种叙述中，脱文的痕迹被很好地掩饰了。两种叙述的作法大体相同，即，分别以"谭绍闻在寺内住了三日，只得告辞而去"、"次日绍闻要去，众僧也不强留，任其自便"勾连上下文之间的脱节。但是，这种作法同时也造成了更多问题——谭绍闻在寺中住了几日？第二种叙述称"住了三日"，第三种叙述称"次日绍闻要去"，此处的"次日"，是相对于上文"次日就不叫随堂吃饭"而言，可知谭绍闻也在寺中住了三日。第二种、第三种叙述虽与前文老教读对度厄寺留客三日的介绍相一致，却形成了更大的漏洞：谭绍闻到度厄寺的第一天，既已要求拜见"大和尚"，被告知"待明日出定后请会"，那么，如果谭绍闻在度厄寺住满三天，"大和尚"应已在第二天出定，为何没有如期接见谭绍闻？可见，第二种、第三种叙述在致力于掩盖第一种叙述上下文脱节的同时，彻底抹去了"高僧指迷途"情节可能存在的痕迹，却由此造成更多矛盾。

至此，可以得出以下结论：相较之下，第一种叙述产生的时间最早，虽然前后文间明显存在脱文，但脱文处恰恰保留了其他情节文字曾经存在的痕迹。第二种、第三种叙述是在第一种叙述的基础上进行的文饰，其目

---

① 崔耘青旧藏本有夹批"此下有缺简，然不可考"，评点者同样注意到"高僧指迷途"情节的脱漏。详见本书第四章《〈歧路灯〉甲、乙钞本系统内部诸钞本关系》第一节《〈歧路灯〉甲本系统的主体形态》第二小节《崔耘青旧藏本》。

的在于掩盖第一种叙述的脱文痕迹。第二种、第三种叙述的修改者，既见不到"原本"中的"高僧指迷途"情节，又无力构思、撰写新的情节取而代之，只得以无关紧要的叙述尽力弥补，虽然在文字衔接上看似毫无破绽，却体现了较为明显的后出传本痕迹。

综上所述，《歧路灯》第四十四回中，存世钞本均脱漏了"度厄寺高僧指迷途"一段情节，与吕寸田评本朱签作者所称的"原本"皆有距离。相对而言，同属甲本系统主体形态钞本的吕寸田评本、崔耘青旧藏本、浙图本所据底本的产生时间早于其余诸本。

第四节　范姑子上堂的来龙去脉

《歧路灯》第四十三回至第四十六回描写张绳祖买通范姑子，以重修茄蓝宝殿、抄写募引稿为由，诱使谭绍闻前往地藏庵，使其一夜之间欠下五百两赌债。谭绍闻为了躲债，出走亳州投奔王春宇。在谭绍闻离家出走后，王氏遣回王中，主仆共同探听谭绍闻下落，引出王中前往河北寻找谭绍闻的又一重线索。

在这一双线结构中，范姑子被询问的情节三次出现。在第四十四回中，此事穿插在谭绍闻亳州之行的线索之间；在第四十五回中，以此补叙王中河北寻人之起因；在第四十六回中，则以张绳祖追忆的形式被简略提及。围绕范姑子，诸钞本在第四十四回、第四十五回、第四十六回形成了较为明显的异文。

1. 第四十四回

吕寸田评本、浙图本、崔耘青旧藏本、张廷绶题识本、乙本系统（引文从吕寸田评本）：

> 且说谭绍闻走后，家中王氏惊慌，东寺里抽签，西庙里许愿，向南乡叫王中，差人出北门到黄河口问信，没人知晓。菜园深井各处打捞，荒郊大坟各处寻觅。王中回来，问起连日写募引的因由，一口便道："此事范姑子必知原情。"王氏请范姑子，问："那日写募化引，

本日不曾回么?"范姑子道:"并不曾到庵。"王氏信了,王中不依。王中写主母呈子,自己抱告程公。程公大怒,将范姑子当堂审讯。范姑子是自幼吃过官词的人,一口咬定并不曾请谭相公写布施条儿,是他家急了,枉告尼僧。程公无证,见难以苦讯,又叫谭宅人邓祥问话。邓祥供:"小家主于去之前一日,曾在书房吃饭,晚上伺候的睡了是实。"程公已知此中必有奸、赌两宗事情,方欲追究,忽接了抚台文书,命往南阳查勘灾户去,此事便丢得松懈。

国图本、晚清钞本甲(引文从国图本):

且说谭绍闻走后,家中王氏惊慌,东寺里抽签、西庙里许愿,向南乡叫王中,出北门到黄河问信,没人知晓。菜园深井各处打捞,荒郊大坟各处寻觅。

2. 第四十五回
甲本系统:

且说王中因何上河北去?原来王中自谭[一]绍闻去后,王氏着邓祥把王中唤回,王中想问地藏庵范姑子请写募化引的情由,那范姑子又有别的嫌疑事[二],事儿犯了,把庵门用石条顶住,就把前日央谭绍闻[三]看的布施疏头儿,叫慧照写一句"夏山主施银四两"七个字,庵内有井有杵白,再不开门。王中如何可以向女僧家说话?况少主人走脱,难说一个仆人[四]写招子贴在通衢不成?这个着急,并无[五]法子。度着少家主[六]定是贪赌恋娼,必然[七]不曾出城,每日细心查访[八]。①

——————————

① 校记:[一]国图本"自"字下脱"谭"字。[二]"事",国图本作"的"。[三]国图本"日"字下脱"央谭绍闻"四字。[四]国图本"人"字下有"可以"二字。[五]"无",国图本作"没"。[六]"度着少家主",国图本作"揣度着少主人"。[七]国图本"娼"字下脱"必然"二字。[八]"查访",国图本作"访察"。

乙本系统：

　　且说王中因何上河北去？原来王中自[一]绍闻去后，王氏着邓祥把王中唤回。王中想问范姑子请写募引的情由，因将范姑子具禀程公。程公问了范姑，范姑抵死不敢说[二]张绳祖请去那一段话说，缘内[三]中使了夏逢若嘱托银子四两，恐怕受贿情重。此是范姑[四]刁处。程公南阳勘验灾黎而去，此事便丢的松懈。王中心下着急，无法可施。况少主人走脱，难说一个仆人敢写招子帖[五]在通衢不成？因打算着少主人定是贪赌恋娼，必然不曾出城，每日细心查访，欲向地藏庵再访踪迹，范姑子因堂上受辱，兼且心中[六]有了四两银子的鬼胎，把庵门用石顶了。①

3. 第四十六回
甲本系统：

　　（张绳祖）因与王紫泥商议道："……我恐[一]怕弄出人命官词来，又怕跟究出范姑子一番勾引情节。范姑子若上堂，只用一拶子，就弄的满口承招。现今[二]县公是百姓的父母，是光棍的阎王，咱两个这个[三]前程便要到'有耻且革'地位。"②

乙本系统：

　　（张绳祖）因与王紫泥商议道："……我恐怕弄出人命官词来，

---

　　① 校记：[一]马廉旧藏本"自"字下有"谭"字。[二]马廉旧藏本"说"字下有"出"字。[三]马廉旧藏本"内"字下衍一"王"字，误。[四]马廉旧藏本"姑"字下有"子"字。[五]"帖"，马廉旧藏本作"贴"，当据改。[六]"中"，马廉旧藏本作"内"。
　　② 校记：[一]国图本"我"字下脱"恐"字。[二]国图本"今"字下有"程"字。[三]国图本"这"字下脱"个"字。

又恐根究出范姑子一番勾引情节。范姑子上了堂，只用一拶子，就弄的满口承招。现今县公是百姓的父母，是光棍的阎王，咱两个这前程便要到'有耻且革'地位。那一日要审范姑子，我头两日黄昏到地藏庵，还与这秃驴下了一[一]跪。你只是推眼疼，再也不管。"①

至此，在王氏遣回王中、王中得知谭绍闻下落不明这一特定时间节点之后，诸钞本中存在两种叙述。其一，"范姑子上堂受审"，即，王氏、王中询问范姑子，范姑子否认，王中诉诸公堂，程公审问范姑子，但因没有证据，且程公前往南阳勘灾，审讯不了了之。在此种叙述中，王氏、王中曾当面询问范姑子，程公亦曾当堂讯问范姑子，皆未果。其二，"范姑子闭门不出"，即，王中想询问范姑子，但范姑子又有别的嫌疑事犯了，再不开门。在此种叙述中，王氏和王中没有见到、询问范姑子，范姑子亦未经程公当堂问讯。

根据这两种叙述，《歧路灯》存世钞本可分为以下三种类型：

第一种，吕寸田评本、浙图本、崔耘青旧藏本、张廷绶题识本。第四十四回有"范姑子上堂受审"情节，第四十五回有"范姑子闭门不出"情节，第四十六回仅写张绳祖担心范姑子招供，没有明写范姑子是否上堂受审。

第二种，国图本、晚清钞本甲。第四十四回没有"范姑子上堂受审"情节，第四十五回有"范姑子闭门不出"情节，第四十六回仅写张绳祖担心范姑子招供，没有明写范姑子是否上堂受审。

第三种，乙本系统。第四十四回、第四十五回均有"范姑子上堂受审"情节，无"范姑子闭门不出"情节。第四十六回张绳祖明确提及范姑子受审。

在分析以上三种类型的叙述之前，一个亟待解决的问题是，"范姑子上堂受审"情节有无存在的必要？换言之，如果没有"范姑子上堂受审情节，会对小说叙述带来何种程度的影响？笔者认为，即便不考虑谭绍闻

---

① 校记：[一]"一"，马廉旧藏本作"两"。

亳州之行、王中寻访谭绍闻的双线结构，"范姑子上堂受审"情节仍颇有必要，原因有二：首先，从常理角度，谭绍闻是范姑子亲自邀请至地藏庵后失去音讯的，范姑子是谭绍闻的最后目击者，在王氏等人并不知道张绳祖聚赌的情况下，王氏、王中询问范姑子至关重要。相较之下，"范姑子闭门不出"的情节致使范姑子的嫌疑竟因王中难与女尼搭话而不了了之。王氏、王中二人甚至未曾得见范姑子，遑论当面询问，这是不符合生活常理的。即使王中不便询问，也完全可以着养娘、爨妇等妇女前去，不可能因为范姑子的闭门不出而束手无策。

其次，在小说叙事逻辑上，王中前往河北寻找谭绍闻的一系列后续情节，建立在王中逐一排除范姑子、张绳祖、盛希侨，乃至开封考场等处一无所获的前提下，不得已才将河北命案的死者误以为是谭绍闻。在叙述王中远赴河北寻人之前，作者有必要逐一排除谭绍闻可能逗留的地点。在这一过程中，若不能排除范姑子这一最大嫌疑，王中的河北寻人便会缺乏合理动因。因此，对于王氏、王中主仆而言，无论是报官处理还是私下打探，甚至无论范姑子是否说实话，亲自询问范姑子的环节都不可或缺。在此基础上，"范姑子上堂受审"的情节又在王氏、王中的私下询问之外增加了一重官方色彩，范姑子面对程公的询问仍满口狡辩，在刻画其刁蛮狡黠形象的同时，也增加了寻访谭绍闻下落的难度。

由此反观"范姑子闭门不出"一段情节，即，"那范姑子又有别的嫌疑事，事儿犯了，把庵门用石条顶住，就把前日央谭绍闻看的布施疏头儿，叫慧照写一句'夏山主施银四两'七个字，庵内有井有杵臼，再不开门"，此六十余字仅见于甲本系统，甚至在甲本系统的一部分钞本（即上述第一种类型的叙述）中和"范姑子上堂受审"情节并存，由此在王中听闻谭绍闻下落不明这一特定时间节点上，"范姑子闭门不出"与"范姑子上堂受审"之间形成明显矛盾。

笔者认为，"范姑子闭门不出"极有可能反映了作者的一部分早期构思。原因在于：其一，从小说传抄角度，范姑子犯下"别的嫌疑事"和夏逢若"施银四两"在小说前后文中皆无对应情节，因此后世传抄者、读者面对既有的"范姑子上堂受审"情节，凭空构思出"范姑子闭门不出"情节的可能性不大。其二，从文本细节角度，在小说第四十六回程公传讯王中上堂后，诸钞本均有以下对话："程公问道：'你是谭宅所用家人么？'王中道：'小的是家人。'"可见程公并不认识王中，也不知其为谭宅家人。若此前王中已将范姑子告官，王中作为原告，势必在程公讯问范姑子的环节到场，程公不会不知道王中是谭宅家人。这一尚未被统一的文本细节与"范姑子闭门不出"相呼应，似可为"范姑子闭门不出"作为早期文字情节提供一重旁证。因此，在第一种类型的叙述中，"范姑子上堂受审"和"范姑子闭门不出"的情节同时存在，虽然前后文的矛盾显而易见，但是，这些钞本极有可能保留了一部分早期钞本的情节文字，不宜因其前后文矛盾而一概否定。

　　第二种类型的钞本，即，国图本、晚清钞本甲中，第四十四回没有"范姑子上堂受审"一段文字。具体而言，是"荒郊大坟各处寻觅"一句后脱漏了"王中回来问起连日写募引的因由……此事便丢得松懈"，二百余字。由于其第四十五回、第四十六回文字均同第一种类型、未实写"范姑子上堂受审"一事，以至于在国图本、晚清钞本甲中，"范姑子上堂受审"一事在小说文本中从未出现。那么，这是否意味着二部钞本的底本更为优越呢？笔者认为，恰恰相反，国图本、晚清钞本甲是由第一种类型在传抄中导致文字脱漏而成。原因有二：其一，在小说章法结构上，第四十四回在"（谭绍闻）一径出南门，上亳州去了。这正是：一夜盘赌赢钱钞，人家骨肉两离分"与"单讲谭绍闻骑着白日晃的脚儿行了一日，心中有些后悔"之间，插入"且说谭绍闻走后，家中王氏惊慌"一段情节文字，作者双重线索的构思较为明显。第一种类型的钞本在谭绍闻的亳州见闻之外，以近三百字的篇幅，叙述王氏寻人、王中告官、程公审讯的完整过程，足以构成谭绍闻出走之外的另一条线索。相较之下，国图本、晚清钞本甲本回仅有"且说谭绍闻走后……荒郊大坟各处寻觅"三十余字，穿插在谭绍闻亳州见闻的数千字之间，情节既不完整，也不足以承担起双线叙事的功能，反而在上下文之间颇显突兀。其二，从文本信息看，国图本、晚清钞本甲所存的三十余字并不完整，这段文字仅交待了王氏叫回王中，并差人到黄河问信、菜园打捞、荒郊寻觅等等，却并没有交代遣人寻觅的结果。在此，谭宅的寻觅结果无非有二，找到谭绍闻、闹剧悄然中止，或者没有音信、继续寻找。无论结果如何，"荒郊大坟各处寻觅"一句后必有下文。因此，第二种叙述更类似传抄导致的文字脱漏，而非源于更优的底本。

第三种类型的钞本，即，乙本系统文字，是在第一种类型的钞本基础上的增补、改动。其具体作法是：通过将"范姑子闭门不出"的故事时间后错，使其与"范姑子上堂受审"构成因果关系，将"范姑子闭门不出"作为"范姑子上堂受审"的结果，规避了第一种叙述中第四十四回、第四十五回在故事时间上的矛盾。嗣后，乙本系统第四十六回补写了张绳祖在范姑上堂前求情的细节，至于张绳祖"还给这秃驴下了一跪"（上图本），抑或是马廉旧藏本、豫图本、豫艺本作"两跪"，对情节发展并不重要。

囿于文献材料，乙本系统文字的来源尚无法被确切证实，它可能出自作者本人的修改，也可能羼入早期传抄者、读者的篡改。本书无意于细究这些异文的具体成因和产生时间，但有必要指出，修改者的出发点固然在于试图统一前后文，但同时也造成了新的问题。

首先，是文本信息的冗余。即，乙本系统第四十五回对"范姑子上堂受审"的补写，造成此段文字在第四十四回、第四十五回两次出现，而且几乎没有大的情节出入，冗余之弊显而易见。那么，修改者在改写第四十五回后，为何未及删去第四十四回的重复描写？即便于第四十四回删去王氏寻人、范姑子上堂的一条线索，仅以单线索描写谭绍闻的亳州见闻，仍不失为完整而精彩的独立章回。个中原因只能付诸推测。

其次，是对小说文本的误改。即，乙本系统称范姑子守口如瓶，是由于"缘内中使了夏逢若嘱托银子四两，恐怕受贿情重"，不无疑点。事实上，在谭绍闻出走亳州这一事件中，夏逢若既没有参与，小说前后文也没有夏逢若以四两银子贿赂范姑子的描写；甚至在第四十一回中，张绳祖走投无路，为了请夏逢若协助诱赌谭绍闻，还自愿给了夏逢若八两银子。那么，乙本系统何以出现夏逢若以四两银子贿赂范姑子的说辞呢？笔者推测，这源于修改者对甲本系统中"就把前日央谭绍闻看的布施疏头儿，叫慧照写一句'夏山主施银四两'七个字"一句的误读。在小说第四十三回中，特别描写了谭绍闻到了地藏庵后，发现范姑子拿出的是布施记录，而非所谓的募引稿，足见范姑子引诱理由之牵强。此处，甲本系统承接上文的布施疏头线索，以夏逢若的布施为幌子，金蝉脱壳之意较为明显。夏逢若或许曾给过范姑子四两银子，否则不会留下布施记录，但这并不意味着在张绳祖诱赌谭绍闻一事中是夏逢若出面行贿。

那么，在这场诱赌计谋中，以四两银子贿赂范姑子之人是谁呢？在小说前后文的叙述中，两次明确指出贿赂者是张绳祖："范法圆后边跟送，张绳祖道：'范师傅，太起动了，改日送布施四两。'""咱连这范姑子四两、夏逢若十两、谭绍闻七两，倒先花了二十一两本钱，叫人怎么处？"考虑到诱赌一事由张绳祖主谋，且与张绳祖的利益息息相关，由张绳祖出面贿赂范姑子是顺理成章的。在这一意义上，甲本系统的"范姑子闭门不出"的部分细节误导了乙本系统的修改者，可为判断其底本产生时间之早晚提供又一证据。

综上所述，围绕第四十四回至第四十六回中"范姑子上堂受审"情节，可得出以下结论：甲本系统保留了一部分接近作者早期构思的文字，但前后文叙述存在矛盾，体现了早期钞本文字不成熟的特点。在甲本系统内部，国图本、晚清钞本甲存在文字脱漏现象，造成文本信息的缺失。乙本系统是在甲本系统基础上的增补、改写，其目的在于规避甲本系统前后文的不统一之处，但其改动存在删削未净之处，且对小说情节有所误改。

由此不妨引申，《歧路灯》中谭绍闻出走亳州这一情节单元，在诸钞本间文字差异之大、校勘问题之多，相较于其他章回是较为突出的。姑且不论第四十四回"度厄寺高僧指迷途"情节的普遍佚失，本节讨论的"范姑子上堂受审"与下一节讨论的"假李逵受审"，乃至第四十六回回末乙本系统对程公审案的大幅度改写，均出自这一情节单元。这似乎可从一个特殊角度，证明这几回内容曾经历了反复修订。或许有某个钞本保留了最为成熟的文字风貌，但遗憾的是，在目前存世的钞本中，这种文字风貌始终未曾出现。

第五节　三场奇特的公堂审讯

《歧路灯》多次描写公堂审讯，这或许源于作者本人曾出任印江知县，对于处理刑名公务具有较为丰富的经验。在关于公堂审讯，特别是审讯量刑的描写中，《歧路灯》钞本间颇有一些异文值得仔细推敲。本节将分别以第四十六回、第五十二回、第六十五回出现的三场审讯为例进行讨论。

一　第四十六回：假李逵受审始末

在第四十六回《张绳祖交官通贿嘱　假李逵受刑供赌情》中，关于县令程公审问诱赌谭绍闻一案，诸钞本中存在两种叙述：

第一种：甲本系统主体形态钞本：

> 程公叫作速把这个李逵夹起来。几个皂隶按住，把袜子褪去，光腿放在三木之内。那贾李逵早喊道："小的说实话就是，原是赌博呀！"不说此时谭绍闻、王中魂飞天外，且说角门外张绳祖、王紫泥伸头内望，原指望董主簿受嘱追比，不料错撞在这个闫[一]罗王手里。远望见要动夹棍，张绳祖觉着口中苦味，是胆经内流出绿水。王紫泥裤裆中早犯了遗尿之症。再说程公见贾李逵招了赌博，已知哄诱书愚，遂致谭绍闻误了院试，担阁功名，怒上加怒，便要细细推问原由。贾李逵怕束夹棍，只说道，原是地藏庵范姑子怎的送信，张绳祖怎的邀酒，谭绍闻怎的吃醉，黄昏怎的哄赌，临明怎的写票画押，供了个和盘托出。①

---

① 校记：[一]"闫"，当从诸钞本作"阎"。

第二种：国图本、乙本系统：

　　程公叫把[一]贾李逵夹起来，几个皂隶按住，把袜子撕[二]去，光腿放在三木之内[三]，夹棍一束，那贾李逵早喊道："小人[四]说实话就是，原是赌博呀！"不说此时谭绍闻、王中魂飞天外，且说角门外张绳祖、王紫泥伸头内望，原指[五]望董主簿受贿追比，不料错撞在这个阎君[六]手里。远望[七]动夹棍，张绳祖觉着[八]口中苦味，是胆经内[九]流出绿水，王紫泥裤裆[十]早犯了遗尿之证。再说程公，见贾李逵招了赌博，已知哄诱书愚，遂致谭绍闻误了考试，担阁功名，因此怒上加怒，便要细细推问原由。贾李逵在夹棍眼内疼痛难当[十一]，只得把地藏庵范姑子[十二]怎的送信，张绳祖[十三]怎的邀酒，谭绍闻怎的吃醉，黄昏怎的哄赌，明时[十四]怎的写要[十五]画押，供了个和盘托出。①

　　在以上情节中，围绕公堂审讯的若干细节，《歧路灯》甲、乙钞本系统之间存在较多文字差异。甲本系统主体形态钞本回目虽称"假李逵受刑供赌情"，但仔细推敲其上下文，几乎没有关于假李逵在实质上受过刑的描写，而在国图本和乙本系统中，对于假李逵受刑则描写得非常确定。主要体现在以下几个方面。

　　其一，甲本系统主体形态钞本"光腿放在三木之内。那贾李逵早喊道……"国图本作"光腿放在三木之内，一声喝时，夹棍一束，那贾李逵早喊道……"乙本系统作"光腿放在三木之内，夹棍一束，那贾李逵早喊道……"甲本系统主体形态钞本没有"夹棍一束"的实写，同时，

---

　　① 校记：[一]"把"，国图本作"作速把这"。[二]"撕"，国图本作"退"。[三]国图本"内"字下有"一声喝时"四字。[四]"人"，国图本作"的"。[五]"指"，国图本作"只"。[六]"这个阎君"，国图本作"程公"。[七]国图本"望"字下有"见要"二字。马廉旧藏本"望"字下有"着要"二字。[八]国图本"觉"字下脱"着"字。[九]"内"，国图本作"中"。[十]国图本"裆"字下有"中"字。[十一]"当"，国图本作"忍"。[十二]国图本"姑"字下脱"子"字。[十三]国图本"祖"字下有"王紫泥得信"五字。[十四]"明时"，国图本作"临明"。[十五]"要"，国图本、马廉旧藏本作"票"，当据改。

以时间副词"早"用来表示已经完成的动作，似乎暗示着在"夹棍一束"之前，假李逵畏惧受刑，已经招供，程公只是以刑罚恐吓假李逵，实际上没有用刑。相较之下，国图本、乙本系统多出了"夹棍一束"四字实写，坐实了假李逵已经受刑的事实。

其二，甲本系统主体形态钞本"远远望见要动夹棍"、国图本作"远望见要动夹棍"、乙本系统作"远望动夹棍"。副词"要"常用来表示将要进行的动作或趋势，甲本系统主体形态钞本和国图本所描述的，是张绳祖二人只是见到将要束夹棍，就已经极度恐惧了，并非看到程公用刑后才觉得恐惧。相较之下，乙本系统无副词"要"字，以"远望动夹棍"一句实写，从张、王二人的视角，证实了程公确已动用夹棍之刑。

其三，甲本系统主体形态钞本"贾李逵怕束夹棍，只说道……"一句，国图本、乙本系统作："贾李逵在夹棍眼内疼痛难当，只得……"甲本系统主体形态钞本称假李逵"怕束夹棍"，而"怕"字既可以表示对已发生事实的恐惧，也可以表示对将要发生事件的恐惧，此处"怕束夹棍"与"只说道"之间构成的因果关系，足以说明假李逵因惧怕夹棍之刑而在受刑前招供，从而避免受刑。相较之下，国图本、乙本系统以"在夹棍眼内"、"疼痛难当"等实写，确切描写了假李逵受刑的情形。

就假李逵受审一事而言，诸钞本最大的文字差异在于假李逵是否受到夹棍之刑。甲本系统主体形态钞本通过副词的运用，以及回避实写的笔法，事实上并未坐实假李逵的三木之刑，给读者留下的印象是，程公在公堂上以夹棍震慑、逼问假李逵，并未真正用刑；而假李逵害怕受刑，在受刑前既已如实招供。在国图本、乙本系统中，通过增加"夹棍一束"、"疼痛难当"等实际描写，从根本上坐实了假李逵受刑，使假李逵在公堂上，真的"受刑供赌情"了。

二 第五十二回：柴、闫二学生受审始末

无独有偶，在《歧路灯》第五十二回《谭绍闻入梦遭严谴 董县主

受贿徇私情》中，闫、柴二学生因参与巴家酒馆聚赌，被卷入人命官司。在本回中，关于董公量刑，诸钞本均有以下描写。（引文从上图本）

董公因钱可仰说出"谭绍闻"三字，正想着草草结案，听了窦丛之言，正合其意，因指四人说道："你们逼命，原非你们本意。今尸亲既不深究，本县也只得从宽。就事论事，你既供赌博情真，只得按你们赌博加罪，枷满责放。你们还有何说？"四人竟是毫无可说。

董公命抬过四面枷来，巴庚、钱可仰只得伸头而受。柴、闫二人，禁卒叫他受枷，只哭得如丧考妣，不肯入头。董公也觉恻然，但王法一定，势难畸轻畸重。衙役吆喝，把两个学生的头硬塞入枷眼。董公判了赌犯朱字，押令分枷四街。窦丛叩谢了老爷天恩，董公夸道："你算是个有义气的人，全不拖泥带水。好！好！"董公又另审别案。这柴、闫两家爹娘，听说审他儿子是诱赌，人命大案，吓的魂飞。及远望审问儿子，爹妈只是顿足，这个心疼光景，真是言语形状不来的。又望见带枷而出，那看的人都说道："恭喜！恭喜！这问成赌博，就不是命案了。"到的仪门以外，两家母亲也顾不得书礼人家体面，扯住那里肯放。两家父兄急了，央及城内亲友，认了一百三十两赌赃入官，得了开枷释放。自此柴守篆、闫慎受过枷刑，既于考试违碍，自然将书本儿抛弃……

值得注意的是，在甲本系统主体形态钞本中，在"四人竟是毫无可说"（作"四人竟是无言可答"）与"董公命抬过四面枷来"之间，还有以下七十字（引文从吕寸田评本）：

门役喝了一声："皂隶打人。"皂隶、班房听说一声，跑上七八个虎狼，两个伏侍一个。巴庚是开场的，满笞四十，钱可仰三十板，柴守篆、闫慎，姑念其年幼，每人三号板子，各打了二十。

以上文字仅见于甲本系统主体形态钞本。究其内容，是完整地描述了一场当堂杖刑。但是，这场杖刑描写与前后文叙述存在明显矛盾。首先，上文称董公宣判"赌博加罪，枷满责放"，并未提及杖刑。其次，下文称"柴守篯、闫慎受过枷刑，既于考试违碍，自然将书本儿抛弃"，从量刑轻重看，杖刑为清律五刑之一，枷刑不入五刑，杖刑重于枷刑，对于科举考试而言，自然是杖刑"违碍"更甚，但下文却并未提及杖刑一事的影响。因此，甲本系统主体形态钞本的杖刑描写与上下文内容并不相符，较为突兀。

就闫、柴二学生受审一事而言，诸钞本最大的文字差异在于巴庚、钱可仰和柴、闫二学生是否受到杖刑。甲本系统主体形态钞本完整描写了杖刑过程，而张廷绶题识本、国图本、乙本系统则仅写其受到枷刑、未受杖刑。

三　第六十五回：谭绍闻受审始末

在第六十五回《夏逢若床底漏咳　边明府当堂扑刑》中，谭绍闻私设赌局被边公彻查，恰逢边公手下禀报火情。是夜，边公在诸幕友的劝说下，决定慎重处理谭绍闻。在本回回末，关于边公对谭绍闻的处理，在《歧路灯》钞本中存在以下二种不同的叙述。

第一种，甲本系统主体形态钞本、张廷绶题识本、上图本：

> 到了次日，边公自藩抚衙门口禀火灾[一]回来。谭绍闻接在衙门口跪下，递了一张改过自新任罚免讯[二]状子。边公就在轿内撕了，带在[三]二堂，竟[四]准其罚银一百两，交于茂昌典铺一分行息，添出孤贫院口粮二分，又切切的[五]训饬了一番。粘杆[六]、小鹰等也从宽免枷，遂将此案完结。①

---

① 校记：[一] 上图本"抚"字下脱"衙门口禀火灾"六字。[二] 上图本"讯"字下有"的"字。[三] "带在"，上图本作"说"。[四] 上图本"堂"字下脱"竟"字。[五] 上图本"切"字下脱"的"字。[六] "杆"，上图本作"竿"。

第二种：国图本、马廉旧藏本：

　　到了次日，边公自藩抚衙门口禀火灾而回[一]。谭绍闻接在衙门口跪下，递了一张改过自新状子。边公一见谭绍闻，果然[二]青年俊秀，也动了怜才之念，带在二堂，责以朴刑，又切切[三]训教[四]了一番，口虽不言[五]年谊，而通家之情已寓于不言之表。粘竿、小鹰等俱各从宽免枷，遂就此将[六]案完结。①

　　以上两种叙述的差异非常明显，其主要区别在于边公对谭绍闻私设赌场的处罚结果。在第一种叙述中，谭绍闻被罚金、未受扑刑。第二种叙述中，谭绍闻未受罚金、受到扑刑。

　　在第一种叙述中，曾有读者对谭绍闻躲过边公扑刑而感到不满。例如，上图本评点者称："此处作者太存忠厚，不肯使孝移之遗体受辱，以为将来回顾之地。以愚见看来，纵不加以大刑，亦宜施以扑教，不然，非所以戒浮淫而惩下流也。"无独有偶，崔耘青旧藏本"又切切的训饬了一番"处夹批："朴刑是不免的"。但事实上，本回早已在前文明确预示了谭绍闻未受惩处：在边公处理完火灾后，幕友赖芷溪即劝告边公"若是一板子打在身上，受过官刑，久后便把这个人的末路都坏了"，对此，小说称："只这一场话，谭绍闻灾星已暗中退讫。"因此，从小说前后文描写判断，谭绍闻不应受到刑罚。

　　但问题在于，到了第六十六回《虎镇邦放泼催赌债　谭绍闻发急叱富商》中，在兵丁虎镇邦的叙述中，谭绍闻似乎又挨了打（引文从吕寸田评本）：

　　虎镇邦道："你我同开赌厂，犯了官词，你是有体面的，虽说你

---

　　① 校记：[一]"而回"，马廉旧藏本作"回来"。[二]马廉旧藏本"然"字下有"有"字。[三]马廉旧藏本"切"字下有"的"字。[四]马廉旧藏本"训"、"教"二字互乙。[五]"言"，马廉旧藏本作"说"。[六]"就此将"，马廉旧藏本作"将此"。

也挨了打，胸膛却不曾沾地，只是师傅打徒弟一样，挠下痒儿就罢。像俺这一起狗攮的，舍着娘老子的皮肉，抉着屁股朝天，尽着的挨。"

诸钞本中，唯一的例外是上图本：

> 虎镇邦道："你我同开赌场，犯了官词，你是有体面的，胸膛不曾沾地，俺这一起狗攮的，舍着娘老子的皮肉，抉着屁股朝天，尽着的挨。"

至此，围绕第六十五回至第六十六回边公对谭绍闻的处罚结果，《歧路灯》钞本间形成了以下三种不同的叙述：

第一种叙述：甲本系统主体形态钞本、张廷绶题识本。第六十五回中，谭绍闻被罚金、训饬，未受扑刑。第六十六回中，虎镇邦称谭绍闻挨打。前后文矛盾。

第二种叙述：国图本，马廉旧藏本。第六十五回中，谭绍闻受到扑刑。第六十六回中虎镇邦称谭绍闻挨打。前后文一致。

第三种叙述：上图本。第六十五回中，谭绍闻被罚金、训饬，未受扑刑。第六十六回中虎镇邦称谭绍闻未挨打。前后文一致。

在上述三种类型中，除了第一种类型前后文矛盾外，第二、三种类型虽然均可自圆其说，但二者围绕谭绍闻所受刑罚又产生了明显差异。

1924 年，洛阳清义堂石印本问世。此本文字与国图本、马廉旧藏本一致。清义堂石印本作为栾校本的底本之一，其文字亦影响了栾校本（作"责以扑刑"）。因此，谭绍闻在第六十五回回末被边公"责以扑刑"，成为当代读者的普遍印象。

四 诸钞本关于公堂量刑文字的变动趋势及规律

《歧路灯》第六十五回并非谭绍闻首次对簿公堂。在本回之前，小说第三十一回叙述谭绍闻被戏班主茅拔茹诬告、不得已与其公堂对证；第四十六回叙述谭绍闻欠下五百两赌债，被假李逵勒索，并诉诸公堂。但是，在第六十五回中，谭绍闻在自家开设赌场，被牵涉进管贻安逼命刘春荣的命案之中。明清两代律法对私设赌场均予以严厉打击。《大明律》卷二十六："凡赌博财物者，皆杖八十，摊场钱物入官。其开张赌坊之人，同罪。"① 《大清律例》卷三十四："凡赌博财物者，皆杖八十，所摊在场之财物入官。其开张赌坊之人，虽不与赌列，亦同罪。坊亦入官"，"凡民人将自己银钱开场诱引赌博，经旬累月，聚集无赖放头、抽头者，初犯杖一百，徒三年；再犯杖一百，流三千里"。② 《清文献通考·刑考》："凡开场招集赌博之人，抽头放头者，旗人枷号三月，鞭一百；民人责四十板，充军。"③ 谭绍闻在夏逢若怂恿下私设赌场、牵涉命案，罪责在小说前半部中最为严重，谭绍闻的个人前途、家族尊严，都面临着前所未有的危机。

在讨论《歧路灯》诸钞本第六十五回至第六十六回间的异文之前，有必要对第六十五回回目"边明公当堂扑刑"，以及国图本、马廉旧藏本"责以朴刑"一句中的"扑刑"一词略作辨析。对此，栾校本注释如下：

> 扑刑，教师对学生的体罚。意谓边公不以国家职官的身份，而改以教师的名义，给谭绍闻一番责打。这样避开了国家刑法，也就于谭

① 怀效锋点校：《大明律》，法律出版社1999年版，第202页。
② 张荣铮等点校：《大清律例》，天津古籍出版社1993年版，第560—561页。
③ 《清朝文献通考》（第二册），浙江古籍出版社1988年版，第6606页。

绍闻的功名前程无所违碍。《尚书·尧典》："扑作教刑。"扑指旧日教师所使用的戒尺（手板）或教鞭之类的体罚用具。①

栾校本对"扑刑"的解释，可备一说。然而，今考"扑刑"的历史源流与使用语境，对于《歧路灯》中的"扑刑"似有必要作进一步讨论。"扑刑"起源于学校之刑，《尚书·舜典》："象以典刑，流宥五刑，鞭作官刑，扑作教刑，金作赎刑。"② 然而，扑刑在后世泛化为笞杖之刑，并不局限于师生之间。《汉书·刑法志》："薄刑用鞭扑"，颜师古注："扑，杖也，音普木反。"③ 《唐律疏议》："笞者，击也，又训为耻，言人有小愆，法须惩诫，故加捶挞以耻之。汉时笞则用竹，今时则用楚，故书云：'扑作教刑'，即其义也。"④ 此皆笞杖刑之意。对此，沈家本《历代刑法考》考证："扑即今之笞杖，三代以上不在五刑之列，惟学校典礼诸事用之，所谓教训之刑也。春秋时或用以治官事……"⑤ "鞭扑加于人身，可云扑作教刑。"⑥ 现代史家考证："扑刑在古代为教刑，用来督责官吏，又称为官刑。汉文帝废肉刑时以笞代劓，扑刑始成为正式刑罚。曹魏扑刑不入律，多用来惩戒官吏……晋以扑刑入令。……南朝依循晋制。……北朝一直以扑刑入律，鞭、杖为二种法庭正刑。……大象元年遂废。"⑦ 明清时期，扑刑久废，但扑刑作为笞杖刑的含义却保留下来。在不同的语境中，"扑刑"既可指"学校之刑"，又可指"官府之刑"。

"扑刑"作为"学校之刑"，指学官或学师对学生的体罚，例如打头部、打手心等，不入官刑。例如，明人笔记称"先生见四等人多，不欲

---

① ［清］李海观著，栾星点校：《歧路灯》（中册），第 629 页。
② 李民、王健：《尚书译注》，上海古籍出版社 2004 年版，第 14 页。
③ ［汉］班固著，［唐］颜师古注：《汉书》，中华书局 1962 年版，第 1079—1081 页。
④ ［唐］长孙无忌：《唐律疏议》，商务印书馆 1933 年版，第 12 页。
⑤ ［清］沈家本：《历代刑法考》（上册），中华书局 1985 年版，第 322 页。
⑥ ［清］沈家本：《历代刑法考》（上册），第 386 页。
⑦ 白寿彝总主编，何兹全主编：《中国通史》（第五卷），上海人民出版社 2015 年版，第 612—613 页。

尽朴，乃曰：'……其少年不肯努力，各朴如教规'"①，此为学官对秀才之"扑刑"。清人诗称"兄迨登弱冠，我时方七龄。隅坐伴兄席，爱兄读书声。督课日以严，痛兄遭扑刑。闭目不忍视，举袖掩泪零"②，此为塾师对学生之扑刑。直至晚清民国时期，"不妄施扑教"③、"忌扑刑之滥用"④成为教育革新的内容之一。在明清小说中，亦有"扑刑"作为学校之刑的用法。例如，《快心编》初集第十回："先生扑作教刑，不过勉人之耻心已耳。"⑤又如，《老残游记》第九回："请问先生：这个时候，比你少年在书房里，贵业师握住你手'扑作教刑'的时候何如？"⑥栾校本以谭绍闻所受"扑刑"为"学校之刑"，即本于此意。

然而，"扑刑"作为"学校之刑"，具有较为明确的使用语境，一般限定在学校之内，使用对象为学官或者塾师，受刑者为生员或儿童，在以上所举诸例中可见一斑。在官府审案的语境下，"扑刑"更常见的语意则是笞杖之刑。清律刑名有笞、杖、徒、流、死五等，笞、杖均属官刑。清陈美训《求其生而不得论》："其偶受扑刑而羞愤自经，屈指乡里中，历历有人。"⑦清谢良琦《与宜兴诸缙绅书》："扑责而小民怨矣，呵斥而子衿怨矣，辟导而荐绅怨矣。"⑧清徐时栋《乙巳九月拟〈易林〉》跋语："往控诸省，省复下之守，守念稍扑教之事当已，而县众更怒以抚君驱羊

---

① ［明］江盈科：《雪涛谐史》，［明］江盈科著，黄仁生校注《雪涛小说：外四种》，上海古籍出版社 2000 年版，第 217 页。

② ［清］方绳武：《子谷遗草缮录既讫追念二十余年寝食与共忧乐同之今者生死永隔伤已故述其始以及其终言虽多不雅驯观者但取其意焉可也》，［清］刘彬华辑《岭南群雅》，清嘉庆十八年（1813）玉壶山房刻本。

③ 梁启超《论幼学》："不妄施扑教，使无伤脑气，且养其廉耻也。"梁启超：《饮冰室合集》，中华书局 1989 年版，第 45 页。

④ 熊贤君：《中国近代教育行政史》，人民教育出版社 2014 年版，第 96 页。

⑤ ［清］天花才子编辑，四桥居士评，燕怡校点：《快心编》，人民文学出版社 1999 年版，第 187 页。

⑥ ［清］刘鹗：《老残游记》，人民文学出版社 1957 年版，第 84 页。

⑦ ［清］陈美训：《余庆堂诗文集》卷九，清余庆堂刻本。

⑧ ［清］谢良琦著，熊柱等点校：《醉白堂诗文集》，广西人民出版社 2001 年版，第 125 页。

喂虎，上控京师。"① 以上诸例，均本于官刑中的笞杖刑之语义。

在明清小说中，"扑刑"作为官府笞杖之刑亦不罕见。在此，不妨以《咫闻录·葛青天》一则为例。县令葛青天训诫围观邑民："尔等应安居守业，奚可无故进衙？本欲扑作教刑，念尔等无知愚民，各罚钱一枚以放之。"② 《咫闻录》的成书时间略晚于《歧路灯》，葛青天与边公皆为县令，其所谓的"扑作教刑"，或可为《歧路灯》中边公对谭绍闻"责以扑刑"的性质提供相同语境，不失为一重要参考。

由此可见，在《歧路灯》第六十五回中，边公的身份是新任县令，既不是地方学官，也不是谭绍闻的塾师；谭绍闻此时尚未进学，既不是县学学生，也不是边公门生。从人物身份关系、公堂审案语境等因素判断，边公的"扑刑"所指为笞杖刑，而非学校之刑。那么，这是否意味着回目"当堂扑刑"的对象一定是谭绍闻呢？笔者认为，恰恰相反，回目中的"当堂扑刑"对象是本回中受到杖刑的虎镇邦、秦小鹰、张二粘竿、小豆腐等人。因为"当堂"作为状语，其所限定的不仅是作为公堂之上的地点，还限定了公堂审讯的特定时间段。虎镇邦等人在公堂上被杖责，符合"当堂扑刑"，而谭绍闻是在审讯次日、边公勘验火灾回来之后受罚，即便如国图本、马廉旧藏本称谭绍闻被边公"带在二堂，责以朴刑"，也不符合"当堂"的时间点。值得一提的是，在代表《歧路灯》乙本系统主体形态的三部钞本中，豫艺本后半佚失，豫图本后半仅存总目，但在豫图本总目与上图本中，回目"当堂扑刑"均作"当堂施刑"。相较于含义两歧的"扑刑"，"施刑"作为官府之刑的指向性更为明确。考虑到上图本正文仅称谭绍闻被罚金，其回目中的"施刑"所指即为虎镇邦等人所受杖刑，当无疑问。同理，国图本、马廉旧藏本正文"带在二堂，责以朴刑"亦为笞杖刑，无庸赘述。

崔耘青旧藏本、上图本评点中提及的"扑（朴）刑"同样是官刑，而非学校之刑。因为两部钞本所载谭绍闻被处罚金，对此，两位评点者均

---

① ［清］徐时栋：《烟屿楼诗集》，宁波出版社 2014 年版，第 33 页。

② ［清］慵讷居士著，陶勇标点：《咫闻录》，重庆出版社 1999 年版，第 41 页。

认为罚金过于轻缓，谭绍闻理应受到更严重的惩处（即"扑刑"）。在这一意义上，"扑刑"作为笞杖刑，重于罚金，在逻辑上是成立的。如果二位评点者所指"扑刑"为学校之刑，那么此刑并不入官，甚至可以理解为边公对谭绍闻的私下惩处，则又比罚金轻缓，并不合理。

在这一意义上，诸钞本关于谭绍闻量刑的异文，在实质上是罚金（甲本系统主体形态钞本、上图本）与笞杖刑（国图本、马廉旧藏本）之间的区别。二者之间有明显的轻重之分。首先，罚金本源于赎刑，相对更能保护受罚人的尊严，所谓"鞭扑之下有赎，所以宥夫轻罪及以养士大夫廉耻之节"[①]。其次，也更为重要的是，罚金不属五刑，不入清律[②]，《大清会典则例》卷七十"礼部"："身家无刑、丧、替、冒各项违碍，方准收试。"[③] 许地山《清代文考制度》："民人刑伤过犯，不准考试。"[④] 因此，谭绍闻被罚金之后，不会因刑伤而违碍科举，失去考试资格。

有理由推测，在作者的早期构思中，第六十五回回末曾有谭绍闻被笞打手心的构思。甲本系统主体形态钞本、张廷绶题识本第六十六回虎镇邦称"虽说你也挨了打，胸膛却不曾沾地，只是师傅打徒弟一样，挠下痒儿就罢"一句，证明这一早期构思曾经存在。其中，"胸膛却不曾沾地"、"只是师傅打徒弟一样"，一则透露谭绍闻受罚为笞打手心形式，二则描写边公施刑有度，甚至有意从轻，以区别于同时期笞打手心致人残废的酷吏。[⑤] 然而，甲本系统主体形态钞本、张廷绶题识本第六十六回仍保留了虎镇邦称谭绍闻挨打的对白，与第六十五回回末的罚金描写形成明显矛盾，留下了删削未净的痕迹。相较之下，上图本于第六十六回删去了虎镇

---

① ［清］沈家本：《历代刑法考》（上册），第424页。

② 那思陆《清代州县衙门审判制度》："刑罚除五刑、迁徙、充军、发遣外，尚有刺字、枷号、罚金、入官、追徵……清律并无罚金名目，但实务上确实存在，如薛允升曰：'有遇犯者罚令出钱充公，亦属例所不禁。'"文史出版社1982年版，第238—239页。

③ ［清］官修《大清会典则例》，清《文渊阁四库全书》本。

④ 许地山：《国粹与国学》，上海古籍出版社2014年版，第46页。

⑤ 例如，清光绪间庐江知县杨需霖令人"两手用皮条套在凳上责打手心，致左手成废"。［清］朱寿朋《东华续录》卷二百二十，《续修四库全书·史部》第384册据复旦大学图书馆藏清宣统元年（1909）上海集成图书公司铅印本影印，第441页。

邦的部分对白，且将第六十五回回目"边明公当堂扑刑"改为"施刑"，使回目所指刑罚性质和对象更为明确，由此规避歧义，上图本因此成为《歧路灯》诸钞本中前后文最为通顺的钞本。无论这些改动出自何人之手，都体现了修改者使小说文本叙述趋于一致的努力。此外，国图本、马廉旧藏本的"带在二堂，责以朴刑"极有可能保留了一部分早期文本中关于笞杖刑的构思。但也应考虑到，仅就此二部钞本文字而言，"带在二堂，责以朴刑"一句极为简略，并未体现以上二重含义，因此亦不能排除其为后世读者因不满谭绍闻处以罚金，加之误将回目"边明公当堂扑刑"的宾语理解为谭绍闻，从而对正文的篡改。

由此可见，即便作者的早期构思中曾有谭绍闻受到笞刑的考虑，随着小说情节的推进，这一早期构思已被罚金所取代。造成这一改动的根本原因，应追溯到作者对谭绍闻的家族名誉、个人尊严和科举前途和的维护。首先，从家族名誉角度，正如第四十七回中，程公称："本县素闻你是个旧家，祖上曾做过官，你父也举过孝廉，若打了板子，是本县连你的祖、父都打了。本县何忍？"可知历任县令对谭绍闻的惩处，势必要顾忌谭氏一族的声誉。其次，个人尊严角度，公堂受刑后会造成颜面尽失，例如第四十二回中，夏逢若称："实对你说，我为你的官事，是挨过板子的人，人也都不器重了。"考虑到谭绍闻日后建功立业、衣锦还乡，作者必然不会使谭绍闻公堂受辱。最后，也更为重要的是，从个人前途角度，由于公堂受刑违碍科举，作者势必要保持谭绍闻早年生活足够清白体面、尽量规避公堂惩戒。第六十五回中，幕僚赖芷溪也特别提醒边公，"若是一板子打在身上，受过官刑，久后便把这个人的末路都坏了"，正是出自此种考虑。因此，家族名誉、个人尊严和科举前途都对谭绍闻受审和量刑产生决定性的影响，这或可为谭绍闻处罚结果的异文来源提供合理解释。

由此引申，《歧路灯》第六十五回并非唯一出现量刑变化的章回。在既有的文献基础上，笔者无意逐一探究本节列举所有异文的修改者身份，但或可据此归纳《歧路灯》诸钞本关于量刑轻重的文字变化规律。《歧路灯》第五十二回描写柴、闫二学生受审具有较为深远的教育意义。因为相较于市井闲人巴庚、钱可仰，闫、柴二学生和谭绍闻都是读书人，且皆因沾染赌博而日渐堕落，乃至卷入命案官司。在这场官司中，谭绍闻提前得到风声，出门躲避，而闫、柴二学生却因此前途尽毁。在某种意义上，闫、柴二学生是作为谭绍闻的映衬而出现，如果谭绍闻未能提前得知耳报，抑或未能及时改邪归正，其下场终将和闫、柴二学生一样，甚至更为严重。换言之，柴、闫二学生承担了本应与谭绍闻共同承受的刑罚。因此，对于柴、闫二学生而言，描写其受到枷刑足以达到反衬谭绍闻、警醒读者的效果，且枷刑比杖刑更存"斯文一脉"之体面。甲本系统主体形态钞本所保存的杖刑描写，更类似作者早期不成熟的构思，在祖本相对晚出的乙本系统中被删削殆尽。

当然，这一改动也造成巴庚、钱可仰同样"逃脱"了杖刑。但是，这并不意味着修改者对所有量刑都持有宽容态度。在第四十六回的描写中，假李逵是否受刑、受刑轻重、是否体面，并不在修改者需要规避的范围之内。考虑到乙本系统对甲本系统主体形态钞本的刑讯描写处处坐实、深化，甚至可以推测，通过夸饰假李逵受刑经过，反而可以树立县令的威信，渲染公堂的威严，大快人心——这无疑是小说乐于描写的——更为重要的是，让此时旁观的谭绍闻受到最大程度的警示教育，尽可能威慑并迫使其改邪归正，以达到杀鸡儆猴的效果。

综上所述，《歧路灯》虽然不是一部公案小说，但其中不乏关于公堂审理案件的描写。这些案件的审讯过程和量刑结果，或许很容易被读者草草略过。但是，通过诸钞本的比勘，不难发现这些情节经历了反复推敲、酌定和修改，其终极目标只有一个，就是为了小说结尾谭绍闻的洗心革面、衣锦还乡，规避所有可能存在的漏洞。由此反观《歧路灯》诸钞本相关情节的文字变化规律，似乎可以得到新的启发。

第六节　双庆的出走与归来

《歧路灯》中着力描写的仆役角色不多，除了一力辅佐谭绍闻的忠仆王中之外，小厮德喜和双庆也是出场较多的角色。在小说第八十回《讼师婉言劝绍闻　奴仆背主投济宁》中，德喜和双庆二人与谭绍闻发生冲突后主动请辞，"家贫奴辞主"成为谭府衰落的重要体现之一。德喜和双庆背离谭府后，一路投奔在济宁为官的娄潜斋，不料被娄潜斋识破，将二人遣回。在《歧路灯》存世钞本中，德喜自缢的结局基本没有差异，而对于双庆的下场则存在不同的叙述，有必要作细致考察。

一 第八十回："家贫奴辞主"与双庆出走

《歧路灯》第八十回回末叙述德喜、双庆投奔娄潜斋被识破后，对二人下场作了较为详细的说明。在《歧路灯》诸钞本间，存在以下三种类型的叙述。

第一种，甲本系统主体形态钞本、张廷绶题识本：

> 及至出衙不久，把三两盘费吃尽，回不了祥符。双庆儿流落到莘县戏班，学了一个撲衣裳的，后来唱到省城，方才改业。这德喜儿后来吊死在冠县地方野坟树上。乡保递了报状，官府相验，衣襟中还缝着一封书。冠县行文到济宁查照，济宁应覆回文，娄潜斋甚为不怿，向娄朴道："我不料这个奴才竟未回去，把命也送了。"心中好过意不去。此非是潜斋疏于打算，未曾料到他不回去，这正是奴仆背主之现报也。总之，君父之义，无所逃于天地之间。奴仆之与主人，亦君父之义也。天下有臣背其君、子背其父，而得善其后者乎？看官曾经过其人否耶？请为著书者屈指数来。

第二种，国图本、马廉旧藏本：

> 及至出衙不久，把三[一]两盘费吃尽，回不了祥符。双庆[二]流落到莘城[三]戏班，学了个撲衣裳的，后来唱到省城，方才改业。这德喜儿后来吊死在冠县野坟树上。乡保递了报状，官府相验，衣襟中还缝着一封书。冠县行文到济宁查照，济宁应覆回文。[四]潜斋甚为不

怡^[五]，向娄朴^[六]道："我不料这个奴才竟未回去，把他命也送了。"心中好过意不去。此非潜斋疏于打算，未曾料到他不回去，这正是奴仆背主之现在报应^[七]也。①

第三种，上图本：

> 及至出衙不久，把三两盘缠吃尽，回不了祥符。双庆儿流落到莘野戏班，学了一个撲衣裳的。这德喜儿后来吊死在冠县地方野坟树上，乡保递了报状，宦府相验，衣襟中还缝着一封书。冠县行文到济宁查照，济宁应覆回文，娄潜斋甚为不怿，向娄朴道："我不料这个奴才竟未回去，把命也送了。"心中好过意不去。此非是娄潜斋疏于打算，未曾料他不回去，这正是奴仆背主之现报也。总之，君父之义，无所逃于天地之间。奴仆之与主人，亦君父之义也。天下有臣背其君，子背其父，而得善其后者乎？看官曾经过其人否耶？

在以上三种类型的叙述中，除了国图本、马廉旧藏本脱漏回末"君父之义"一段议论之外，关于双庆下场的最主要差异，在于第一种、第二种叙述有"后来唱到省城，方才改业"，而上图本无此句。但是，在第八十一回开篇，诸钞本均有以下一段过渡文字（引文从吕寸田评本）

> 前回言双庆、德喜奴背主恩，后来不得善其末路。这回说谭绍闻子悖父训，目下早已开其祸端。

其中，"不得善其末路"的主语既包括德喜，也包括双庆。可见，至少在小说第八十回至第八十一回的叙述中，作为"家贫奴辞主"的报应，德

---

① 校记：［一］"三"，马廉旧藏本作"二"。［二］马廉旧藏本"庆"字下有"儿"字。［三］"城"，马廉旧藏本作"县"。［四］马廉旧藏本"文"字下有"娄"字，从下断句。［五］"怡"，马廉旧藏本作"怿"。［六］"朴"，马廉旧藏本作"樸"。［七］"现在报应"，马廉旧藏本作"现报"。

喜、双庆落得一死一流落的下场，在诸钞本间并无差异。此后，小说于第
八十四回介绍了谭府新雇小厮——保住①："先期三日，王象荩照程嵩淑
之言，怂恿少主人央盛希侨十五日陪客。谭绍闻只得带了新雇小厮名唤保
住，一径向盛宅而来。"至此，"家贫奴辞主"一场风波，看似已经风平
浪静。

二 第八十一回至第八十三回：双庆出走后的谭宅"小厮"

《歧路灯》通过第八十回的叙述与第八十一回的议论，两次强调了双
庆的悲惨下场。然而，以此反观小说第八十一回德喜、双庆出走之后，直
至第八十四回新雇小厮保住出场之前的三回之中，至少有以下几处文字不
无疑点。（引文从吕寸田评本）：

1. 第八十一回。"养娘、小厮摆设供献。"
2. 同回。"小厮、养娘撤了各碑前供馔。"
3. 第八十二回。（王氏道）："……叫一个小厮跟着送去。"
4. 第八十三回。"（巫翠姐）一怒上了轿[一]，背着悟果，径回娘家去
讫。"②

以上四例皆有问题。首先，从《歧路灯》的叙述习惯角度，作者惯
于在叙述中明确指明具体人物，对小厮们亦是如此。在此，不妨以上图本
为例。在第八十回（上图本第七十九回）德喜、双庆出走前，书中出现
德喜（含"德喜儿"、"得喜"等）姓名三百三十余次，出现双庆（含
"双庆儿"、"雙慶"、"双慶"等）姓名一百八十余次。相较之下，泛称
"小厮"不足百次，且其中绝大多数情况下，指称的是王春宇、钱书办、
娄潜斋、盛希侨、张绳祖、惠养民、韩善人、邓三变、王经千、边县令、
张类村等外人府上的无名小厮。仅就谭宅小厮而言，在排除统称（如第

---

① 校记："保住"，栾校本作"保柱"，本书从诸钞本作"保住"。
② 校注：[一]"轿"字下国图本、马廉旧藏本有"小厮"二字；上图本有"双庆"二字。

三回"宋禄、小厮们更要上会")、否定（如第四回谭孝移"也不跟随小厮"）、其他义项（如第二十八回两次提到"冰梅所生小厮"，以"小厮"指称"儿子"）之外，以泛称取代人物姓名，仅有第一回谭孝移"递于小厮，开了祠堂门"、第七十回"谭家小厮来接"二处。因此，第八十一回至第八十三回间，诸钞本四次出现"小厮"（上图本第八十三回"小厮"作"双庆"，因此仅出现三次"小厮"），并不符合作者一以贯之的叙述习惯。

其次，也更为重要的是，从小说的人物设置角度，在第八十四回雇佣小厮保住之前，谭宅的男性仆役中，除了账房闫楷（已于第二十三回离去）、管家王中、厨役邓祥、园丁蔡湘之外，小厮仅有二人：德喜和双庆。当然，这一设定在前后文中可能存在不统一，例如第二十五回，"王氏急叫德喜儿买些纸马金银，引着小厮们到厅房灵前烧了。""德喜儿"引着"小厮们"，似乎暗示着除了德喜、双庆之外，谭府至少还有一个小厮。但无论如何，在小说第七十九回至八十回之间，谭宅仅有蔡湘、邓祥、德喜、双庆四位男性仆役，当是没有疑问的。因为德喜、双庆"家贫奴辞主"闹剧的导火索，在于谭绍闻吩咐德喜、双庆、邓祥、蔡湘往盛宅归还器物时，由于器物笨重引发的主仆冲突。其间，谭绍闻称："拿不清，街上再觅两个闲人帮一帮，何如？"其后，谭绍闻"开了大门，觅了五六个闲汉，将东西搬运盛宅去讫"。可见，此时谭宅除此四人之外，再无其他仆役。否则，在谭宅经济境况日益拮据的情况下，实在没有必要上街雇人搬运。

因此，随着第八十回德喜、双庆的出走，直到第八十四回谭宅雇来小厮保住之前，此间的三回中谭宅应该没有小厮。由此不难理解，在第八十一回至第八十三回间的四处情节中，本应出现一个小厮身份的人物时，小说只好"无中生有"地以一位无名小厮笼统带过。特别是上图本第八十三回误将小厮抄作"双庆"，还被评点者指出："双庆字误，前日未见回来"，可见读者对谭宅小厮的变动是比较敏感的。这一问题一直延续至第八十七回。无独有偶，即便到了第八十七回，诸钞本"王象荩与保住打着灯笼，提着考具，送少主人并十四岁小主人进场"一句，唯有吕寸田评本"保住"作"双庆"。

由此可见，在《歧路灯》第八十回德喜、双庆出走之后、直至第八十四回新雇小厮保住出场之前，诸钞本仍有"无名小厮"出现。同时，从吕寸田评本到上图本，双庆这个本已出走的小厮两次出现。这不得不说是"家贫奴辞主"风波之后，诸钞本中的重要疑点。

三　第八十七回：双庆归来的疑团

随着小说情节的推进，读者很容易发现，在《歧路灯》的一部分钞本中，"不得善其末路"并非双庆的最终结局。在小说第八十七回中，在浓墨重彩地描写了考试捷报传至谭府、谭府设宴庆贺之后，还有一场余波。在前一小节划分的三种类型的钞本中，第一种类型的钞本（甲本系统主体形态钞本、张廷绶题识本）的叙述不同于第二种、第三种类型的钞本。

第一种：甲本系统主体形态钞本、张廷绶题识本：

> 这绍闻自在东楼下，与兴官父子吃饭。堂楼席尚未完，东楼饭已吃足。忽听得蔡湘说道："有客在后等着道喜。"原来蔡湘久已出去，跟官上山西，只因官已告老，蔡湘仍回汴梁闲住。听说少主人取了案首，径来磕头叩喜。绍闻无人用，问他："还肯进来与否？"蔡湘自说愿意，因此又来伏侍旧主人了。这正是：主人微判荣菀……（诗略）

第二种、第三种：国图本、马廉旧藏本、上图本：

> 这绍闻自在东楼下，与兴官父子吃饭。堂楼席上[一]未完，东楼饭已吃足。忽听的[二]蔡湘说道[三]："有客在后门上[四]等着道喜。"原来蔡湘久已出去，跟官上[五]山西，只因官已告老，仍回汴梁闲住。

一日街上遇着^[六]双庆，说起谭主人恭喜，约双庆同回伺候旧主^[七]的话^[八]。双庆亦甚情愿^[九]，因此俱^[十]来磕头叩喜。绍闻正无人用，一见便问道："你们还肯进来与否？"二人俱说愿意^[十一]，自此蔡湘、双庆^[十二]依旧进谭宅来了：主人微判荣菀^[十三]……（诗略）①

由此可见，诸钞本第八十七回围绕双庆是否重回谭宅，存在较为明显的文字差异，由此产生双庆的两种不同结局。在第一种类型的钞本中，重回谭宅的只有蔡湘一人，"原来蔡湘久已出去……"一段，意在补叙蔡湘自出走、失业，到闻讯重回谭宅、被谭绍闻宽容接纳的过程，最终以回末诗谴责蔡湘的目光短浅。

在第二种、第三种类型的钞本中，重回谭宅的不仅有蔡湘，还有双庆。"原来蔡湘久已出去……"一段补叙，不但介绍了蔡湘的行踪，还引出了双庆的下落，乃至蔡湘遇到双庆的过程。回末诗的谴责对象也由蔡湘一人，变成蔡湘、双庆二人。然而，此种叙述又与前文第八十回、第八十一回称双庆"后来唱到省城，方才改业"、"不得善其末路"构成矛盾。所谓"改业"，是针对"襏衣裳"而言，若双庆日后重回谭宅，应是"重操旧业"，而非"改业"。同时，"不得善其末路"既指德喜自缢，也指双庆流落，如果双庆被谭宅重新接纳，应是其最好的结局，而非"不得善其末路"。

那么，随之衍生的另一个问题便是，第一种类型的钞本（甲本系统主体形态钞本、张廷缓题识本）中没有双庆归来的情节。那么，在这些钞本中，双庆真的就此退场了吗？事实上，在第一种叙述的钞本中，若将考查范围扩展至第八十七回之后的章回，双庆出场的次数并不少见。例

---

　　①　校记：[一]"上"，国图本、马廉旧藏本作"尚"，当据改。[二]国图本、马廉旧藏本"听"字下脱"的"字。[三]国图本"说"字下脱"道"字。[四]国图本、马廉旧藏本"门"字下脱"上"字。[五]国图本、马廉旧藏本"官"字下脱"上"字。[六]"着"，国图本作"见"。[七]国图本、马廉旧藏本"主"字下有"人"字。[八]国图本"人"字下脱"的话"二字。[九]"亦甚情愿"，国图本作"也极愿意"。[十]"俱"，国图本作"同"。[十一]"愿意"，国图本作"情愿"。[十二]国图本"蔡湘"、"双庆"互乙。[十三]回末诗首句"菀"，国图本作"枯"；次句"辄"，国图本作"便"。

如，第九十七回"王象荩、双庆连雇觅人等，摆列供献"，第九十九回"叫双庆担送，邓祥套马驾车"、"谭绍闻叫双庆儿留客吃茶"、"看见双庆儿跟车，知是萧墙街家人"，等等。这些双庆出场的场合，在第二种、第三种类型的钞本中，由于已在第八十七回叙述了双庆重回谭宅，因此并无疑义。但是，由于第一种类型的钞本此前并未交代双庆归来，因此前后文间形成了明显矛盾。

四　试论诸钞本关于双庆下场的异文

至此，根据双庆的不同结局，《歧路灯》存世钞本可以划分为以下三种类型。

第一种，甲本系统主体形态钞本、张廷绶题识本。此种类型的钞本第八十回有"后来唱到省城，方才改业"叙述。第八十一回有"后来不得善其末路"议论。第八十七回无双庆重回谭宅描写。第八十七回之后双庆多次出场。

第二种，国图本、马廉旧藏本。此种类型的钞本第八十回有"后来唱到省城，方才改业"叙述。第八十一回有"后来不得善其末路"议论。第八十七回有双庆重回谭宅描写。第八十七回之后双庆多次出场。

第三种，上图本。第八十回无"后来唱到省城，方才改业"叙述。第八十一回有"后来不得善其末路"议论。第八十七回有双庆重回谭宅描写。第八十七回之后双庆多次出场。

在诸钞本关于双庆结局的异文中，主要有二处矛盾。其一，第一种类型的钞本中，第八十七回未描写双庆重回谭宅与其后双庆多次出场的矛盾。其二，第二种、第三种类型的钞本中，双庆重回谭宅与前文"不得善其末路"的矛盾。换言之，第八十七回双庆是否重回谭宅是一个关键点，如果双庆没有重回谭宅，则与后文其多次出场构成矛盾。如果双庆重回谭宅，则与前文称其"不得善其末路"构成矛盾。可见，围绕双庆的不同结局，《歧路灯》诸钞本均不同程度地存在矛盾之处。这对于《歧路灯》人物设置而言，是较为独特的现象。

　　笔者认为，造成诸钞本异文的主要原因，在于作者在不同写作阶段对双庆下场的构思发生变化，"双庆归来"是随着作者构思日益成熟，晚出进入小说文本的情节。主要依据有二。其一，国图本、乙本系统第八十七回"双庆归来"一段有着较为明显、生硬的添加痕迹。在插入"双庆归来"一事前，诸钞本皆作蔡湘进来通报"有客在后门上等着道喜"。从章回小说于分回处设置悬念的习惯看，此处作者留下的悬念应是道喜客人的身份。到了第八十五回的开篇，读者不难发现来访客人是张正心，在诸钞本间均无异文。那么，甲本系统主体形态钞本、张廷绶题识本插入蔡湘一段倒叙，目的在于解释蔡湘此时何以在谭宅通报来客，而来客的身份尚属未知，作者通过划分章节、在结尾处为下一回来访者的身份设置悬念，在章回小说中是很常见的做法。相较之下，国图本、乙本系统中，由蔡湘通报，由此引申出双庆行踪，很容易使读者误以为前来道喜的"客人"就是双庆，在实际上消解了本应设置的悬念。但是，双庆作为一个小厮，由蔡湘作为客人通报觐见家主，无论如何都是不合情理的。因此，"双庆归来"一段在一定程度上消解了本回回末为张正心来访而设置的悬念。其二，如前文论述，双庆出走后，第八十一回至第八十四回间多次出现"小厮"（部分钞本径作"双庆"），部分钞本第八十七回没有双庆归来的描写，却在其后多次描写双庆出场，这些现象都在暗示着在"双庆出走"情节进入小说文本之前，一种早期存在的文本面貌。

　　从全书构思角度，这一变化并非毫无动因，因为德喜、双庆的"家贫奴辞主"和"夏逢若画策鬻坟树"一样，都是在谭府衰败过程中的雪上加霜，且印证了前文冰梅对二人的预测不虚。随着谭绍闻的高中捷报，谭府中兴，双庆的迷途知返无疑是锦上添花。如果说，早期文本中德喜、双庆一死一改业，是为了体现了奴仆背主的恶报，那么双庆重返谭宅并被谭绍闻宽容接纳，未必不是为了体现谭绍闻的容人之度，以及谭宅的家业重兴。

　　若这一推测成立，双庆"出走"、"归来"的相关情节进入《歧路灯》文本的过程，应至少包括以下四个阶段。

　　第一阶段：没有"家贫奴辞主"情节。双庆既没有出走，也无须重回谭宅。

　　这很有可能是作者原初尚未成型的构思，在目前的存世钞本中并没有出现。然而，部分钞本第八十一回至第八十三回间，以及第八十七回后关于双庆出场的疑点，或许保留了早期构思的些许痕迹。

　　第二阶段：有"家贫奴辞主"情节，但没有"双庆归来"的情节。

　　以甲本系统主体形态钞本、张廷绶题识本为代表。这些钞本有双庆出走和"改业"、"不得善其末路"的描写，但是第八十七回回末没有双庆归来的情节。这些钞本前后文不一致的情况体现了文本尚未完成的痕迹。

　　第三阶段：在第二阶段基础上，于第八十七回增加了"双庆归来"的内容。

　　以国图本、马廉旧藏本为代表。二部钞本增加了"双庆归来"的情节，使前后文双庆的行踪得以吻合。但是，二部钞本仍有删改未净的痕迹，包括第八十回对双庆"改业"的描写，以及第八十一回称双庆"不得善其末路"的议论。

　　第四阶段：在第三阶段的基础上，继续删除前后文中互相矛盾的情节。

　　以上图本为代表。如果说，第三阶段致力于对后文"双庆归来"的增补，那么，上图本在此基础上，继续删去第八十回"后来唱到省城，方才改业"十字，基本解决了双庆在前文改业、后文归来的矛盾。但是，上图本中仍有删改未净的痕迹，即，第八十一回开头"不得善其末路"议论仍然存在。但相对而言，这是现阶段所见钞本中情节最为成熟、完善的文本风貌。

　　由此可见，围绕双庆的出走和归来，《歧路灯》存世诸钞本层累地形成了不同的叙述。时至今日，读者很难仅从诸钞本异文上，甄别其中哪些改动出自作者本人、哪些改动出自后世传抄者、读者。但是，从甲本系统主体形态钞本到上图本之间，呈现出明晰的、几经修改的痕迹。

　　在此基础上，不妨进一步推测，不仅双庆"出走"、"归来"情节之间存在写作时间的先后差异，就连第八十回的"家贫奴辞主"情节本身，都很可能是一个晚出情节,其写作时间当晚于第八十回后的一部分章回,且经过了反复改动。其判断依据不仅在于甲本系统主体形态钞本第八十回后双庆频繁出场,这些情节的构思或写作时间当早于"家贫奴辞主",同时还应注意到,在《歧路灯》存世钞本中,第八十回的回目文字竟有四种之多,分别为:

甲本系统主体形态钞本、张廷绶题识本:

谭府小厮背主恩 冯家代书述官法

安定筱斋钞本:

冯讼师引言劝怒主 娄济宁发书送逃奴

国图本、马廉旧藏本:

谭绍闻家贫奴辞主 娄潜斋鉴明假难真

上图本、豫图本:

讼师婉言劝绍闻 奴仆背主投济宁

诸钞本不仅在回目文字上差异较大,且个别钞本中,本回前后还存在回数错乱现象,即便在全书范围内,都堪称情况最复杂的章回之一。这种混乱的现象,无疑可为"家贫奴辞主"情节的几经修改提供一重旁证。

由此引申,另一个有趣的问题则是,在"家贫奴辞主"一段风波中,诸钞本皆无德喜和双庆一起重回谭宅的描写。可见,无论在哪一种钞本中,德喜都被确定地安排了路死他乡的结局。为何德喜不能与双庆一同归来?这个问题只能付之推测。笔者的推测是:鉴于此前谭绍闻投奔济宁路上,德喜擅自结交匪类,鼓动谭绍闻违背师言,已有前科;在"家贫奴辞主"风波中，德喜充当了策划者角色；在投奔济宁的路上，也是德喜主张在曹卖鬼的店里请堂客，导致二人盘缠尽失。在一系列事件中，德喜作为主谋，其罪责远远大于作为从属者的双庆。所以，德喜罪不可赦，贫困路死体现了奴仆背主的恶报；双庆罪犹可赦，不妨令其重回谭宅、谋得生路，以体现谭绍闻的宽容大度。作者的道德倾向和主观态度，在两个小厮的下场上，体现得非常明显。

综上所述，围绕双庆的出走和归来，可以初步得出结论：第八十七回的双庆归来是后出进入小说文本的情节。甲本系统主体形态钞本，国图本与马廉旧藏本，上图本三者之间，存在较为明显的先后关系。

五 余论：身份不明的小厮"双喜"

在《歧路灯》存世钞本中，围绕双庆还存在一个"疑团"，在此一并论述。在马廉旧藏本中，第七十三回、第七十七回先后出现一个名叫"双喜"的小厮：

> 恰遇双喜、双庆在轩上摘眉豆。夏逢若道："你家大相公回来了？"
> 饭后携定双喜，登门送启。

以上二处文字，除马廉旧藏本外，诸钞本皆作"双庆"。而在马廉旧藏本中，除了以上二处之外，再无"双喜"的出场。

双喜是何许人也？从人物命名规律看，作者并没有如《红楼梦》以成对出现的名字命名人物的习惯，如金钏和玉钏、彩云和彩霞，等等。①

---

① 刘世德《〈红楼梦〉版本探微》："在《红楼梦》当中，对丫环或小厮们的命名，曹雪芹有着精心的设计……他们的名字往往是二人相互成双配对。"华东师范大学出版2002年版，第59页。

因此可以肯定，双喜既不和双庆成对出现，又不和德喜成对出现。在马廉旧藏本中，双喜首次出现在第七十一回，至此，全书已经过半，且尚未发生"家贫奴辞主"的闹剧，在人物安排上没有必要新增一个不承担任何叙事功能的小厮。从写作常理看，作者若有意安排一个新的小厮，至少需要在其第一次出场时予以介绍（如后文介绍"新雇的小厮保住"），而马廉旧藏本中并没有相关内容。因此，笔者推测，"双喜"是马廉旧藏本抄写者的笔误，由于"德喜"的存在，以及"喜"、"庆"二字的相似含义，使马廉旧藏本的抄写者误将"双庆"抄成"双喜"，并非一个新的人物。

结　语

不同于前一章着眼于《歧路灯》的甲、乙钞本系统间异文的整体性规律，本章从微观角度入手，选取了数个《歧路灯》中的细节问题进行讨论。在本章所讨论的异文现象中，甲本系统主体形态钞本相对体现了情节不甚成熟、留存枝蔓文字，文本细节不统一等现象，反映了文本修订未完的原初状态。乙本系统相对成熟、统一，体现了经过统筹修订的痕迹。张廷绶题识本、国图本、马廉旧藏本不同程度地体现了与甲、乙钞本系统主体形态的分化，是其"中间态特征"的体现。以上结论，与本书前章对甲、乙钞本系统及其版本源流关系的判断基本一致。

"庙后街"、"格子眼"等情节，或许对全书情节的整体进展没有直接影响，但它们的共同点在于，能够从某一个微观角度，为《歧路灯》的钞本源流系统提供一些相对明确的结论。在《歧路灯》钞本情况较为复杂、缺乏外部文献史料以资旁证的情况下，在文本校勘中，选取一些有代表性的问题入手，不失为一种可行的办法。在这一意义上，上述文本细节具有较为重要的校勘意义，是《歧路灯》钞本校勘中颇具启发性的实例。

第六章　《歧路灯》钞本中的评点

在《歧路灯》的研究史上，学者很早便对《歧路灯》的评点有所关注。1929 年，民国学者徐玉诺搜集"《歧路灯》脱稿前后时人对于作者之评语"①，仅得二条：其一，清杨淮《中州诗钞》卷十四"李海观传"；其二，《中州诗钞》收录吕寸田《赠李孔堂诗》，且后者与《歧路灯》小说文本关系并不密切。20 世纪 80 年代以来，学界所掌握的《歧路灯》评点，基本局限在安定筱斋钞本、豫图本、豫艺本的个别眉批，以及上图本保存的一百六十余条评点。此外，便是"乾隆庚子过录题识"、韩文山题识，以及《中州朱玉录》等文献的零星记载。囿于文献材料，《歧路灯》的评点研究至今仍属于空白阶段。

笔者在研读《歧路灯》期间，新发现《歧路灯》钞本六种，其中三部钞本存有评点。具体而言，吕寸田评本保存了六条明确题署"吕寸田评"或"寸田评阅"的评点，书中另有评点一百五十余条。马廉旧藏本保存了一百五十余条评点。崔耘青旧藏本保存了三十余条评点。加之学界已知的上图本评点，现阶段所知的《歧路灯》评点已近五百条。

评点是反映《歧路灯》流传与接受过程的重要史料，具有较为重要的文献校勘价值、文学研究价值、文化考察价值。

---

① 徐玉诺：《墙角消夏琐记》（其一），《〈歧路灯〉论丛》（二），第 277 页。

第一节　评点对《歧路灯》钞本
校勘的旁证意义

评点对《歧路灯》钞本校勘具有较为重要的意义。首先，个别评点提供了早期文本情节之线索。例如，《歧路灯》第四十四回《鼎旅店书生遭困苦　度厄寺高僧指迷途》，在存世诸本中无一例外存在内容上的脱漏，即，"高僧指迷途"情节的佚失。对此，吕寸田评本回末粘有朱签，称"此间漏却高僧指迷一段奇文，应查原本添出，方得圆畅"，提示并证实了早期钞本中"高僧指迷途"一段情节的确存在。这对于判断吕寸田评本的版本价值，乃至《歧路灯》早期文本情节，都具有重要的参考价值。

其次，一部分评点可为判断特定钞本的版本价值提供参考依据。例如，第三十五回《谭绍闻赢钞夸母　孔慧娘款酌匡夫》回末诗"联姻何必定豪门"中，诸钞本（包括栾校本）皆于尾联两句之间，以单行正文字体或以双行小字阑入"不记当年访孔耘轩之时乎"十一字评点，足以证明此条评点阑入正文之早、影响范围之广。唯一的例外为吕寸田评本，"不记当年访孔耘轩之时乎"十一字以眉批形式出现，七言回末诗的形式被完整保存。此条评点的特殊位置，在文字校勘之外，对于论证吕寸田评本的底本情况及版本价值颇有助益。

在上述二例之外，《歧路灯》评点更为重要的文献价值，在于为构建钞本源流系统提供旁证。在《歧路灯》存世钞本中，一部分彼此不存在直接传抄关系的钞本之间保存了相同的评点。具体而言：（1）甲本系统主体形态钞本中，吕寸田评本、崔耘青旧藏本第七十回至第七十六回之间集中出现十七条相同评点。（2）乙本系统中，上图本、马廉旧藏本在第三十七回至第四十六回之间集中出现十条相同评点。（3）吕寸田评本、上图本、马廉旧藏本第三十八回出现一条相同评点。下文将对其具体情况分别进行讨论。

一　吕寸田评本、崔耘青旧藏本的相同评点

崔耘青旧藏本避讳"宁"字，不讳"淳"字，其抄成时间不早于道光朝。此本保存评点三十四条，其中，三十条评点集中分布于第七十回至第七十六回之间①，在评点位置上并不均衡。值得注意的是，在其集中分布的三十条评点中，十七条评点与吕寸田评本完全一致。这意味着，崔耘青旧藏本评点半数与吕寸田评本相同，这一比例在《歧路灯》存世钞本中是较为罕见的。

正如本书第二章、第四章论述，吕寸田评本、崔耘青旧藏本同属甲本系统主体形态钞本，二部钞本间虽不存在直接传抄关系，但较之他本，崔耘青旧藏本与吕寸田评本在文字上具有较高的相似度。相同的评点在文字校勘之外，为考察两部钞本的底本渊源提供了又一旁证。

本书现将吕寸田评本、崔耘青旧藏本第七十回至第七十六回间的相同评点抄录如下（回数及引用正文从吕寸田评本），见表6-1。

表6-1　　　　　　吕寸田评本与崔耘青旧藏本的相同评点

回　数	正　文	评　点
第七十回	苏拐子道："这是西北城角，送子观音堂……"	春秋之笔
第七十三回	只见一个道士，修眉长髯，在那里看书。	来头就是欺人
	不觉红绿之情少淡，却是黄白之说要紧。	是金是银

---

① 其余的四条评点分别为：第四十四回"这样难尝，出的寺来"处夹批"此下有缺简，然不可考"。第六十五回"又切切的训饬了一番"处夹批："朴刑是不免的"。第八十五回："巫氏道：您家不要我了，说明白送我老女归宗"处夹批"□恶妇听着"（引者注：原书字迹不清）。第九十三回回末墨笔大字批点"作书人阅历甚广"。

续表

回 数	正 文	评 点
第七十三回	因坐下看道士所阅之书，又翻别的本头，都是《参同契》《道德经》《关尹子》《黄庭经》《六壬》《奇门》《太乙数》之属。	派头大
	夏逢若瞅了一眼，这绍闻忽然会意，便不肯在姜氏面前说艰窘的话。	会神还当神会
第七十五回	其人已到东角门，黑影的像是老樊。	再无别人
	山主银子放在何处？他就拐的跑了？	不知烧丹之故耳
	双庆、蔡湘抵死的不容我见你。	补明
第七十六回	双手搦住绍闻右手，笑道……	苦心
	这个看越墙的踪迹，那个说扭锁的影响。	衬笔也
	也吃亏夏鼎们百生法儿，叫大叔不得不上他们的船，这也怨不的大叔。	会说
	冰梅笑道："如今'先生'分娩了，得大叔教学。"	奇文
	巫翠姐听得，叫老樊上楼，说："小妮儿日子浅，不用惹生人喊叫……"	只知如此
	这夏鼎见双庆笑，自己也忍不住，嗤的一声笑了。	曲尽小人无耻之态
	绍闻也笑了，说道："双庆，快换水，作速洗洗罢！"	所称三笑图
	双庆接过来，只是不洗。	作怪
	你若早来时，把那道士打一顿，省的他拐了咱二百四十两银。	真王氏之言

崔耘青旧藏本的评点何以集中在以上数回之间？囿于文献材料，对于这一现象的成因尚不能得出准确结论。笔者推测，考虑到崔耘青旧藏本由多人轮流抄写而成，从底本来源角度，不同抄写者所据底本不同，其中或有某些底本保存了评点；从抄写者角度，不同抄写者对待评点态度不同，一部分抄写者可能不抄评点，一部分抄写者可能全部誊抄、或有选择地抄写，甚至可能有一部分抄写者（读者）将他处所见评点转抄而来，等等。

　　尽管如此，根据目前吕寸田评本、崔耘青旧藏本的具体情况，仍可得出以下结论。

　　首先，可以排除崔耘青旧藏本评点由某位评点者独立完成。否则，其评点分布应相对均衡，不会仅集中在七回之间，更不会有半数比例与吕寸田评本一致。

　　其次，可以排除崔耘青旧藏本评点直接抄自吕寸田评本。原因在于，崔耘青旧藏本在上述十余回之间，尚有十四条评点未见于吕寸田评本。此外尚有一重要例证，此即第七十三回描写谭绍闻听道士论炼丹，"不觉红绿之情少淡，确是黄白之说要紧"一句，崔耘青旧藏本分别有"是袄是裤"、"是金是银"二条评点。由此可见，正如小说正文叙述形成的对偶关系，评点亦有意形成对仗。然而，"是袄是裤"一条评点为吕寸田评本所脱漏。两条评点间的对仗句式，可被视为判断吕寸田评本评点存在脱漏的可信证据。

　　最后，可以排除吕寸田评本评点直接抄自崔耘青旧藏本。其原因无庸赘述，因为在吕寸田评本中，除了与崔耘青旧藏本相同的十七条评点之外，全书范围内尚有一百三十余条评点未见于崔耘青旧藏本。

　　综上所述，基本可以排除吕寸田评本、崔耘青旧藏本评点的直接誊抄关系。

　　那么，似乎只存在一种可能：崔耘青旧藏本的评点一部分（或全部）誊写自他本，而这一"他本"，与吕寸田评本的祖本（或其传本）有很大渊源。在这一意义上，崔耘青旧藏本的评点对今人考察吕寸田评本非常重要。一方面，相同的评点在文字校勘之外，进一步证实了二部钞本具有较为密切的渊源关系。另一方面，吕寸田评本可被证实有脱漏的评点，提示着在吕寸田评本之前，某个更早期评点本的存在。尽管对今人而言，这一早期评点本的面貌仍然十分模糊。这在证明崔耘青旧藏本校勘价值的同时，也为《歧路灯》甲本系统校勘，乃至今人推测甲本系统祖本风貌，提供了一个重要线索。

　　由此不妨进一步引申，崔耘青旧藏本中尚有不见于诸钞本的十四条评点，这些评点出自何人之手？囿于文献材料，其来源情况只能暂付推测。

笔者推测，其来源大致存在三种可能：其一，出自崔耘青旧藏本的抄写者，这位抄写者不仅誊录了来自底本的评点，又在抄写过程中独立撰写了一部分评点。其二，出自崔耘青旧藏本的读者，在崔耘青旧藏本的流传过程中，某位（或某几位）读者在原有评点之外，撰写了新的评点汇入小说文本。其三，出自崔耘青旧藏本的誊抄底本，那么，这一底本既保存了与吕寸田评本相同的评点，又有多于吕寸田评本（或其底本）的评点，其评点总数及规模有待进一步考证。

二 上图本、马廉旧藏本的相同评点

相较于吕寸田评本和崔耘青旧藏本之间的相同评点，马廉旧藏本和上图本中的相同评点情况更为复杂，主要体现在三个方面：其一，在评点数量上，崔耘青旧藏本评点数量较少、位置较为集中，与吕寸田评本相同评点所占比重较大；而马廉旧藏本、上图本除了相同的十条评点之外，还各自存有一百余条分布于全书范围内的评点。其二，在钞本源流上，崔耘青旧藏本与吕寸田评本同属甲本系统主体形态钞本，其底本渊源较之他本更为接近；而马廉旧藏本虽与上图本同属乙本系统，但马廉旧藏本呈现出一定的"中间态特征"，两部钞本之间的源流关系更为复杂。其三，马廉旧藏本的评点笔迹基本一致，而上图本的评点出自多人之手，对于考察评点产生时间较为不利。

本书现将上图本、马廉旧藏本的相同评点罗列如下（回数及引用正文从上图本），见表6-2。

表6-2 上图本与马廉旧藏本的相同评点

回　数	正　文	评　点
第三十七回	惠养民道："弟进学时，孔兄尚考儒童，今已高发，得免科岁之苦，可谓好极。"	俗人眼界

续表

回　数	正　文	评　点
第三十八回	……更可厌者，他说的不出于孔孟……竟是经书中一个城狐社鼠。	骂得好
	程嵩淑笑道："到他衙门，先说不打抽丰，俺们是来看你的……"	做官的最怕这
	惠养民笑道："等黑了，街上认不清人时，我去给你买去。"	四畏堂上人
	滑氏道："他伯也还罢了，他大母合不住人。"	天下古今通病
	滑氏道："……你那前头媳妇子怎么死了，你知道么？"	刺心
	滑氏道："……所以年内孔家到咱家说学时，我立撺掇，携眷，就教成，不携眷，就教不成，原是我怕他大母的意思。"	补笔
第三十九回	惠观民笑道："等饭中了，我到家多会了，我走罢……"	写到无处躲闪处
	滑氏道："……他舅呀，你是外边经的多了，你想，好筵席那个不散场？你看谁家弟兄们各人不存留个后手？"	如闻其声
第四十回	（滑氏）面仰天、手拍地，口中"杀人贼"长、"杀人贼"短，促寿短命、坑人害人，一句一句儿，嚎咷大哭起来。	是再醮人活像

　　在以上十则相同评点之外，还应注意到，第四十六回《程县尊法堂训诲　孔慧娘病榻叮咛》（栾校本第四十七回）描写孔慧娘辞世前叮嘱冰梅处，马廉旧藏本、上图本先后有眉批"此与前永诀之辞一样悲切，却不重复，读之令人恸心酸鼻"、"读至此令人不觉酸鼻"。二则眉批位置、内容较为接近，或同样具有接近的底本来源。

　　尽管在现阶段的研究中，今人很难逐一考证每一条评点的具体来源，但是，上图本、马廉旧藏本的相同评点集中在第三十八回至第四十七回的十回之间。从相同评点的位置分布角度，结合两部钞本的文本校勘结果，或可提供一些较为合理的解释：正如本书第四章第三节所论述的，马廉旧藏本与上图本的异文在章节分布上具有较为明显的规律，其中，在第一回至第五十回之间，除第二十九回外，二部钞本的异文基本局限于个别文字脱讹，堪称高度相似。马廉旧藏本、上图本的相同评点正分布在第三十八回至第四十七回之间。这在文字校勘之外，再次佐证了二部钞本前半部文字具有相近的底本渊源。同时，马廉旧藏本与上图本的相同评点仅集中在前半部，这也进一步证明了，两部钞本在后半部分的"分化"极有可能追溯到其中某部钞本的底本来源并不单一、杂糅他本。这是在文本校勘之外，评点为判断两部钞本底本源流关系提供的又一旁证。

三　吕寸田评本、上图本、马廉旧藏本的相同评点

在《歧路灯》第三十九回《程嵩淑擘酒评知己　惠人也抱子纳妻言》中，"天下古今通病"六字评点同时出现在吕寸田评本、上图本、马廉旧藏本三部评点本之中，且在吕寸田评本中被明确注明"寸田评"。《歧路灯》的三部重要评点本中出现一则相同评点，是现阶段所知《歧路灯》钞本评点中最值得玩味的现象。这一方面足以证明吕公溥评点时间之早、影响之广泛，另一方面，由此反观《歧路灯》的钞本源流系统，或可得到新的启发。

在此，首先可以排除马廉旧藏本、上图本所据底本即为吕寸田评点原本之可能，且应排除吕寸田评本评点据上图本、马廉旧藏本抄成之可能，因为吕寸田评本中另外五条明确署名"吕寸田评"或"寸田评阅"的评点未见于马廉旧藏本和上图本。那么，另一种可能性便是，上图本、马廉旧藏本（或其所据底本）的某些传抄者在传抄过程中，曾汇集转抄了不同底本的评点；或者某些读者在阅读过程中，有意识地汇抄他处所见评点，造成了《歧路灯》诸钞本间出现相同评点的现象。这也再次证明了，

在《歧路灯》文本长期传抄行世的同时，评点也随之经历了辗转抄录、反复誊写。一方面，不断有读者撰写评点增入小说文本；另一方面，在长期传抄过程中，部分评点或被无意脱漏，或被有意删削。评点的增删伴随小说文本的传抄同时进行，成为《歧路灯》传抄过程中的重要环节。

在此，亦不妨进一步推测，考虑到李海观、吕公溥等人的交游圈中存在着互相评点别集的做法，河南省图书馆藏李海观《李绿园公诗钞》残本，几乎每一篇诗作后都有署名吕公溥的评点，吕公溥堂弟吕公滋的《硕亭诗草》中，每篇诗作后皆缀有评点，其中不乏吕公溥、李海观的评点。这种风气很可能影响到吕公溥等人对《歧路灯》的阅读习惯。有鉴于此，不妨推测，在《歧路灯》的早期底本中，很可能既已汇集了《歧路灯》的第一批读者（包括现今已知的吕公溥、吕中一等人）的评点。在后世的传抄中，这些早期评点不断佚失，而历代读者的评点又不断汇入文本，致使今人难以逐一甄别。尽管以上推测尚不能被完全证实，但笔者期待，在未来的研究中，随着更多材料的发现，学界对于《歧路灯》的评点史定会有更为清晰的勾勒。

第二节　三种重要评点本对《歧路灯》文学价值的揭示

在文献校勘价值之外，评点是反映《歧路灯》流传与接受过程的重要文学史料，同样具有文学价值。本节将以《歧路灯》的三种重要存世评点本：吕寸田评本、上图本、马廉旧藏本为例，讨论三种评点本对小说艺术价值的揭示。此外，崔耘青旧藏本保存三十余条评点，但其中超过半数与吕寸田评本相同，因此不单独讨论；豫图本、豫艺本、安定筱斋钞本散见个别评点，在规模和价值上不及上述三种评点本，亦不进行单独讨论。

在具体评点中，三种评点本体现了一些共同特点，试分析如下。

其一，以文章学思维定式审视小说文本的评点习惯。《歧路灯》的评点者习惯以文章学的视域和术语对小说文本进行解读，诸如"补笔"、

"伏笔"、"陪衬之笔"、"《左传》《三国》手笔"、"照应"、"收束"、"反面打点"、"旁面烘托"等术语层出不穷。同时，评点者对小说章法亦颇为重视，例如吕寸田评本第一回"要之，也把贫苦熬煎受够了"处夹批"上是通部提纲挈领处"；第十二回"用心读书，亲近正人"处眉批"一部书八字该之"，意在提示卷首作者议论和谭孝移临终遗言之于全书的统领意义。又如马廉旧藏本第七十九回描写程、孔、苏、张等宿儒行礼落座一段，眉批"诙谐之后，又到了这雍容揖逊，彬彬有礼的境界，文法一变"，嗣后描写淡如菊在座次上受到冷落心中不快，又有眉批"礼让间忽生出嚣变恶态，文法又变矣"，评点者两次指出文法的变化，重在强调作者为避免行文呆板平直，有意使文势错综变化的技法，这与传统文章学讲求的艺术技巧一脉相承。

其二，揭示小说叙事策略的评点方法。《歧路灯》的评点者长于揭示前后文间的情节脉络联系。例如，吕寸田评本第十三回"王氏与端福儿睡的床头，又搬了一个床儿与这闺女睡，取名儿叫做冰梅"处眉批"冰梅二字至此才点出，想见上文盘旋，何等力量"、夹批"伏笔"，前者肯定了买冰梅情节的详尽铺垫，后者则预示了后文谭绍闻"诡谋狎婢女"情节的发生；第十五回描写盛希侨、王隆吉筹划结拜一事，"咱三个也够了，久后遇见合气的，再续上也不迟"处夹批"伏夏鼎"，预示夏逢若的出场；第二十七回描写谭兴官、王全姑"一天生的，真正双喜临门"处眉批"天作之合，于此已定"，则预示了小说结局。又如，马廉旧藏本第七十六回描写冰梅两次劝谏谭绍闻培养兴官读书处眉批："此是描写冰梅处，即是预透下文之笔"，强调该情节于兴官及第的铺垫、预叙作用。值得一提的是，第六十三回"谭明经灵枢入土"一段，马廉旧藏本评点者称谭府出殡礼单"把前六十余回所有之人收束一番，章法谨严，文情联贯，作者煞有苦心"；相较于安定筱斋钞本评点批评夏逢若"为家轻薄，可恶可恶"、吕寸田评本揭示诸人殡礼薄厚的"春秋之笔"，马廉旧藏本评点者认识到礼单的艺术价值不仅在于礼物本身，更在于"收束人物"的结构意义，即，对前半部作品中出现的人物进行罗列和总结。马廉旧藏本以"章法谨严"的评点概括作者罗列礼单的叙事策略，在诸本评点中较为突出。

其三，着重揭示文本内涵的评点角度。例如，在人物设置上，小说第六十回描写无赖貂鼠皮被县令当堂杖责，竟然改邪归正、成家立业，白鸽嘴免于当堂杖刑，反而流落他乡、潦倒而死。对此，马廉旧藏本评点者认为，"受杖责却讨了便宜，漏网的直终于下作，世间人几个能知此好歹的"，通过白鸽嘴、貂鼠皮两无赖的结局对比，突出小说的教化意义，与作者的立意较为吻合。在文本细节上，小说第二十八回王春宇劝诫王氏"像当初我姐夫初不在时，我说一定该摆好席……"处，上图本以眉批"照应"提示读者，正如娄潜斋曾劝阻王春宇对谭孝移的丧礼摆席宴客，此时王春宇亦劝阻王氏对谭绍闻的婚事大肆花销，二者虽一为丧礼，一为婚娶，但勤俭持家的教化理念却一以贯之。在小说讽刺意味上，第六十九回描写盛希侨、谭绍闻二人商议做生意，作者借满相公之口道"惟有开书铺子好"，马廉旧藏本评点者称"赶头更进，直敲他二人的麻骨，语未重了，真是醉言"，对作者犀利的讽刺意味也把握得非常到位。

其四，强调"奇"、"趣"色彩的审美体验。《歧路灯》虽充满浓厚的教化意味，但书中颇有一些充满幽默、戏谑，乃至戏剧性效果的描写。对此，评点者常予以"奇"、"趣"的评价。例如昌寸田评本评点中的"奇文"、"愈离愈奇"，上图本评点中的"奇幻"、"奇方"、"趣极"、"每每与闲叙中见趣"，马廉旧藏本评点中的"奇语"、"奇想天开"、"可发一笑"、"戆有趣味"、"雅而有趣味"，等等。在评点者的话语系统中，"奇"或着眼于作者超越寻常惯例的随意之笔，"趣"则重在戏谑化的审美体验。对"奇"、"趣"的强调，在突出了小说文本的喜剧色彩的同时，也体现了评点者个人的鉴赏方式和阅读旨趣。

如果说，上述特征是《歧路灯》评点本，乃至明清小说评点的共性特征，那么，在三部钞本的评点中也分别体现了一些个性特征，下文试细述之。

一 上图本评点

从字迹和墨迹判断，上图本评点成于多人之手，至少保存了三到四位评点者的评点，其评点时间亦有先后之别。例如，第三十九回（栾校本第四十回）眉批"也怕白给了人家"二行前后，穿插撰写另一则眉批"今世面入私囊之人不知凡几……今人较之还是几辈孙子"，二条眉批墨色不同、笔迹不同，可知其出自不同时期的不同评点者，层累地汇集在上图本中。无独有偶，第五十二回（栾校本第五十三回）眉批"飞笔"一行前后，亦穿插撰写另一则眉批"可知人只要答得天心，天断不肯苦结，看书者自当三昧此言"，为又一例证。

上图本评点者的文化程度良莠不齐，造成上图本中多次出现以注音、释义为目的的注释型评点。注音者，如第七回"又问：'夆是什么东西'"处眉批"夆，盆字上声"；第四十回"你大娘与你抬了好些讧柿哩"处眉批"讧，胡公切，音洪"；第五十三回"夏逢若不料当日即送"处眉批"当，去声"；第七十五回"竹杖芒鞋之外，俱为长物"处眉批"长，去声"；等等。释义者，如第八十七回"干鲞鱼"处眉批"鲞，音想，干鱼"；第一百零一回"江珧柱"处眉批"江珧柱，海菜名"；第一百零八回"到家用了早饭"处眉批"平人之粗粝曰饭，官人之粗馔曰膳"；等等。同时，上图本中的一部分评点是对上下文意的解释。例如，第十九回"都是他们成夜赌博，半夜里要喝酒"处夹批"他们者，仆人也"；同回"王中问道：这一位呢？"处夹批"是问帖上之名"，等等。由此可知，这些评点所针对的是文化水平较低的读者，需要评点者注音释义或疏通文意，这或可在一定程度上反映《歧路灯》部分读者的文化程度。同时，此类读者的文化程度亦制约了评点的内容和水准。

在此基础上，上图本评点对小说中的巧妙之处偶有提示。如第七十回描写夏逢若遇鬼处眉批"一霎时，传出许多幻景，文心三妙，尤赖文笔能达"；第七十三回描写炼丹道人信口开河，眉批"荒唐胡言，却种种寻出个来历来，涉词之巧，文心幻妙，总为利欲迷人者扑一棒喝"；其中"文心三妙"、"文心幻妙"，都是对作者构思之巧妙的肯定。事实上，第七十回描写夏逢若遇鬼、第七十三回描写炼丹道人的信口开河，确实堪称全书中较为精彩的笔墨。

上图本评点最引人关注之处，在于几处对作者构思的批评意见，在诸本评点中较为罕见。例如，第一百零八回描写谭兴官妻妾新婚，"簧初道……看的呆了"一百七十余字被评点者以墨笔标出，其中"对着全姑露些狎态魔障"一段，又以双行侧标，某评点者眉批"情节景况全然不好，删之可也"，另一位评点者则称"此后文章是强为补缀"，二者显然对此段描写多有不满。这是颇值得玩味的细节。事实上，对于以教化为宗旨的《歧路灯》而言，作者既需要对世态人情的大量描摹，又常常刻意回避此类描写，以区别于因"诲淫诲盗"而备受作者指摘的通俗小说。尽管作者存在明确的自我约束意识，但个别情节所涉及的世情描写仍会引起评点者的严厉批评，可见道德教化不仅是作者对读者的单项传递，同时也存在于评点者的文本批评过程之中。

又如，第一百零六回描写谭绍闻为其子兴官迎娶忠仆王中之女全姑作妾，回末总评："此回书却少斟酌。以王中之女，作兴官之妾，报答王中，不惟将王中说坏，并将绍闻说坏，且程、孔诸前辈附会其说，不将薄待诸公乎？只把王中家人名分去了，诸公出首旌表，且为作伐，使其女另择佳婿可也。况一误不可再误，赵普之言如左券。"评点者在王中善有善报、兴官妻妾和睦的大结局之外，提出了小说人物结局的另一种构思，其艺术效果未必逊于作者初衷，甚至在今人眼光看来，可能更具民主、平等的现代性色彩，是评点者创造力的体现。

再如，第十回描写谭孝移一行入京中观戏，"一个沙僧牵着一匹小白马，鞍屉鞭辔，金漆夺目。全不是下州县戏场，拿一条鞭子，看戏的便会意，能指鞭为马也"处有夹批二条："真正是马"、"何人恶涂，令人恨恨"。作者以"下州县戏场"之粗陋对比京中观戏见闻，却引起某位读者的质疑和批评，其中虽不排除有地域文化差异造成的误会，但仍不失为《歧路灯》评点中独具特色的一例。

　　然而，有必要指出，上图本评点者的一些批评意见亦有见仁见智的讨论空间。例如，第六十五回描写谭绍闻因开赌场事败，面临边公的公堂刑罚时，恰逢仓巷失火，边公前往救火，为众幕僚求情提供契机，最终使谭绍闻平安脱罪。这种在关键时节宕开一笔的写法，在《歧路灯》全书，乃至明清通俗小说中，都并不少见。然而，上图本评点者两次在眉批中指出："每于紧要时节报得，虽善于开合，以为谭绍闻之地，然不免于意复，此处须改"、"此处作者太存忠厚，不肯使孝移之遗体受辱，以为将来回顾之地。以愚见看来，纵不加以大刑，亦宜施以朴教，不然，非所以戒浮淫而惩下流也"。评点者显然意识到作者描写仓巷失火，其意在于为幕僚们游说、营救谭绍闻创造时间条件，却认为过于依赖巧合、淡化冲突。问题在于，作者保全谭绍闻的根本目的，不仅在于"不肯使孝移之遗体受辱"，更在于"以为将来回顾之地"。换言之，为了谭绍闻洗心革面、振兴家业的小说结局，作者描写谭绍闻堕落过程时，底线在于不能使谭绍闻违碍科举、断送前程，因此不得不倚重种种巧合，使谭绍闻免于公堂刑罚。上图本虽然指出了作者在技法上的弊端，却未免忽视了全书整体构思的需要。

　　无独有偶，第七十七回描写谭绍闻为母亲庆寿，盛希侨送屏风贺寿，并建议夏逢若作"约客照席"之人。此时，谭绍闻因"心中有王中打过夏鼎的话"，先后两次推脱。对此，上图本评点者称"此书后半多是托词，只寻夏鼎，总是要寻来，何必自漏罅希？何不云宝剑将夏鼎寻着？焉有不来之理？"这一批评不无道理，毕竟本回以送屏庆贺为主线，只要夏逢若出场即可，谭绍闻的推辞确实有延宕叙事、拖沓情节之弊。但另一方面，谭绍闻的推辞上承前文王中的"激愤殴匪人"，下启夏逢若登场后的谭绍闻赔礼，本身就有勾连前后文情节的叙事功能。此处是否应上升到评点者所谓"自漏罅希"的败笔程度，亦应加以斟酌。

二 吕寸田评本评点

在吕寸田评本中，从明确题署为吕公溥（寸田）评点的六条评点来看，吕公溥对全书写作意图和言下之意有着非常精准的把握。值得注意的是，乾隆四十二年七、八月间，既是李、吕二人交往最为密切的时期（乾隆四十二年七月，吕公溥为李海观诗集《李绿园公诗钞》撰序），也是李海观对《歧路灯》的最后修订阶段（李海观《歧路灯序》题署时间）。因此，吕公溥评点具有一定的即时性。李、吕二人生活时代背景相同，面对的是同样的社会现状，因而具有相似的问题意识。加之李、吕二人交游密切，吕公溥对李海观的创作目的、心态也较为熟悉，即时性的评点方式，为吕公溥评点赋予了不可忽视的话语权威。例如，第十一回描写谭孝移临终前嘱托谭绍闻"你久后成人长大，埋了我，每年上坟时，在我坟头上念一遍"处眉批"吕寸田评：字字泪血，不忍卒读"，对作者着力渲染的气氛把握得非常到位。又如，书中描写侯冠玉不学无术，误人子弟，娄昡虽不识一字，却行为端正、约束子弟有方，对此二人，吕公溥分别称："误天下苍生，万恶的狠"、"不认字的理学更难"，是对小说人物褒贬倾向的准确定位。吕公溥作为作者好友，其评点是《歧路灯》成书与传播过程中的重要现象，本身就具有重要的文学史料价值。

在六则明确题署吕公溥（寸田）的评点之外，吕寸田评本还保留了一百五十余条评点。虽然在现阶段尚不能确切考证其出自何人之手，但从个别评点推知，其中可能有一些评点者对作者生平较为熟悉。例如，第七十七回描写某太守晚年自述"我读一场书，未博春宫一第，为终身之憾"处眉批"是作此自家写照"，可知评点者对作者青年中举、终生未曾及第的经历具有一定程度的了解。

总体而言，吕寸田评本的评点体现了较为明显的自娱性。虽然在《歧路灯》，乃至明清通俗小说评点中，对"奇"、"趣"之处的发掘都是评点者的共同倾向，但吕寸田评本的自娱色彩，不仅体现在术语的使用上，还体现在评点内容蕴含的戏谑意味。以小说第五回、第十七回评点为例，前者描写周东宿、陈乔龄两位学师商议保举贤良方正人选，陈乔龄因与娄潜斋存有嫌隙，因此极力反对；后者描写谭绍闻在盛宅吃酒醒后，对母亲王氏提出令冰梅陪宿的要求：

> 陈乔龄道："……李瞻岱来学中，还备了一分水礼，【夹：不是这你不恼。】央了前任寅兄与我，说二位老师一言九鼎。谁知这娄昭不肯去罢了。他还推到他哥身上，说是他哥不叫他去。【夹：岂不知友爱情深。】既不出门教学，如何又成了谭忠弼家先生？【夹：看此家可教。】所以前日在席上，【夹：是你不识人。】我没与他多言。寅兄，你是不觉的。【夹：不着意你是这好人。】只是我是个忠厚老师就罢了。【夹：你若有法，必不干休。】"

> 绍闻道："娘，你是我的老人家哩。【夹：油了。】你伏侍我，我心里不安。【夹：乖了。】往后只叫冰梅打发我罢了。【夹：是了。】我也不在这大床上睡，【夹：忍了。】我要另睡一张床，【夹：去了。】各人方便些。【夹：得了。】"王氏道："如今你睡罢，到明日，我替你安置就是。"绍闻道："如今抬一张小藤床儿也不难。【夹：急了。】"

在以上二例中，评点者几乎以插科打诨的风格，对人物心态的变化和对白的言下之意加以呼应。这种轻松、随意的风格，在《歧路灯》评点中是较为独特的。这种风格反映了吕寸田评本评点更多承担了文人小群体内部的自娱功能，对于认识水平相似、文化背景相同的文人群体而言，其对小说的教化色彩和结构章法已有基本共识，因此阐发义理、提点章法的评点必要性不大；而一定程度的诙谐、戏谑，却是可被群体内读者所共同接受的。

但是，这并不意味着吕寸田评本的评点流于浅薄，恰恰相反，吕寸田评本对于作者言下之意的把握、对小说情节的构思，乃至细节间流露的讽刺意味，都有精当理解。在此，不妨将吕寸田评本与上图本进行对比。在极个别的几处情节中，两钞本同时存有评点，且颇有见解不同之处，而吕寸田评本明显优于上图本。主要体现在以下两方面。

其一，对小说文本内涵的揭示。《歧路灯》中不乏春秋笔法和反讽之笔，如何对此进行解读，反映了评点者对文本内涵的不同理解。例如，第二十三回描写账房闫相公归家前对谭绍闻的劝诫（引文从吕寸田评本，下同）：

> 闫相公道："……只为家道贫寒，在家中无以奉养老父，在外边又惹家父牵挂……今年家父整六十了，我常在外边，也算不的一个人。况且先兄撇下一个舍侄，今年十一岁，也该上学读书，若再流落了，像我这个样子。我也是个书香人家，先兄临终时，再三痛哭嘱托，我何以见先兄于地下？"

吕寸田评本眉批：

> 字字对针绍闻，是讽谏法门。

上图本眉批：

> 父子至情。

闫相公一段长篇大论，特别是通过渲染父亲牵挂、先兄临终嘱托两个细节，暗合谭孝移临终前告诫谭绍闻"用心读书"之举，旁敲侧击的意图非常明显。吕寸田评本评点者强调"字字对针绍闻"的写作初衷，并由此称赞闫相公讽谏高明，对作者本意把握得更为准确。相较之下，上图本评点者关注闫相公表面流露的"父子至情"，虽无不妥，对其言下之意的理解程度却不及吕寸田评本。

又如，第三十八回对惠养民形象的刻画：

锡匠道："俺主人家是个实进的秀才，人见他行里正，立里正，一毫邪事儿也没有。"

吕寸田评本夹批：

着意在此。

上图本眉批：

技止此耳。

同回：

惠养民道："因这科岁，所以不得丢却八股，至于向上功夫，未免有些担阁。"

吕寸田评本夹批：

看迂。

上图本眉批：

既厌听其言，却请其为师，耘轩岂不慎所择？想因其婿失之流荡，得此迂拘新师之，庶可弗蹈前辙，其耘老之心乎？

本回叙述孔耘轩一行拜访惠养民，为谭绍闻延师。吕寸田评本和上图本相同二处出现评点，颇为少见，为考察二本评点思路提供了宝贵案例。吕寸田评本在首次描写惠养民"行里正、立里正"时，就已经认识到，孔耘轩正是看中惠养民这一特点，才将谭绍闻托付于他，"着意在此"是评点者从孔耘轩的立场出发，对惠养民的认可。后文在惠养民大发议论时，已无再次提示的必要，仅以"看迂"一句带过。"迂"字既是评点者对惠养民的主观评价，也在一定程度上预示了惠养民在后文中的种种迂讷举止。相较之下，"上图本"在"行里正、立里正"处评点"技止此耳"，讽刺意味虽然浓厚，却未意识到孔耘轩对这一品质的看重；直到惠养民议论处，才意识到孔耘轩的苦心，得出"其耘老之心乎"的结论，而这一结论，早在吕寸田评本前一处评点中其实已经点明。二者虽在结论上殊途同归，但在对作者言下之意、小说文本内涵的接受程度上高下立现。

其二，对小说教化主旨的理解。虽然《歧路灯》诸本评点均着力于对全书教化主旨的强调，但相较于上图本的个别评点，吕寸田评本对作者教化意图的理解更为精准。小说第二十五回、第五十三回即为典型二例，前者描写谭绍闻顶撞母亲王氏，后者描写忠仆王中对谭宅前途的深远考虑：

绍闻强口道："由的我了！到明日，我还要把房产地土白送了人，也没人把我怎的。"

吕寸田评本夹批：

势必至此，为娘的看着。

上图本夹批：

写的甚了，只说要借人家，亦可已矣。

眉批：

内中有一个祸根夏鼎。

王中道："……咱夫妻不如守着城南菜园……还要供给他个读书之资。"

吕寸田评本眉批：

吕寸田评：是何等识见，何等心肠，想箕子受辱、微子抱器，亦不过尔尔。

上图本眉批：

可知人只要答得天心，天断不肯苦结，看书者自当三昧此言。

在第一例中，吕寸田评本以"为娘的看着"强调王氏的纵容溺爱在谭绍闻堕落过程中的负面作用，为这一情节赋予了普适教育意义；上图本则强调"有一个祸根夏鼎"，加之同回眉批，将全部责任推到夏逢若身上，没有意识到家庭教育因素对谭绍闻的负面影响。在第二例中，吕寸田评本将王中比为箕子、微子，以贤臣喻忠仆，寥寥数语，却具有一定高度，且与回末诗"殷世箕微共比干"相切合，对作者刻画王中形象的构思有深入理解；相较之下，上图本将义理生发到天人果报的层面，在见识和格局上皆逊于吕寸田评本，二者自有高下，毋庸赘言。

三 马廉旧藏本评点

不同于上图本评点着重对行文章法、情节脉络的揭示，吕寸田评本评点长于对小说文本细节的阐释，马廉旧藏本的评点亦体现了较为独特的眼光与倾向，本节将从三个方面进行论述。

（一）"灯"之喻义：小说题旨的教化色彩及其阐释空间

在评点思维上，马廉旧藏本的评点者常有意对"歧路灯"的题旨进行揭示。从作者角度而言，"歧路灯"之题旨，至少在以下两方面体现了小说的教化色彩：其一为宣教内容，即对"歧路"的警示；其二为宣教对象，即"灯"的启迪范围。

首先，在宣教内容层面，正如李海观《歧路灯序》："子朱子曰：'善者可以感发人之善心，恶者可以惩创人之逸志'，友人皆谓于彝常伦类间，然有发明。"朱子所谓"善"、"恶"之分，在小说中分别对应"正路"和"歧路"："大凡人走正经路，心里是常有主意的。一入下流，心里便东倒西歪，随人穿鼻"（第二十四回）、"我一心要改悔前非，向正经路上走"（第二十六回）。划分"正路"与"歧路"的标准，笼统而言，是儒家教化中的纲常伦理，在小说中被具体化为"用心读书、亲近正人"八字。对此，马廉旧藏本评点者与作者较为一致。在评点者看来，"路"隐喻了人生道路的抉择："善利关头，邪正分途，此中况味可发一叹也"（第六十三回眉批）、"人能于此中细心关防，再不至走到邪道"（第六十回眉批）、"凡此等举动言谈，俱引人上歧路去的，须要小心"（第七十五回眉批）等等评点，皆重在"正路"、"歧路"之分，由此达到指引"正路"、警示"歧路"的目的。

对"正路"和"歧路"的不同选择，造成了小说人物的"君子"、"小人"之分。马廉旧藏本评点以"正经人"、"混账人"，"正人"、"小人"的对立概念区分小说人物。如第六十四回称夏逢若惧怕王中为"邪媚人见不得正经人，自来如此"，第七十一回称程嵩淑"天地间正经人断未有不爱见好学生"，第六十三回讥讽夏逢若"小人面目如是"，第六十回、第七十四回则分别称白鸽嘴、夏逢若为"混账人"——"混账人做混账的事，还有混账人说混账话，真是一群混账鬼"、"混帐人单说混帐话，总由他那混帐心没法割了耳"（"帐"，当作"账"，原书如此），等等，在进一步强化"正路"、"歧路"题旨的同时，准确把握了对小说人物的褒贬倾向。

在"正路"和"歧路"之间，在"正人"与"小人"之间，马廉旧藏本评点以"迷"字概括谭绍闻意志动摇的状态。如第六十四回眉批"两煞语醒迷金针"、第七十三回眉批"谭绍闻直迷气，毋怪受夏鼎拨弄也"。与"迷"同义者，还有"睡不醒"一词，如"绍闻也睡不醒"（第七十四回眉批）、"王氏也有睡醒时候"（第八十一回眉批）二例。"迷"和"睡不醒"，既揭示了谭绍闻精神状态上的游移不定，更为重要的是，强调了谭绍闻本人的主观意志对其改志的重要性，颇有见地。

其次，在对宣教对象层面，正如作者将小说文本比喻为指引"歧路"之"灯"，从而达成对读者的教化效果，在马廉旧藏本评点者看来，小说中承载的具体说教话语，同样可被视为指引主人公走上"正路"的"明灯"，谭绍闻若能听取"忠言"，便可免于走上"歧路"。例如，小说第七十四回描写王隆吉劝谏王氏，眉批"忠言不入于耳，是他家还没大吃亏的。若此时听王隆吉话，再不至于烧丹，何至于铸钱。没有灯，才不识路，遂不免向岐[一]路去耳"①、同回眉批"关紧话不会听，王氏不足说，绍闻也睡不醒"。在评点者看来，谭绍闻走上歧路的根本原因在于"没有灯，才不识路"，而造成"没有灯"的直接原因则是"忠言不入于耳"、"关紧话不会听"。正因如此，马廉旧藏本的评点者对"忠言"的教化效果非常重视，曾在第七十四回眉批引用《史记·商君列传》"貌言华也，至言实也。苦言药也，甘言疾也"，并认为娄翁"非有灼见人不能出此言，非有年纪人不敢出此言，非真赤心人不肯出此言，此等关切语岂易得闻"（第六十三回眉批），王中"金石语耐听"（第七十四回眉批），王春宇"持重者多危词赤心"（第七十四回眉批），甚至对赌棍张绳祖的自叙家世，都有"后悔语却有至理，不得以人废言"（第七十四回眉批）的评点。谭绍闻从"粘粘滞滞，不会听话耳"（第六十回眉批），进而悔过自新、重振家业，很大程度上在于对"忠言"的接受。

马廉旧藏本评点对"灯"的象征含义的探索与辨析，从根本上关乎评点者对小说教化主旨的理解，其创新之处在于，通过将"灯"的喻义

---

① 校记：[一]"岐"，当作"歧"。

具象化为"忠言",进而将"灯"的教化功能具体化为"忠言"对小说人物的劝诫效果,使小说教化主旨内化至小说人物之间,在文本内部给予"灯"更为具象化的阐释,从而进一步扩展了"歧路灯"的题旨意义,赋予了这一题旨更为多元化的阐释空间。

(二)"见识":价值观念的构建

正如吕寸田评本第十二回眉批:"一部书八字该之",《歧路灯》诸本评点、序跋的价值观念,几乎都建立在小说中"用心读书、亲近正人"的主旨之上。马廉旧藏本的评点在总体上与此趋于一致,如评点者认为盛希侨"胜似谭绍闻多矣,只是一个欠读耳"、"欠读书人总不免非理之言,可笑也,亦可惧哉"(第七十七回),由此强调"用心读书";亦称赞娄潜斋行为端正"慈祥仁也,方正义也,仁义兼全,那复有不好的事"(第七十一回),由此强调"亲近正人",等等。

值得注意的是,除了"用心读书、亲近正人"的教化主旨之外,马廉旧藏本评点还引入了另一重价值判断标准——"见识"。"见识"或可作二重解释:首先,见识体现为见多识广、通达人情的处世经验。例如,评点者多次盛赞幼商王隆吉世事洞明、忠仆王中人情练达,正是因为王隆吉"彻底澄清人,出口无不透辟"(第六十回眉批),王中"出口中肯,惟有灼见"(第七十一回眉批),有"历练世故、通达人情之言"、"切中人情之语"(第三十六回眉批)。其次,见识具体体现在面对外界诱惑时,辨别"歧路"引诱的洞察力,以及选择"正路"的自我约束力。例如评点者认为,"冰梅有识,慧娘教也"(第六十四回眉批)、"可惜一家人只冰梅识好歹耳"(第七十四回眉批)。冰梅之所以被认为"有识",是源于孔慧娘生前对"正路"的引导。与此形成对照的,则是谭绍闻由于未能抵制"歧路"诱惑而作出错误抉择,评点者两次批评谭绍闻"过后见识不如无"(第七十四回眉批)、"绍闻也非无见识,只是没主意耳"(第七十六回眉批)。在此基础上,"见识"成为马廉旧藏本评点者对小说人物寄寓褒贬色彩的重要标准。王中、王隆吉、冰梅等"有见识者"作为典型形象,既对立于夏逢若、白鸽嘴等"混帐人"、"小人"而存在,又对立于王氏、谭绍闻等"无见识"之人而存在。

马廉旧藏本对见识的重视，实质上是对市井生活经验的认可。值得注意的是，评点者对王中、王隆吉"见识"的肯定，并非源自圣贤之书、孔孟之言，而是源自市井生活的经历和经验，由此与小说宣扬的"用心读书"构成了较大张力。马廉旧藏本评点者称王中为"老江湖"（第七十四回眉批），称王隆吉为"买卖精"（第六十回眉批）。这一方面强调了二人判断力超群、通达人情的特点；另一方面，也在客观上凸显了其市井化色彩，毕竟王中与王隆吉都不是传统意义上的读书人，其形象亦与小说中着力刻画的程、孔、苏、张等宿儒相距甚远。在小说中，谭孝移教子，生怕其沾染来自市井生活的不良之气，"把一个孩子，只想锁在箱子里，有一点风丝儿，还用纸条糊一糊"（第三回）。但不可否认的是，在小说后半部，真正使王氏认清现实、谭绍闻改邪归正的关键人物，除了族人谭绍衣的大力提携之外，商人王春宇、王隆吉父子和忠仆王中的作用是不容小觑的，而王中等人对"正路"、"歧路"的认识，恰恰来自被谭孝移极力排斥的市井生活经验。通过对"见识"的推崇，马廉旧藏本评点将市井经验纳入小说价值体系，由此呈现出个性化的价值观念，引起读者对市井人情的观照，从而在客观上打破了诸本评点、序跋中相对单一的价值取向。

（三）"如画"与"出像"：普适教育意义的强化

马廉旧藏本评点者多次使用"如画"与"出像"概括小说人物塑造特点。例如，第十六回描写盛希侨处眉批"写浪荡公子如画"，第三十六回描写王中处眉批"写忠仆如画"，第三十七回写算卦先生处眉批"为算卦出像"，第三十八回描写惠养民处眉批"写三家村老教读如画"，以及马廉旧藏本、上图本第四十一回共同保存的眉批"是再醮人活像"。同时，两个术语还被用以提示某类事物，如第十八回描写戏台掌班与盛希侨对话处眉批"为俗戏出小像"，第二十四回引述茅拔茹书信处眉批"特有意出俗情说帖之像"。评点者对"出像"和"如画"的多次提示，是对小说塑造人物形象的认可。

在评点思维上，不同于吕寸田评本、上图本多以"声口"和"口气"

概括人物语言特点，马廉旧藏本的"如画"和"出像"更侧重凸显人物群像的共性特征，从而赋予小说人物以典型意义。在上述诸例中，评点者将盛希侨、王中、惠养民、吴云鹤、滑氏等人的个性特点，提炼为浪荡公子、忠仆、老教读、算卦者和再醮人的群体特点，从而将作者对特定人物的臧否上升为对某类人物的褒贬倾向，从而在客观上强化了小说文本的普适教育意义。例如，第十八回眉批"为俗戏出小像"，便可照应第七十七回眉批"梨园中人贼似鬼，信然，信然"，引起读者对狎邪戏子的警惕。同时，当小说描摹过于逼真时，评点者也会刻意强调小说家言的虚构性，以重申小说的教化主旨。例如，第二十四回描写戏班主茅拔茹信札，由于过于近似戏班主"声口"，评点者称"书中如此类书札，特有意出俗情说帖之像，非作者自玷其笔墨也，要看明白"；同理，第三十九回描写滑氏丑态，回末评点称，"此回书曲尽醮妇之丑，非作者自玷其笔墨也。读者若骂滑氏，便上当矣"，以此强调作者的正面立场和劝世意图，最大限度地发挥对读者阅读的指导作用。

四 《歧路灯》评点的艺术成就和制约因素

基于上文论述，可初步概括现阶段所知《歧路灯》评点的情况：《歧路灯》存世钞本所载评点中，存在针对作者构思、笔法、立场，乃至小说艺术风格、教育理念的精彩议论，不乏可圈可点之处。但是，《歧路灯》评点在篇幅上分布零散；在文本价值上，艺术水准、思想高度参差不齐；在理论价值上，未形成理论体系，也从未参与明清通俗小说批评理论体系的构建，因此在总体价值上难以与明清通俗小说中金圣叹、李卓吾、张竹坡等名家评点相媲美，也很难和同时期成书的《红楼梦》《儒林外史》的评点相比肩。但是，这并不意味着《歧路灯》评点毫无可观之处，《歧路灯》评点或可从读者的阅读体验、审美旨趣、价值观念等多重角度，更为丰富、全面地展现在长期传抄行世的过程中广大读者对此书的基本认识。换言之，无论《歧路灯》评点的艺术成就高下，其本身都应被视为《歧路灯》流传史上的重要现象。

此外，还应考虑到，今人对《歧路灯》评点成就的考量，或受制于以下两重因素。其一，文献上的局限性。在长期传抄过程中，《歧路灯》钞本大量佚失，极有可能造成一部分具有影响力或文学价值的评点随之亡佚，致使今人只能通过寥寥几部钞本中约五百条评点，管窥一个半世纪中几代读者的阅读旨趣。其二，作者的创作预期。《歧路灯》以小说形式传达教育理念，对于作者创作而言，固然是一种可贵的尝试，对于评点者而言，同样是全新的探索。在既有的通俗小说评点中，可资借鉴的理论经验并不丰富。更为重要的是，由于作者对读者群体的预期是"田父所乐观，闺阁所愿闻"（李海观《歧路灯序》），因此在创作中有意使情节直白浅显、语言通俗易懂。此种作法固然可以尽可能地扩大读者群体，但是，当作者在主观意图上将小说可能容纳的主题深度、可能呈现的章法结构，让渡为"布帛菽粟，家常琐语"时，评点者加以议论的必要性，乃至发挥空间势必随之缩减，小说文本的浅显化或在一定程度上制约了评点可能取得的理论高度和艺术成就。

第三节　小说传播与读者研究视域下的《歧路灯》评点

近年来，明清通俗小说的阅读与传播，特别是明清通俗小说作为大众娱乐文化商品，在商业利益引导下的评点、刊刻和流通情况颇受学界关注。以江南读者市场为中心的传播地域、以小说刊刻为重心的阅读形式成为研究热点。[①] 同时，学界对明清通俗小说读者群体的研究日益细化，成果迭出。[②] 在传播与读者研究视域下，《歧路灯》或可为现阶段明清通俗

---

① 相关成果参见陈大康《熊大木现象：古代通俗小说传播模式及其意义》，《文学遗产》2000 年第 2 期；冯保善《江南大众娱乐文化与明清通俗小说的崛起》，《江苏社会科学》2015 年第 4 期等。

② 相关成果参见蔡亚平、程国赋《明清通俗小说读者研究的世纪考察》，《明清小说研究》2009 年第 4 期。

小说传播与读者研究提供一个较为独特的案例。

一 《歧路灯》的读者群体

在研究《歧路灯》的流传与接受情况时，一个不可回避的问题就是，自清乾隆四十二年（1777）《歧路灯》成书，直至 1924 年清义堂石印本问世的一百五十余年间，《歧路灯》的读者群体是何种构成？换言之，究竟哪些人在阅读《歧路灯》？对《歧路灯》传播情况的研究，首要问题在于对《歧路灯》读者群体的考察。

（一）《歧路灯》的流传范围

在既有的研究中，关于《歧路灯》的流传范围，栾星认为其成书后"当即由新安抄传，渐及于豫西各地。……继由宝丰抄传，渐及于豫中各地"[1]，"清季迄未流至省外"[2]。此种观点影响很大，当代学者大多延续此说。例如，胡世厚《〈歧路灯〉的流传与研究概述》称"流传也只限于河南部分地区"[3]、刘畅《〈歧路灯〉传播与接受之难探因》称"自始至终没有流传出中原河南大地"[4]，等等。

由于《歧路灯》存世钞本普遍存在抄写时间难以准确界定的问题，本章将对《歧路灯》的传抄情况作整体考察，而无意于严格界定"清末"作为时间节点。笔者认为，《歧路灯》钞本的传播范围很可能比今人想象中更为广泛。其判断依据不仅体现在当今上图本、浙图本、国图本、吕寸田评本、马廉旧藏本等重要钞本的典藏地，更为重要的是，还体现在部分钞本文字细节体现出的外省读者的语言、文化隔阂。

---

① 栾星：《校勘说明——代跋》，［清］李绿园著，栾星校注《歧路灯》（下册），第 1018 页。

② 栾星：《〈歧路灯〉及其流传》，《歧路灯论丛》（一），第 188 页。

③ 胡世厚：《〈歧路灯〉的流传与研究概述》，《文献》1983 年第 2 期。

④ 刘畅：《〈歧路灯〉传播与接受之难探因》，《重庆社会科学》2007 年第 2 期。

《歧路灯》大量使用了河南方言、俗语。然而，在传抄过程中，一部分方言、俗语极有可能为外省读者造成接受上的隔阂，从而体现出作者与传抄者（或评点者）的地域差异，主要体现在以下三个方面。

其一，方言词汇造成的音近、形近致讹。在《歧路灯》钞本中，个别音近、形近致讹的原因，或可追溯到传抄者对方言词汇的理解歧义。例如，第四十三回"咱不赌，由他们胡董"，"胡董"，国图本作"古董"；第六十回"请个有担杜、敢说话的人"，"有担杜"，马廉旧藏本作"有胆壮"、国图本作"担任"；第六十一回"喉中如吃了蝇子一般"，"蝇子"，上图本作"绳子"；第六十四回"兴相公抓过几遭采"，"采"，马廉旧藏本作"菜"；第六十六回"撞了木钟"，"木"，马廉旧藏本作"水"。以上诸例的致误原因，当为传抄者不熟悉"胡董"、"担杜"、"吃了蝇子"、"抓采"、"撞木钟"等方言词汇造成。

其二，传抄者对方言词汇的篡改。在《歧路灯》钞本中，还有几处异文源于传抄者因不理解方言词汇而对底本的篡改。例如，第二十回"只像偷了关爷袍的相似"，"偷了关爷袍"，马廉旧藏本作"作了贼"，虽然二者均有"做贼"之意，但马廉旧藏本文字更为标准规范，当经过有意改动。无独有偶，第五十九回"休叫他放屁拉骚的"，"拉骚"，国图本作"扯骚"。虽然二者皆喻"胡言乱语"，但其使用地域略有不同，含义亦有细微差别。国图本的抄写者极有可能受到个人方言习惯的影响。

其三，评点者对方言词汇的注释。在《歧路灯》钞本中，一部分方言词汇在传抄中保持了原貌，但是，后世评点者或对此加以注解，或进行改动，使其符合当地读者的语言习惯。例如，第三回"贱内便叫与他认个干达"、"就叫他干大宋裁缝作了两三天"等处，浙图本"干达"或"干大"皆被夹改为"义父"，马廉旧藏本有眉批"河南俗语称爹为达"。同理，第四回"请个先生，不惟教通了学生，连东翁也要通"，浙图本将"通"字夹改为"受教"。仅从注释"达"、"大"、"通"等方言词汇的必要性判断，马廉旧藏本和浙图本的评点、夹改所面对的当为外省读者。

此外还应注意到，上图本第十回描写庸医姚杏庵"因见病不受补，便泻得大胆，大黄用了八钱"句后，有"真是河南医生"六字评点阑入正文。此处虽不排除有河南读者自嘲之可能，但从全回的悲剧氛围、本句的嘲讽意味判断，上图本（或包括其所据底本）很可能抄成于外省传抄者之手。

综上所述，尽管在现阶段的研究中，尚无法确切证明以上异文、评点、夹改的作者及产生时间，但以上诸种现象共同指向一个可能性，即，在《歧路灯》的钞本时代，其传播极有可能并未局限在河南省内，一部分外省传抄者、读者曾经怀着较大阅读兴趣，促进了《歧路灯》在更大地域空间的流传。时至今日，他们的姓名和时代虽已难以详考，但他们对《歧路灯》方言的隔阂与误解，却在一部分存世钞本中留下些许痕迹，今人对此不妨窥斑见豹。

（二）《歧路灯》的读者群体

关于《歧路灯》的读者群体，在既有的研究中，学者习惯以"地方官吏和文人"[①] 概括。然而，在学界已知的"乾隆庚子过录题识"、韩文山题识等文献资料之外，结合一些新见钞本及其所载史料，例如吕寸田评点、张廷缓题识、敦素齐跋语等，《歧路灯》读者群体的构成或可进一步细化。

笔者认为，《歧路灯》的读者群体至少包括以下三种情况。

1. 与作者有亲友关系的河南城乡士绅

这一读者群体与作者的关系最为密切。今人可以考证者，主要有：

其一，作者直系后裔：李蘧、李葛、李于滦等。张廷缓题识："殆先生殁，哲嗣观察公蘧、广文公葛，筮仕远方，将稿本携之任所"，"予姑丈名于滦，为观察公子，于道光辛卯年始出原本，示先君子"。

今考李蘧，李海观次子，字卫多，号祉亭，清乾隆四十年（1775）

---

① 胡世厚：《〈歧路灯〉的流传与研究概述》，《文献》1983 年第 2 期。

进士，官吏部主事、江西督粮道。著作见《（道光）宝丰县志·艺文志》①、《中州艺文录》② 著录《深竹轩集》，不题卷帙。清杨淮《中州诗钞》录其诗《秋日重游山寺》《鱼齿山》二首③，《（道光）宝丰县志·艺文志》录其《重登鱼陵》诗一首。事迹见《（道光）宝丰县志》卷十选举、卷十二人物。

李葛，李海观四子，字南耕，号南园，清乾隆四十二年（1777）拔贡，官灵宝教谕。著作见《中州艺文录》著录《南园诗稿》④，不题卷帙。《中州诗钞》⑤《（道光）宝丰县志·艺文志》录其诗《沙河晚眺》一首（"眺"，一作"渡"）。⑥

李于溁，李海观孙，李蓬次子，字云庄，太学生。今考清道光十七年（1837）重修《（道光）宝丰县志》卷首《重修宝丰县志姓氏》有"邑监生李于溁"，知其为监生，曾于道光年间参与重修县志。

李蓬、李葛、李于溁作为李海观子孙，在《歧路灯》稿本的保存，乃至刊刻计划中，曾起到关键作用。

其二，作者好友：以吕公溥、吕申为代表的河南士绅。北京大学图书馆藏吕寸田评钞本《歧路灯》有六则明确题署"吕寸田评"或"寸田评阅"的评点。"乾隆庚子过录题识"："吕中一评《歧路灯》有曰：'以左丘司马之笔法，写布帛菽粟之文章'，允为的评。"

新安吕氏为豫西著名大族，从晚明至清代中期，诗名颇盛，代有闻人。其中，吕公溥（号寸田）、吕申（字中一）叔侄是明确留下《歧路灯》评点的早期读者，详见本书第一章第三节考证。

---

① ［清］李彷梧修，耿兴宗、鲍桂徵纂：《（道光）宝丰县志》卷十五艺文，清道光十七年（1837）刻本。

② 李敏修辑录，申畅总校补，李宗泉等主编：《中州艺文录校补》，第507—508页。

③ ［清］杨淮辑，张中良、申少春校勘：《中州诗钞》，第477页。

④ 李敏修辑录，申畅总校补，李宗泉等主编：《中州艺文录校补》，第508页。

⑤ ［清］杨淮辑，张中良、申少春校勘：《中州诗钞》，第518页。

⑥ 《中州诗钞》题作《沙河晚眺》，首联作"何处使人愁，烟波古渡头"，尾联作"富春有高士，我愿与之游"。《（道光）宝丰县志·艺文志》题作《沙河晚渡》，首联作"无故使人愁，烟波古渡头"，尾联作"坐观垂钓者，安乐傲公侯"。文字略有出入。

其三，作者后裔之亲友：以杨淮、张廷绶父子为代表的河南文人。杨淮《中州诗钞》卷十四"李海观传"称《歧路灯》："醒世之书"、"稿流传归淮家，待梓"。① 张廷绶题识："同里杨君澄波，邑巨室也，司铎长葛，时欲寿之枣梨，公诸同好，先君子力为怂恿，后家业凌替，因而中止。"

杨淮及张廷绶父子，详见本书第一章第三节考证。

综上所述，第一类读者群体的共同特征为：在出身上，他们多出身书香之家（如宝丰李氏、新安吕氏）；在学养上，这些士绅子弟们曾受到良好教育，具有较高的文化素养（如《中州诗钞》称"新安吕氏为中原望族，学术之醇、科第之盛甲于全豫"②）。他们是《歧路灯》早期读者中身份、生平可以得到明确考证的群体，并曾在典藏、刊刻、评点等多方面，对《歧路灯》的早期流传起到关键作用。

2. 清中后期至民国初年的史家、学者

这一读者群体，包括著录《歧路灯》的地方志、艺文总集编纂者，例如《（道光）宝丰县志》《（民国）新安县志》等地方志的编纂者，以及中牟教谕耿兴宗（《中州朱玉录》编纂者）、光绪进士李敏修（《中州艺文录》编纂者），甚至还包括清末民初学者蒋瑞藻所据"缺名笔记"的无名著者，等等。这些史家、学者同样具有较高的文化素养，他们著录、评述《歧路灯》，对于今人考索《歧路灯》的流传颇有助益。

3. 中下层读者

在以上二种读者之外，《歧路灯》更庞大的读者群体分布在中下层读书人之中。现阶段可考证的读者主要包括：

"乾隆庚子过录题识"作者：姓名及生平待考。据"乾隆庚子过录题识"："余于丁酉岁从学于马行沟……抄于众人之手而成焉"，知其为李海

---

① ［清］杨淮辑，张中良、申少春校勘：《中州诗钞》卷十四"李海观传"，第341页。
② ［清］杨淮辑，张中良、申少春校勘：《中州诗钞》卷十八"吕燕昭传"，第458页。

观门生，生活时代约为清乾隆朝中后期之后。

韩文山：生平待考。国图本卷末"韩文山题识"作者。

敦素齐：生平待考。马廉旧藏本第五十二回回末"敦素齐跋"作者。

张晋庵、银子豫、毛舜卿：生平待考，约为清咸丰时人。据张廷绶题识："颍川张明经晋庵，家有其书，银子豫妹情见而好焉，手自钞录数册，并假毛生舜卿代钞数册，遂成全璧，什袭藏之。"

安定筱斋主人：姓名及生平待考。署名见安定筱斋钞本外封。

在读者的身份之外，"乾隆庚子过录题识"作者、银子豫和毛舜卿是《歧路灯》的抄写者，张晋庵和安定筱斋主人是《歧路灯》的典藏者。囿于文献材料，今人很难对这一读者群体的具体身份、生平进行详细考证，但他们是《歧路灯》中下层读者群体的缩影，也是推动《歧路灯》流传的重要群体。

以上三类读者，构成了一百五十多年间传抄、阅读，甚至评点《歧路灯》的主要力量，《歧路灯》的题识、序跋、评点，就产生在以其为代表的群体之中。

二 从评点论《歧路灯》的传播与接受

时至今日，研究者已很难追溯《歧路灯》传抄的具体情形。所幸的是，在《歧路灯》钞本时代的起点和终点，分别有以下二则史料，为今人揭示了些许《歧路灯》的抄写情况。乾隆四十五年（1780）前后，"乾隆庚子过录题识"作者自称"自春徂秋"、"抄于众人之手而成"；1924年，洛阳清义堂石印本问世前夕，民国读者张青莲回忆："莲自幼时，见夫吾乡巨族，每于家塾良宵，招集书手，展转借钞。"① 无论是亲自抄写还是雇佣书手，《歧路灯》在读者间传抄行世了一个半世纪之久。在这一意义上，《歧路灯》可作为一个相对完整的、抄阅传播的作品个案。这虽

---

① 张青莲：《〈歧路灯〉书后》，［清］李海观《歧路灯》，1924 年洛阳清义堂石印本卷首。

非本书讨论的重点，但有必要指出，无论目前所见《歧路灯》评点的艺术成就几何，其本身就是《歧路灯》传播与接受情况的直接反映。在具体研究中，相较于此前学界所利用的序跋、题识、地方志的笼统记述，评点因其随文而评的形式，可以更为细致、贴切地反映读者对于小说具体情节的理解，由此为考察《歧路灯》的传播与读者情况提供重要参考。

首先，在小说文本传播领域，《歧路灯》相对特殊的阅读形式决定了评点的方式和内容。不同于《红楼梦》等作品的普及程度，甚至不同于明代中后期以来章回小说高度商业化的趋势，《歧路灯》在有清一朝从未被刊行，也从未产生过具有商业色彩的名家批阅、评点本。由于《歧路灯》从未被纳入明清通俗小说文化市场，其评点在本源上不同于商业利益的驱动下，作为文化商品、面向大众文化市场的明清通俗小说评点话语，《歧路灯》评点所承担的传播功能亦不在于名家批阅的宣传效应带来的文化市场推动力，而更多源自读者自发的阅读体验，由此体现出读者个性化的阅读需求。例如，针对文化水平较为低下的读者产生的疏通文意、注解字句的注释型评点，与诸钞本中层出不穷的文字脱讹现象可以相互印证；一部分自娱型评点则体现了小范围读者群体间内向化的阅读兴趣，这是《歧路灯》抄阅行世的流传方式造成的必然现象。

同时，评点的内容又反映了小说文本传播的实际情况。不可否认的是，在现阶段所见《歧路灯》评点中，以揭示小说教育内涵的评点占据了主导地位。可见，从作者的创作初衷到读者的阅读需求，教育题材成为《歧路灯》传播与阅读的决定性因素，甚至成为小说抄阅行世的主要动力，而"专主劝诫"① 也正是《歧路灯》在题材上最为突出的特点。在这一意义上，评点为考察《歧路灯》的教育题材提供了一个重要视角，或可从以下两个方面，为《歧路灯》，乃至中国古代教育题材作品的传播与接受提供新的启发：

----

① 孙楷第《中国通俗小说书目·分类说明》："清以来有专主劝诫之作，与传奇用意似相近而又不尽同。……则清之劝诫小说乃自成一体，为古昔所无。"孙楷第：《中国通俗小说书目：外二种》，卷首第10页。

其一，读者对教育题材的接受和认同。长期以来，《歧路灯》因其冗长说教、议论受到现代读者的诟病，如冯友兰认为"这以《三字经》为根据的教育学说，在现在看起来，似乎是很可笑的了"，"《歧路灯》的道学气太重，的确是一个大毛病"。① 问题在于，在存世诸本评点中，几乎没有一条评点对此提出过指摘。恰恰相反，诸本评点无一例外地着力于深化、揭示小说的教育主旨，以及教化民众的社会功用。《歧路灯》评点对小说教育意义的揭示，与杨淮《中州诗钞》所称"醒世之书也"②、张廷绶题识"救才士之良药，渡幼学之宝筏"、韩文山题识"照夷险、引正经，老幼男女齐照映"等论述共同证明了，清代读者对于《歧路灯》说教议论的接受程度当比今人想象中更为宽容。究其原因，一则是《歧路灯》宣传的儒家思想、理学观念，在其传抄行世的一个半世纪中仍是社会主流话语，读者很容易与作者形成共识；二则是教育题材并未在实质上阻碍清代读者对小说娱乐色彩的发掘，诸钞本中均有以"奇"、"趣"为导向、揭示小说戏谑意味的评点，而这些构思中的奇巧之处、行文中的诙谐意味，却反而容易被当代读者所忽视。

其二，文化程度明显分化的读者群体。在既有的研究中，学界惯于将读者视为一个整体来考察《歧路灯》在清代社会的流传。但问题在于，《歧路灯》的读者在文化程度上参差不齐，其中一部分读者出身书香世家、具有较高的文化素养，亦有一部分读者文化水平低下。在《歧路灯》存世钞本中，除了常见的文字脱讹之外，颇有一部分细节反映了抄写者对复杂字形和文史典故的生疏。例如，崔耘青旧藏本"耄耋"误作"老毛老至"；晚清钞本甲"休说陕东棠荫远，到今朱邑在桐乡"句中，"陕东"误作"山东"、"朱邑"误作"朱衣"，二处典故皆误；上图本"章惇"误作"张惇"（事迹见《宋史·章惇传》）；豫艺本"人间一部女春秋"，"春"、"秋"二字误乙；马廉旧藏本"三闾"误作"三阁"（事迹见《史

---

① 冯友兰：《序》，［清］李海观著，冯沅君标点《歧路灯》，1927 年朴社出版经理部排印本，卷首第 2、10 页。

② ［清］杨淮辑，张中良、申少春校勘：《中州诗钞》卷十四"李海观传"，第 341 页。

记·屈原列传》)、"常棣"误作"棠梨"(典出《诗经》)、"不与其退也"误作"不与也罢"(典出《论语》);国图本与马廉旧藏本"但愿孔兄多益善"句中,"孔兄"误作"家兄"(典出晋鲁褒《钱神论》);国图本、马廉旧藏本、上图本"一自檀郎归匪类"句中,"檀郎"误作"谭郎"(典出《晋书·潘岳传》)。以上讹误,是抄写者文化程度和文学素养的直接体现。可见,《歧路灯》的流传范围虽未受制于读者的文化水平,但不同读者对特定情节的理解程度可能深浅有别,甚至不无偏差,由前文所对比的吕寸田评本、上图本评点即可见一斑。那么,在《歧路灯》的流传过程中,其教化内容能否如今人的理想化状态、被历代所有读者所精确接受,似乎还存在进一步讨论的空间,而这亦可从侧面证明一部分揭示小说教育理念的评点存在的必要性。

其次,在明清通俗小说读者研究领域,评点对于考证《歧路灯》的读者群体颇有助益。由于明清通俗小说的作者多数情况下难以确证,作者亲友作为小说读者与小说传播之关系相应地难以系统考察。同时,明清通俗小说中的"名家评点"往往是面对前代成书的小说文本,即便如《红楼梦》的脂砚斋评点,也因评点者身份较为模糊,其与作者的关系有待确证。在这一意义上,《歧路灯》明确可考的作者身份、生平、家世,在明清通俗小说作者中本就较为可贵。更为重要的是,在《歧路灯》的早期流传过程中,从吕寸田评点到"乾隆庚子过录题识",从杨淮《中州诗钞》到张廷绶题识,这些文献资料切实地提供了一批确切可考的读者群体(其中一部分读者还兼具评点者、抄写者、典藏者的多重身份),鲜活地展现了作者的好友、后裔、姻亲、门生、乡贤,为保存、传播小说文本付出的巨大努力,对于明清通俗小说的读者群体研究而言,不失为一个独特案例。值得一提的是,李海观与新安吕氏的交游,为《歧路灯》提供了来自作者好友的即时性评点。有理由推测,以新安吕氏在清中前期河南地区的文化影响力,以及吕公溥本人在戏曲和俗文学创作领域的杰出造诣,其评点或曾在《歧路灯》的早期流传中发挥过正面推动作用,是现阶段可以确证的、《歧路灯》文本早期传播中的重要环节。

结　语

　　本章对《歧路灯》评点的研究，其意并不在于夸大《歧路灯》评点的意义和价值，而是意在指出，评点从一个较为重要的角度，展现了在漫长的传抄过程中，《歧路灯》的阅读和接受情况，在文献校勘、文学分析、文化传播等方面均具有研究价值。此外还应指出，囿于文献资料，现阶段所掌握的《歧路灯》评点或仅为窥豹一斑。因此，笔者亦期待，随着学界对《歧路灯》研究的进一步深入，在未来的研究中，能够有更多的文献材料被发现和利用，由此对《歧路灯》的传播情况有更为清晰的勾勒。

附考　娄氏昆仲姓名献疑

在《歧路灯》中，娄氏昆仲是贯穿全书的重要人物。二人是堂兄弟关系，兄长为娄晗（娄老翁）之子，协助父亲居家务农、操持家务，在小说中多有其照顾幼弟的描写；弟弟为娄昭（娄潜斋）之子，继承了父亲的读书之业，自幼与谭绍闻一同读书，是谭绍闻的同窗好友。

娄氏昆仲的性格如此分明、形象如此迥异，一般情况下不应造成混淆。然而，《歧路灯》围绕娄氏昆仲的命名，堪称疑点重重，不仅给历代传抄者带来了极大麻烦，也曾给历代读者带来很大困惑，下文试细述之。

娄氏昆仲的姓名，出现在小说第二回《谭孝移文靖祠访友　娄潜斋碧草轩授徒》，以吕寸田评本为例：

> 孝移设下师坐，自己叩恳拜托。潜斋不肯。因命端福行了拜师之礼。取学名叫谭绍闻，是因丹徒绍衣的排行。又问："世兄何名？"潜斋道："家兄取舍侄名娄朴，小儿名娄樸。"孝移道："此已足徵大兄守淳之意。"潜斋道："家兄常说，终日所为，皆令先生所赐之教。"彼此寒暄不提。

在《歧路灯》诸钞本中，后文基本延续了这一设定，即，兄弟二人，一名"娄朴"，一名"娄樸"。

今考朴、樸二字，《说文解字》："朴，木皮也。从木，卜声。""樸，木素也。从木，菐声。"① 二者在表意上既有相同义项，又有不同义项。然而，"朴"、"樸"二字在"淳朴"这一义项上，又可以通用。"朴"、"樸"二字读音相近，部分义项相通，成为娄氏昆仲姓名混淆的主要根源。

> 朴：同"樸"。质朴；厚重。《广韵·觉韵》："朴，同樸。"《庄子·山木》："其民愚而朴。"《盐铁论·本议》："散敦厚之朴，成贪鄙之化。"今为"樸"的简化字。
>
> 樸：质朴；厚重。《老子》第十五章："敦兮其若樸。"陆德明释文："樸，又作朴。"《礼记·郊特牲》："素车之乘，尊其樸也。"孔颖达疏："祭天以素车之乘者，尊其樸素。"唐杜牧《答庄充书》："是以意全胜者，辞愈樸而文愈高；意不胜者，辞愈华而文愈鄙。"②

尽管在古汉语中，"朴"、"樸"是两个不同的汉字，但这样一组读音相近、又具有相同义项的名字，给《歧路灯》的抄写者带来了极大麻烦。在《歧路灯》的钞本间，由于抄手的文化水平参差不齐，俗字、简化字层出不穷。诸钞本间撲/扑、僕/仆等字形都曾交替混用。在一些钞本中，亦存在樸、朴混用的现象。例如，第九十三回"圣人朴实说理"一句中，诸钞本作"樸"，上图本作"朴"；第八十八回"河南为诚朴之区"一句中，诸钞本作"樸"，马廉旧藏本作"朴"。由此可以想见，当这些抄写者面对娄氏昆仲的姓名时，曾造成多大混淆。

在所据底本相对早出的《歧路灯》甲本系统中，娄氏昆仲的姓名已经出现混淆的端倪。第三回"只见娄朴引两个学生并德喜儿回来"，"娄朴"，晚清钞本甲作"娄樸"。根据前文叙述，此当为娄朴在娄潜斋吩咐下，牵引其弟娄樸与谭绍闻从禹王台归来，"两个学生"指谭绍闻、娄

---

① ［汉］许慎撰，［清］段玉裁注：《说文解字注》，上海古籍出版社1981年版，第249、252页。

② 《汉语大字典》编辑委员会编著：《汉语大字典》（第一卷），湖北辞书出版社2001年版，第1154、1291页。

樸，牵引者自然是"娄朴"，晚清钞本甲误。

第七回"这娄晄见这学中师爷相请，并问了请的有谭宅相公，次日只得着娄樸送他兄弟到谭宅这里"，本句仅见于吕寸田评本、崔耘青旧藏本、浙图本、张廷绶题识本。吕寸田评本、崔耘青旧藏本、张廷绶题识本作"娄樸"，浙图本作"娄朴"。从上下文应试五经的学生是娄樸、谭绍闻二人判断，此处被送至谭宅的是娄樸，而奉命护送娄樸的人，自然是其兄长娄朴，故浙图本不误，吕寸田评本、崔耘青旧藏本、张廷绶题识本皆误。

第六十二回"这句话原是孔耘轩夸美娄樸，并无别意"，"娄樸"，安定筱斋钞本、晚清钞本甲作"娄朴"。由上文孔耘轩夸赞内容"娄世兄明敏果断，可称潜兄令子"，知其所赞者为娄潜斋之子娄樸，安定筱斋钞本、晚清钞本甲均误。同理，本回后文"娄樸道：'葬期已定，何必更改'"，"娄樸"，晚清钞本甲作"娄朴"，亦误。

第六十三回"程嵩淑祀土、娄樸书主的大礼"，"娄樸"，晚清钞本甲作"娄朴"。根据小说人物设定，兄长娄朴居家务农，弟弟娄樸学业有成，此处书主者当为娄樸，晚清钞本甲误。

若将考查范围扩展至所据底本相对晚出的《歧路灯》乙本系统中，娄氏昆仲姓名混淆情况更甚。以第七十一回为例。

吕寸田评本：

> 谭绍闻心中暗道："谁料王中竟成了一个做大人的知己。"娄朴道："家叔性情大[一]板正，或者不免有得罪人处。"①

上图本：

> 谭绍闻心中暗道："谁料王中竟成一个做大人的知己。"娄樸道："家父情性太板正，或者不免有得罪人处。"

---

① 校记：[一]"大"，当据诸钞本作"太"。

马廉旧藏本：

> 谭绍闻心中暗道："谁了王中竟成一个做大人知己。"娄朴道："家父情性太板正，或者不免有得罪人处。"

在以上三部钞本中，与谭绍闻对话的角色出现娄朴、娄樸两种叙述。在吕寸田评本中，"娄朴"称娄潜斋"家叔"，上图本中，"娄樸"称娄潜斋"家父"，虽然发言者身份不同、与娄潜斋亲属关系不同，但由于娄朴、娄樸兄弟二人皆在场，均可言之成理。但是，在马廉旧藏本中，在人物姓名作"娄朴"时，称娄潜斋为"家父"，则显然出现讹误。

以上诸例，足以证明娄氏昆仲姓名造成的混淆在《歧路灯》钞本中普遍存在。

追本溯源，小说文本为娄氏昆仲命名提供的唯一依据，即为第二回中娄潜斋的介绍。谭孝移称："此亦足徵大兄守淳之意"，可知娄氏昆仲命名均本源于"守淳"之意。然而，此段文字在诸钞本间多有异文。其中，豫图本脱"潜斋道家兄……"十余字，马廉旧藏本"潜斋道……足征"数字为后人补抄（文字同吕寸田评本），对这一问题的参考意义不大。此外，其余诸本虽皆有此句，但其间颇有一些文字差异，在蛛丝马迹间，暗示着娄氏昆仲的命名的其他可能性。因此，有必要对诸本异文进行辨析和排除。

其一，崔耘青旧藏本：

> 家兄取舍侄名娄朴，小儿名娄㨾。

在崔耘青旧藏本中，此句行间有朱笔夹改，将"㨾"（样）订正为"樸"。鉴于"娄㨾"名字与"守淳"并无关联，且从崔耘青旧藏本后文判断，娄氏昆仲姓名基本延续了娄朴、娄樸的写法。因此，"娄㨾"当为崔耘青旧藏本讹字。

其二，张廷绶题识本：

家兄取舍侄名娄樸，小儿名娄樸。

在张廷绶题识本中，此句行间有朱笔夹改，将第一处"樸"订正为"朴"。考虑到作者绝不可能将两兄弟皆命名为娄樸，且从张廷绶题识本后文判断，娄氏昆仲姓名基本延续了娄朴、娄樸的写法。因此，第一处"娄樸"当为张廷绶题识本讹字。

其三，晚清钞本甲：

家兄取舍侄名娄仆，小儿名娄樸。

晚清钞本甲将娄氏长兄名字抄为"娄仆"，显然也有讹误。正常情况下，很难想象有长辈会将子侄正名命名为"娄仆"，且"娄仆"在含义上也与"守淳"意义毫无关联。从晚清钞本甲后文判断，娄氏昆仲姓名基本延续了娄朴、娄樸的写法，故此句"娄仆"当为"娄朴"之讹误。值得一提的是，豫艺本第十四回亦有将"娄朴"误作"娄仆"之例："娄仆道：'烦到后院伯母上边，禀说行礼。'"此处"娄仆"即为"娄朴"之讹。

其四，安定筱斋钞本。

安定筱斋钞本以墨笔点去"朴"，复在行间夹补一"湻"字。由于"朴"、"樸"二字在"淳朴"义项上可以通用，古籍中"淳朴"、"淳樸"两种写法同样常见，因此"湻"字当非针对"朴"字的注释夹批。考虑到"朴"字已由墨点点去，"湻"字的性质更类似行间夹改。由此推测，在某位夹改者眼中，或以为"娄朴"当作"娄淳"，娄氏昆仲长者名娄淳，幼者名娄樸。安定筱斋钞本的夹改在《歧路灯》钞本中尚未见依据，但安定筱斋钞本抄成时间较晚，书中避讳"淳"字，或可为其夹改提供动因。

这是《歧路灯》诸钞本在娄氏昆仲姓名问题上最耐人寻味的细节。从表面上看，娄淳、娄樸的名字，似乎非常符合谭孝移所称的"此亦足征大兄守淳之意"。那么，娄氏昆仲可能一名娄淳、一名娄樸吗？笔者认为，可能性不大。原因有三：其一，《歧路灯》成书于乾隆末年，无论是作者还是早期的抄写者，此时都没有避讳"淳"字的必要性，因此，无论是作者还是早期传抄者，都不可能刻意以"樸"代替"淳"。其二，现存世的《歧路灯》钞本不可能皆为同治朝及以后的钞本。在吕寸田评本、国图本、马廉旧藏本、上图本等钞本中，在"《淳化阁帖》"、"李淳风"、"守淳"等处，对"淳"的本字尚不避讳，不可能为了避讳"娄淳"而将其改名"娄樸"。其三，从避讳字的角度，"淳"字更为通行的讳字当为"湻"，而非"樸"。安定筱斋钞本后文对"淳"的讳字都采用了"湻"。因此，安定筱斋钞本的夹改者提出了一个颇为有趣的可能性，却并不符合钞本流传的实际情况。

综上所述，关于《歧路灯》诸钞本第二回娄氏昆仲姓名的异文，或为明显讹误，或为不当修改。在既有的文献基础上，《歧路灯》钞本所体现的娄氏昆仲姓名，当一名"娄樸"、一名"娄樸"。

1924 年、1927 年，清义堂石印本、樸社本先后问世，关于娄氏昆仲姓名，亦延续了这一设定。

1980 年，栾校本出版。对娄氏昆仲的姓名处理如下：

> 家兄取舍侄名娄樗，小儿名娄樸。

据吴秀玉转引栾星校勘记：

> "日月如梭"一段："因问：世兄何讳？潜斋道：家兄取舍侄名娄樗，小儿名娄樸。孝移道：此亦足徵大兄守淳之意"，从石印本、安本、汴本、樸社本同（惟"樸"汴本作"仆"）；乾抄本脱"潜"至"徵"二十三字。[1]

---

[1] 吴秀玉：《李绿园与其〈歧路灯〉研究》，第 155 页。

由于栾校本的广泛影响，娄氏昆仲一名"娄樗"、一名"娄朴"，成为当代读者的普遍印象。

然而，在栾校本所据底本中，"安本"（安定筱斋钞本）、"汴本"（晚清钞本甲）情况已见前文辨析，均无"娄樗"之名。另据笔者所见，"石印本"（1924 年清义堂石印本）、朴社本此处均作"娄朴"、"娄樸"，亦未见"娄樗"之名。栾星校勘记及栾校本所称"娄樗"，未知何据。

笔者推测，栾校本对娄氏昆仲姓名的处理，或许考虑到"樸"的简化字即为"朴"，在使用简化字的情况下，娄氏昆仲的姓名将完全相同，无论对于点校者还是读者，都会带来莫大的麻烦。在这种情况下，将"娄朴"改作"娄樗"，不失为一种权宜之计。

问题在于，"樗"在古代汉语中具有特定典故和意象。《说文解字》："《豳风》《小雅》毛传皆曰：'樗，恶木也。'惟其恶木，故豳人只以为薪。《小雅》以俪恶菜。今之臭椿树是也。"[1] 同时，在《歧路灯》中，作者对《庄子》以樗木喻大而无用之材的典故也很熟悉，小说第七回曾借柏公之口称"樗材无用，枉占岁月"。作者以代表"恶木"或"无用之材"的"樗"字为娄家长子命名的可能性本身就值得推敲。更为重要的是，典籍中虽偶见樗、朴并称的用法[2]，但与"守淳"关联不大，从谭孝移的角度，听到"娄樗"、"娄樸"的名字而得出"守淳"的印象，是非常奇怪的。可见，以"娄樗"代替"娄朴"，虽可作为现代通行校本的权宜之计，却不甚符合上下文意以及人物命名的习惯。

有鉴于此，笔者认为，对于娄氏昆仲的命名问题，直到更有说服力的文献证据出现之前，最为妥当的做法，当延续《歧路灯》诸钞本一致体现的"娄朴"、"娄樸"。此种做法虽然可能会给点校工作带来一定麻烦，却无疑最符合《歧路灯》钞本的实际情况。在此一并求教于方家。

---

① ［汉］许慎撰，［清］段玉裁注：《说文解字注》，第 241 页。

② ［明］方孝孺《谢太史公书》："虽樗朴不才如某者，亦收之于门，而告以斯道。"［明］方孝孺著，徐光大点校：《方孝孺集》（上册），浙江古籍出版社 2013 年版，第 310 页。

参考书目

经部

李民、王健：《尚书译注》，上海古籍出版社 2004 年版。

程俊英、蒋见元：《诗经注析》，中华书局 2017 年版。

杨伯峻：《春秋左传注》，中华书局 1981 年版。

［汉］刘熙：《释名》，中华书局 2016 年版。

［汉］许慎撰，［清］段玉裁注：《说文解字注》，上海古籍出版社 1981 年版。

史部

［汉］司马迁：《史记》，中华书局 1959 年版。

［汉］班固：《汉书》，中华书局 1975 年版。

［后晋］刘昫：《旧唐书》，中华书局 1999 年版。

［宋］欧阳修、宋祁：《新唐书》，中华书局 1975 年版。

［元］脱脱：《宋史》，中华书局 1985 年版。

［清］张廷玉：《明史》，中华书局 1974 年版。

赵尔巽：《清史稿》，中华书局 1976 年版。

［唐］长孙无忌：《唐律疏议》，商务印书馆 1933 年版。

怀效锋点校：《大明律》，法律出版社 1999 年版。

张荣铮等点校：《大清律例》，天津古籍出版社 1993 年版。

［清］沈家本：《历代刑法考》，中华书局 1985 年版。

［清］贾汉复等修：《（顺治）河南通志》，清康熙九年（1670）刻本。

［清］田文镜、王士俊监修，孙灏、顾栋高编纂：《（雍正）河南通志》，《文渊阁四库全书·史部》第535—538册。

［清］阿思哈修，嵩贵纂：《（乾隆）续河南通志》，清乾隆三十二年（1767）刻本。

［清］施诚修，裴希纯纂：《（乾隆）河南府志》，清乾隆四十四年（1779）刻本。

［清］邱峨修，吕宣曾纂：《（乾隆）新安县志》，清乾隆三十一年（1766）刻本。

［清］马格修，李弘志纂：《（乾隆）重修宝丰县志》，清乾隆八年（1743）刻本。

［清］陆蓉修，武亿纂：《（嘉庆）宝丰县志》，清嘉庆二年（1797）刻本。

［清］李彷梧修，耿兴宗、鲍桂徵纂：《（道光）宝丰县志》，清道光十七年（1837）刻本。

［清］萧管纂：《（道光）思南府续志》，清道光二十一年（1841）刻本。

［清］郑士范撰：《（道光）印江县志》，"中国方志丛书"据1935年石印重印本影印，成文出版社1974年版。

［清］姜箎、郭景泰纂修：《（咸丰）郏县志》，"中国方志丛书"据清咸丰九年（1859）纂、1932年续石印本影印，成文出版社1975年版。

张钫修，李希白纂：《（民国）新安县志》，"中国方志丛书"据1938年石印本影印，成文出版社1975年版。

刘显世修，杨恩元纂：《（民国）贵州通志》，1948年铅印本。

刘盼遂：《（民国）长葛县志》，中州古籍出版社1987年版。

宝丰县史志编纂委员会编：《宝丰县志》，方志出版社1996年版。

［清］纪昀、陆锡熊、孙士毅等：《钦定四库全书总目》（整理本），中华书局1997年版。

李敏修辑录，申畅总校补，李宗泉等主编：《中州艺文录校补》，中州古籍出版社1995年版。

孙楷第：《中国通俗小说书目：外二种》，中华书局2012年版。

《中国古籍善本书目》，上海古籍出版社1998年版。

《中国丛书综录》，上海古籍出版社1986年版。

王重民：《中国善本书提要》，上海古籍出版社1983年版。

王重民：《中国善本书提要补编》，书目文献出版社1991年版。

翁连溪：《中国古籍善本总目》，线装书局2005年版。

阳海清：《中国丛书广录》，湖北人民出版社1999年版。

北京图书馆编：《北京图书馆古籍善本书目》，书目文献出版社1987年版。

北京大学图书馆编：《北京大学图书馆藏古籍善本书目》，北京大学出版社1999年版。

清华大学图书馆编：《清华大学图书馆藏善本书目》，清华大学出版社2003年版。

浙江图书馆古籍部编：《浙江图书馆古籍善本书目》，浙江教育出版社2002年版。

《元明清中州艺文简目》（征求意见稿），郑州大学中文系资料室1984年版。

王爱功、李古寅主编：《河南省市县图书馆古籍善本联合目录》，吉林文史出版社2009年版。

《河南省郑州图书馆等十一家收藏单位古籍普查登记目录》，国家图书馆出版社2017年版。

《河南省开封市图书馆古籍普查登记目录》，国家图书馆出版社2017年版。

江苏省社科院明清小说研究中心、江苏省社科院文学研究所：《中国通俗小说总目提要》，中国文联出版公司1997年第2版。

石昌渝主编：《中国古代小说总目》，山西教育出版社2004年版。

朱一玄、宁稼雨、陈桂声：《中国古代小说总目提要》，人民文学出版社 2005 年版。

李修生：《古本戏曲剧目提要》，文化艺术出版社 1997 年版。

子部

杨伯峻译注：《论语译注》，中华书局 1980 年版。

王云五主编，毛子水注译：《论语今注今译》，商务印书馆 1976 年版。

［宋］黎靖德编：《朱子语类》，中华书局 1986 年版。

［明］张岱：《四书遇》，浙江古籍出版社 2014 年版。

［清］孙诒让著，孙以楷点校：《墨子间诂》，中华书局 1986 年版。

王叔岷：《列仙传校笺》，中华书局 2007 年版

［晋］郭璞等著：《阴阳五要奇书》，九州出版社 2014 年版。

［后魏］贾思勰：《齐民要术》，中华书局 1956 年版。

［清］张丙焜：《晚翠轩笔记》，清咸丰三年（1853）刻本。

集部

［清］方苞：《望溪集》，清康熙刻本。

［清］李海观：《李绿园公诗钞》，河南省图书馆藏钞本。

［清］李海观：《绿园诗稿》，民国中州文征处钞本。

［清］刘青芝：《江村山人续稿》，清乾隆刻本。

［清］吕谦恒：《青要集》，《四库全书存目丛书·集部》第 265 册据清雍正十三年（1735）刻本影印。

［清］吕履恒：《明德先生文集》，《四库全书存目丛书·集部》第 185 册据清康熙二年（1663）吕兆璜刻本影印。

［清］吕履恒：《梦月岩诗集》，《四库全书存目丛书·集部》第 261 册据清吕宪曾、吕宣曾刻本影印。

［清］吕履恒：《冶古堂文集》，《四库全书存目丛书·集部》第 261 册据清乾隆十五年（1750）吕宪曾刻本影印。

［清］吕公路：《介亭诗草》，清乾隆刻本。

［清］吕公溥：《寸田诗草》，清乾隆刻本。

［清］吕公滋：《硕亭诗草》，清乾隆刻本。

［清］张丙焜：《观两斋诗钞》，清咸丰三年（1853）刻本。

［清］沈德潜：《清诗别裁集》，上海古籍出版社 1984 年版。

［清］杨淮：《国朝中州诗钞》，清道光二十三年（1843）宝丰杨氏刻本。

［清］苏源生：《国朝中州文征》，清道光二十五年（1845）刻本。

［清］杨淮辑，张中良、申少春校勘：《中州诗钞》，中州古籍出版社 1997 年版。

［清］符葆森：《国朝正雅集》，清咸丰七年（1857）京师半亩园刻本。

［清］钱谦益：《列朝诗集小传》，上海古籍出版社 1959 年版。

徐世昌编，闻石点校：《晚清簃诗汇》，中华书局 1990 年版。

《清代诗文集汇编》编纂委员会编：《清代诗文集汇编》，上海古籍出版社 2011 年版。

［清］袁枚著，顾学颉校点：《随园诗话》，人民文学出版社 1982 年版。

研究著作（按著者姓氏音序）

陈大康：《明代小说史》，人民文学出版社 2007 年版。

程千帆：《校雠广义》（《程千帆全集》卷 1—4），河北教育出版社 2000 年版。

程毅中：《古代小说史料简论》，山西人民出版社 2005 年版。

崔晓飞：《〈歧路灯〉语言研究：基于社会语言学的视角》，光明日报出版社 2015 年版。

邓本章：《中原文化大典》，中州古籍出版社 2008 年版。

杜贵晨：《李绿园与〈歧路灯〉》，辽宁教育出版社 1992 年版。

杜培响：《明清之际新安吕氏家族及文学研究》，博士学位论文福建师范大学，2012 年。

高险峰：《明清时期新安吕氏家族研究》，硕士学位论文，河南科技大学，2012 年。

郭微：《甲于全豫——明清新安吕氏家族研究》，硕士学位论文，华中师范大学，2014 年。

郭英德：《明清传奇史》，江苏古籍出版社 1999 年版。

郝万章：《扶沟石刻》，中国广播电视出版社 2012 年版。

侯忠义：《世情讽喻小说》，辽宁教育出版社 2013 年版。

胡益民：《清代小说史》，合肥工业大学出版社 2013 年版。

蒋瑞藻：《小说考证》，商务印书馆 1920 年版。

孔另境：《中国小说史料》，古典文学出版社 1957 年版。

郎焕文：《历代中州名人存书版本录》，中州古籍出版社 1999 年版。

李剑国、陈洪主编：《中国小说通史·清代卷》，高等教育出版社 2007 年版。

李鹏飞：《唐代非写实小说之类型研究》，北京大学出版社 2004 年版。

李延年：《〈歧路灯〉研究》，中州古籍出版社 2002 年版。

林冠夫：《红楼梦版本论》，文化艺术出版社 2007 年版。

刘畅：《〈歧路灯〉与中原民俗文化研究》，齐鲁书社 2009 年版。

刘世德：《红楼梦版本探微》，华东师范大学出版社 2003 年版。

刘世德：《红学探索：刘世德论红楼梦》，文化艺术出版社 2006 年版。

刘勇强：《中国古代小说史叙论》，北京大学出版社 2007 年版。

刘勇强：《中国神话与小说》，大象出版社 2009 年版。

罗书华、苗怀明等：《中国小说戏曲的发现》，人民文学出版社 2009 年版。

李献奇、郭引强编著：《洛阳新获墓志》，文物出版社 1996 年版。

栾星：《歧路灯研究资料》，中州书画社 1982 年版。

吕友仁主编：《中州文献总录》，中州古籍出版社 2002 年版。

马廉著，刘倩编：《马隅卿小说戏曲论集》，中华书局 2006 年版。

苗怀明：《二十世纪戏曲文献学述略》，中华书局 2005 年版。

潘建国：《中国古代小说书目研究》，上海古籍出版社 2005 年版。

潘建国：《古代小说文献丛考》，中华书局 2006 年版。

齐裕焜、陈惠琴：《中国讽刺小说史》，辽宁人民出版社 1992 年版。

钱仲联主编：《中国文学家大辞典·清代卷》，中华书局 1996 年版。

秦方奇校注：《徐玉诺诗文辑存》，河南大学出版社 2008 年版。

石昌渝：《中国小说源流论》，生活·读书·新知三联书店 2015 年版。

苏杰：《中西古典语文论衡》，浙江大学出版社 2014 年版。

王永宽、白本松：《河南文学史》，中州古籍出版社 2002 年版。

吴聪娣：《歧路灯研究——从〈歧路灯〉看清代社会》，新加坡：春艺图书贸易公司 1998 年版。

吴秀玉：《李绿园与其〈歧路灯〉研究》，台北：师大书苑有限公司 1996 年版。

吴组缃：《说稗集》，北京大学出版社 1987 年版。

吴组缃：《吴组缃文选》，北京大学出版社 2010 年版。

向楷：《世情小说史》，浙江古籍出版社 1998 年版。

萧欣桥、刘福元：《话本小说史》，浙江古籍出版社 2003 年版。

谢燕琳：《〈歧路灯〉称谓研究》，甘肃人民出版社 2008 年版。

许宝华、〔日〕宫田一郎主编：《汉语方言大词典》，中华书局 1999 年版。

徐云知：《李绿园的创作观念及其〈歧路灯〉研究》，中国社会科学出版社 2010 年版。

张俊：《清代小说史》，浙江古籍出版社 1997 年版。

张清廉主编：《首届〈歧路灯〉海峡两岸学术研讨会论文集》，中州古籍出版社 2013 年版。

张生汉：《〈歧路灯〉语词汇释》，河南大学出版社 1999 年版。

郑振铎：《中国俗文学史》，作家出版社 1954 年版。

中国戏曲志编辑委员会编：《中国戏曲志·河南卷》，文化艺术出版社 1992 年版。

　　中州书画社编：《〈歧路灯〉论丛》（一），中州书画社 1982 年版。

　　中州书画社编：《〈歧路灯〉论丛》（二），中州古籍出版社 1984 年版。

　　朱一玄编：《明清小说资料汇编》，南开大学出版社 2012 年版。

　　左鹏军：《晚清民国传奇杂剧考索》，人民文学出版社 2005 年版。

"灯"下琐语

——代后记

一

作为一个土生土长的北京人，我与《歧路灯》的结缘充满了奇妙的偶然性。

2013年9月，我的博士研究生生涯刚刚开始。那时，我已完成以《万历野获编》为研究对象的硕士论文。预想中，博士阶段的研究应继续围绕明代笔记开展，其中既包括《万历野获编》，也包括我自本科阶段以来对明代集部典籍在版本、目录上的研究积累。

记得那是9月份的一个上午，在李鹏飞教授开设的"明清白话长篇小说研究"课程的开场白中，李老师按篇幅长短罗列了十余部明清小说作品，要求大家自选作品和角度作课堂发言。在长长的作品列表末尾，"歧路灯"三个字赫然在目，于是我毫不犹豫地选择了《歧路灯》。

选作品容易，却又该从哪个角度入手呢？那天午后，在检索了北京大学图书馆古籍资源系统之后，我坐在古籍阅览室的南窗下，第一次翻阅了馆藏的两部《歧路灯》钞本。在我左边的一部钞本字迹隽秀，朱墨灿然，评点中一个叫作"吕寸田"的名字几次映入眼帘；右边的一部钞本虽然没有评点，但卷首有一篇署名"张廷绶"的题识，其中又隐约提及了与《歧路灯》作者李海观之间的亲缘关系。

吕寸田是谁？张廷绶又是谁？他们与《歧路灯》有什么关系？

当时的我，无论如何也不会想到，这竟会成为未来数年中令我魂牵梦萦的问题之一。

二

2013 年 12 月，我以吕寸田评本的版本特点为核心，结合几个月以来在北京大学图书馆、国家图书馆和河南省的几家图书馆的校书心得，如期完成了题为"新发现的吕寸田评本《歧路灯》及其学术价值"的课堂发言，得到了李鹏飞教授和在座学友们的肯定。嗣后，我将发言内容整理成同题论文，呈送给远在境外访问的导师刘勇强教授过目。出乎我意料的是，刘老师在回信中将吕寸田评本称为"重要发现"，并鼓励我作进一步研究。

就这样，《歧路灯》从一场课堂发言，逐渐成为了我的研究重心。《歧路灯》，以及滋养它诞生的中州文献是如此绚丽多彩、引人入胜，一片全新的天地逐渐在我眼前展开。

此后几年里，我一方面利用北京本地图书馆的馆藏资源，特别是北京大学图书馆、国家图书馆和清华大学图书馆的珍贵馆藏，继续对《歧路灯》钞本作逐字校勘；另一方面利用假期时间，多次前往郑州、开封、洛阳、新乡、上海、杭州、保定等地的图书馆，目验并校阅《歧路灯》钞本，并随之搜集相关史料。每一次见到新的钞本、每一次找到新的史料、每一次发现新的细节、每一次假设被求证后的欣喜，竟化为了一笔笔宝贵的精神财富，贯穿了我博士研究生四年的时光。

2017 年 6 月，我的论文《〈歧路灯〉的版本与文献研究》通过了北京大学中文系博士论文答辩。毕业后，我进入中国社会科学院文学研究所作国资博士后。其间，我在继续搜集史料、进一步校阅诸钞本文字的基础上，对博士论文几番修订，于是便形成了眼前的一册《〈歧路灯〉钞本研究》。

三

行文至此，回顾多年来的求学经历，有太多需要感谢的师长、学友曾给予我指导和帮助。

我要将最真挚的感谢，致以我的导师刘勇强教授。自 2010 年 9 月进入北京大学中文系攻读硕士学位以来，我一直在刘老师的指导下系统学习明清文学和中国古代小说的知识，刘老师言传身教，惠我良多。几年来，在刘老师的指导和鼓励下，我第一次在学术期刊上发表古代小说研究论文；第一次在国际会议上拓展视野、增长见识；第一次参评北京大学中文系"孟二冬教授纪念学术奖"，并获得二等奖；第一次接触域外汉学著作的译介，并刊发了自己的首篇译作。几年来，每一次呈请刘老师指导的论文、每一次向刘老师请教的问题，都得到刘老师的耐心指点；每一次在学术道路上的成长、每一次在专业领域的进步，都离不开刘老师的悉心指导。特别是在研究《歧路灯》的过程中，早在 2013 年 9 月选定《歧路灯》作为课堂发言题目之时，刘老师就对我的选题加以肯定；此后，我先后围绕《歧路灯》研究撰写了多篇学术论文，每一次都得到刘老师提纲挈领、正中肯綮的修改意见。刘老师对我的培养和教导，令我终生难忘。

我要将最诚挚的感谢，致以我的母校北京大学中文系的诸位老师。潘建国教授对我学习古代小说文献学多有指点。自入学以来，我多次选修潘老师开设的小说课程，特别是 2014 年夏，我在潘老师开设的"小说文献学"课上作了题为"《歧路灯》的成书与版本源流考证"的课程报告，潘老师对这一选题给予了充分肯定，鼓励我继续深入研究。潘老师对小说文献学的精深理解、广博知识，每每给我带来极大启发，令我茅塞顿开、受益颇深。李鹏飞教授、白一瑾老师对我的学业多有指导，我结缘《歧路灯》的契机正产生于李老师小说课上的课程发言，而我研究李海观诗作的一篇小文《"李海观'诗有渊源'"之成因探析》则源自白老师开设的

"清代诗歌研究"课程的期末论文。夏晓虹教授、张鸣教授、李简教授曾多次担任我的硕士和博士论文的开题、预答辩、答辩委员会专家,在我撰写论文的过程中提出诸多宝贵意见。吴国武教授曾慷慨借阅研究资料。此外,在我攻读博士学位期间,北京大学外国语学院的领导、老师们在我兼任该院专升本项目"大学语文"课程授课教师的三年间给予我诸多肯定;北京大学校史馆的领导、老师们在我担任讲解员的四年间给予我许多关怀;北京大学图书馆古籍部胡海帆老师在我担任图书馆学生助理期间传授石刻文献知识,借阅并指导我研读吕公溥墓志。特此谨向母校众位老师致以诚挚的谢意。

令我难忘的还有,在我的博士学位论文答辩会上,中国社会科学院文学研究所竺青教授、中国艺术研究院孙玉明研究员、中央民族大学傅承洲教授、北京外国语大学魏崇新教授担任答辩委员会专家,在给予论文肯定评价的同时,对论文提出了宝贵的修订意见,并对我未来的研究提出更高要求,在此谨向诸位前辈专家致以谢忱。

我要将最诚恳的感谢,致以我的母校南京大学文学院的诸位老师。他们在我最早接触学术领域的本科学习阶段,为我树立了严谨治学的榜样,指引我走上学术研究的道路。2008 年初,我在苗怀明教授的指导下撰写《中国早期侦探小说三论》,获得南京大学文学院第二届论文报告会一等奖暨沈祖棻奖学金。苗老师的悉心指导和严格要求,令我第一次切实体会到学术研究的严谨求实,也激发了我对中国古代小说研究的浓厚兴趣。在得知我将《歧路灯》作为博士学位论文选题后,苗老师又多次提出宝贵意见,对我的研究给予大力支持。2008—2009 年,我在程章灿教授的指导下撰写本科学年论文《〈二老堂诗话〉校笺》,获得南京大学第十二届基础学科论坛一等奖。在程老师的指导下,我第一次接触到古典文献学这一博大精深的学科,并在实践中学习版本学、校勘学知识,程老师融会贯通古代文学、古典文献学的治学理念令我受益良多。2009—2010 年,我在金程宇教授的指导下撰写本科毕业论文《明代集部书流传东瀛考证》,获得江苏省 2010 年度普通高等学校本科优秀毕业论文评选一等奖。在金老师的指引下,我第一次接触到目录学研究和域外汉籍研究。金老师对文献搜集和考证的热忱常常令我钦佩不已。武秀成教授多年来对我的学习、研究多有关怀，对我在明清文学、文献学领域的研究给予充分肯定和大力支持。在此谨向母校诸位老师表示衷心感谢。

我要将最恳挚的谢意，致以中国社会科学院文学研究所的诸位领导、前辈和老师们。自从 2017 年 8 月进入中国社会科学院文学研究所博士后流动站以来，我在导师郑永晓研究员的关怀和指导下开展学术研究。其间，得到了刘跃进所长、张伯江书记、刘玉宏书记、安德明副所长、张心亮副所长、丁国旗副所长等所领导，古代室吴光兴主任、陈君副主任，科研处、人事处、财务处、办公室等行政处室的领导和老师们，以及囿于篇幅不能一一列举的前辈和同事们给予的各方面关照和帮助。刘世德研究员、石昌渝研究员曾慷慨赠予新著，卢兴基编审对我的《歧路灯》研究给予鼓励，王达敏主任、李超处长、夏晶晶副处长作为我的博士后出站答辩委员会评审专家和审核老师，对我的博士后出站报告提出诸多宝贵意见。借此机会谨向众位领导、老师致以由衷感谢。

叶楚炎师兄、李萌昀师兄对本书的出版提供了直接帮助，李远达师弟、孙大海师弟分别担任我博士论文开题和答辩环节的秘书，特此致谢。

中国社会科学出版社的史慕鸿老师对本书作了悉心编辑校订。自 2019 年交付书稿后，由于我博士后出站、入职等个人原因，致使本书出版日期一再拖延，史老师对此给予了极大的包容和耐心，专此布谢。

最后，我要感谢我的父母和家人，他们对我的学术研究给予了最大理解和支持，使我坚定了从事学术研究的信念，也使我在遇到诸种困难和挑战时仍能从容应对，希望能以此书，为他们带来些许慰藉。

四

　　在书稿即将付印之际，我常会有一些依依不舍之感——在几年的时光里，全身心地融入一部作品，这部作品便不再是文学史上一个冷冰冰的名字，而更像是一位有血有肉、形象鲜活的良师益友。《歧路灯》伴随我度过了一段人生中最宝贵和美好的年华，拓宽了我的学术视野，丰富了我的人生经历；它陪伴我走上了一条布满艰辛和喜悦的道路，既曾有"山重水复疑无路"的困惑，也曾有"漫卷诗书喜欲狂"的欣喜。未来的征程"路曼曼其修远"，但我会坚定地继续走下去。

　　面对眼前的文稿，我深知由于时间、精力有限，文中必然存在诸多不周之处，衷心希望得到诸位师长、同仁的批评指正；而囿于文献材料未能定论之处，则留下了些许遗憾，希望能在今后的文献考索中，寻找到令人满意的答案。

朱　姗

初稿撰成于 2019 年 4 月

付印前有所订补